美傷

Beauty Is a Wound

Eka Kurniawan
艾卡・庫尼亞文——著
周沛郁——譯

木馬文學 110

美傷

Beauty is a wound

作者　艾卡・庫尼亞文（Eka Kurniawan）
譯者　周沛郁
主編　張立雯
行銷企劃　廖祿存
電腦排版　極翔企業有限公司

社長　郭重興
發行人兼出版總監　曾大福
出版　木馬文化事業股份有限公司
發行　遠足文化事業股份有限公司
地址　231新北市新店區民權路108之4號8樓
電話　02-2218-1417　傳真　02-8667-1891
email: service@bookrep.com.tw
郵撥帳號　19588272　木馬文化事業股份有限公司
客服專線　0800221029
法律顧問　華洋國際專利商標事務所　蘇文生 律師
印刷　成陽印刷股份有限公司
初版　2017年3月
初版2刷　2017年4月
定價　新台幣360元

ISBN 978-986-359-373-7

國家圖書館出版品預行編目(CIP)資料

美傷 / 艾卡・庫尼亞文（Eka Kurniawan）著；周沛郁譯. -- 初版. -- 新北市：木馬文化出版：遠足文化發行, 2017.03
面；　公分. --（木馬文學；110）
譯自：Beauty is a wound
ISBN 978-986-359-373-7（平裝）

868.957　　106002077

他清理了盔甲，用簡單的盔帽做出全罩式頭盔，為他的馬取了名字，自己也選了一個名字，這時他發覺他只缺找位淑女來愛；少了淑女愛人，流浪騎士就像沒葉沒果的樹木、沒有靈魂的身體。

——《唐吉訶德》，米格爾·賽凡提斯

1

三月一個週末的午後，黛維艾玉從她的墳裡爬出來，這時她已經死了二十一年。在緬梔樹下打盹的一個牧童醒過來，尖叫著尿溼了短褲，他的四隻羊在石頭和木頭墓碑之間逃竄，好像有隻老虎撲到牠們之間。一開始是從一片老墓地傳來一陣聲響。老墓地上有塊沒刻字的墓碑，周圍草長及膝，不過誰都知道那是黛維艾玉的墓。她享年五十二歲，死了二十一年又活過來，之後誰也不知道她的年紀究竟該怎麼算。

牧童把發生的事告訴了附近地方的人，他們來到墓地。他們捲起布裙的裙腳，抱著小孩，抓著掃帚，有些人身上還沾著田裡的泥，大家聚在櫻花樹叢和桐油樹後面，還有附近的香蕉園裡。沒人敢靠近，他們就像聚在每週一早上在市場叫賣的賣藥郎周圍，只遠遠聽著舊墳墓傳來騷動。那景象令人不安，但眾人樂在其中；要是自己獨自一人，肯定會被那樣的恐怖景象嚇得半死，但他們不以為意。他們甚至期待出現某種奇蹟，而不只是一座吵鬧的舊墳墓，因為那塊地埋的女人在戰時是日本人的妓女，而伊斯蘭教師總是說，沾染罪孽的人在墓裡必受懲罰。那聲音想必是天使折磨人的鞭子聲，而他們聽膩了，希望出現其他小小的驚奇。

驚奇發生時，場面實在不可思議。墳墓撼動、裂開，地面爆裂，好像從裡面炸出來，引起了小型地震和風暴，雜草和墓碑飛散，飄落的塵土宛如雨幕，雨幕後有個老女人站立的身影，她看起來惱怒又僵硬，身上還裹著屍布，像前一晚才埋葬似的。人們歇斯底里地跑開，場面比羊隻逃竄還要混亂，他們齊聲的尖叫在遠方丘陵的山壁上迴響。一個女人把她的寶寶丟進灌木叢裡，孩子的爸把一截香蕉莖當孩子哄；兩個男人縱身跳進一條溝，有些人在路邊昏了過去，有些人拔腿就跑，一連跑了十五公里才停下來。

黛維艾玉把一切看在眼裡，輕咳一下，清清喉嚨。她發覺自己身在一片墓地中，很是驚奇。她已經解開裹屍布最上面的兩個結，正在解開最下面兩個，好讓兩腳自由活動，方便行走。她的頭髮神奇地長長了，她甩甩頭髮讓頭髮從棉屍布裡鬆脫，頭髮在午後的微風裡飄動，掃過地上，像河床上的黑色地衣一樣閃亮。她的皮膚布滿皺紋，不過臉龐白皙光采，眼窩裡的雙眼有了生氣，盯著旁觀者；他們正要離開灌木叢後面的藏身處——一半跑走，另一半昏倒了。她自顧自地抱怨人們把她活埋，實在壞心。

她最先想到的是她的寶寶，不過寶寶當然已經不是寶寶了。二十一年前，她生下一個可怕的女嬰之後，過了十二天就過世了。那女孩可怕極了，連幫她接生的接生婆都不確定那真的是嬰兒，懷疑可能是坨屎，畢竟嬰兒和屎出來的洞口相距僅僅兩公分。不過這嬰兒會扭動、微笑，最後接生婆判斷她確實不是坨屎，而是人類嬰兒，於是對嬰兒的母親說孩子生下來了，很健康，看起來很親人。黛維艾玉這時虛弱地躺在她床上，顯然沒興趣看她的小孩。

她問道：「是個女孩，對吧？」

「對。」接生婆說。「就像之前那三個寶寶一樣。」

「四個女兒，各個美麗。」黛維艾玉的語氣厭煩至極。「我該自己開個妓院才對。告訴我，這個有多漂亮？」

接生婆懷裡的嬰兒緊緊包在襁褓中，這時開始扭動哭泣。房裡有個女人忙進忙出，拿走沾滿血的髒布，丟掉胎盤，接生婆一時沒回答黛維艾玉，因為那寶寶看起來像一堆黑色的屎，她怎樣也不能說那寶寶漂亮。她努力忽略那個問題，說道：「妳已經年紀不小了，我想妳應該沒辦法餵奶。」

「的確。我已經被前面三個孩子榨乾了。」

「還有幾百個男人。」

「一百七十二個男人。最老的九十歲，最小的十二歲，是他割完包皮一星期後的事。他們我全記得。」

嬰兒又哭了。接生婆說，她得替小傢伙找奶喝。如果找不到，就得找牛奶，或是狗奶，甚至蝙蝠奶。黛維艾玉說，喔，去吧。接生婆瞥向難看的嬰兒臉龐，說：「可憐不幸的小女孩。」她甚至無法形容嬰兒的長相，只覺得嬰兒看起來像受到詛咒的地獄怪物。嬰兒全身烏黑如玉，好像活活被燒過，外貌古怪難辨。比方說，她不確定嬰兒的鼻子是鼻子；跟她這輩子見過的任何鼻子比起來，那東西比較像插座。而嬰兒的嘴讓她想起撲滿的投錢孔，耳朵看起來像鍋子把手。她確信世上沒有任何生物比這個悲慘的小東西更恐怖，如果她是神明，她恐怕會立刻殺了這個嬰兒，而不是讓她活下來；這世界會無情地欺侮她。

「可憐的寶寶。」接生婆又說了一遍，然後才去找人給她餵奶。

「是啊，可憐的寶寶。」黛維艾玉說著在她床上翻來覆去。「我為了殺妳，能做的事都做盡了，卻都不成功。我應該吞下手榴彈，讓手榴彈在我肚子裡爆炸才對。唉，不幸的小東西——悲慘的傢伙就像惡人一樣，不會輕易死去。」

接生婆起先盡量遮住嬰兒的臉，不讓過來的鄰家婦女看到。但她說她需要奶來餵嬰兒時，她們爭相推擠想看嬰兒；認識黛維艾玉的人總覺得看她迷人的小女嬰很有趣。她們拚命要撥開嬰兒臉上遮的布，接生婆擋也擋不了，但她們一看就驚恐地尖叫；她們這輩子從沒經歷過這樣的恐怖。接生婆微笑著提醒她們，她已經盡一切可能不讓她們看見令人毛骨悚然的面容。

這場騷動之後，接生婆匆匆離開，而她們在原地站了一會兒，表情宛如記憶突然被抹去的白痴。最先從突發失憶狀態恢復的一個女人說：「根本就該殺了她。」

「我試過了。」黛維艾玉出現在她們眼前，她只穿了件皺巴巴的家居服，腰間繫了一條布。她的頭髮亂成一團，好像鬥牛之後蹣跚離開現場的人。

人們同情地看著她。

黛維艾玉問：「她很美，對吧？」

「呃，對。」

「這世界的男人都像熱天的狗一樣骯髒，沒什麼詛咒比生個漂亮女生更可怕了。」

沒人回答，她們很清楚自己在騙她，只一直以同情的眼神看著她。蘿希娜是多年來一直服侍黛維艾玉的啞巴女孩，她在浴缸裡放好熱水，帶黛維艾玉進浴室。黛維艾玉泡進浴缸，用了芬芳的硫磺皂，啞巴女孩幫忙她，用蘆薈油替她洗頭髮。發生這些事，似乎只有啞巴不覺得困擾，但她一定已經知道了那個可怕的小女孩；畢竟接生婆在工作的時候，只有蘿希娜在旁邊。她用一塊浮石揉搓女主人的背，用毛巾包住黛維艾玉，黛維艾玉走出浴室，她就著手清理。

有人想讓陰鬱的氣氛輕鬆點，於是對黛維艾玉說：「妳得替她取個好名字。」

「是啊。」黛維艾玉說。「她叫美麗。」

人們驚呼道：「噢！」她們尷尬地勸她打消念頭。

「叫創傷如何？」

「或是傷痛？」

「拜託別叫她這個名字。」

「好啊，她就叫美麗。」

她們束手無策地看著黛維艾玉走回她房間穿衣服。她們只能面面相覷，難過地想像一個小女孩黑如煤灰，臉中央有個插座似的鼻子，卻叫美麗這種名字。真是丟臉的醜事。

當初黛維艾玉發覺不管她是否已經活了整整半世紀，總之她又懷孕了，那時她確實曾設法殺死寶寶。她不知道她其他孩子的父親是誰，這個也不例外，不過和其他孩子不同的是，她完全不想讓這個小寶寶活下來。於是她配著半公升的蘇打水，吞了她跟村裡醫生拿的五顆強力解熱鎮痛藥，幾乎要了她自己的命，不過看來不足以殺死那個寶寶。她想到另一個辦法：她叫來一個願意幫忙的接生婆，把一小塊木籤放進她肚裡殺掉寶寶，之後再把寶寶從她子宮裡弄出去。但黛維艾玉大量出血兩天兩夜，小木片變成碎片排了出來，而寶寶還是繼續長大。她試過另外六種辦法，想打敗那個寶寶，全都徒勞無功。她終於放棄了，抱怨道：

「這傢伙真厲害，顯然會在這場仗裡打贏媽媽。」

於是她任由自己的肚子愈來愈大，七個月時辦了共食儀式，最後讓寶寶生下來，只不過她拒絕看她。在這之前，黛維艾玉已經生了三個女孩，全都貌美如花，簡直像分次生下的三胞胎。她對那樣的寶寶已經厭倦了，按她的說法，她們就像商店櫥窗裡的模特兒，所以她不想看她的小女兒，她確信她和她三個姊姊沒什麼不同。黛維艾玉當然錯了，但她還不曉得她的小女兒其實多麼令人反感。就算鄰居婦女偷偷咬耳朵說那寶寶活像胡亂讓猴子、青蛙和巨蜥交配生下的後代，她也不覺得她們說的是她的寶寶。她們說到前一晚森林裡有野狗嚎叫、貓頭鷹飛進雞舍，她也完全沒把這些事當成厄兆。

她穿好衣服就再度躺下，她生了四個寶寶，活了超過半世紀，突然感到疲憊不堪。然後她難過地領悟到，如果那個寶寶不想死，或許該死的是母親，那樣一來，她就用不著看寶寶長成年輕女子。她爬起身，踉蹌走到門口看著屋外的鄰居婦女；她們還聚在一起講那個嬰兒的八卦。蘿希娜感覺女主人有事吩咐她，於是從浴室出來，站到黛維艾玉身邊。

「幫我買條裹屍布。」黛維艾玉說。「我已經讓四個女孩誕生在這個該死的世界。該讓我的送葬隊伍走過了。」

婦女聽了尖叫，瞠目結舌地看著黛維艾玉，一臉痴呆樣。生下可怕的嬰兒固然不道德，但是就這麼拋下她，比生下可怕的嬰兒不道德多了。可是她們沒直截了當說出來，只是勸她別輕率死去，說有人活了超過一百年，黛維艾玉要死還太年輕。

她冷靜自持地說：「如果我活到一百歲，就會生下八個孩子。太多了。」

蘿希娜跑去弄了條乾淨的白棉布給黛維艾玉，她隨即披上——不過她並沒有因此立刻死掉。於是正當接生婆在鄰居間走動，尋找在哺乳的女人（結果白費工夫，最後只好給嬰兒喝洗米水），黛維艾玉卻平靜地裹著一條裹屍布，抱著異常的耐性躺在她床上等待死亡天使降臨，把她帶走。

喝洗米水的時候過了，蘿希娜餵寶寶喝牛奶（在店裡賣時稱為「熊奶」），這時黛維艾玉還躺在床上，不讓任何人把那個叫美麗的寶寶帶進她房間。不過寶寶模樣駭人而媽媽裹著屍布的消息像瘟疫一樣迅速地傳開，說得好像先知誕生那樣的事，不只引來鄰近地區的人，還有人遠從那地區最偏遠的村落而來，想親眼目睹。他們把野狗嚎叫和耶穌誕生時東方三博士看到星辰相比，把裹著屍布的母親和疲累的瑪麗相比——這樣的比擬頗為牽強。

訪客臉上的表情就像在動物園裡撫摸老虎寶寶的小女孩，他們擺著姿勢，讓流動攝影師替他們和駭人的嬰兒合照。之前他們已經這樣騷擾過黛維艾玉了。她還神祕安祥地躺著，無情的喧鬧完全沒妨礙她。一些患了重病或不治之症的人跑來，想碰碰嬰兒，蘿希娜急忙阻止這種行為，以免那些病菌感染給嬰兒，不過她改成提供幾桶美麗的洗澡水。其他一些人跑來，是希望討點賭桌上的運氣，或是想要頓悟做生意發財的辦法。啞巴蘿希娜已經立刻挺身而出，成為寶寶的照顧者。她為這些需求準備了捐獻箱，箱裡迅速裝滿訪客的盧比鈔票。女孩明智地預料到黛維艾玉最後可能真的死去，於是利用了極為罕見的機會賺點錢。根本不能寄望美麗的三個姊姊會出現，有了這些錢，就不用擔心熊奶，也不用擔心未來她得和寶寶在屋裡相依為命。

然而有位伊斯蘭教師把這整件事視為異端，帶來了警察，因此這場騷動不久就落幕了。那位教師大發雷霆，命令黛維艾玉停止無恥的行為，甚至要求她脫下裹屍布。

黛維艾玉輕蔑地說：「你這是在要求妓女脫下衣服，最好有錢付給我。」

教師急忙祈求上天寬恕，然後就走了，一去不回。

現場又只剩下年輕的蘿希娜，黛維艾玉不論以什麼形式展現自己的瘋狂，她從來不以為意，由此可見，只有那女孩真正了解那個女人。早在黛維艾玉試圖殺死她子宮裡的寶寶之前，她就說過她生孩子已經生膩了，所以蘿希娜明白她會遇到什麼情況。鄰居婦女比狗愛哭號還要熱愛閒話，如果黛維艾玉對鄰居婦女說那樣的話，她們一定會露出輕蔑的微笑，說那只是空話——她們會說，不再賣身，就永遠用不著擔心被搞大肚子。不過，偷偷告訴你：那種話大可對其他妓女說，但別跟黛維艾玉說。她從不覺得她的三個孩子（現在是四個了）是當妓女的詛咒，她說，如果女孩們沒有父親，那是因為她們確實真的沒父親，而不是因為她們不曉得自己的父親是誰，更不是因為她從來沒和某個傢伙站在村長面前。她覺得她們是惡魔的孩子。

她說：「因為撒旦和上帝或其他神明一樣，都喜歡找點樂子。瑪麗生下上帝之子，般度的兩個妻子生下她們的神之子[1]，我的子宮則是惡魔散布祂們種子的地方，於是我生下惡魔之子。蘿希娜，我已經厭倦了。」

蘿希娜只是微笑；她時常這樣。蘿希娜不會說話，頂多吐出破碎的呢喃，但她可以微笑，她喜歡微笑。黛維艾玉非常喜歡她，尤其是她的微笑。黛維艾玉曾經說她是象女，因為大象總是在微笑，即使再生氣也一樣，幾乎每年年底都會進城的馬戲團裡那些大象就是那樣子。蘿希娜有一套自己的手語，啞巴學校學不到，必須直接給她教。女孩用手語告訴黛維艾玉，她不該覺得受夠了——甘陀麗生下了持國百子，她連二十個孩子都還不到呢。黛維艾玉聽了哈哈大笑。她喜歡蘿希娜帶著傻氣的幽默，她反駁時還笑個不停；她說甘陀麗不是分好幾次生下一百個孩子，而是生下一大個肉塊，那肉塊變成一百個孩子。

蘿希娜就那樣愉快地繼續工作，完全不覺得困擾。她照顧寶寶，一天進廚房兩次，每天早上洗衣服，黛維艾玉幾乎毫不動彈，活像等人替她挖好墳墓的屍體。她餓的時候當然會爬起來吃東西，每天早上和下午會上廁所。但她總會回來裹上屍布僵直地躺下，雙手蓋在肚子上，閉著眼，嘴脣彎成淡淡的微笑。有幾個鄰居從開敞的窗戶偷看她。蘿希娜一次次噓他們，想把他們趕走，但都徒勞無功，人們每次都問黛維艾玉為什麼不乾脆自殺算了。黛維艾玉忍住她慣常的挖苦，默不吭聲，動也不動。

生下駭人的美麗之後，第十二天的下午，等待已久的死亡終於降臨，至少大家以為是這樣。那天早上出現了死亡將近的跡象。黛維艾玉吩咐蘿希娜說她不要在墓碑上寫她的名字，只要一句墓誌銘：「我生下四個孩子，然後死去。」蘿希娜的聽力好得很，而且能讀能寫，於是她原原本本記下那句話，不過黛維艾玉的吩咐隨即被主辦葬禮的清真寺教長拒絕了，他覺得那麼瘋狂的要求會讓這個狀況更加罪惡，於是擅自決定這女人的墓碑上什麼字都不刻。

下午，有個在窗外偷看的鄰居發現黛維艾玉陷入了安詳的沉睡。不過不止這樣——空氣中有股硼砂的味道。硼砂是蘿希娜在麵包店買的，一般人有時會和牛肉丸混在一起，而黛維艾玉拿來和屍體防腐劑一起撒在身上。蘿希娜放任這個一心求死的女人為所欲為，即使要她挖個墳把黛維艾玉活埋，她也會照做，把那些事都視為她女主人獨特的幽默感，不過無知的偷窺者不一樣。這個女人從窗口跳進來，她深信黛維艾玉做過頭了。

「睡遍我們男人的婊子，聽著！」她恨恨地說。「妳要死就死，可是妳別把屍體防腐，唯一沒人羨慕的就是妳腐壞的屍體了。」她推了黛維艾玉一把，黛維艾玉的身體翻過來，人卻沒醒來。

蘿希娜走進來比了一個手勢，表示她應該已經死了。

「那個婊子死了？」

蘿希娜點點頭。

「死了？」愛發牢騷的女人這時才露出真面目，哭得像死了母親一樣，一邊沙啞地抽噎一邊說：「去年一月八號，是我們家最美好的一天。那天我男人在橋下撿到一點錢，去卡隆媽媽的妓院和一個妓女睡了，就是我面前這個死去的妓女。之後他回了家，那天、就那一天，他對全家都很好。甚至沒打我們。」

1《摩訶婆羅多》故事中，般度年少打獵時殺了交配中的兩頭鹿，沒想到鹿是仙人與其妻子所變。仙人死前詛咒般度不能與女性行房，後來他的妻子只好以法術召喚神靈，賜予他們孩子。《摩訶婆羅多》和《羅摩衍那》並列印度的兩大史詩，對亞洲各國的藝術文化也有深遠的影響。《摩訶婆羅多》敘述俱盧家族兩兄弟持國、般度後代的王位之爭。《羅摩衍那》則是敘述拘薩羅國羅摩王子與妻子悉多的故事。

蘿希娜鄙夷地看著她，像要說也難怪他想揍這麼愛發牢騷的人。然後蘿希娜要她把黛維艾玉死掉的消息傳出去，趁機擺脫這個牢騷鬼。用不著裹屍布，因為她十二天前已經買了一條；用不著替她洗身子，因為她已經自己洗過了；她甚至替自己的身體做好了防腐。蘿希娜對鄰近的清真寺教長比手勢：「可以的話，她甚至會自己吟誦禱詞。」教長憤憤地看著啞女，說他本人並不想替妓女的那具屍體吟誦禱詞，更不想替她主持葬禮。蘿希娜（還是用手語）說：「既然她已經過世，她就不是妓女了。」

那個清真寺教長叫亞羅教師，他終於讓步，主持了黛維艾玉的葬禮。

沒什麼人相信她會那麼快死掉；她死去之前真的都沒看過那個寶寶。人們說她實在幸運，要是看到自己的寶寶生下來居然那麼嚇人，做母親的都會難過至極。那樣的話，她就無法平靜地死去，永遠無法安息。唯獨蘿希娜覺得黛維艾玉看到寶寶未必真的會難過，因為她知道那女人這世上最痛恨的就是漂亮的女娃娃。她要是知道她的小女兒和姊姊截然不同，應該會欣喜若狂；但她並不知情。啞女對女主人百依百順，因此即使黛維艾玉知道寶寶的長相，或許就會晚一點死，至少晚個幾年，但黛維艾玉死前的日子裡，蘿希娜並沒有硬把嬰兒交給母親。

亞羅教師說：「太荒謬了，死期是上帝決定的。」

蘿希娜用手勢比道：「十二天來她一心想死，然後她死了。」她繼承了女主人固執的性格。

蘿希娜按死者的遺囑，成為可憐寶寶的監護人。她多此一舉地拍電報給黛維艾玉的三個孩子，說她們的母親死了，將埋葬在布迪達瑪公墓。她們都沒來，不過隔天隨著葬禮一併舉行了那座城多年來空前絕後的盛大慶典。因為幾乎所有和這個妓女睡過的男人都來送別，在她的棺木經過時，他們沿途溫柔親吻茉莉花束然後拋出。他們的妻子與愛人聚在路旁，擠在她們男人背後觀望，難捨嫉妒；她們確信這些好色的男人還是會為了再次和黛維艾玉上床的機會而打鬥，根本不在乎她現在只是一具屍體。

四個男鄰居抬著棺木，蘿希娜走在後面。寶寶在她懷裡沉睡，她戴的黑紗下襬遮著寶寶。一個女人走在她身邊（就是那個牢騷鬼），她手裡提了一籃花瓣。蘿希娜抓了花，和錢幣一起拋向空中，立刻就被小孩子搶奪一空。他們冒險跑到棺材下撿錢幣，也不怕摔進灌溉渠道，或被吟唱先知禱詞的送葬者踩到。

黛維艾玉埋在墓地偏僻的一角，周圍都是其他命運悲慘的人，這是亞羅教師和挖墓人的協議。那裡埋了一個殖民時代的惡毒小偷，一個瘋狂殺手，還有一些共產黨，這下子要埋個妓女。一般相信，這些不幸的人在墓中會不斷受到試煉和審判的折磨，所以最好隔開他們和虔誠信徒的墳墓，虔誠的人想要安息，被蟲蛀蝕而在寧靜中腐朽，與世無爭地與天仙交歡。

慶典一結束，人們立刻就忘了黛維艾玉。那天之後，從來沒人來探視，就連蘿希娜和美麗也沒來。她們任由墓的遺跡被海上暴風侵襲，被一堆堆緬梔枯葉埋住，長滿野象草。只不過蘿希娜沒替黛維艾玉掃墓，有個令人信服的理由。她對恐怖的小寶寶說：「那是因為我們只整理死者的墳。」她用的是她的手語，寶寶當然不懂。

或許蘿希娜確實能預知未來，那是她睿智的老祖先流傳下來的謙遜能力。蘿希娜當初是在五年前和她父親一起來到這座城市，那時她才十四歲。她父親是山裡的採砂工，年紀大了，患了嚴重的風溼。他們出現在黛維艾玉位於卡隆媽媽妓院的房間裡。起先妓女對這個小女孩或她父親絲毫不感興趣，她父親是個老人，鼻子的形狀像鸚鵡的喙，銀髮捲曲，皮膚黑如銅，皺紋滿布，特別是他走路的樣子極為謹慎，好像她輕到不能再輕地推他一下，他全身所有骨頭就會垮成一堆。黛維艾玉立刻認出他，說道：

「老頭子，你上癮了。我們兩晚前上過床。」

老人像見到心上人的小夥子一樣害羞微笑，點點頭。「我想死在妳懷裡。」他說。「我沒辦法付錢給妳，但我會給妳這個啞巴孩子。她是我女兒。」

黛維艾玉困惑地看著小女孩。蘿希娜平靜地站在離黛維艾玉不遠的地方，朝她露出友善的微笑。當時蘿希娜瘦極了，穿著一件太寬鬆的繡花洋裝，光著腳，波浪般的頭髮只用了一條橡皮筋往後綁。她和大部分的山地女孩一樣肌膚平滑，有張單純的圓臉，雙眼機靈，塌鼻寬嘴，那張嘴可以對任何人露出她討喜的微笑。黛維艾玉完全不曉得她能拿那樣的女孩做什麼，她又望向老人。

她問道：「我自己已經有三個女兒了，我要這個孩子做什麼？」

她父親說：「她雖然不能說話，但能讀能寫。」「我所有孩子都能讀也能寫，還能說話。」黛維艾玉說著揶揄地笑了一聲。但老人鐵了心想和她上床，在她懷裡死去，然後用啞巴女孩當作報酬。女孩隨便她處置。老人說：「妳可以讓她當妓女，她這輩子賺的錢都歸妳。或者如果沒有男人想睡她，妳也可以把她剁碎，拿她的肉去市場賣。」

黛維艾玉說：「未必有人想吃她的肉。」

老人不肯放棄，過了一陣子，他開始表現得像再也忍不住尿意的小孩。黛維艾玉並不是不想發發慈悲，讓老人在她床墊上度過美好的幾個小時，但這古怪的交易實在令她困擾，她不斷看看老人又看看啞巴孩子，最後女孩要了張紙、一枝鉛筆，寫道：

「快跟他睡吧，他隨時會死掉。」

所以黛維艾玉之所以跟老人睡，不是因為她同意這場交易，而是因為那孩子說他快沒命了。他們在床上纏鬥時，啞巴女孩坐在臥室門外的一張椅子上等待，手裡抓著裝滿她衣物的袋子，片刻之前那個袋子還是由她父親提著。男人幾乎沒閒聊，直接對黛維艾玉猛攻，好像一個荷蘭軍團的士兵接獲任務要把敵人趕盡殺絕，他恣意動作，忘了風溼。結果黛維艾玉沒花多久時間，老實說她其實沒什麼感覺，只覺得胯下中央有點搔癢。妓女說：「就像蜻蜓在搔我的肚臍。」急躁很快就有了結果，他短短呻吟一聲，身體抽搐；黛維艾玉起初以為那是男人洩出睪丸裡那些東西而抽搐，結果不只這樣——老人也洩出了他的靈魂。他癱在她的懷中死去，他的長槍仍然溼潤而伸長。

她們低調地把他埋在墓地一角，就是後來黛維艾玉埋的那地方。雖然蘿希娜從來沒替她的女主人掃墓，每個齋戒月底卻仍然找機會探視她父親的墓，澆溼草地，照本宣科地祈禱。黛維艾玉把啞巴女孩帶回家，她不是把她當作那個悲慘夜晚的報酬，而是因為啞巴已經沒有父親、母親或任何可以視為親人的人。黛維艾玉當時覺得，她至少可以在家裡陪她，每天下午替她抓頭髮裡的蝨子，她去妓院的時候有人可以看家。

蘿希娜以為會看到一間生氣勃勃的房子，卻來到一個簡單的家，那裡安靜而沉寂。牆壁是乳白色，好像多年沒油漆了，鏡子覆滿塵埃，窗簾有霉味。就連廚房看起來也是從來沒用過，只是偶爾泡壺咖啡。唯一看起來有好好打理的是女主人的臥室和浴室，浴室裡有個日式的大浴缸。蘿希娜來到這間屋子的頭幾天裡，證明了她這個女孩值得留下來。黛維艾玉睡午覺的時候，蘿希娜油漆了牆壁，打掃了地板，用她跟一個伐木工弄來一些木屑刷了窗玻璃，換了窗簾，著手規畫院子，院裡不久就種滿了各式各樣的花朵。下午黛維艾玉醒來，聞到廚房傳來久違的香草和香料氣味，她們一起吃了晚餐，黛維艾玉才不得不出門。那間房子搖搖欲墜，需要好好整頓，但蘿希娜完全不覺得困擾，她只是好奇為什麼只有她們倆住在那間房子裡。那時黛維艾玉還沒學會啞巴女孩的手語，於是蘿希娜又寫字了。

「妳說妳有三個孩子？」

「對。」黛維艾玉說。「她們一學會怎麼解開男人的褲襠就離家了。」

幾年後，黛維艾玉說她不想再懷孕，已經生孩子生膩的時候，蘿希娜馬上想起那句話（但黛維艾玉那時其實已經懷孕了）。她們常在午後聊天，兩人坐在廚房門口，蘿希娜開始養雞了，她們就看著雞在地上刨沙土，黛維艾玉會像天方夜譚裡的謝赫拉莎德一樣說許多天馬行空的故事，大部分和她美貌的女兒有關。她們就是這樣建立了互相理解的友誼，所以黛維艾玉試圖用各式各樣的方法殺死她腹中的女兒時，蘿希娜並沒有試圖阻止她。黛維艾玉開始有絕望的跡象時，蘿希娜再一次證實自己是個聰慧的少女，她向妓女打出手勢。

「祈禱那個寶寶長得醜陋吧。」

黛維艾玉轉向她，答道：「我已經很多年不相信祈禱了。」

「喔，那要看妳是向誰祈禱。」蘿希娜比著，然後微笑了。「其實有些神還滿小氣的。」

黛維艾玉遲疑地開始祈禱。她想到就祈禱；浴室裡，廚房中，街上，甚至胖男人在她身上搖晃而她突然想起來，她就會立刻說，神也好，惡魔也好，天使或蛇靈也好，不論誰聽到我的祈禱，就把我的孩子變醜吧。她甚至開始想像各種醜陋的東西。她想著長了角的魔鬼像野豬一樣露出獠牙，她心想要是有那樣的寶寶就好了。一天，她看到一個插座，就想像寶寶的鼻子長那樣。她也想像寶寶的耳朵像鍋子把手，嘴巴像撲滿的投錢孔，頭髮像掃帚上的稻草。她發現廁所裡有坨實在很難看的大便時，甚至開心地跳起來，問說拜託能不能讓她生個那樣的寶寶；皮膚要像科摩多蜥蜴，腿像象腿。黛維艾玉的想像力愈來愈天馬行空，而她子宮裡的孩子也繼續成長。

一切的高潮發生於她懷孕後的第七個滿月，那時她在花水裡沐浴，蘿希娜隨侍在側。第七個滿月那晚，母親要許願，說她希望自己的寶寶是什麼樣子，把寶寶的臉畫在椰子殼上。大部分的母親會畫黑公主朵帕蒂、悉多或昆蒂[2]，或是偶戲裡最美麗的角色臉孔，如果希望生男孩，就會畫堅戰、勝財、怖軍。但黛維艾玉用一塊黑木炭畫了一個駭人的嬰兒。她或許是世上第一個這麼做的人，因此直到她死去那天，她都不確定結果如何。她希望她的寶寶不會像她看過的任何人或任何東西，唯獨野豬或猴子是例外。於是她畫了一個嚇人的怪物，她從前、直到人們埋葬她遺體之前都沒看過那樣的東西。

不過二十一年後黛維艾玉活過來的那天，她終於見到她了。

那時白晝正轉為黑夜，氣旋暴風降下傾盆大雨，暗示著季節即將變換。豺狗在山丘間嚎叫，聲音高亢，蓋過喚拜人呼喚信徒去清真寺日落祈禱的喊聲，他顯然沒成功，因為日暮時下著豪雨，還聽得到狗在嚎叫，人們不想出門，尤其還有個鬼魂披著裹屍布，邋裡邋遢，啜泣著走在路上。

公墓到她房子的路程不短，然而摩托車騎士寧可把車子丟進水溝，拚命跑走，也不肯載黛維艾玉一程。小巴士都不肯停車。就連路旁賣食物的攤子和商店也決定打烊，緊緊鎖上門窗。街上沒人，就連無家可歸流浪漢或瘋子也沒了蹤影，只剩這個起死回生的老女人。只有蝙蝠狂舞，在暴風中撲打，在空中飛動；窗簾偶爾掀開，露出嚇得發白的臉龐。

她冷得發抖，而且餓了。她覺得有些人還可能記得她，她去敲了他們的家門，但房子裡面住的人要不是已經嚇得昏死過去，就是寧可默不作聲。因此她遠遠認出自己的房子時，喜不自勝；她的房子

2 朵帕蒂是般度五子之妻。悉多是拘薩羅國羅摩王子之妻，典出《羅摩衍那》。昆蒂是般度之妻。而堅戰、勝財（又譯阿那周）、怖軍（又譯毗摩）都是般度之子。

看起來和人們把她埋進墳裡之前一模一樣。籬笆旁圍著九重葛，周圍種了菊花，在雨幕裡顯得靜謐，陽臺的燈散發溫暖的光線。她非常想念蘿希娜，熱切希望有盤晚餐等著她。這景象讓她稍稍加快了腳步，就像火車站和公車總站的人；她的裹屍布因此鬆開，在風中翻騰，露出她赤裸的身軀，但她像洗完澡裹著浴巾的少女，迅速用手抓住棉布，裹回身上。她想念她的孩子（她的第四個孩子），想看看她是什麼模樣。人們說得對，好好深沉地睡一覺會讓人改變心境，何況睡上二十一年。

陽臺朦朧的光暈下，一名少女獨自坐在一張椅子上；黛維艾玉和蘿希娜從前就在那裡互相為對方的頭髮挑蝨子，度過午後時光。她坐著的樣子像在等人。黛維艾玉起先以為她是蘿希娜，等她站到女孩面前，才發現她不認識這個女孩。黛維艾玉看到嚇人的面孔，差點尖叫，女孩看起來好像受過嚴重的灼傷，黛維艾玉腦中有個惡毒的聲音說她沒回到人間，而是在地獄裡遊蕩。但她夠理智，一下就明白了可怕的怪物不過是個悲慘的少女；她甚至很慶幸終於有人看見老女人裹著屍布在傾盆大雨裡路過而沒有逃走。當然她還不知道已經過了二十一年，所以還不明白這就是她女兒。為了釐清疑惑，黛維艾玉試著和女孩打招呼。

「這是我的房子。」她解釋說。「妳叫什麼名字？」

「美麗。」

黛維艾玉超級無禮地爆笑出來，不過她立刻忍住笑，並且明白了一切。她坐進另一張椅子，和女孩隔著一張桌子。桌上鋪著黃色桌巾，放著女孩的一杯咖啡。

「感覺就像母牛看到她茫然的小牛已經知道怎麼跑了。」她驚奇地說完，禮貌地討了桌上的咖啡然後喝下。她加了句：「我是妳媽媽。」女兒和她期望的一模一樣，她滿心得意。如果月光明亮而不是下著傾盆大雨，而且她沒餓得發慌，她好想狂奔、爬上屋頂跳舞歡慶。

女孩沒看她，而且一聲不吭。

黛維艾玉問她：「大半夜的，妳在外面陽臺上做什麼？」

女孩終於開口了：「我在等我的王子出現。」但她還是沒轉頭。「我受到這張醜惡的臉孔詛咒，王子會將我從這詛咒中解放。」

她一發覺其他人不像她這麼醜，就對那個英俊王子著了迷。她只是襁褓中的嬰兒時，蘿希娜試過把她帶去鄰居家，但誰也不肯見她們，不然他們的孩子會尖叫哭泣一下午，老人家會立刻發燒病倒，兩天後死掉。不論到哪兒，他們都拒絕她，她該上學的時候也一樣；所有學校都不收美麗。蘿希娜甚至試著哀求校長，但是比起醜陋的小女孩，校長對年輕的啞女似乎比較有興趣，辦公室的門一關上就粗魯地撫摸她。聰慧的蘿希娜心想，有志者事竟成，如果她必須失去童貞才能讓美麗進學校，要她怎麼失去都行。於是那個早晨，她在校長的旋轉辦公椅上光著身子，在電扇的嗡嗡聲下做愛做了二十三分鐘，結果即使這樣，美麗還是無法獲准入學，因為如果她去學校，其他學生會拒絕入學。

蘿希娜沒放棄，最後計畫自己在家裡教她，至少教她算數、識字。但蘿希娜還來不及教美麗任何事，就錯愕地發現女孩已經能正確數出蜥蜴的叫聲了。完全沒人教過美麗認字母，一天下午她卻拿出她母親留下的一疊疊書本，放聲朗誦，這下蘿希娜更驚訝了。這些驚人的事件有些不對勁，而且其實更早就開始了——蘿希娜驚奇地發覺女孩學會說話，而她不曉得是誰教的。蘿希娜試圖監視小傢伙，但這孩子從來沒到籬笆外，也沒有任何人出現，所以她除了啞巴女傭，誰都沒見過，而啞巴女傭用的是手語。不過她卻知道所有有形或無形事物的名稱，知道她們屋子周圍出沒的貓、蜥蜴到雞和鴨子。

撇除種種奇妙的事不談，她仍然是可悲不幸的醜陋小女孩。蘿希娜常常抓到她站在窗簾後偷看街上的人，或是在蘿希娜必須出門買東西時望著蘿希娜，好像希望蘿希娜邀自己一起去。蘿希娜當然很樂意帶她去，但小女孩自己會抗議，用可憐的聲音說：「不要，我最好別去，不然大家一輩子都會沒胃口。」

她會在清晨出去，那時大家還沒醒來，只有菜販匆匆趕往市場，農民匆匆趕去田裡，或漁民匆匆回家，他們或走路、或騎腳踏車，但在黎明的朦朧中不會看見她。那時她才能認識這個世界。蝙蝠飛回牠們的巢穴，麻雀飛落杏樹的嫩芽，雞大聲喔喔啼，毛蟲孵化成蝴蝶，飛去棲在木槿花瓣上，小貓在牠們的蓆子上伸懶腰，鄰居廚房飄來香氣，遠方吵雜的引擎加速聲，不知哪裡的收音機傳來佈道聲，最重要的是愛與美之神維納斯的金星在東方閃爍。一棵楊桃樹的樹枝上掛著她的鞦韆，她就坐在鞦韆上欣賞這一切。蘿希娜甚至不知道那個燦爛的小光芒叫金星，但美麗清楚得很，她也知道了天上所有星座的占星預兆。

太陽一出來，她就像烏龜受打擾縮起頭一樣消失在屋裡，因為學童總是跑到籬笆門前想看她，他們好奇地瞪著門窗看。老人家跟他們說過嚇人的故事，主角是恐怖的美麗，她住在那間屋子裡，他們一不聽話就會割了他們的頭，一有埋怨就會活活吞了他們——這些故事在他們腦中揮之不去，卻又讓他們更想見她，確認那麼駭人的鬼怪是不是真的存在。不過他們從來沒見過她，因為蘿希娜會馬上揚著掃帚出現，他們跑走時對年輕的啞巴女人尖聲辱罵。說實在，跑到籬笆前想看美麗的不只是小孩，坐在人力三輪車裡經過的女人們也會轉頭看一下，還有那些去上工的人和領著羊的牧羊人。

不過美麗晚上會出去，那時候小孩禁止出家門，家長忙著照顧子女，外面只有漁夫背上揹著槳和魚網，趕著出海。她會坐在陽臺的椅子上，以一杯咖啡為伴。蘿希娜問美麗深夜在陽臺上做什麼，美麗的回答和她跟母親說的一樣：「我在等我的王子出現，我受到這張醜惡的臉孔詛咒，王子會將我從這詛咒中解放。」

她們相見的第一晚，她母親說：「可憐的女孩。那是天大的恩賜，妳真的應該歡喜起舞。我們進去吧。」

黛維艾玉再一次體驗了蘿希娜典型的體貼。啞女幾乎立刻就在她的舊浴缸裡準備好溫水，添上硫磺、浮石和一塊塊檀香木與茎葉，讓她神清氣爽地出現在晚餐的桌旁。蘿希娜和美麗目瞪口呆地看著她飢不擇食，她吃東西的樣子好像要彌補年復一年沒吃東西的歲月。她解決了整整兩條鮪魚，魚刺和魚骨都吃得精光，還喝了兩碗湯，吃了兩盤飯。她喝的是清湯，表面漂著小塊的鳥巢。她吃得比身邊兩個女人還要快。吃完之後，她的胃不斷咕嚕叫，肛門發出隆隆的聲音，放了不能忍的那種屁，她邊用餐巾擦嘴，邊問：「結果我死了多久？」

「二十一年。」美麗說。

她懊悔地說：「很抱歉，實在太久了，可是墳墓裡沒有鬧鐘。」

美麗認真地說：「下次別忘了帶個鬧鐘。」接著又說：「還有別忘了蚊帳。」

美麗說話的聲音細小尖銳，是輕快的女高音，黛維艾玉沒理會美麗的話，繼續說：「我過了二十一年又復活，一定令人困惑；就算死在十字架上的那個長髮傢伙也才死三天就復活了。」

「的確很令人困惑。」美麗說。「下次妳來之前，務必發個電報。」

黛維艾玉不知為何無法忽略那聲音。她思索了一下，開始察覺少女說話的語氣懷著敵意。她望向女孩，但可怕的女孩只朝她笑了笑，像在說她只是提醒黛維艾玉別那麼粗心。黛維艾玉看看蘿希娜，好像希望有點頭緒，但啞女也一個勁兒的微笑，好像完全沒有別的意思。

「蘿希娜，一轉眼妳已經四十了。過不了多久，妳就會又老又皺。」黛維艾玉說著輕笑，想讓餐桌的氣氛輕鬆一點。
蘿希娜用手語說：「像青蛙一樣。」
黛維艾玉開玩笑說：「像科摩多蜥蜴。」
兩人都看向美麗，等她說些什麼，而她們沒等多久。
她說：「像我。」這話簡短而可怖。

黛維艾玉一連幾天都忙著接待來訪的老朋友，因此可以無視她屋裡煩人的怪物。那些人想聽陰間的故事；甚至伊斯蘭教師也來了，多年前他不甘不願地主持了她的葬禮，像小女孩對蚯蚓一樣厭惡地看著她。上門拜訪時，他彬彬有禮的態度就像聖人面前的虔誠信徒，真誠地說她復活簡直是奇蹟，不貞潔的人絕對不會經歷那樣的奇蹟。
「我當然貞潔。」黛維艾玉泰然地說。「二十一年都沒半個人碰過我。」
亞羅教師問道：「死亡是什麼感覺？」
「其實滿好玩的。所以死掉以後沒人想活過來。」
教師說：「可是妳活過來了。」
「我回來，才能告訴你們死後多好玩。」
這話很適合用在禮拜五中午的講道，教師一臉歡喜地離開了。他用不著為了造訪黛維艾玉而不好意思（只不過多年前他曾經吼道，去那個妓女的家就犯了罪，光是打開她家大門就會在地獄裡受火刑），因為那女人說得對，她二十一年沒被任何人碰過，已經不再是妓女了，而你最好相信從今以後再也不會有人想碰她。

這個老女人起死回生引起種種紛擾，最深受其害的就是美麗，她不得不反鎖在自己房間裡。幸好他們頂多只待幾分鐘；訪客不久就會察覺美麗關上的房門裡傳來一股駭人的恐怖。一股黑暗凶惡的邪風挾帶令人作嘔的氣味從門下和鑰匙孔溜出來，掃過他們，刺骨的寒意直透骨髓。大部分的人從來沒見過美麗，頂多在美麗還是小嬰兒的時候看過她，當時接生婆帶她在村裡繞了一圈找奶媽。然而他們注視著怪物的門，風帶把難聞的氣味帶向他們的鼻子，寂靜之聲在他們耳中大作的時候，光是想到她就令他們頸背的毛髮直豎，渾身顫抖。這時他們口中會吐出一些無意義的寒暄，他們忘了原來想聽黛維艾玉說的任何神奇事，灌下半玻璃杯的苦茶就趕忙站起來，藉故回家，跟人說他們的故事去了。

有人問起他們毛骨悚然的拜訪時，他們會說：「建議你，不論你對起死回生的黛維艾玉有多好奇，都別進她的屋子。」

「為什麼？」

「你會被嚇個半死。」

人們不再來訪之後，黛維艾玉開始注意到美麗不大尋常，而且不只是習慣坐在陽臺等英俊的王子，看星星預言自己的命運。她在三更半夜的時候聽見美麗臥房傳來扭打聲，惹得她爬下自己的床，在黑暗中走過去，憂心地站在女孩房前，可怕的少女發出的聲音令她愈來愈困惑。蘿希娜拿著手電筒出現時，她還站在那裡。手電筒的燈光掃過女主人臉上。

黛維艾玉壓低聲音對蘿希娜說：「我在妓院的房間外聽過這些聲音。」

蘿希娜點頭同意。

黛維艾玉繼續說：「那是有人在做愛的聲音。」

蘿希娜又點點頭。

「問題是，她在跟誰做愛，應該說誰會想跟她做愛？」

蘿希娜搖搖頭。她不是在跟誰做愛。應該說，她的確是在做愛，但是除了她之外看不到任何人，所以你永遠不曉得對方是誰。

黛維艾玉站在那兒，對啞巴女孩沉著的態度感到敬畏，黛維艾玉因此想起自己瘋狂的時候，只有這女孩了解自己。那天晚上，她們一同坐在廚房裡，坐在那座老爐子前燒些水，等著水滾來泡杯咖啡。她們像從前那樣閒聊，唯一的光源是閃爍的火焰，火焰舔噬可可樹斷裂的細枝、棕櫚樹枝和椰殼纖維做的乾火種。

黛維艾玉問：「妳教過她嗎？」

蘿希娜用嘴形問道：「教過她什麼？」

「自慰。」

蘿希娜搖搖頭。美麗不是在自慰，她是在做愛，只不過就是不曉得她在跟誰做愛。

「為什麼沒有？」

蘿希娜搖搖頭。因為我自己也不會。

蘿希娜把那些神奇的事都跟黛維艾玉說了，她說美麗小時候沒人教就會說話，六歲的時候甚至開始會讀寫，最後蘿希娜什麼也沒教她，因為這女孩已經學會蘿希娜自己還不會的事了。九歲會刺繡，十一歲會縫紉，用不著說，你想吃什麼她都會煮。

黛維艾玉不解地說：「一定有人教她。」

蘿希娜比道：「可是沒人來這間屋子啊。」

「我不管他是怎麼來的，或是他怎麼瞞著妳我而來。但他一定有來教她所有的事，甚至教了她做愛。」

「是啊，沒錯，他來了，然後他們做愛。」

「這間房子鬧鬼了。」

蘿希娜從不相信這間房子鬧鬼，但黛維艾玉這麼想，自有她的理由。不過那是另一回事了，而黛維艾玉並不想跟蘿希娜說任何相關的事，至少那晚不想。她站起來，匆匆回到床上，把沸騰的水和那杯咖啡都忘了。

之後的日子裡，老女人企圖監視醜女孩，想查出那一切奇蹟最合理的解釋，因為即使屋子裡確實有鬼，她也不願相信那是一個鬼魂的作為。

一天早上，她和蘿希娜發現一個老男人坐在熊熊的爐火前，在清晨寒冷的空氣中發抖。他看起來像游擊隊員，頭髮亂七八糟，糾結成團，用一片枯黃的葉子往後綁起。他的臉和衣著強化了這個印象；他的眼睛深陷，好像餓了好幾年，黑色衣物上染著泥巴和乾掉的血跡。他腰間甚至有把小匕首繫在皮腰帶上晃呀晃。他穿的鞋太過寬鬆，很像廓爾喀部隊[3]在戰時穿的鞋。

黛維艾玉說：「你是誰？」

老人說：「叫我排長。我快凍死了。讓我在妳們爐前待一下。」

蘿希娜盡可能理智地估量他。或許他從前領導過一個排，或許他曾經屬於哈里蒙達的軍團，反抗日本人，之後逃進森林。或許他年復一年困在森林裡，不知道荷蘭和日本早已是過去的事，現在我們有個共和國，有自己的國旗和國歌了。蘿希娜給了他一點早餐，對他投以溫柔的目光和刻意的敬意，

3 源自尼泊爾部族的英國部隊。

做得有那麼一點過頭了。

不過黛維艾玉有點懷疑地看著他，她在想他是否是女兒每晚等待的王子，教她做愛的可不可能是他。但這個男人看起來超過七十歲，應該已經多年無法人道，想到這，黛維艾玉不愉快的念頭逐漸散去。她甚至邀他住進屋子裡；屋裡還有一間空房間，而這男人看起來失去了他和外面世界的所有聯繫。

排長的處境確實混亂悲慘，他接受了她的邀請。那是星期二，黛維艾玉起死回生已經三個月了，那天她們發現美麗淒慘地大字癱在她臥室地上。她母親辛苦地扶她站起來，跟蘿希娜合力讓她躺上床。排長突然出現在她們背後，說道：

「妳們看她的肚子，她懷孕了，已經快三個月了。」

黛維艾玉難以置信地看著美麗，她的目光不再困惑，只剩怒氣，而無知對她的怒氣毫無助益，她質問道：「妳是怎麼懷孕的？」

美麗說：「和妳四次懷孕一樣。我脫掉衣服，和一個男人做愛。」

2

想必發生了什麼怪事，所以某一晚，老人才被迫得娶少女黛維艾玉。他熟睡打呼時，一輛科樂比汽車停在屋子前，漆黑夜裡汽車引擎的噗噗聲驚醒了他。老人格迪克還沒從驚嚇中恢復過來，下個驚嚇就像颶風一樣降臨：車裡出來一個打手，他腰間掛了把大砍刀，老人養的雜種狗睡在門前，給他一腳踢開。狗尖聲吠叫，跳起來準備打鬥，卻徒勞無功；科樂比的司機俐落地用步槍射殺了牠。狗死前嚎叫一聲，這時打手踹開老人小屋的夾板門，門壞了，一頭掛在鉸鏈上。

小屋非常黑，不像人住的地方，倒像蝙蝠和蜥蜴的家。兩個小房間在月光下依稀可見：一間是臥室，老人困惑地坐在窄床邊；一間是廚房，爐子上積滿灰塵。蜘蛛網到處縱橫交錯，唯獨老人從臥室走到爐前和門口的路徑是例外。屋裡的尿騷味遠比任何豬舍的氣味還要濃，惡臭熏得打手作嘔，爐子旁有一堆乾燥的棕櫚葉，他抓了一把摺起來，用火點燃前端，當作火把。室內立刻亮了起來，各種形狀大小的影子搖曳顫動。蝙蝠飛散。老人還坐在他的床邊看著不請自來的人，大惑不解。

接著是下一個震撼：打手給他看一塊黑板，黑板上是年輕女孩的整潔筆跡。他不識字，打手也是，不過打手知道上面寫的是什麼。

「黛維艾玉要嫁給你。」他說。

這是開玩笑吧。他很明白自己的身分——他是老人，已經活了超過半個世紀，女人即使丈夫被丟進博芬迪古爾牢裡，或死在日里[4]的塵土中而成了寡婦，也寧可為了來世而繼續虔誠守寡，不要嫁給像他這樣的拉車夫。他根本已經忘了怎麼和女人睡，要是還記得怎麼養女人，算他走運。他上次去妓院已經是許多年前的事，上次他用雙手自己解決，也是許多年前的事了。因此他和村裡男孩一樣單純地問打手：

「我根本不確定我能不能娶她。」

打手咆哮道：「奪走她貞操的是你的屌還是狗的屌都不重要，反正她想嫁給你。不肯的話，史坦姆勒大人會把你變成豺狗的早餐。」

他聽了發抖。許多荷蘭人養野狗來獵野豬，如果他們不喜歡某個本地人，那人會被抓去跟那些豺狗鬥，拚個你死我活，沒騙你。但即使這威脅是真的，娶黛維艾玉也不是小事，而他就是不懂他為什麼得娶她。何況他永遠愛著伊楊，那個女人有一天飛向空中，消失無蹤，而他發誓再也不娶任何人。

那女人是另一個故事了，那樣的愛太美好，無法長久。格迪克和伊楊在漁民聚落一起長大，天天見面，在同個海灣裡游泳，分食一條魚，唯一阻礙他們結婚的只有年紀，那時他們還沒成年。格迪克和大部分同齡的孩子不同，他學會走路，可以離開母親身邊之後很長一段時間，不論去哪還是帶個竹筒，竹筒裡裝了他母親的奶。一天，伊楊好奇了，問他為什麼十九歲了還喝那個奶，也不在乎奶早就發酸了。

「因為我父親也一直喝我母親的奶，一直到老。」

伊楊這下懂了。她在一叢斑蘭灌木叢後面脫下短衫，叫那傢伙吸她小巧可愛的乳頭。她的乳頭沒流出奶，但格迪克終於不再喝他母親的奶，從此一輩子愛上了那個少女。事情就這樣發展下去，直到一天晚上，伊楊打扮得像個欣傳舞者[5]，讓一輛馬車載走，這一幕雖然迷人，卻也令人心痛。不論是什麼事，格迪克總是最後一個知道，這次也不例外。他追著馬車橫越海灘，追上馬車夫後就跑在馬車旁，朝美麗的女孩喊道：

「妳要去哪裡？」

「去一個荷蘭領主的房子。」

「為什麼？妳用不著去當荷蘭人的女傭啊。」

「我不是要當女傭。」女孩說。「我將成為他的姨太太。你可以叫我伊楊姨太。」

格迪克尖叫道：「媽的！為什麼妳想當別人的姨太太？」

「不然的話，我爸媽會被當成豺狗的早餐。」

「可是妳不知道我愛妳嗎？」

「嗯，我知道。」

他還跑在馬車旁，他們這對年輕男女為了痛苦的別離而哭泣，只有馬車夫見證了他們的淚，他想安撫他們一下，想了想，說道：「你們用不著屬於彼此，還是可以彼此相愛。」

這話一點都不安慰人，格迪克聽了跌在路旁的沙裡，為他的不幸而慟哭悲嘆。女孩命令車夫停車，她爬下車站到年輕人面前。接著女孩在老車夫、馬匹、嘓嘓叫的青蛙、貓頭鷹、蚊子和飛蛾的見證下發了誓：

「十六年後，那個荷蘭領主會厭倦了我。如果你還愛我，對荷蘭人用剩的女人還有興趣，就到那座岩石丘上等我。」

---

4 日里（Deli），又譯德利，是棉蘭的舊稱。棉蘭是蘇門答臘島北部的大城，現為蘇門答臘省首府。

5 欣傳舞（sintren dance）：爪哇北岸的傳統舞蹈，舞蹈開始時女舞者會召喚女神附身，變得更加美麗，舞蹈更靈活。

那之後他們再也沒見過對方，也沒聽過對方的消息。格迪克從來不曉得那個荷蘭領主是誰，這領主色欲熏心，居然奪走他的戀人，她年方十五，正值青春年華。格迪克那時十九歲，他發誓即使她被剁成肉塊送回家，他還是會愛她。

不過失去戀人仍然非同小可。他為了度過等待的歲月，變得比瘋子還瘋狂、比白痴還癡呆，比陷於一陣陣哀慟中的哀悼者還要淒慘。他拉車的朋友和港口的苦力設法安慰他，要他娶別的女人，但他寧可把薪水和時間拿來賭博、喝茴香酒喝到爛醉，跌跌撞撞地走回家。後來他朋友開始說服他上妓院，希望其他女人的肉體至少可以平息他欲求不滿的悲傷。當時那裡只有一間妓院，就在突堤碼頭底。其實當初是為了住在軍營的荷蘭士兵建造的，不過梅毒爆發之後，大部分的荷蘭士兵都寧可討個自己的姨太太，不再去那裡，後來港口工人就開始上妓院。

「上妓院和娶另一個女人一樣是背叛。」格迪克頑固地說。但一星期後，他喝醉酒，意識模糊，他朋友拉著這傢伙到那家妓院，他花了一天的工資在一張床和一個陰道寬如老鼠洞的胖女人身上，結果性愛的魔力立刻令他驚豔，他改口說：「和妓女做愛，其實不是背叛，因為我付給她們的是錢，不是愛。」

從此他成了碼頭底那家妓院的常客，和那裡的女人上床時都低語著伊楊的名字。他幾乎每週末都去，他的朋友也同行，他們和以前一樣對他很好。他們手上現金充裕的時候，每個傢伙都有自己的妓女可睡，不過有時得節省一點，就五個人共享一個女人。就這樣過了好幾年，後來男人們一個個結了婚。格迪克的朋友不再有時間上妓院（何況他們有老婆可以不為錢，只為愛而跟他們上床），他很難挨，而自個兒上妓院是世上最悶的事。格迪克寂寞的時候，就開始用手解決，但這樣很快就令人沮喪不堪，他不得不在漆黑的夜裡再度一個人溜去妓院，在漁夫從海上回來之前回家。

一段時間之後，他變成了怪人，甚至變成公敵，因為鄰居的畜欄屢次發出騷動，然後就會抓到他在強暴一頭母牛，甚至強暴雞，雞腸子流得一地。有時他會毆打牧童，抓隻羊在田中央上牠，有一次一個扛著滿滿一籃木薯葉的中年婦女看到這樣的性慾完全失控的景象，歇斯底里地驚慌尖叫，跑過一整片稻田。大家開始和他疏遠。他不再洗澡了。他不再吃飯，也不吃其他食物，只吃自己的屎和他從香蕉園撿來的大便。他的親友擔心極了，從遠方找來一個巫醫，這個神祕的治療師以治療各種疾病聞名。治療師穿著白袍，留著茂密的長鬍子，看起來像睿智的傳教士。過去九個月，格迪克都被綁在羊欄裡，靠著欄裡的排洩物維生，因此他在羊欄裡檢查這個男人。巫醫冷靜地告訴擔心的旁觀者：

「只有愛能治好這樣的瘋子。」

但那可難辦了，他們沒辦法讓伊楊回到他身邊，最後只好放棄，讓格迪克在束縛中漫長地等待。

他母親氣惱地說：「他們承諾要等十六年，可是他一定撐不到那天就腐朽了。」決定把他綁起來的就是她；那時她發現第六隻雞的腸子跑出肛門，痛苦地打滾，不得不殺了牠。

但他沒有腐朽。他看起來其實滿健康的，日子逐漸流逝，他一直等待的時刻漸漸接近；他的臉頰變得紅潤了。下午，打赤腳的學童回家放牛之前會聚在他的羊欄外開開玩笑，而他會教他們怎麼撫摸自己的生殖器，利用自己的口水套弄——於是學校老師禁止任何人靠近他。但孩子們想必試了他教的事；一些孩子半夜偷偷跑去羊欄找他，輕聲細語跟他說，他們發現尿尿的新辦法，感覺比平常尿尿舒服多了。

「用小女孩的私處試試，會更享受。」

一天下午，一個農夫發現兩個九歲小孩在斑蘭灌木叢裡做愛，之後村民就狠心地把那個羊欄用木板釘起來。格迪克被困在羊欄裡，他沒人可以說話，當然也沒有任何光線。

然而這樣的懲罰並沒有摧毀他的意志。他的身體被束縛在木板封住的籠子裡，嘴巴卻唱起猥褻的歌曲，伊斯蘭教師聽了臉紅，人們半夜翻來覆去，悲慘地顫抖。他的報復持續了幾個星期，但就在村人決定要用小椰子塞住他嘴巴的時候，及時發生了奇蹟。那天早上，他不再唱猥褻的歌；恰恰相反。他唱起美麗的情歌，許多人聽了流淚。從那地區的一頭到另一頭，所有人都放下手中的工作，聽得出神，好像空中會降下天仙。最後有人終於明白了——這是格迪克漫長等待的最後一天。這一天，他將和他的戀人在岩石丘頂相見。

認識他的人蜂擁而去，把關住他的木板拆掉。羊欄臭得像難聞的老鼠窩，光線照亮羊欄時，他們發現那人仍然被綁著，卻也還在唱歌。他們解開他的束縛，帶他到溝渠裡，一起替他洗澡，彷彿他是新生嬰兒或剛過世的老人。他們在他身上噴上從玫瑰到薰衣草的各種香水，給他上好的溫暖衣服，包括外套和一條荷蘭人丟棄的褲子，他們替他打扮，好像他是要放進棺木裡的基督教徒屍體。大功告成之後，他的一個老朋友驚奇地說：「你真帥，我都擔心我老婆會愛上你了！」

「她當然會愛上我。」格迪克得意地說。「就連羊和鱷魚都會愛上我。」

巫醫說得沒錯，愛可以治好他的病，愛什麼病都能治好。所有人都不再擔心他，大家都忘了他從前的不良行徑。就連少女也站得離他很近，不怕他的手粗魯亂摸；虔誠的信徒親切地和他打招呼，不擔心他們耳中會充斥著褻瀆的話。他母親舉辦了一場小型派對慶祝他突然康復，有黃色圓椎狀的薑黃飯塔，一隻按正常方式宰殺而且腸子沒從肛門跑出來的雞，還邀了一個伊斯蘭教師來吟誦祝福和感恩的禱詞。那是個漁民聚落的美好早晨，聚落位於哈里蒙達一角，仍然籠罩在霧氣中，之後多年，人們跟他們的子孫說起這對戀人的戀情，都會記起這個早晨，而他們的戀情直到幾代之後仍是堅貞真愛的故事。

然而，十六年的漫長等待終究以悲劇收場。陽光開始曬痛皮膚不久，就有人開車騎馬急馳而過，他們在追一個逃跑的姨太太。那女人跑向岩石丘，顯然就是伊楊。格迪克借了頭驢子追趕荷蘭人和他的戀人，附近的人們跑在他後面拖了一長串，活像巨蛇的尾巴。來到山谷時，荷蘭人終於停下來，格迪克放聲大喊，一次次呼喚他愛人的名字。

車子、馬匹和驢子都到不了岩石丘頂，伊楊在上面看起來好小。那群荷蘭人憤怒地保證，要是抓到她，就把她拖進豺狗的籠裡。格迪克努力爬上岩石丘，但要爬上去難如登天，人們納悶那女人究竟是怎麼爬到丘頂的。格迪克奮力掙扎一陣之後，站到他的愛人身邊，他心中翻騰著渴望。

伊楊問：「你還要我嗎？我全身都被舔過，灑滿荷蘭人的精液，他插進我私處一千一百九十二次。」

「我插進二十八個女人的私處高達四百六十二次，插我自己的手無數次，還沒算進動物的私處，所以我們真的那麼不同嗎？」

他們像被淫神附身，緊緊擁抱，在炙熱的熱帶陽光下親吻。為了渲洩他們積鬱已久的熱情，他們把身上黏答答的所有衣物全脫了，丟到一旁；衣物飄下山谷，不斷飛旋打轉，宛如被風吹動的桃花心木花朵。人們幾乎不敢相信他們的眼睛，有些人尖叫，荷蘭人全都紅了臉。接著兩人毫不遲疑地在一塊平坦的岩石上做愛，滿山谷的人看得一清二楚，好像在電影院裡看戲。貞潔的女人用面紗邊緣遮住臉，所有男人都硬了，不敢看別人，荷蘭人說：

「我們不總是說嗎，本地人就像猴子。」

真正的悲劇發生在做完愛之後，格迪克邀他的愛人爬下岩石丘，和他回家，這樣兩人就能結婚、住在一起，永遠相愛。伊楊說，不可能。他們還沒踏進山谷，荷蘭人就會把他們丟進豺狗籠裡。

「所以我寧可飛翔。」

「怎麼可能。」格迪克說。「妳又沒有翅膀。」

「只要相信自己能飛，就能飛。」

伊楊赤裸的身上覆滿汗珠，汗珠映著陽光，宛如珍珠，她為了證明自己的話，就這麼跳下，飛向山谷，消失在逐漸籠罩的霧氣中。人們只聽見格迪克跑下坡尋找他的愛人時發出的可憐尖叫。所有人都去找她，連荷蘭人和野狗也去了。他們搜遍了山谷的每個角落，卻怎麼也找不到伊楊，生不見人死不見屍，最後大家都相信那女人真的只是飛走了。荷蘭人這麼相信，格迪克也這麼相信。那裡只剩下那座岩石丘，於是人們用那座丘上飛上天的女人替那座丘命名為「伊楊丘」。

荷蘭人受不了沼澤在雨季的瘧疾；那天之後，格迪克就去了沼澤，在那裡建了座小屋。白天，他拉著載滿咖啡、可可豆，有時載著椰乾和木薯的車子到港口，除了和其他拉車夫簡短對話之外，他只會自語自語，或是和周圍的神靈說話。雖然他不再強暴牛、雞或吃屎，人們仍然開始覺得他的瘋病復發了。

幾乎是小屋一建好，就有更多人來到沼澤，不斷冒出的小屋讓那地方成了新的聚落。唯一去過沼澤的荷蘭人是負責進行普查的一名監察人，一星期後，他的租屋處發現了他的屍體，死因是瘧疾，此後許多年不再有人拜訪格迪克，直到那晚科樂比的司機射殺他的雜種狗、打手踹開他屋子的門，帶來黛維艾玉想嫁給他的驚人消息。他不曉得為什麼她想嫁給他，所以他腦海深處開始冒出一個邪惡的故事。他依舊顫抖不停，問打手說：

「她懷孕了嗎？」她很可能是為了隱藏荷蘭家族的恥辱，才不得不嫁給他。

「誰懷孕了？」

「黛維艾玉。」

打手說：「如果她想嫁給你，那一定是因為她不想懷孕。」

黛維艾玉歡喜地迎接她的未婚夫。她要他去洗澡，給他好衣服穿，她告訴他，這是因為村長就快到了。但格迪克聽了並沒有滿心歡喜；恰恰相反。他覺得這根本是場大災難，愈接近他們結婚的時刻，他愈沮喪。

「親愛的，笑笑嘛。」黛維艾玉說。「不笑的話，豺狗會吃了你。」

「說實話，妳為什麼想嫁給我？」

「整個早上你都不停問我同個問題。」黛維艾玉有點惱怒了。「你覺得其他人結婚就有那麼好的理由嗎？」

「通常是因為他們彼此相愛。」

「我們正好相反，我們一點也不相愛。」黛維艾玉說。「所以這個理由不錯，不是嗎？」

女孩年方十六，和許多混血女孩一樣很美。她的頭髮烏黑亮麗，雙眼帶著藍色。她穿著薄紗結婚禮服，戴個小王冠，看起來像故事書裡的仙女。她的其他家人打包行李與其他荷蘭家庭湧向機場，想趁他們還有機會時逃到澳洲，那之後，史坦姆勒家就只有她管事了。日軍占領了新加坡，雖然他們還沒到哈里蒙達，但很可能已經到巴達維亞[6]了。

幾個月前，他們在收音機上聽到歐洲爆發戰事，戰爭的話題其實就開始了。當時，黛維艾玉已經進入聖方濟學校就讀，多年後那所學校成為中學，她的外孫女美人倫嘉妮斯將在一間廁所隔間裡被一

6 即現在的雅加達。

隻狗強暴。黛維艾玉想當老師，理由很簡單，因為她不想當護士。她的阿姨漢娜克在教幼稚園，她會和阿姨一起去學校，她們坐的那輛科樂比汽車不久之後就將去接格迪克，開車的司機將射殺老人的狗。

她擁有哈里蒙達最好的老師——負責教她音樂、歷史、語言和哲學的修女。有時候神學院的耶穌會教士來訪，會教她們宗教教育、教會歷史和神學。她的天資令他們刮目相看，她的美貌卻令他們憂心，一些修女試圖說服她立誓保守清貧、純潔、貞潔。她說：「才不要。如果每個女人都發那樣的誓，人類就會跟恐龍一樣絕種。」她說起話來語不驚人死不休，比她的美貌更令人困擾。不論如何，宗教唯一吸引她的是神奇的故事；教會唯一吸引她的是三鐘經鐘聲的悅耳音色。

她在聖方濟學校的第一年，歐洲爆發了戰爭。瑪麗亞修女放在教室前的收音機擔憂地報導了德軍入侵荷蘭，只花了四天就占領那裡。孩子們發覺戰爭不只是他們歷史課本裡寫的胡言亂語，而是真的，他們深深著迷。更重要的是，他們祖先的故土爆發了戰爭，而荷蘭打輸了。

黛維艾玉說：「先是法國，這下子是德國占領了那裡？這國家真可悲。」

瑪麗亞修女問：「為什麼，黛維艾玉，這話怎麼說？」

「我的意思是，我們商人太多，士兵不夠。」

她因為說了不得體的話而受到懲罰，被迫讀聖經詩篇。然而黛維艾玉的同學之中，只有她愛聽戰爭的消息，她甚至做出令人心寒的預言：戰火會蔓延到東印度，甚至到達哈里蒙達。修女為了她們歐洲家人的安危而帶她們祈禱，黛維艾玉仍然為家人而參加禱告，但她其實沒那麼在乎。

然而戰爭的焦慮吞沒了她的家，尤其是她祖父母泰德和瑪麗琪・史坦姆勒在荷蘭有許多家人。他們持續詢問荷蘭送來的信，但一直沒信來。最重要的是，他們擔心黛維艾玉的父母，亨利和阿涅・史坦勒姆。他們私奔了，兩人在十六年前一個早晨突然離開，沒說一聲再見，只留下黛維艾玉，而她當時只是嬰兒。雖然家族因此勃然大怒，他們其實還是很擔心。

泰德．史坦姆勒說：「不論他們在哪兒，我都希望他們幸福。」

黛維艾玉說：「如果德國人殺了他們，願他們在天堂仍然很幸福。」然後她自己接下去：「阿們。」

瑪麗琪說：「過了十六年，我已經不氣了。其實妳應該祈禱妳能見到他們。」

「媽，我當然希望我會見到他們。他們欠我十六個聖誕禮物和十六個生日禮物，還沒算到十六個復活節的蛋呢。」

她已經知道她父母亨利和阿涅．史坦姆勒的事了。一些廚房裡的僕役悄悄把他們的事告訴她；要是給泰德．史坦姆勒或瑪麗琪曉得他們洩露了祕密，他們很可能會挨一頓鞭子。但過一陣子之後，泰德和瑪麗琪發覺黛維艾玉已經聽說了所有的事，包括一天早上他們發現她躺在門前臺階上一個籃子裡的事。當時她裹在襁褓裡沉沉睡著，身邊放了一封短信籤，寫了她的名字，解釋說她父母坐曙光號出海往歐洲去了。

她完全沒有父母，只有爺爺、奶奶和一個阿姨，她一向覺得神奇。但當她得知她父母是在某天早上不見的，她並不生氣；相反地，她感到驚歎。

她跟泰德．史坦姆勒說：「他們是真正的冒險家。」

她祖父答道：「孩子，妳讀太多故事書了。」

「他們一定很虔誠。聖經裡說，有個母親把她的孩子留在尼羅河河畔。」

「情況並不一樣。」

「是啊，當然不一樣。我是被留在門前的臺階上。」

亨利和阿涅都是泰德．史坦姆勒的孩子。他們打從襁褓中就住在同一間屋子裡，不過從來沒人發覺他們愛上了彼此——真是可恥的醜聞。亨利是瑪麗琪肚裡生出來的，比阿涅大兩歲；阿涅則是泰德和一個姨太太的孩子。那個姨太太是本地人，叫伊楊。雖然伊楊住在另一間屋子，有兩名打手看守，阿涅出生之後，泰德卻決定把阿涅帶來和他們一起住。瑪麗琪起初拚命反對，但她有什麼辦法，畢竟大部分的男人都有姨太太和私生子。最後她終於答應讓那孩子住在他們的屋子裡，繼承家族的姓，避免俱樂部裡有人閒言閒語。

他們一同長大，要墜入愛河有的是時間。亨利是個討喜的年輕人，很知道怎麼帶他的俄國獵狼犬獵豬（狗是直接從俄國送來的），擅長踢足球、游泳、跳舞。而阿涅長成美麗的年輕女子，會彈鋼琴，以悅耳的女高音唱歌。泰德和瑪麗琪允許他們去夜間的園遊會和舞廳，因為現在該他們開心了，或許甚至能找到匹配的對象。但大災難就是這麼開始的——他們跳舞跳到午夜，喝了杯節慶的餐廳檸檬水之後，並沒有回家。泰德很擔心，他帶了兩個打手去園遊會找他們。三人只找到一座漆黑寂靜的旋轉木馬，一間緊緊鎖上的鬼屋，空無一人的舞廳，打烊的美食攤，還有大字睡在攤販前的疲憊店員。完全沒有那對少年少女的蹤影。泰德決定質問他們的年輕朋友，兩人究竟到哪兒去了。有人說：

「亨利和阿涅去了海灣。」

夜裡的海灣除了幾間旅館之外什麼也沒有。泰德一間間搜查，最後在一間房裡找到兩人，他們一絲不掛，措手不及。泰德什麼也沒說，而他們再也沒回家。誰也不知道那之後他們去哪兒了。或許他們住在一間旅館裡，不是跟朋友借錢或接受朋友施捨，就是打零工維生。也可能跑進森林，靠水果和野豬肉過日子。還有人說他們去了巴達維亞，替火車公司工作。泰德和瑪麗琪從來不曉得他們的下落和境況，然後一天早晨，泰德就在他家門前的一只籃子裡發現了一個嬰兒。

泰德說：「而那嬰兒就是妳。他們替妳取名為黛維艾玉。」

女孩說：「而他們在曙光號生了更多寶寶……或許歐洲所有房子前面都有一個籃子。」

「妳阿嬤發現時，變得歇斯底里。她發瘋似地從屋裡跑出去，誰也抓不到她，騎馬開車都沒辦法。我們發現她爬上了岩石丘的丘頂，可是她再也沒下來。她飛走了。」

黛維艾玉問：「瑪麗琪阿嬤會飛？」

「不對，是伊楊。」

是那個姨太太，也就是她的另一個阿嬤。按她祖父的說法，如果她坐在陽臺上往北看，就會看到兩小座岩石丘。伊楊從西邊的山丘飛走，消失在天空裡，當地人替那座山丘取了她的名字：伊楊。雖然動人，卻也有點哀傷。黛維艾玉下午常常獨自坐著眺望那座山丘，期待看到她外婆還像蜻蜓一樣飄在那裡。不過戰爭吸走了她的注意力，之後黛維艾玉就比較常坐在收音機前，聽前線的報導。

雖然戰爭依然遙遠，但哈里蒙達已經能感覺到戰爭的影響了。泰德・史坦姆勒和其他幾個荷蘭人共同擁有一座可可豆與椰子園，是那地區最大的一座。而戰爭導致全球貿易停擺。他們的收入減少，生意似乎注定完蛋。家族變節儉了。瑪麗琪只跟挨家挨戶叫賣的小販買食物。漢娜克收斂了看電影和買唱片的習慣。甚至替他們當守衛和技工的印度人威利先生，也不得不少買子彈還有科樂比汽車加的汽油。而黛維艾玉則得撤離到學校的宿舍。

聖方濟會的修女在戰時就是這樣伸出援手——她們免費打開宿舍的大門。這時，學校所有課堂上說的都是令人焦慮的傳聞，講述著這場終於來到他們前院的戰爭。黛維艾玉沒耐性聽沒完沒了的講演，她站起來大聲問道：

「我們別坐著空談，何不學習怎麼用步槍和大炮呢？」

修女把她逐出去一星期，要不是當時在打仗，她祖父還得再繳一筆罰款。她回到學校時，珍珠港剛被轟炸，瑪麗亞修女通常都一臉愉快地教歷史，這時嚴肅地斷定：「美國該干預了。」

他們明白戰爭這時離他們非常近，像草叢裡的蜥蜴一樣潛伏，進展緩慢，但終將讓地面染滿鮮血，布滿彈殼。這時黛維艾玉之前的意見看起來像預言，只是最後來的是日軍而非德軍。旭日旗像老虎在擴展的領域上灑尿一樣，開始在菲律賓飄揚，接著突然也在新加坡飄揚了。

在家裡，這造成了更大的問題。泰德．史坦姆勒年紀還不大，他和所有的成年男性一樣收到了徵兵令，強制服役。和單單只要省錢比起來，這狀況棘手多了。漢娜克淚汪汪地給了他一些護身符，黛維艾玉給了他一些好建議：「被你的敵人俘虜，好過被射殺身亡。」

泰德離開時，誰也不知道他會被派駐到哪裡，不過日軍迅速逼進爪哇，他應該會被送去蘇門答臘迎戰。泰德和其他男人（大多是莊園家庭的男人）一同把哈里蒙達和家人拋在身後。瑪麗琪和他在村裡廣場上道別時，噙著淚說：「我以性命發誓，他開槍打獵豬時，準頭從來沒那麼差。」之後，她取代丈夫成為一家之主，她可憐兮兮，女兒和孫女都努力安慰她。威利先生幾乎每天都來——他沒被徵兵，因為他是印度人，從來沒被登記為荷蘭公民，何況他被一隻野豬撞了之後，一條腿就瘸了。

黛維艾玉說：「奶奶，冷靜點，日本人的眼睛太小，在地圖上看不到哈里蒙達。」她當然只是想讓瑪麗琪好過一點，但她臉上絲毫沒有笑意。

全城士氣低落。夜市關了，沒人去俱樂部。沒有人跳舞，莊園的辦公室由幾個弱不經風的老傢伙看守。人們在游泳池相聚，默默泡在水裡。大約那個時候，所有住在哈里蒙達的日本人都不見了。有些是農夫，有些是商人，有個是攝影師，另外兩個甚至是馬戲團裡的雜技演員，他們突然不見以後，大家才知道敵人的間諜一直在他們身邊。

只有本地人完全不以為意——他們還是照常過日子。拉車夫仍然絡驛不絕地前往港口，因為貿易仍然進行，貨船仍在航行。農人繼續耕田，漁夫夜夜出海。

正規兵來到了哈里蒙達的港口，那裡現在變成爪哇南岸最大的港口，也是大規模撤退到澳洲的可行途徑。起先那裡只是倫嘉妮斯河開闊河口的一個普通漁港，無關航海的傳統。海邊和更內陸的人們聚在那裡交易貨品。漁民用魚、鹽和蝦醬換取米、蔬菜和香料。

久遠以來，哈里蒙達不過是一大片多霧的沼澤森林，根本不屬於誰。帕亞亞蘭最後一代的公主逃跑到那個地區，為那裡起了名字。之後，她的後代讓那裡發展成村落和城鎮。馬打蘭王國把意見不合的王子放逐到那裡。荷蘭人最初對那地區毫無興趣——沼澤有瘧疾的威脅，泛濫無法控制，道路狀況慘不忍睹。最早有大船停泊是十八世紀中葉的事，那艘英國船叫皇家喬治號，只是為了取得清水才到那裡，不是為了貿易。然而，這事有點惹惱了荷蘭當局，他們懷疑英國人其實買了咖啡和靛藍，甚至珍珠，也許還從哈里蒙達偷渡武器，存放在迪蓬尼戈羅。於是第一支荷蘭探險隊終於到來，來這裡到處視察、繪製地圖。

第一批住在那裡的荷蘭人是一名中尉、兩個中士、兩個下士，以及大約六十名武裝士兵，他們的小要塞讓哈里蒙達從此有了正式的基地。那是迪蓬尼戈羅的戰爭結束之後，強迫種植制度開始時的事。在這座要塞建立之前、荷蘭人開始種植他們自己的可可樹之前，哈里蒙達內陸各地大量種植的咖啡與靛藍是經由內陸路徑運送，橫越爪哇前往巴達維亞。這條路線有不少風險——貨物可能在路途中壞掉，路上也可能有盜賊。哈里蒙達有了要塞和海港之後，農作就能直接裝上船，就這麼運去歐洲販賣。於是開了更寬的街道讓貨車和馬車通行。他們挖了溝渠防止淹水，在港口周圍興建倉庫。儘管和北方的任何港口相比，哈里蒙達一直沒有多重要，但殖民地政府注意到了哈里蒙達，那座港口最後也終於對私人企業開放了。

城市中最早營運的企業當然是荷蘭印度輪船公司，他們擁有一些大型帆船。此外也建立了一些倉儲業，尤其是在鐵路開通，東西連貫這座島之後。然而那裡的貿易一直沒進入黃金年代——建立最初的那座要塞之後，殖民政府就把哈里蒙達變成了一個軍事據點。他們看到了策略上的機會；這座城市是南岸唯一一座大港，要是居然爆發戰爭，這裡可以當作荷蘭人撤退到澳洲的後門，用不著再經過巽他或巴厘海峽。

他們開始建造碉堡，在海灘上設置大炮，防衛港口和城市。海岬沿岸叢林裡的山丘上建造了瞭望塔，多年前，帕亞亞蘭王國的公主後裔就是住在那地方。一百隊炮兵部隊布署到了這裡。二十年後，設置了二十五座龐大的阿姆斯托大炮，二十世紀初建造了更多軍營，防禦計畫到達了巔峰。那是哈里蒙達許多事的開端——妓院、私人俱樂部、醫院，以及根除瘧疾的措施，而荷蘭商人也開始湧入這座城市，其中有些人建立了可可莊園，在那裡待上許多年。

戰爭爆發，德國占領荷蘭，所有軍事設施都升了級，更多士兵進入城中。收音機宣布威爾斯親王號和卻敵號這兩艘英國船被日方擊沉，而馬來半島落入敵方手中。日本的勝利並非到此為止。馬來半島被占領後不久，英國守軍司令白思華中將就簽署了新加坡降書，而新加坡一直是傳說中最牢不可破的英國要塞。一切每況愈下，最後，一天早上監察人查訪了哈里蒙達的民宅，說了些讓他們不寒而慄的話：「日本轟炸了泗水。」本地工人都停下工作，所有交易中止。他們對瑪麗琪·史坦姆勒說：「女士，妳得撤離。」瑪麗琪、漢娜克和黛維艾玉都沒回答。

城市立刻擠滿了難民，他們坐火車或私家車前來，車輛蔓延到城外，填滿溝渠，車主排著隊，一夜夜等待機會上船。大約五十艘軍艦進港協助撤離。一切混亂不堪，東印度似乎難逃戰敗。承諾撤離的時間公布之後，史坦姆勒家僅存的成員急忙開始打包，沒想到黛維艾玉突然聲明：「我不走。」

漢娜克說：「別傻了，孩子。日本人不會對妳視而不見。」

「不論如何，史坦姆勒家都要有人留在這裡。」她頑固地說。「妳也很清楚我們必須等誰。」

瑪麗琪被她的固執惹得流淚，她哭號著說：「他們會把妳變成戰俘！」

「奶奶，我叫黛維艾玉，誰都知道那是本地人的名字。」

日本人轟炸了泗水之後，繼續朝他們的目標丹戎不碌[7]而去。最先撤離的是殖民政府的一些高官。瑪麗琪和漢娜克．史坦姆勒最後終於登上了龐大無比的蒸氣船贊丹號，她們仍不知道泰德在戰場上的命運，並且按黛維艾玉的堅持而留下了她。那艘船多次來回載了許許多多的乘客，但這是它最後一乘。贊丹號和另一艘船遇上一艘日本巡洋艦，兩艘船未交戰就直接被擊沉。黛維艾玉、威利先生、傭人們和打手開始守喪。

日軍四十八師團的一個步兵聯隊在菲律賓巴丹打了一場戰役，之後在爪哇島北岸的克拉根登陸。一半經由泗水前進瑪琅，另一半來到哈里蒙達，自稱坂口支隊。日本戰機已經飛過空中，投下炸彈，轟炸巴達維亞石油公司旗下石油工廠開發公司暨東根石油工廠的煉油廠、工人宿舍和可可與椰子園的辦公室。坂口支隊一直和荷蘭皇家東印度軍團交戰，軍團在城外死守不過兩天，P．梅哲將軍就收到消息，荷蘭已在卡利亞蒂投降了。整個東印度都淪陷，受到占領。P．梅哲將軍在市政廳將哈里蒙達的統治權移交給日本。

黛維艾玉親眼看見、親耳聽見所有這些事，然而在她守喪，沒跟任何人說話，只是坐在他們屋後

7 丹戎不碌（Tanjung Priok）：位於雅加達北端，丹戎不碌港是印尼最大的港口。

的陽臺，眺望泰德說是以伊楊為名的山丘。一天下午，她看到威利先生出現在後院，他身邊那隻俄國獵狼犬以前應該屬於她父親亨利吧。開始守喪之後，她首次開口說話。

「一個飛走了，另一個淹死了。」

威利先生問：「小姐，怎麼了？」

「噢，我只是想起我的兩個阿嬤。」她說。

「小姐，妳得做點什麼，傭人不知所措。妳現在不是一家之主了嗎？」

她點點頭。那天傍晚太陽落下時，她要威利先生召集全家的僕役：廚師、女傭、園丁和守衛。她告訴他們，現在她是這個家唯一的女主人。他們必須對她唯命是從，誰也不准違抗她。她不會鞭打任何人，但如果泰德回家來，任何有異議的人就要吃他一頓鞭子，然後丟進豺狗的狗籠裡。她的第一個命令似乎沒讓任何人困擾，不過確實令大家訝異不解：

「今晚，你們有人得去沼澤的村落綁架一個叫格迪克的老人。因為明天早上我要嫁給他。」

威利先生說：「小姐，別開玩笑了。」

「如果你覺得我在開玩笑，儘管笑吧。」

「可是神父已經找不到人，教堂也被炸得粉碎了！」

「還有村長。」

「小姐，妳不是穆斯林，對吧？」

「對，但我也不是天主教徒，很久不是了。」

黛維艾玉和格迪克的婚姻就此展開。悲慘的老人娶個美麗的少女——消息立刻傳遍全城——就連剛到達的日本人也聽到流言。在此同時，無法逃離的荷蘭人透過他們的傭人送信來，詢問那消息是不是真的，有些開始挖出她父母的可恥醜聞。

村長到達後不久，格迪克終於問了：「如果我不娶妳，會怎樣？」

「你會被當成豺狗的晚餐。」

「就讓牠們吃了我吧。」

「伊楊丘會被鏟平。」

他聽到這個駭人的威脅，束手無策地在那天九點左右娶了黛維艾玉，那時日本士兵剛開始慶祝他們占領了這座城市。除了傭人和守衛，沒人受邀參與他們的婚禮。威利先生擔任證人，格迪克從頭到尾都在發抖，沒辦法好好發誓。最後他終於倒下來失去意識，村長宣布他們正式結為夫妻。

黛維艾玉說：「可憐的傢伙。要不是泰德強迫伊楊成為他的姨太太，他可能會是我外公。」

那天下午，格迪克恢復知覺，發現自己不知怎麼已經成了黛維艾玉的丈夫，他目瞪口呆地看著她，好像她是魔女似的。他不肯碰她，每次她硬是靠近他，他就尖叫，手邊有什麼就丟向她。黛維艾玉減緩攻勢，他就在房間一角蜷著身子顫抖，像搖籃裡的嬰兒一樣哭泣。黛維艾玉身上還穿著結婚禮服，坐在離他不遠的地方耐心等待。她偶爾會哄他靠近，要他愛撫她，甚至和她做愛；畢竟她現在是他妻子了。但只要格迪克又開始尖叫，她就會停止誘惑，再次耐著性子默默坐著，偶爾朝他嫣然一笑。

「你為什麼怕我？我只是要你碰我，當然還要和我睡，因為你是我丈夫啊。」

格迪克沒回答。

她繼續說：「你想想，假如我們結婚了，你不和我睡，我就不可能懷孕，那大家都會說你的那根已經不管用了。」

格迪克終於結結巴巴地說：「妳是勾引人的魔女。」

黛維艾玉附和道：「我是色誘人的美女。」

「妳不是處女。」

「才怪，我當然是！」黛維艾玉有點傷心。「和我同房，你就會明白你錯了。」

「妳不是處女，妳懷孕了，要我變成敗壞門風的人。」

「才沒有。」

他們繼續爭論到半夜，然後清晨繼續爭執，兩人都沒改變主意。新的一天來臨，陽光灑在他們的新房裡，那男人的厲聲尖叫聲終於讓黛維艾玉精疲力竭，放棄靠近他。她脫下所有衣物，結婚禮服和小王冠都脫了，然後把衣物全丟到床上。她全身一絲不掛，站到依然歇斯底里的老人面前，大聲在他耳邊說：

「快做，做了你就會知道我還是處女了！」

「我向撒旦發誓，我絕不會做；我知道妳不是處女！」

這時，黛維艾玉在格迪克面前把她的中指插進陰道，深深插入。女孩痛得哀鳴一下，每次手指在兩腿間插入，她就顫抖，最後她抽出手指讓格迪克看。她指尖沾了一滴血；接著她把血從格迪克額頭頂抹向顫抖的下巴尖。

黛維艾玉說：「看來你說對了。現在我不再是處女了。」

她跑去洗澡，之後躺在她的禮服上睡了，好像毫不在意那個老人；而老人還在房間一角發抖。她已經一天、一夜都沒休息，因此睡得很沉，傭人想叫醒她吃午餐，她也沒反應。她下午才醒來，完全沒管格迪克，直接上桌去大塊朵頤，傭人在一旁等她吩咐，她完全沒交談。她回她房間才發覺老人不見了。她去浴室找他，去院子、廚房找他，卻沒找到。黛維艾玉終於問了屋前的一個守衛。

「小姐，他尖叫著跑走了，好像看到魔鬼一樣。」

「你們沒抓住他？」

守衛答道：「他跑得好快，好像十六年前伊楊跑得那麼快。不過威利先生開車追他去了。」

「那抓到他了嗎？」

「沒有。」

她跑去馬廄，騎馬加入追逐。黛維艾玉猜想，那男人是跑到伊楊飛下來、消失在霧裡的那座岩石丘頂去了；不過她猜得不大對。原來格迪克不是跑向那座山丘，而是東邊的另一座山丘。問了路邊的一些人之後，他們找到一些科樂比汽車的輪胎印，車輪印帶著他們來到那座山的山腳下。黛維艾玉發現威利先生坐在車子的後保險槓上，看起來無法再往上開了。

威利先生說：「他在山頂唱歌。」黛維艾玉抬頭看，發現格迪克站在一塊大石頭上，像臺上的歌劇明星一樣唱著歌。她隱約聽見他的聲音，但她不知道那是他多年前在等待伊楊十六年的最後一天唱的歌。

威利先生又說：「他一定會跳下來，就像他的愛人一樣。然後他會飛上天，消失在霧裡。」

「不會。」黛維艾玉說。「他會在石頭上摔個稀爛，像一堆碎牛肉。」

結果正是如此——格迪克唱完歌之後，就跳下虛空。他似乎在飛翔，許多年來沒人看過他這樣欣喜若狂。他的手臂像鳥翅一樣拍打，但沒讓他飛得更高，他墜落的速度愈來愈快。他知道最後結局如何，但他仍然興奮不已，微笑高喊。他摔到岩石上，身體摔得支離破碎，一如黛維艾玉預料。

他們把他的遺體帶回家，妥善安葬；他的遺體不像人類屍體，倒像肉湯或麵糊。那座丘就立在伊楊丘旁，黛維艾玉把那座山丘取名為格迪克丘，決定守喪一週。她守喪結束時接到消息，泰德．史坦姆勒在荷蘭投降前最後一戰守衛巴達維亞時喪命了。他的遺體一直沒送回來，黛維艾玉決定再守喪一週。第二次守喪結束時，她脫了所有的喪服，很慶幸沒再接到任何悲傷的消息。她穿上輕鬆的衣服，精心打扮，上了市場，好像不曾發生任何事。但她回家時，她聽到了比另一則死訊更驚人的事。

威利穿西裝打領帶，腳踏閃亮的皮鞋來找她，說他有重要的事想和她討論。黛維艾玉以為這男人要辭職，去巴達維亞找工作，或是加入日軍。但她猜得差遠了。威利害臊得紅了臉，在他開口之前，臉上的表情什麼也沒洩露。他只說了幾個字，但這幾字令她喘不過氣。他說：

「小姐，嫁給我吧。」

黛維艾玉沒想到，日軍如果沒有任何情報，絕不可能贏得戰爭，例如他們很清楚她是荷蘭家族的孩子。洩露她身分的不只是她的面孔或膚色，也是城裡的官方記錄，日本人現在掌控了所有的檔案庫，所以不論她是不是叫黛維艾玉，他們都不會相信她是本地人。

「看來事情就這樣了。」她說。「就像大家都知道穆爾塔圖里[8]那傢伙是個酒鬼，不是真正的爪哇人。」

她孤立無援，懷念舊日時光，一邊聽留聲機播放她祖父最愛的曲子，舒伯特的交響曲《未完成》和高沙可夫的《謝赫拉莎德》，一邊思考她該怎麼回應威利先生的求婚。她知道威利先生人非常好——她甚至一度希望他娶她的阿姨漢娜克。讓那樣的好人失望，就像輕率嫁給他一樣並不容易，但不論如何，她和格迪克一團混亂的婚禮之後，她完全不考慮嫁給其他任何人了。

威利先生來到哈里蒙達的時候，她祖父正從巴達維亞的「賽車場」商店訂了他們的科樂比汽車，換掉他們的古董飛雅特。那家公司屬於布列斯特．馮．肯彭這位商人，他很好心，讓人分期付款買車子。她祖父不需要分期付款，不過他朋友告訴他「賽車場」提供了實惠的促銷方案——車子附有免費

8 穆爾塔圖里（Multatuli, 1820-1887），荷蘭作家，長期在荷屬東印度群島擔任殖民地官員，小說、散文作品揭露了殖民政府的作為，《馬格斯．哈弗拉爾》即為他的作品。

的意外險，有一家厲害的維修廠負責修理，而且他們會附上一個處理引擎經驗老道的司機。他帶著威利先生回家，威利先生就這麼成了他們的司機和技工，他們需要人來維護莊園的設備，所以他格外有用。他體格中等，年紀約三十五、六歲。他的汗衫總是不扣釦子，衣物永遠沾滿油漬，隨身帶把手槍打老鼠和野豬。那是黛維艾玉十一歲的事了，五年後，威利先生向她求婚。

「先生，你要想想，我可是個瘋女人。」她說。

威利先生說：「我看著妳的時候，看不到任何瘋狂的跡象。」

「格迪克死的時候，我發現我嫁給他只是因為太氣泰德毀了他的戀情。所以我顯然是瘋了。」

「妳只是有點不理智。」

「先生，這是發瘋的另一個說法。」

不過這時她得救了——她可以逃走，不用答覆他的求婚。早晨唱片的最後一首歌還沒放完，她就看到軍用卡車在海灘上排成一列，準備集合剩下的所有荷蘭居民，把他們帶去一座戰俘營。前一天，士兵來到荷蘭人的屋子，命令他們打包東西。當晚黛維艾玉收拾了她的東西；她沒跟任何人說，尤其沒告訴威利先生。她帶得不多，只帶了一卡皮箱，裡面裝滿衣物、一條毯子、一條薄蓆子，還有證明她家族所有權的文件。她沒帶任何錢或珠寶，因為她知道那些東西都會被人偷走。她只收拾了祖母的一些項鍊和手鐲，把這些珠寶從馬桶沖進等在那兒掩護的糞便裡。她把剩下的珠寶分裝進小信封，交給家中傭人，讓他們去別的地方找到工作之前可以過日子。她自己則吞了六枚戒指，戒指上鑲著玉、綠松石和鑽石。這些戒指在她體內很安全，之後會隨著她的糞便排出，然後她可以再吞進去，如此反覆到她重獲自由。但這時她該離開了——一輛卡車停在她屋外，兩名士兵下了車，他們手持刺刀爬上通往陽臺的階梯；她就坐在陽臺上等他們。

「我認識你們。」黛維艾玉說。「你們是在路彎處工作的攝影師！」

一名士兵說：「是啊，很有趣。我們有哈里蒙達所有荷蘭人的照片。」

另一名士兵說：「小姐，準備一下。」

「要叫我夫人。」黛維艾玉說。「我現在是寡婦了。」

她要他們稍等，讓她和家中的僕役道別。他們似乎知道女主人要離開了。她看見廚師依娜在哭。廚房其實是由依娜掌管，黛維艾玉的祖母把客人的所有餐點都交由依娜打理。黛維艾玉再也無法享用她美味的飯菜全席，或許永遠都沒機會了——好廚子是家族的重要資產，但這下子家族已經不再，最後一個成員也將離開，成為戰俘。黛維艾玉把一條項鍊交給了那女人的時候，記憶湧現。她小時候，依娜教她烹飪，讓她磨香料，搧爐裡的餘焰。她感到一股強烈的悲傷，比聽見祖父母過世的消息那時更令人難以忍受。

廚子身邊站著一個男僕，他是依娜的兒子，名叫穆因。他總是打扮得比誰都要時髦，戴著當地的傳統帽子，就連荷蘭人也另眼相看。他的職務是在屋子上下巡視，但他最忙碌的時刻是用餐時間，那時他得擺設餐桌，負責張羅。泰德．史坦姆勒教他操作留聲機，時常要他換唱片或找某一首歌，他總是樂於處理。他替唱片翻面，移動唱針，好像他是做這種事的不二人選。他學了許多經典曲目，似乎真的很享受。

黛維艾玉指著留聲機和一架子的唱片說：「那些全都歸你。」

「不行啊！」穆因說。「那是我們主人的。」

「相信我，死人不會聽音樂。」

多年後，戰爭結束，建立了共和國，她又見到穆因。那時當地幾乎沒有荷蘭家庭了，沒人有錢到可以擁有大量的傭人。她知道穆因除了擺桌子和操作留聲機之外什麼也不會；結果他居然在市場前放著他從她祖父繼承來的唱片，一隻受過訓練的聰明小猴子拉著一輛小馬車或撐著傘來來去去，隨著D小調第九號交響曲起舞，穆因把帽子翻過來擱在前面，人們就把零錢丟進去。黛維艾玉只遠遠地看著他，微笑看他如此好運。

除此之外，穆因唯一的工作是跑腿的信差——當時還沒有家用電話，所謂的「信」其實是雙面的黑板。她常常和學校的朋友在黑板的一面寫字，交換八卦，然後穆因就帶著黑板跑去她朋友家，等對方把回應寫在黑板的另一面。他等待的時候，對方會招待他冷飲和一些小糕點，他吃得津津有味，之後帶回黑板，此外還有那家傭人的各種八卦。他很享受這個任務，黛維艾玉幾乎每天都派他出去。

她唯一沒派穆因跑腿的是她最後送出的那塊黑板，黑板上寫的是她給格迪克的訊息，結果是由威利先生和一個打手送到格迪克的破屋子。

「那塊黑板也給你。」她說。

接著黛維艾玉轉身面對洗衣女蘇琵，她是抽水機和肥皂的女王。黛維艾玉小時候，這個老女人常在她睡覺時陪伴她，唱《尼娜寶寶》那首搖籃曲，跟她說《迷失的黑猴》那個童話故事。蘇琵的丈夫是園丁。他腰間總是配把大砍刀，手上拿把鐮刀，時常帶著意想不到的東西回家——小黑貓、蛇蛋、巨蜥——或是令人開心的禮物，例如一串大王香蕉，半熟的刺果番荔枝，或滿滿一袋芒果。

家裡有些打手（擔任屋子、花園的守衛，還有羊欄守衛），她一一擁抱。黛維艾玉哭了，她已經多年沒有哭泣。留下他們，好像她身上少了塊肉。最後，她站著注視威利先生，對他說：「我瘋了，只有瘋子才願意和瘋子結婚。而我不想嫁給瘋子。」她吻了他，然後就跟那兩個快失去耐心的日本兵離開。

她最後一次對他們說：「照顧我的房子，除非給這些人強占了。」

卡車暫停在屋前，她爬上車後。卡車後已經塞滿女人和她們哭鬧的孩子，她幾乎擠不進去。傭人還站在屋子的陽臺，她朝他們揮手。她住在那裡的十六年之中，除了幾次到巴達維亞或西部的萬隆度小假之外，從來沒出過城。她看著俄國獵狼犬從屋後跑出來在院裡吠叫，牠們老愛在院子裡種滿的日本草上打滾，屋旁有茉莉花匍匐生長，籬笆旁種了太陽花。這是牠們的地盤，黛維艾玉希望威利先生能好好照顧牠們。卡車開動了，黛維艾玉和其他女人的身軀擠在一起，掙扎著呼吸。她仍然朝著吠叫的俄國獵狼犬揮手。

她身邊的女人說：「真不敢相信，我們居然要拋下自己的屋子！希望不要太久。」

黛維艾玉說：「我希望我們的軍隊可以擊退日本人。否則的話，我們會被當作糖和米來交易。」

本地人蹲在路旁，眼神冷漠地看著人們在卡車後推擠。不過其中一些人瞥見他們認識的一些荷蘭女人，於是哭了出來，開始有人邊啜泣邊揮起手帕。黛維艾玉揩去自己的淚水，這奇妙的景象令她莞爾。本地人親切而天真，聽話但有點懶散。黛維艾玉認出一些人；他們在她祖父的可可園工作，她時常溜去他們的小屋。她喜歡他們，因為他們跟她說許多偶戲和巨人的奇妙故事，而且他們愛笑，會替她穿上他們的合身布裙和薄紗的卡芭雅短衫，把她頭髮往後梳成髻。他們很窮，只准從銀幕後看電影，所以看到的影像都是反的，而他們除非是去俱樂部或舞廳打掃，否則絕對不會出現在那些地方。她對身邊的另一個女人說：「看啊，其他兩個國家在他們土地上打仗，他們一定搞不懂怎麼回事。」

目的地是倫嘉妮斯河西岸一個小三角洲上的一間監獄，旅程似乎沒完沒了。在這之前，這座監獄只關重刑犯——殺人犯、強暴犯和殖民政府的政治犯，其中大多是共產黨，他們暫時關在那地方，之後會被丟進博芬迪古爾。女人在熱帶的豔陽下曝曬，完全沒有陽傘，也沒東西可以喝。旅程走到一半的時候，卡車停了下來；他們給卡車的散熱器一點水，但人們什麼都沒有。

黛維艾玉蹲著看馬路已經累壞了，她轉身靠著卡車圍欄，這才發覺她和一些女人很熟——其中有她的鄰居和學校的朋友。荷蘭人的社交生活其實緊密連結。小孩幾乎每天下午都會在海灣見面，去那裡游泳。青少年會一起上舞廳、電影院或去看喜劇表演。成人則是在俱樂部見面。黛維艾玉認出一些朋友。她們淒慘地朝對方笑了笑，其中一人開玩笑地問她：「妳還好嗎？」

黛維艾玉一本正經地答道：「我很慘。我們正往戰俘營去。」

這話足以逗得她們一笑。

起頭開玩笑的女孩叫珍妮。她們以前常常一起去游泳，靠著黛維艾玉收在車上的一個舊內胎漂浮。那是戰爭雷聲響起之前的快樂時光。年輕人站在水邊，老人坐在陽傘下的沙子裡，嘴裡叼著菸斗，他們都是去那裡和穿泳衣的年輕女子眉目傳情。她也知道他們在更衣室搞什麼鬼。所謂的更衣室，其實只是沙灘邊的一個天然泉水，四周圍著竹編牆面。雖然男女更衣室之間有區隔，但她常常抓到竹編的裂縫有眼睛在偷看。她會看回去，然後喊道：「天啊，你的好小！」對方通常會羞辱地逃走。

偶爾會看到鯊魚鰭，嚇得游泳客陷入騷亂，但從來沒人受到攻擊。哈里蒙達海灘太淺，牠們通常只會游回大海去。有時候小鯊魚會纏在漁網裡，不過漁民總是放了牠們，他們說捉了牠們會帶來噩運。他們要害怕的動物不只鯊魚；鱷魚就住在河口，也喜歡人肉。

微波蕩漾的海灣現在想必只有本地小孩，他們總是赤腳跑來跑去，滿身泥，年輕女子和男士去游泳時，他們都會讓開。黛維艾玉納悶著在牢裡會不會讓他們游泳。

「祈禱我們不會遇見鱷魚吧。」說話的中年女人腿上擱著一個嬰兒。

她這麼說是有原因的。要達到三角洲中央的監獄，得先過河。她們經歷了卡車上不舒服的旅程之後，這時正停在河邊。日本兵在河的兩岸梭巡，用他們的語言朝這些女人尖聲喊叫，誰都聽不懂。

女人擠進一艘渡船，渡船比卡車可怕多了，這下她們有可能淹死，而且那女人說得沒錯，隨時可能出現鱷魚，而誰都不能游得比那樣的野獸還要快。船不時迴轉，以免正面受到水流衝擊，前進的速度慢得要命。煙囪吐出一團團煤黑的煙霧飄入天空，吵雜聲驚動了一群蒼鷺，牠們飛起之後，停到淺水處；不過這一幕並不迷人，因為這時她們來到了一座老建築旁，建築前長了灌木，而看起來為了囚禁戰俘，特地清空了那棟建築。這裡就是「血監獄」布魯登康普，這座監獄有一段血腥的歷史，就連罪犯也畏懼。進去之後，除非可以用比鱷魚還快的速度游過一哩寬的河面，否則不大可能逃脫。

船一靠到碼頭，日本兵又開始尖聲喊叫，女人盡快跳下船。小孩哭了，人群中發生一些騷動：一個皮箱被丟進河裡，皮箱的主人為了撿皮箱弄得溼淋淋，一張蓆子掉進泥巴裡，一個母親和小孩分開了，小孩在混亂中遭到踩踏。這群人走向監獄，穿過士兵守衛的三道鐵門。進門之前，她們在一張桌前排隊，桌旁坐了兩個日本人，手裡拿著一張清單，旁邊有個放錢和貴重物品的籃子。一些女人已經動手取下珠寶丟進去了。

一名士兵用標準的馬來語說：「自己交出來，別等我們來搜身。」

黛維艾玉暗自心想，你們儘管來搜我大便啊。

監獄遠比豬舍噁心。屋頂會漏水，牆上濺著舊血漬，裂縫裡長了苔蘚和雜草，地板骯髒，滿是蝨子、蟑螂和水蛭。新來的人驚動了大如孩童大腿的溝鼠，牠們瘋狂亂竄，在女人的腿之間左閃右躲，女人尖叫蹦跳。她們匆忙爭相用行李箱標示自己的地盤，一邊整理一邊啜泣。黛維艾玉在一道走廊的中央占了一小塊地方，攤開她的蓆子，以行李箱為枕，精疲力竭地躺下來。她很幸運，她不用照顧母親或孩子，也沒忘了帶奎寧藥丸和其他藥物；馬桶不通，因此監獄裡有瘧疾和痢疾的危機。

那天傍晚沒東西吃。女人們帶來的一點食物在午餐就吃完了。有人跟日本人問起食物的事，他們答道，也許明天或後天會有。那晚，她們得餓肚子了。黛維艾玉從走廊走向田野。監獄的三道門開著，人們可以從要塞遊蕩出去四處走動。黛維艾玉先前到達時注意到有些牛隻。也許是本地獄卒或住在三角洲的農民養的。她在監獄走廊整理她的地盤時收集了一堆水蛭，把牠們塞進一個藍牌人造奶油的錫罐裡。她發現一頭牛在吃草，恰好是最肥的一頭，於是她把水蛭貼到牛皮上。牛只是老神在在地抬起頭看看，黛維艾玉坐到一塊石頭上去等。她知道水蛭在吸牛血，吸飽之後就會像熟透的蘋果那樣掉下來。她從地上撿起水蛭，放回錫罐。這下子，水蛭脹得肥肥的。

她生起一小堆營火，用錫罐裝河水把所有水蛭煮了。她沒加任何調味，匆匆把水蛭帶回走廊，也就是她的新家。她對住在她附近的一些女人、小孩說「晚餐上桌。」她們現在是她的新鄰居了。誰也沒興趣吃水蛭，一個女人想到那樣的一餐，甚起乾嘔了起來。黛維艾玉解釋道：「我們吃的不是水蛭，是牛血。」她用一把小刀切開水蛭，抽出水蛭體內的牛血塊，用刀尖戳起來吞下。沒人上前加入她這頓野蠻的晚餐，直到夜幕落下，她們再也耐不住飢餓，這才嚐了嚐。味道平淡，不過還不錯。

「我們餓不死。」黛維艾玉說。「除了水蛭，還有壁虎、蜥蜴和老鼠。」

「好吧。」女人們連忙說。「太好了，多謝。」

第一晚令人毛骨悚然。日光迅速消逝，赤道地區總是這樣。雖然沒有電，但幾乎所有人都有帶蠟燭，小小的燭焰讓牆上布滿顫動的陰影，嚇壞了小小孩。大家慘兮兮地躺在蓆上，誰也睡不著。老鼠在黑暗中飛快地爬過她們身上，蚊子輪流在兩耳邊嗡嗡叫，狐蝠在她們頭上交叉飛舞。更糟的是日本兵突襲搜查，想找出誰還藏著錢或珠寶。早晨降臨，但毫無展望。

布魯登康普大約擠了五千個婦孺，天曉得是從哪裡抓來的。只有一個算命師給了她們一絲希望，她用她的牌算過，告訴她們美國飛行員正在轟炸日本兵營。黛維艾玉匆匆趕去廁所，但已經有一長串的人等在那裡，於是她用她的藍牌人造奶油罐裝了些水，跑去外面的田野間。她在田野間的一些木薯樹之間挖了一個小洞，像貓一樣排便。她清洗之後，留下一點水，在自己的排洩物裡翻找六枚戒指。一些女人在安全距離外模仿她難聞的程序，不過她們不曉得黛維艾玉正在守護她的寶藏。接著她用剩下的水洗了戒指，再把戒指吞下。她不曉得戰後會發生什麼事。或許她會失去房子和莊園，但她發誓她絕不會失去她的戒指。她回到走廊時，還不曉得那天能不能洗澡。

那天早上，新來的要光著身子站在太陽曝曬的田野間等戰俘營司令和他的手下，孩子哭哭啼啼，女人都快昏倒了。之後司令官出現了，他留著厚厚的鬍髭，腰間有把武士刀晃來晃去，靴子映著刺眼的陽光。他告訴戰俘，一旦下令 *Keirei*（敬禮）！她們就要朝日本兵深深鞠躬，彎到九十度以下，聽到 *Naore*（禮畢）！的命令之後，才能站直。他透過翻譯解釋道：「這是大日本帝國致敬的方式。」不聽話的人會得到恰當的懲罰——更多的勞役、挨鞭子，甚至處死。

回到室內，一些女人擔心不小心出錯，急忙把口令教給她們的孩子。黛維艾玉聽她們喊 *Keirei*！*Naore*！笑彎了腰。

她叫道：「妳們比日本人荒唐多了！」

那些母親無奈地跟著笑。

這裡沒什麼娛樂。黛維艾玉展現了之前教師見習生的本能，她找來幾個小孩子，在走廊閒置的一角設了間小學校，教孩子們讀、寫、算數、歷史和地理。晚上她講述民間故事和聖經故事，表演本地人跟她說的《羅摩衍那》和《摩訶婆羅多》裡的偶戲段落，以及她讀過的許多書裡的情節。小孩喜歡她，因為她的故事從來不枯燥無聊。她讓他們聽個過癮，直到他們該回到母親身邊睡覺為止。

日本人要求牢房保持乾淨，所以女人們自己組織成工作小組，每組推舉一個組長，排出作業的輪班表。她們輪流在公共廚房煮菜，盛滿水槽，清洗工具和設備，整理院子，從卡車把一袋袋的米、馬鈴薯、柴和其他東西揹到倉庫。黛維艾玉很年輕，卻被選為她這組的組長。她已經夠成熟，可以領導人，而且不用分神照顧其他人。除了她的小學校，她還找到一個醫生，建立了沒病床也沒藥物的醫院。幾個女人要求要有教士，但男人關在不同的監獄，所以黛維艾玉替她找了一個修女，對她來說那樣就不錯了。黛維艾玉信心滿滿地說：「只要沒人想結婚，我們就不需要教士。我們只需要有人講道、帶領大家祈禱。」

然而並不是一切都這麼順利。小男孩變野了，和他們同一區的朋友結夥，互相辱罵。兒童之間的打鬥比憤怒的日本兵還常見。他們的母親覺得必須採取同樣強硬的手段，因此即使看起來沒什麼用，她們還是會打孩子。日本人完全無意調停或阻止這些亂鬥，恰恰相反；他們煽動小孩打架，好像把那當新遊戲。

食物又是另一個問題。她們得到的配給完全不夠數千個戰俘吃。她們的食物根本填不飽肚子，早餐只有加鹽的粥。午餐是她們設法找來的任何食物，或是後來她們自己種在牢房後的菜。晚上，她們有片白麵包。從來沒肉可吃，她們已經把布魯登康普大部分的動物都捉光了。最先被消滅的是老鼠（一開始誰也不想吃，但不久之後三角洲幾乎沒有老鼠殘存），接著蜥蜴和壁虎都沒了蹤影。然後青蛙消失了。有時候孩子們去釣魚，但他們不准走遠，只能安於嬰兒粉紅手指那麼小的魚，或是蝌蚪。最奢侈的是有次他們找到一些香蕉，但香蕉要給嬰兒吃，女人只能爭奪香蕉皮。

嬰兒一個一個死去，然後是老人。疾病也害死年輕的母親、孩子、少女——任何人隨時都可能死去。牢房後的田野變成了墓園。

黛維艾玉和一個名叫歐拉・馮・瑞克的年輕女子很要好。她們倆認識很久了。歐拉的父親也有一座可可園，她們常去對方家裡玩。歐拉比黛維艾玉小兩歲，和她母親與妹妹被關在這裡。一天下午，黛維艾玉發現她淚如雨下。

「媽媽快死了。」她說。

黛維艾玉去看她。看來是真的。馮・瑞克夫人發著高燒，臉色蒼白，渾身顫抖。看來她們束手無策，但黛維艾玉要歐拉去找司令官，跟他討士兵配給的藥物和食物。歐拉想到要找日本人，就恐懼戰慄。

黛維艾玉說：「去啊，不然妳媽媽會死掉。」

她終於去了。她不在時，黛維艾玉把涼涼的敷布擱到女病人額頭上，逗逗歐拉的妹妹。過了大概十分鐘，歐拉回來了，她沒拿回任何藥物，卻哭得更慘。「讓她死掉好了。」她抽噎著說。黛維艾玉問：「妳說什麼?!」歐拉用袖子揩去眼淚，一邊無力地搖頭。她簡短地說：「沒辦法。司令官要我答應和他睡，才肯給我藥。」

黛維艾玉怒了，說：「我去跟他說吧。」司令官在辦公室裡，他坐在他的椅子上，心不在焉地看著桌上的冰咖啡，聽收音機的雜訊聲。她沒敲門就闖了進去。男人轉過身，很訝異她這麼有膽識。他臉上露出不苟言笑的人的那種怒意，但他還來不及爆發，黛維艾玉就走上前，她和他之間只有寬大的桌子相隔。「司令官，我來代替之前那個女孩。你可以和我睡，可是要給她媽媽藥，還要一個醫生。要個醫生！」

「藥和醫生？」他已經學會幾個馬來語的詞彙。這個少女非常美，不過十七、八歲，可能還是處女，而她要獻身於他，只想換取一些退燒藥和一個醫生。無聊至極的午後得到如此非凡的恩賜，他的怒火全消。他露出掠食者的狡猾微笑，覺得自己真是幸運的老人。他繞過桌子走去，黛維艾玉以她一貫的沉著態度等待他。司令官一手撩過她整張臉，手指像蜥蜴一樣爬過她的鼻子和雙唇，停在她下巴，把她的臉往上扳。他手指的旅程繼續，太習於握武士刀的粗糙雙手滑過她頸子，拂過她銷骨的曲線，探索她洋裝的領口。

他的手鑽進衣物下，黛維艾玉有點被嚇到，但男人已經握住她的左乳，接著加快動作。司令官像檢閱軍隊一樣有效率地敞開黛維艾玉的洋裝，捏著她胸部，貪婪色急地親吻她的頸子，雙手東摸西摸，好像後悔只有兩隻手似的。

「司令官，快點，不然那女人會死掉。」

司令官似乎同意她的分析，他沒再說什麼，就這麼把黛維艾玉一拉，抱起她，把他那杯咖啡和電晶體收音機放到一旁之後，就讓她躺到桌上。他迅速剝光女孩，自己也脫了衣服，然後像貓撲向魚一樣撲到她身上。保險起見，她又說：「司令官，別忘了，藥和醫生。」司令官答道：「好，好，藥和醫生。」接著日本男人不再兜圈子，開始對她猛攻。黛維艾玉閉上眼；不論如何，這仍然是她第一次被男人占有。她微微顫抖，但她撐過了恐怖的過程。話說回來，司令官猛力搖晃她的身體，不停衝撞她，前後搖動她，所以她也沒辦法真的閉上眼。她只在他想吻她嘴脣時勉強避開了。一陣爆發結束了這場遊戲，司令官翻身大字躺到黛維艾玉身邊，斷斷續續地深沉喘息。

「司令官，如何呢？」黛維艾玉問。

「太美妙了，像地震一樣。」他答道。

「我是指藥和醫生。」

五分鐘後，黛維艾玉欣然得到一個本地醫生，很慶幸不用再和日本人打交道。醫生帶著圓眼鏡，態度和藹可親，她帶他到馮・瑞克家的牢房，在門口遇見歐拉，歐拉急忙問她：「妳做了？」

「對。」

女孩驚呼：「天啊！」然後失控地哭了。醫生匆忙去看生病的女人，而黛維艾玉努力安慰她。「沒什麼。只要想成我從前面的洞大便就好了。」

這時醫生抬頭宣布：「這女人已經死了。」

那之後，黛維艾玉、歐拉和小葛妲三人就住在一起，好像一個小家庭。小葛妲才剛九歲。歐拉和葛妲的父親跟泰德一樣被徵召上了戰場，但她們沒聽到他還活著、被俘或戰死的消息。她們在戰俘營的第一個復活節和聖誕節過去了，沒有復活節的蛋或聖誕樹，沒有任何蠟燭；她們的蠟燭都已經用完了。她們一同努力求生，彼此安慰，面對疾病和死亡。黛維艾玉禁止小葛妲偷任何人的任何東西，但其他小孩會偷。她每天絞盡腦汁思考她們要吃什麼。三角洲不再有牛吃草，也已經沒有水蛭了。

一天，黛維艾玉看到三角洲岸邊有隻鱷魚寶寶，她知道岸上鱷魚唯一可怕的是尾巴，所以就用塊大石頭砸向牠的頭。不幸的野獸受了傷，但沒死。牠來回甩動尾巴，往河裡去。黛維艾玉拿了通常用來繫渡船繩索的銳利竹樁，奮力一刺，她覺得她刺得不夠用力，結果刺進了鱷魚寶寶的眼睛，接著又刺進牠的腹部。那生物痛苦地死去。黛維艾玉趕在鱷魚寶寶的媽媽和朋友跑來之前拉著牠的尾巴把牠拖進戰俘營。有鱷魚湯可喝，這下她們真的可以慶祝了！許多人讚揚她的勇氣，向她道謝。

她不以為意地說：「你們想要的話，河裡還有很多鱷魚。」

大人從小就教她要毫無畏懼。她祖父帶她跟打手去獵了幾次野豬。甚至威利先生被野豬撞到而癱了一輩子那次，她就在他身邊。她知道怎麼對付野豬：野豬不會轉彎，所以要跑之字形，不要跑直線。那是打手教她的，他們也教她怎麼對付鱷魚，如果蟒蛇突然捲住她或毒蛇咬了她怎麼辦，如何制服豺狗，還有如果水蛭在吸她的血要怎麼辦。在她來到布魯登康普之前，她從來沒真的受這些動物威脅過，但她從打手學到的事總是記在她腦海深處。

他們也教她驅趕惡靈和自衛的梵咒。這些知識從來不曾派上用場，不過她光是知道她會這些事就開心。黛維艾玉認識一個爪哇商人，那女人從一百公里外的山上走來，把她果園的水果賣給荷蘭人。她走四天才走到。她通常會在倉庫待一晚，黛維艾玉的祖母會給她晚餐和一杯熱咖啡，隔天她就出發，踏上為期四天的歸途。除了錢，有時她也會帶些舊衣物回去。黛維艾玉知道為什麼她從來不怕叢林裡的任何野獸，因為她會吟誦梵咒。

黛維艾玉其實不相信梵咒，也一向懷疑祈禱的目的。她雖然不相信祈禱，自己也從來不祈禱，但她仍然告訴葛妲：「祈禱美國戰勝吧。」

美國戰勝、德國戰敗的傳言在戰俘營裡口耳相傳。不論希望多渺茫，都稍稍安慰了她們，但日子仍然一天天過去，一週週過去，一月月過去。最後，第二個聖誕節到了，黛維艾玉那年單純為了逗葛妲開心，做了聖誕布置。戰俘營大門前種了一棵榕樹，她砍下一根樹枝，用紙做的飾品裝飾，唱了《聖誕鈴聲》，覺得有歐拉和葛妲在身邊真是幸運，暫時忘卻一直待在戰俘營裡多麼悲慘。

戰爭不知何時會如何結束，但她們已經開始討論戰爭結束、她們自由之後的計畫。黛維艾玉說她會回她家，讓一切回歸原狀，和她從前一模一樣地過日子。或許不是完全和以前一樣，因為或許本地人會建立自己的共和國，排斥從前的方式，但她會回她家，住在那裡。如果歐拉和葛妲可以和她一起回去，她會很高興。而歐拉理智地想，也許日本人已經搶走房子賣給別人了。也許是本地人做的，現在那間房子屬於他們了。

「我們可以把它買回來。」黛維艾玉說。她跟她們說了她把寶藏留在那裡的祕密，只是沒說確切藏在什麼地方。「即使日本人已經炸了那裡，只剩一堆磚瓦，我們也可以把那裡買回來。」葛妲聽到那樣的故事，開心極了。她現在十一歲，卻日益消瘦，過去兩年她身體完全沒長大。不過大家狀況都差不多，削瘦得只剩皮包骨。黛維艾玉確信她的體重掉了十到十五公斤。

「夠做五十碗湯了。」她說著輕笑一聲。

真正的瘋狂發生於她們在戰俘營快待滿兩年之際。日本兵開始替所有年齡介於十七至二十八歲之間的女人列清單。黛維艾玉已經十八歲，幾乎十九歲了。歐拉十七歲。她們起初以為列清單是為了指派她們做更辛苦的強迫勞動，直到有天早上，幾輛軍用卡車來到河對岸，幾個軍官搭上渡船朝布魯登康普而來。他們已經來過幾次了，之前都是來視察，或頒布新的規定、命令，這次的命令是召集所有年齡介於十七到二十八歲的女性。女人發覺她們即將和朋友與家人分離，現場立刻一片混亂。

歐拉在內的一些少女想喬裝打扮成老女人，但是當然行不通。其他逃跑了，躲到廁所或爬上屋頂窩在那裡，不過都被日本兵找了出來。一個老女人擔心她將失去女兒，所以向他們抗議，說如果要帶走年輕女人，就該帶走所有人。結果兩名士兵把她打得青一塊紫一塊。

最後所有年輕女子都在院子中央排排站好，害怕得發抖，她們母親則在遠處依偎在一起。黛維艾玉看到葛妲獨自抱著一根桿子，強忍淚水。歐拉站在黛維艾玉身邊，她哪兒都不敢看，只低頭看著自己破爛難看的鞋子。她聽見一些女孩在哭泣祈禱。然後軍官來了，依序檢視她們。他們站在一個個女人面前，一邊從頭到腳仔細檢查她們的身體，一邊輕笑。有時為了看清楚女人的臉，他們會用指尖抬起她們的下巴。

接著是篩選。一些女人被分到一旁，每次有少女被放走，就像枝箭似的飛快從女孩群衝向那群母親。這下只有一半的女孩站在院子中央，黛維艾玉和歐拉也還在；第二次篩選過後，她們倆仍然站在院子中央，成為日本兵荒謬遊戲的無助對象。她們被一一叫去一個官員面前，他瞇著小眼睛，更詳細地檢視她們。最後的篩選只在院子中央留下二十個女孩，她們抱住彼此，但誰也不敢看其他人。被選中的這些女孩年輕、美麗、健康而強壯，她們奉命立刻打包所有家當，在戰俘營辦公室集合。卡車已經等著帶走她們了。

「我得帶葛妲走。」歐拉說。

「不。」黛維艾玉說。「如果我們死了，至少她會活下來。」

「或是她死了，至少我們會活下來。」

「也可能。」

她們把葛妲託付給黛維艾玉認識很久的一個家庭。即使這樣，歐拉仍然無法接受現實，姊妹倆坐在角落擁抱了許久。黛維艾玉打包了她們的東西，幫忙挑出可以留給葛妲的。

然後黛維艾玉對葛妲說：「好了，夠了，這種無聊的日子我們已經過了兩年，現在要離開去旅行一陣子。我會帶些紀念品給妳。」

「別忘了旅遊指南。」葛妲說。

「很好笑，小妞。」黛維艾玉說。

二十個女人湧向大門旁，從她們的舉止看來，只有黛維艾玉覺得那是愉快的郊遊。其他少女慌張又恐懼，不住回頭看向她們留下的人。軍官已經先走了，女人被一些士兵趕向渡船，他們狠狠地推她們、拉扯她們。上船之後，她們還看得見監獄大門，人們聚在門內深處目送她們離開。有些人揮舞手帕，令人想起日本人最初從她們家裡帶走她們的情景。現在她們眼前是另一段旅程。不過渡船一開動，大門和門內的景象就不復見了。這時女孩子開始哭號，哭聲壓過了渡船的引擎聲和聽膩她們悲鳴的士兵吼聲。

之後她們被抱上河對岸等待的一輛卡車。除了黛維艾玉，大家都蹲在車子邊，她則靠著圍欄站在兩名武裝士兵身邊，在前往哈里蒙達的熟悉旅途中欣賞風景。在戰俘營裡待了兩年，幾乎所有的年輕女人和彼此都很熟稔，但似乎沒人想說話，黛維艾玉沉著的舉止令她們驚奇。就連歐拉也不曉得她在想什麼，因此妄自猜想這是因為黛維艾玉沒人好牽掛——這次她沒拋下任何人。

黛維艾玉問士兵：「長官，要把我們送去哪裡？」不過她其實知道卡車正往城的西陲去，甚至是去更遠的地方。守衛顯然奉命不能跟這些女人說話，所以沒理會黛維艾玉的問題，繼續和其他人用日語交談。

女人被帶到一間大房子，那間房子有著寬闊的院子，院裡都是樹和灌木，中央有棵大榕樹，沿著籬笆交錯種著棕櫚樹和中國椰子樹。卡車開進院子時，黛維艾玉猜測那棟兩層樓高的房子有超過二十間房。女孩目瞪口呆地爬下卡車：她們突然就從一個骯髒陰暗的監獄，來到一個舒適（甚至奢華）的宅邸。真奇怪——一定是搞混了命令之類的狀況。

除了兩名守衛，還有更多士兵在巡視這片廣大的土地，或是坐著玩牌。一名中年本地婦人從屋裡現身，她的頭髮挽成一髻，寬鬆的長袍繫著腰帶。女人們站在院子裡，好像平民緊張得不敢接近王宮。她朝她們微笑。

黛維艾玉禮貌地問：「女士，這是妳的屋子嗎？」

「叫我卡隆媽媽。」她說。「卡隆是一種果蝠，我和卡隆一樣，晚上比白天活躍。」她走下陽臺朝女人而去，試圖用玩笑和笑容化解她們臉上絕望的表情。「這以前是巴達維亞一個荷蘭檸檬水工廠老闆的別墅。忘了他叫什麼名字，不過其實不重要，這間屋子現在屬於妳們大家了。」

黛維艾玉問：「為什麼？」

「我想妳們很清楚是為什麼。妳們是來照顧生病士兵的志願者。」

「像紅十字會的志工嗎？」

「孩子，妳很聰明。妳叫什麼名字？」

「歐拉。」

「好啦，歐拉，請妳朋友進屋去吧。」

屋子內部更是驚人。牆上掛了許多畫，大多是美哉印地的風格[9]。整個建築由精細的木雕組合而成，依然完好無缺。黛維艾玉看到牆上還掛著一張家族合照，看起來超過三代同堂的一群人都擠在一張沙發上。或許他們僥倖逃脫了，或許有些關在布魯登康普，或者很可能已經死了。一個角落靠著威荷明娜女王的大幅畫像；可能是日本人拆下的。這一切都令黛維艾玉明白，她自己的家想必已經沒了——也許被日本人占據，也許已經被偏離目標的炮彈炸成了碎片。但所有細節都精心打理了（也許是卡隆媽媽負責的），黛維艾玉走進一間臥房時，覺得自己像走進了一間新房。大床上的床墊又厚又軟，蚊帳是蘋果紅，空氣中帶著玫瑰香。大衣櫃裡還裝滿衣物，有些是給年輕小姐的，卡隆媽媽說她們可以穿。歐拉說，在戰俘營待了兩年之後，這一切感覺像場夢。

「我不是說了嗎？」黛維艾玉說。「我們是來遠足的。」

每個女孩都有自己的房間；她們的享受不止於此。卡隆媽媽由兩名傭人幫忙，供應她們全套的飯菜全席當晚餐，餓了兩年肚子之後，她們覺得從來沒嘗過那麼美味的食物。然而，大部分女孩還忘不了她們留在戰俘營的那些人，因此無法享受這些美好的事物。

「葛妲應該跟我們一起來。」歐拉說。

黛維艾玉努力安慰她：「如果我們最後沒被送去武器工廠強迫勞動，就能去接她。」

「那個女人說，我們要當紅十字會的志工。」

「那又怎樣？有什麼不同？妳連怎麼包紮傷口都不會，葛妲又能做什麼？」

這是實話。然而成為紅十字會志工的念頭已經迷住了她們，儘管這麼一來，她們就得替敵人工作。也至少好過在戰俘營活活餓死。她們七嘴八舌地討論急救的事。一個少女說她當過女童軍，知道怎麼止血，不只這樣，她也知道怎麼用植物治療比較輕微的疾病，例如腹瀉、發燒和食物中毒。

黛維艾玉說：「問題是日本兵不需要腹瀉藥。他們需要有人替他們按摩脖子。」

黛維艾玉離開那群女孩，進了她的房間。她雖然不是最年長的，卻是她們之中最鎮定的，因此她們已經把她視為領袖。於是十九個女孩跟著她，聚到她房間，有些坐在她床上。她們繼續聊如果日本兵頭部受傷不管用了，要怎麼按摩他們的脖子。黛維艾玉沒在聽她們愚蠢的閒聊，卻像小孩子拿到新玩具一樣享受她的新床。她壓壓床墊，撫摸毯子，來回滾動，甚至上下跳動，震得床墊輕搖，把她的朋友彈起來。

一人問道：「妳在做什麼？」

她邊跳邊回答：「只是想看看如果使勁搖搖，這張床會不會垮。」

---

9 美哉印地（Mooi Indie）：這種風格以描繪印尼美景與美好的風土民情為主題，滿足西方對東方的想像，卻忽略現實狀況。

另一個女孩說：「又不可能有地震。」

「誰知道呢。」黛維艾玉說。「如果我在睡覺的時候會滾到地上，那我寧可一開始就躺在地上。」

「真是怪女生。」她們說完就漸漸散去，一個個回她們自己的臥室去了。

她們都離開之後，黛維艾玉走到窗邊打開窗戶。窗外有結實的鐵欄杆，她自言自語說：「無路可逃了。」她關上窗戶，爬上床，沒換衣服就蓋上被單。她閉上眼之前祈禱道：「媽的，你很清楚戰爭就是這樣子。」

早晨降臨時，早餐已經準備好了——是炒飯和半熟的荷包蛋。女孩子都洗過澡，卻還穿著舊衣服，她們的舊衣服就像難聞的抹布，已經使用、清洗、晾乾太多次。她們的眼睛布滿血絲，看來哭了一整晚。只有黛維艾玉厚臉皮地從她的大衣櫃裡拿了衣服，穿了件奶油色底白圓點的短袖洋裝，腰間繫著圓扣環的腰帶。她臉上搽了粉，抹了薄薄的口紅，身上飄來淡淡的薰衣草香水味。她在化妝台的抽屜裡找到了所有東西。她優雅快活，好像那天的壽星，身處在陰鬱的女孩之間十分格格不入。她們責難地望著她，好像當場逮到叛徒，不過吃完早餐她們全跑回房間，迅速換好衣服，彼此欣賞。

快要中午時，日本人來了，他們的靴子聲響徹屋子。女孩隨即想起不論如何她們還是戰俘，前一刻她們還那麼開心，感覺真奇怪。她們再次籠罩陰霾，往後退到背貼著牆壁。黛維艾玉是唯一的例外，她忙不迭和一位客人打招呼。

「你好嗎？」

他注視她片刻，也懶得說話，就去找卡隆媽媽。他們交談一下，他回來清點了女孩，然後又出去了。房屋安靜下來，只剩下女孩子、卡隆媽媽和屋外巡邏的兩個士兵。

一個女孩抱怨道：「他把我們當一群士兵來清點。」

卡隆媽媽說：「那是司令官的工作。」

那整天她們都無所事事，只在客廳裡或其中一人的臥房閒晃，無聊至極。懷念完戰前的快樂童年後，她們已經沒事情好聊了。她們不再說紅十字會的事，因為看不出她們真的要當志工。日本人沒提，話說回來，他們什麼都沒說。女人們心想，如果要當志工，應該接受某種訓練，然而看起來她們只會在屋子裡這一切荒謬的奢華之間凋零。有人說，何況妳們想想，前線在離這裡很遠的天曉得什麼地方，也許在太平洋，也許在印度，但絕對不在哈里蒙達。這座城市裡沒有受傷的士兵，沒人需要紅十字會。

黛維艾玉說：「不過他們還是需要按摩脖子。」

這玩笑話不再好笑了，尤其是說這話的人看起來在這世上無牽無掛。她好像很享受那一切，正在吃擺出來的蘋果，而且同樣貪婪地吃著香蕉和木瓜。

歐拉說。「妳是快餓死了，還是只是貪心？」

「都是啊。」

隔天還是沒發生任何事，她們愈來愈困惑了。歐拉試圖安慰自己，她覺得或許要拿她們來交換其他戰俘，所以才給她們好東西吃，還有屋子和衣物，讓她們看起來沒受到折磨。沒一個女孩相信這個說法。屋裡出現一些日本男人和一個攝影師時，發問的機會來了。但那些人都不會說英文、荷蘭文或馬來文。他們只對女孩子比手勢，要她們打扮時髦，要替她們拍照了。女孩子不甘願地在相機前列隊，擠出微笑，希望歐拉說得對，她們的照片會用來宣傳戰俘的境況，將會交換戰俘。

黛維艾玉提議道：「何不問卡隆媽媽這是怎麼回事呢？」

她們找到那個女人，上前問她。

「妳說我們會當紅十字會的志工！」

「的確是志工。」卡隆媽媽說。「不過恐怕不是紅十字會。」

「所以呢？」

她看著女孩，她們期待地回望她。她們等待著，天真的面孔幾乎清白無辜，最後卡隆媽媽無力地搖搖頭。她從正要走開，她們急忙跟上，問道：「說些話啊！」

「我只知道，妳們是戰俘。」

「為什麼要給我們這些食物？」

「免得妳們餓死。」說完她走進後院，沒了蹤影。女孩不知道她去哪兒了，也沒辦法追著她；日本兵放那女人過去，但攔下了她們。

她們回去時，發現她們的朋友黛維艾玉除在搖椅上輕聲哼唱，還在吃蘋果。這下她們更惱了。她望向她們，發現她們忍著怒意的表情，不禁莞爾。「妳們好好笑。」她說。「好像一堆布娃娃。」她們圍著她站成一圈，但黛維艾玉沉默不語，直到有人終於開口：

「妳不覺得事情不對勁嗎？妳什麼都不擔心嗎？」

黛維艾玉說：「無知才會擔心。」

歐拉問：「所以妳覺得妳知道我們會怎麼樣嗎？」

「對。」黛維艾玉答道。「我們會被迫成為妓女。」

這她們都很清楚，但只有黛維艾玉有膽說出口。

4

早在荷蘭人的大型殖民地軍營開張時，卡隆媽媽的妓院就出現了。那之前，她只是在邪惡阿姨的酒館幫忙的女孩。她們賣米酒和蔗糖椰花酒，士兵成了她們的常客。軍隊湧入城裡，使得酒館比往常還熱鬧，但少女賺的錢仍然無法過活。阿姨要她從早上五點做到晚上十一點，只換來一天兩餐。而她不久就發現可以利用她有限的自由時間，自己賺錢。

酒館關門之後，她就去軍營。她知道他們需要什麼，他們也知道她需要什麼。士兵付錢給她，讓她光著身子騎在他們腿上。三、四個士兵輪流搞她，而她會帶著他們的錢回家。一段時間之後，她賺的錢已經比她阿姨賺得多多了。她的生意直覺很敏銳。一天，她因為工作時睡著而被罵了一頓，就此離開阿姨，在碼頭底開了家自己的酒館。她賣米酒和蔗糖椰花酒，也出賣自己的身體。從此她再也不去軍營，現在變成士兵去她的酒館找她。酒館開張快一個月時，她已經找了兩個大約十二、三歲的少女在她酒館幫忙，她們既是侍女，也是妓女。她開啟了她當鴇母的生涯。

三個月後，那裡除了她之外有六個妓女，足以讓她擴張酒館，蓋些新房間，以竹編為牆。一天，一個上校來視察軍隊駐紮地，造訪了妓院；他不是來嫖妓，而是看看這地方夠不夠格供他的士兵使用。

「這裡好像豬舍。」他說。「這麼髒，他們還沒遇上敵人就送命了。」

卡隆媽媽表現出對上校得恰如其份的尊敬，急忙說道：「但如果他們被迫等待更好的妓院，他們會因為雄風不振而送命。」

上校終於相信妓院會提振軍心，有利於他手下的士氣，於是他寫了一份報告幫忙說情。他造訪妓院的一個半月之後，軍方決定建造比較永久的設施。他們拆了竹牆和糖棕葉屋頂，造了和防禦的要塞一樣堅固的水泥地板、水泥牆。幾乎所有的床都是柚木床，床墊塞了上好的棉胎。卡隆媽媽沒出半點錢就得到這一切，她眉開眼笑，跟上門的所有士兵說：

「當自己家，儘管做愛。」

一個士兵說：「說什麼話。我家裡只有我媽和我的老奶奶。」

從那時起，去那地方的所有人都會受到縱容，精心服侍。妓女的穿著打扮比最受敬重的荷蘭女人還要迷人，比女王還要美。

梅毒蔓延時，卡隆媽媽和士兵要求建一座醫院。那裡其實是軍醫院，不過平民也會去。妓院幾乎破產，但她很快就想到一些不錯的解決辦法。她試著說服一些士兵包養自己的姨太太，說她可以收筆錢，替他們弄來那樣的女人。她走遍村莊，甚至冒險上山，尋找願意給荷蘭軍包養的少女。

她仍然在她的妓院裡照顧她們所有人，只是她們每人只供一名士兵享用。她就這樣迅速致富，並且能保證她的女人不會傳染下流的疾病。如果卡隆媽媽無情的索求令他們喘不過氣，決定娶他們的情婦，她會討一筆更高昂的補償費。在此同時，她也把原來的妓女租給任何有興趣的人。她甚至替這些妓女找了取代士兵的新顧客——船員和碼頭工。

殖民政權的最後一年，她可以說是哈里蒙達最富有的女人。農人在賭桌上輸得傾家盪產，她就跟他們買地，然後回頭租給他們，最後她的土地幾乎擴展到整片山腳。大概只有荷蘭莊園比她的土地更大。

她就像那座城市的小女王——不論是本地人或荷蘭人，人人都尊敬她。她去哪兒辦事都坐一輛馬拉的馬車，而她的生意中最重要的還是販賣私處的女人。她的公眾形像非常得體，穿著合身的布裙、卡芭雅短衫，頭髮盤成髮髻。她當然不像以前那樣瘦巴巴了，這時，人們開始學著年輕妓女的習慣，叫她媽媽。誰也不知道是誰起的頭，不過後來她的名字變長了，變成卡隆媽媽。她喜歡這個名字，不久之後，所有人（包括她自己）都忘了她的本名。

一個喝醉的荷蘭士兵在酒館說：「現在，其他王國都滅亡之後，哈里蒙達有了一個新王國，就是卡隆媽媽的王國。」

雖然她確實貪婪，但她從來不希望她的年輕妓女吃苦。其實恰恰相反，她像照顧一群孫子的奶奶，通常很寵她們。她的傭人會替她們把水加熱，讓她們可以在累人的性交之後洗澡。某些日子裡，她會放她們假，帶她們去附近的瀑布郊遊。她找來最好的裁縫師替她們做衣服，而她尤其重視她們的健康。

她說：「有健康的身體，才有最美妙的喜悅。」

後來，荷蘭士兵離開，日本兵來了。但那段變動的年代，卡隆媽媽的妓院仍然完全不變。她服務日本士兵時，和服務先前的顧客一樣周到，甚至去找更新鮮、更年輕的女孩。一天，民政與軍政當局傳喚她去簡短問話。基本上沒有太大的麻煩；其實是城裡幾個高階的日本軍官想要有自己的私人妓女，他們不想和低階軍官共用妓女，尤其不想要碼頭工和漁民用過的。他們想要新的妓女，這些女人要真的清純，受到悉心照顧，卡隆媽媽必須盡快找到這些女孩；就像她自己說過的，這些男人快因為雄風不振而死了。

她說：「長官，要找那樣的女孩很簡單。」

「要去哪找，說啊？」

卡隆媽媽簡短地說：「戰俘。」

下午，一些日本男人來了，女孩驚慌地跑來跑去。她們想找些漏洞鑽出去溜走，可是到處都有人守著。屋子的庭院遼闊，但院子有高牆圍繞，只有前面一扇大門，後面一扇小門，兩扇門都不可能突破。一些女孩想爬上屋頂，好像希望能飛走，或是在屋頂上找到繩子爬上天。

黛維艾玉說：「我什麼都試過了。我們無路可逃。」

歐拉尖叫道：「我們會變成妓女！」她癱倒在地上哭泣。

黛維艾玉說：「其實比妓女更糟。我想我們恐怕拿不到錢。」

另一個叫海倫娜的女孩立刻找上剛出現的日本軍官，指控他們違反了日內瓦公約裡的人權。不只日本人放聲大笑，連黛維艾玉也笑了。

她說：「親愛的，戰爭期間才沒有什麼公約。」

所有女孩之中，叫海倫娜的那個女孩聽到她們要被迫為娼，似乎最難過。說來奇妙，戰爭開打、一切陷入混亂之前，她原來打算當修女的。她是唯一帶祈禱書來這裡的女孩，這時她開始在日本人面前高聲朗誦一首聖經詩篇，或許希望士兵會像驅魔儀式裡的惡靈那樣，恐懼地哭號逃走。沒想到日軍對她非常禮貌，每一句禱詞後都會接著說：

「阿們。」當然也少不了笑聲。

她答道：「阿們。」然後虛弱地癱到一張椅子上。

一名軍官帶了幾張紙，發給每個女孩一張。紙上寫的是馬來文，原來是各種花朵的名字。軍官說：「這是妳們的新名字。」黛維艾玉看到她的名字很興奮——她叫玫瑰。她說：「小心了，每朵玫瑰都有刺。」另一個女孩得到蘭花這個名字，另一個叫大理菊。歐拉得到阿拉曼達這個名字，也就是黃蟬花。

她們奉命回自己的房間，這時一些日本男人在陽臺上一張桌子前排隊買票。第一晚的價錢非常高，因為他們相信這些女孩全都還是處女。他們不知道黛維艾玉已經不再純潔了。女孩沒去自己的房間，而是聚到黛維艾玉身邊，她還在測試她床墊的強度，這時說道：「原來有人要在床墊上天搖地動。」

然後軍人開始把女孩一一抓起來，他們輕易就贏了這場仗，像抓生病小貓一樣把女孩抓在手中，她們被帶走時和小貓一樣白費力氣地揮打。那晚，戰爭繼續，黛維艾玉聽見她們房裡傳來歇斯底里的尖叫聲。一些女孩甚至光溜溜地逃到走廊，軍人抓住她們，把她們丟回床上。她們在恐怖的交合過程中不停哭號，她甚至聽見一個日本人插進海倫娜的陰道時，她高喊了一些詩篇的句子。同時，她也聽見陽臺外的其他日本人嘲笑這場騷動。

只有黛維艾玉沒埋怨，一句牢騷話也沒有。她分到的日本軍官又高又壯，像相撲選手一樣渾身是肉，腰間配了把武士刀。黛維艾玉躺到床上看著天花板，完全不看他，當然也沒笑。她的注意力似乎主要是放在她房外的騷動聲，而不是她房裡發生的事。她像準備埋葬的屍體一樣躺著。日本軍官吼著要她脫掉衣服時，她仍然動也不動，彷彿根本沒在呼吸。

日本人被惹惱了，拔出武士刀揮舞，最後把刀側貼在黛維艾玉的臉頰，然後重述他的命令。黛維艾玉仍然毫不動彈，即使刀在她臉上劃出一道傷痕也一樣。她的雙眼仍然仰望天際，耳朵似乎還傾聽著遠方的聲響。這下日本人怒了，他拋開刀，甩了黛維艾玉兩巴掌，打得她身子搖搖晃晃，臉上留下紅腫的印子，她卻仍然一副漠不關心的惱人模樣。

壯碩的軍人自認倒楣，終於脫下面前這個女人的衣服，丟到地上，這下她一絲不掛了。他拉開女孩的雙臂和雙腿，讓她大字躺著。他讚美完眼前靜止、沉默的肉體之後，迅速脫掉自己的衣物，跳上床，趴在黛維艾玉身上猛力侵犯她。冷淡的交合過程中，黛維艾玉一直維持日本軍人替她擺出的姿勢，完全沒有熱情或興奮的反應，也沒有任何無謂的掙扎。她沒閉上眼，沒微笑，只是抬頭看著天。

她冰冷的態度發揮驚人的效果——男人沒三分鐘就完事了。黛維艾玉望向房間角落的老爺鐘，按她的計算，是兩分二十三秒。日本傢伙翻到她身旁，然後迅速爬起來，滿口牢騷。他匆匆穿上衣服，沒再說什麼就離開了，出去時重重甩上門。這時黛維艾玉才動了，她露出甜美的微笑，伸展軀體，說道：

「今晚真無聊。」

她穿上衣服，去了浴室。她在那裡遇到一些女孩正在洗身子，好像覺得能用幾杓水把所有骯髒、恥辱和罪惡的感覺都洗掉。她們互不交談。事情還沒結束，夜晚還很漫長，還有些日本人在等待。洗完澡，她們被迫回到房間，繼續掙扎、哭號，而黛維艾玉又恢復她冰冷的神態。

那晚，她們各被四、五個男人占有。瘋狂而持久的交媾嚇壞了她的身體，她陷入沉默而奇異的麻木，但黛維艾玉最受不了的並不是這個，而是她朋友的尖叫和啜泣聲。她心想，妳們這些可憐的女人。想要抵抗無法避免的事，只會更痛苦。然後隔天來臨。

那天早上，她們有事做。海倫娜沮喪地把她的頭髮剪得參差不齊，黛維艾玉不得不幫她修整。第三晚，她們在浴室發現奄奄一息的歐拉，她企圖割雙腕自殺。卡隆媽媽去找醫生的時候，黛維艾玉匆匆把歐拉扛回臥室，她失去意識，渾身溼透。歐拉沒死，然而黛維艾玉終於明白，歐拉經歷的比她最初想像的更悲慘恐怖。歐拉脫險時，黛維艾玉告訴她：

「我可不想跟葛妲說，她的紀念品是『歐拉被人強暴，死掉了』。」

日子這樣過了好幾天之後，一些女孩仍舊無法接受她們悲慘的命運，黛維艾玉半夜依然聽見尖叫。有兩個女孩常躲在走廊，或爬上屋子後的人參果樹。於是她建議她們照她每晚那樣做。

她說：「像屍體一樣躺著，最後他們就會厭煩了。」但她們倆覺得那樣更可怕。她們都無法想像有人侵犯她們的身體、操她們的時候靜靜躺著。「不然就在他們之中找出妳有點喜歡的，全心全意服務他，讓他對妳著迷，每晚回來包妳整夜。每次都服務同個男人，遠好過和一堆不同的男人睡。」

這主意似乎比較好，不過她朋友還是覺得恐怖得無法想像。

「或是像謝赫拉莎德那樣跟他們說故事。」她說。

但她們都不擅長說故事。

「邀他們玩牌。」

她們都不會玩牌。

黛維艾玉放棄了，說：「沒辦法的話，就倒過來。換妳們強暴他們。」

雖然如此，不久之後她們在白天終於真的可以相當快樂，而且不受任何打擾。第一週，她們羞辱得無法彼此交談，只是把自己鎖在房裡，哭泣度日。不過一星期過後，她們開始在早餐後聚在一起，設法彼此安慰、逗彼此開心，聊聊和悲慘夜晚毫無關係的事。

黛維艾玉有時會和那個中年的本地女人卡隆媽媽在一起，兩人發展出奇異的友誼。之所以能這樣，只是因為黛維艾玉一直維持沉著的態度，沒透露任何想要造反的欲望，所以她和日本人的關係沒給卡隆媽媽惹任何麻煩。卡隆媽媽向黛維艾玉坦承，她其實在碼頭底有間妓院。當時許多女人都被強行帶去那裡服務低階的日本軍官。除了這間房子裡的女人，她的女人都是本地人。

「妳們大夥很幸運，不用日以繼夜地做。」卡隆媽媽說。「何況低階的軍官遠比他們混蛋多了。」

黛維艾玉說：「低階軍官和日本天皇沒什麼不同。他們的目標都是女人的屄。」

卡隆媽媽提供一個半盲的本地老女人替她們按摩。每天早上，女孩子都接受例行的按摩，卡隆媽媽說那樣可以避孕，她們都相信。黛維艾玉是例外，她早上通常睡到要吃早餐才起床，而且偶爾特別疲倦時才去按摩。

她漫不經心地說：「懷孕是因為給人幹，不是沒給人按摩。」

她承受風險，在那間妓院待了一個月後，她率先懷孕了。卡隆媽媽建議她把胎兒拿掉。女人說：「想想妳的家人。」黛維艾玉這時答道：「我是照妳說的啊，媽媽，我確實在替我的家人著想，而我僅有的家人就是我肚子裡的這個孩子。」於是黛維艾玉任她的肚子凸出、隆起，一天天長大。她懷孕了也有好處——卡隆媽媽要她待在後面的房間，向所有日本人宣布她懷孕了，不准任何人跟她睡。她這情況，就連日本人也都不想跟她睡，於是她慫恿其他女孩如法炮製。

「人家說的都是真的，每個小孩都會帶來自己的好運。」

但其他女孩都不敢跟黛維艾玉一樣冒險。

三個月後，誰也沒放棄她們早晨例行的按摩，除了她，誰都沒懷孕。她們每晚繼續面對同樣的恐怖，她們寧可那樣，也不想大著肚子被送回家面對母親。歐拉說：「我要怎麼跟葛姐說？」

「只要說，『葛姐，妳的紀念品在我肚子裡』就好。」

一如往常，白天她們有不少自由時間。女孩會聚在一起八卦閒聊。有些人玩紙牌，有些人幫黛維艾玉替她的寶寶縫小衣服。想到她們之中有人要生小孩，大家都很興奮；她們等著寶寶來到這個險惡的世界，一顆心期待得怦怦跳。

她們有時也會談到戰爭。傳聞說，盟軍會攻擊某些小地區的日軍，女孩們希望哈里蒙達會遭到攻擊。

海倫娜說：「希望所有日本人都被殺掉，腸子流一地。」

「別胡說，我的孩子聽得見妳說話。」黛維艾玉說。

「那又怎樣？」

「她父親是日本人啊。」

她尖酸的幽默逗得她們哄堂大笑。

不過想到盟軍有希望來，真的令她們振奮。於是一隻迷途的信鴿飛進她們屋子，被一個女孩抓住，她們就傳了訊息給盟軍。幫助我們；我們被迫為娼；二十個年輕女人等待她們的戰士救星。這主意很傻，她們無法想像那隻鳥要怎麼找到盟軍。但一天下午，她們仍然放了牠。

她們無法確定鴿子回到了盟軍。但那隻鴿子再度出現，而且不再帶著她們的信，因此女孩相信至少不知哪裡有人讀了信。於是她們興奮地寫了新的訊息。她們幾乎一連三週，一次次寫下訊息。

沒有盟軍出現；來的是她們沒看過的一個日本將軍。他突然到達時，看守土地最遠那角的士兵盡可能攔阻，不讓他進來。他質問的兩名士兵在發抖，膝蓋碰呀碰。

將軍問：「這是什麼地方？」

士兵還來不及回答，黛維艾玉就喊道：「嫖妓的地方。」

他是個軍人，體格高大結實，兩側腰間各掛著一把刀，也許是傳統武士的後代。他冷酷嚴肅的臉上留了兩道濃密的八字鬍。

他問：「妳們都是妓女嗎？」

黛維艾玉點點頭，說：「我們在照顧生病士兵的靈魂。我們身不由己，而且沒錢可拿，我們就是這樣被迫成為妓女的。」

「妳懷孕了嗎？」

「將軍，聽起來你不相信日本兵可以搞大女孩的肚子。」

他沒理會黛維艾玉的話，而是開始斥責房子裡所有的日本人。夜晚降臨，一些常客出現了，他的怒意更加激烈。他召來一些軍官，在一間房裡密會。顯然沒人敢忤逆他。

在此同時，屋裡的女孩喜悅感激地看著她們的救星，好像把他視為她們努力不懈送信贏得的美好勝利。海倫娜說：「我幾乎無法相信天使居然長著日本人的臉。」他回司令部之前，來找聚在餐廳的女孩。他站在她們面前脫帽行禮，九十度鞠躬。

黛維艾玉喊道：「*Naore*！」

將軍站直身子，她們第一次看到他微笑。「如果這些瘋男人膽敢碰妳們任何人，就再送信給我。」

「將軍，你為什麼等這麼久才來？」

「如果我來太早，可能只找到一間空盪盪的房子。」他說話的聲音溫和而低沉。

黛維艾玉說：「將軍，可以請問你叫什麼名字嗎？」

「武藏。」

「如果我的孩子是男孩，我就叫他武藏。」

「祈禱妳生的是女孩吧。」將軍說。「我從沒聽過女人強暴男人。」然後他就離開了，他爬上屋前等候的卡車，女孩朝他揮手。他一走，原先站著用手帕擦冷汗的軍官就迅速跟著離開。那是第一個沒人來強暴她們的夜晚。那晚好寧靜，女孩辦了一個小派對來慶祝。卡隆媽媽給了她們三瓶酒，海倫娜把酒倒進小杯子裡，彷彿領聖體儀式裡的教士。

「敬將軍，祝他平安。」她說。「他太帥了。」

歐拉說：「如果他侵犯我，我不會反抗。」

黛維艾玉說：「如果我生的是女兒，就替她取名為阿拉曼達來紀念歐拉。」

一切都結束得極為突然——不再需要賣春，黃昏時不再有日軍軍官來買她們的身體。一些女孩很焦慮，因為她們終究會見到她們的母親，不知該怎麼說起她們經歷的事。有些人站在鏡子前，鼓起勇氣，對自己的鏡像說：「媽媽，我成了妓女。」她們當然沒辦法這麼說，於是她們又試一次：「媽媽，我當過妓女。」但這樣聽起來還是不對，於是她們就說：「媽媽，我被迫賣淫。」

她們也知道，對她們母親說這些話，比起對鏡子說困難多了。唯一幸運的是，看起來日本人短時間內並不打算帶她們回布魯登康普，而是繼續把她們關在屋子裡。不是以妓女的身分，而是像以前一樣的戰俘。士兵仍然警戒地看守她們，卡隆媽媽仍然鼓勵女孩利用她提供的奢侈照顧。

她得意地說：「我把我的妓女都當王后對待。即使已經退休了也一樣。」

她們每天、每週、每個月都和黛維艾玉一起消遣，而黛維艾玉繼續替她的寶寶縫衣服。她有朋友幫忙，利用她們在屋中衣櫥裡找到的布料，幾乎已經縫了一籃的小衣物。這麼一來，她們至少不用無聊地等待戰爭結束。直到有一天，卡隆媽媽帶著一個接生婆出現。

卡隆媽媽說：「我少數懷孕的妓女，都是她幫忙接生的。」

黛維艾玉說：「不過希望她接生過的女人不全是妓女。」

她被人從布魯登康普的監獄帶到妓院那年的一個星期二，生下一個女嬰，她立刻按照之前的承諾，替她取名為阿拉曼達。那孩子可愛極了，完全繼承了母親的美貌。唯一看得出她父親是日本人的地方，是她的小眼睛。歐拉說：「瞇瞇眼的白種女孩。荷屬東印度群島才看得到。」

海倫娜說：「她不是將軍的女兒，真可惜。」

那個小寶寶一下就變成房裡住戶的奢侈娛樂，就連日本兵也帶布偶給她，替她辦個派對祝賀。歐拉說：「他們敬重她也是應該。不論如何，阿拉曼達都是他們長官的孩子。」黛維艾玉很慶幸歐拉漸漸忘了她紛擾的過去，似乎恢復了樂天的天性。她都在幫忙帶小寶寶，其他女孩也是，她們自稱阿姨。

一天清晨，一個日本兵闖進海倫娜房間，企圖強暴她。海倫娜放聲尖叫，尖叫聲大得吵醒了所有人，那名士兵跑進黑暗中。她們不知道強暴未遂的是哪個士兵，直到早上將軍來了。他抓住一個士兵，把他拖到院子中央，遞給他一把手槍。士兵飲彈自盡，把自己腦子給炸了。那之後，誰也不敢接近這些女人。

戰爭還沒結束。她們在葡萄藤後偷聽到卡隆媽媽和一些來幫忙的傭人交談，說日軍已經沿南岸建造了防禦的壕溝。卡隆媽媽偷偷給了女孩子一臺收音機，所以她們聽到已經在日本投下兩顆炸彈，第三顆還沒投下，這消息就足以震撼全屋子的人。日本兵看來也已經聽到了消息。之後的日子中，他們無精打采地坐在樹下，然後一個接著一個不見，不知被派去了哪裡。盟軍飛機最後終於飛過哈里蒙達的天空，投下小冊子宣告戰爭即將結束，那時房子只剩兩名日軍看守。

女孩子只有這兩名士兵守著，局勢太難預料，所以她們沒試圖逃走。何況她們在收音機裡聽到英軍現在控制了城市，看來待在屋子裡遠比在街上安全。日本輸了，她們等著盟軍來解救。結果那些軍隊原來是慢條斯理地往哈里蒙達來，好像忘了地球上還有這座城市。不過飛機回來了，投下了餅乾和盤尼西林，緊急部隊也出現了。最先出現的是荷蘭步兵旅組成的皇家荷屬東印度軍第二梯隊。他們自稱荷蘭皇家東印度軍團，簡稱KNIL，迅速用自己的旗子換掉了屋前的日本旗。僅存的兩名日軍無助地投降了。

不過真的令黛維艾玉意外的是，威利先生隸屬於其中的一個旅。

他說：「我加入了KNIL。」

黛維艾玉說：「唉，這樣好過加入日軍。」她讓他看她的女嬰。「他們現在只留下這個了。」她說著輕笑。

然後二十個女孩的家人從布魯登康普接來了這裡。葛妲憔悴不堪，她問她們，她們離開之後發生了什麼事，歐拉含糊地說：「我們去旅行了。」不過葛妲一看到阿拉曼達，就知道其實發生了什麼事。她們和荷蘭兵一起住在屋子裡，荷蘭兵輪流守護她們。那些日子黛維艾玉很難熬，因為威利先生還表示他深愛著她，雖然他從前被她拒絕過，他卻似乎準備再提一次。

沒想到不幸再一次解救了黛維艾玉。

一天晚上，輪到威利先生和其他三名士兵看守房子，一個本地部隊的游擊隊攻擊了他們，游擊隊配備的是從日軍偷來的武器，有大砍刀、短刀和手榴彈。他們的埋伏突襲很成功，殺光了四名荷蘭兵。威利先生在客廳和黛維艾玉聊天時從後面被砍了頭，他的頭飛向桌子，血濺到小阿拉曼達身上。還有一名士兵在廁所拉屎的時候被殺，另外兩名死在院子裡。

游擊隊有十多人，他們把所有戰俘聚集起來。發現她們都是女人、都是荷蘭人之後，男人們變得更殘暴了。他們把一些女人綁在廚房，其他女人則拖進臥室強暴。她們哭得比日本人把她們變成妓女時還要淒厲，就連黛維艾玉也前所未有地奮戰，抵抗一個游擊隊：他抓住她寶寶、用短刀砍她手臂。

救援來得太慢，游擊隊太快就跑得沒了蹤影。女人們把四名死去的士兵埋在後院。

黛維艾玉把一朵花放在威利先生的墳上，說：「要是你加入游擊隊，至少還可以強暴我。」然後她為他哭了。

但之後又陸續發生了類似的事。游擊隊全副武裝伏擊，派來看守屋子的四名士兵遇上游擊隊總是寡不敵眾。當地的司令官無法提供更多守衛；他們自己的兵力也依然短缺。直到英軍前來強化全城的治安，女人們才安心。這些英國部隊屬於來到爪哇的英屬印度軍二十三師，其中有些是廓爾喀人。他們四處設置機關槍，有些在屋子後院設了一個崗哨。當地的游擊隊再來的時候，受到激烈的對抗，無法進到院子裡，其中一人還被殺了。那之後，他們再也沒以這棟房子為目標。

英軍守護她們的那段期間，日子十分平靜愉快。她們為了忘卻一切不愉快的時光而辦了些小派對。有時年輕女人會坐軍用吉普車，在幾個全副武裝的軍官護衛下去海邊。一些軍官甚至愛上了一些女孩，而一些女孩也愛上了他們。女孩很難說出她們遭遇的事，但那些問題都解決之後，事情就好轉了。她們邀來一個本地的樂團，辦了另一個小型慶祝會，有酒和蛋糕。

救援戰俘的行動持續進行——國際紅十字會到達，所有戰俘都將立刻飛往歐洲。這個國家對平民不再安全，尤其是她們已經在戰俘營關了三年。本地人宣布獨立，到處都是武裝的民兵。一些人宣稱他們是國軍，另一些人自稱是人民軍，而他們全都是城外的游擊隊。大部分的民兵都是在日軍占領時期由日本訓練的，他們在一場混戰中對上荷蘭軍訓練後加入KNIL的本地人。戰爭還沒完，其實才正要開始，而本地人稱之為革命戰爭。

所有年輕女人和她們在那間俘虜之屋裡的家人都準備坐紅十字會安排的一架飛機離開，只不過有個女孩總是自有打算——就是黛維艾玉。她說：「我在歐洲沒親沒故。我只有阿拉曼達和現在在我肚裡成長的這個寶寶。」

歐拉說：「但妳至少有我和葛妲啊。」

「但這裡是我的家。」

她已經跟卡隆媽媽說過她不想離開哈里蒙達。她會待在城裡，即使因此要當妓女也好。卡隆媽媽跟她說：「像先前一樣住在這間屋子裡吧。現在這裡是我的，荷蘭人家絕不可能討回去。」

於是其他人準備離開時，黛維艾玉和卡隆媽媽與其他幾個傭人待了下來。她讀著歐拉留下的一本《馬格斯．哈弗拉爾》，等待第二個孩子出世；她確定那孩子是游擊隊的種。她已經讀過這本書，但她又讀了一次，因為沒別的事好做，何況卡隆媽媽什麼都不准她做。阿拉曼達快兩歲的時候，小寶寶終於出生，黛維艾玉替她取名為阿汀妲，她在讀的那本小說裡的女孩就叫這個名字。

黛維艾玉在卡隆媽媽的屋子裡住了幾個月之後，開始思考她老家汙水管糞便裡埋藏的寶藏，更開始考慮該把房子弄回來了。她現在住的房子已經變成一家新妓院，住滿戰時當日軍慰安婦的女人。卡隆媽媽設法找到許多不敢回家的女孩，她們決定和她待在一起，湧進來住滿她的房間，像公主一樣住在卡隆媽媽的王國。KNIL士兵是她們的忠實顧客。卡隆媽媽讓黛維艾玉和她兩個孩子待在一間房間裡，需要待多久就待多久，也沒逼她出賣肉體來回報。黛維艾玉感激地接受了卡隆媽媽的好意，但她仍然覺得妓院不是她的兩個小女孩成長的好地方，因此決心回到她的老家。

她還有戰時吞下的六枚戒指，所以其實不需要當妓女。她把其中一枚鑲了玉的賣給卡隆媽媽，靠那筆錢生活了一陣子。她甚至跟舊貨商買了一部嬰兒車，就用那部嬰兒車第一次帶她的兩個孩子沿著通往哈里蒙達的街道走去。小阿汀妲躺在嬰兒車的篷子下，阿拉曼達穿著毛衣戴著帽子坐在她妹妹後面。黛維艾玉把頭髮盤到頭頂，長袍在腰間繫起，兩個口袋塞滿拍嗝布、尿布和幾瓶奶，平靜地推著嬰兒車漫步。

路上荒涼沒人跡。她之前就聽說大部分的成年男性都進了叢林加入游擊隊，她只在街角看到一個老理髮師，他等著顧客上門，快無聊死了。除此之外，她看到一些守衛哈里蒙達的KNIL士兵，他們邊看守邊看舊報紙，看起來昏昏欲睡，幾乎一樣無聊。有些坐在他們卡車或吉普車的方向盤後，有些蹲在坦克車上。他們發現她是白種女人之後，親切地和她打招呼，自願護送她一程；荷蘭女人獨自在外面走動不安全，他們說，隨時可能有游擊隊出現。

她說：「不用了，謝謝。我正要去尋寶，可不想和人分享。」

她循著深深烙印在記憶中的路徑，朝著從前荷蘭莊園主人居住的區域前進。那些房屋都緊鄰海灘，前陽臺面對一條窄路，路沿著海岸沿伸；後陽臺則面對莊園和農場那片茂密綠意後方遠處隆起的兩座山丘。她平安無事地到達那裡，沿著海灘小徑走，確信不會有游擊隊突然從海裡冒出來。一切都一如往昔。籬笆旁仍然長滿菊花，屋旁仍然立著一棵楊桃樹，最低的枝條垂下一座鞦韆。她祖母的花盆仍然圍著陽臺邊放，不過裡面種的蘆薈都乾死了，芋糾結在一起。顯然沒人照料野草或前面棚架上長的蘭花，蘭花已經垂到地上。她立刻明白傭人和守衛已經拋下了屋子，顯然連俄國獵狼犬也沒住在這裡。

她把嬰兒車推進前院，陽臺地板乾乾淨淨，她大惑不解。她心想，一定有人掃掉了塵土。她試試開門，發現門沒鎖。她進了屋裡，這時她還推著嬰兒車，但寶寶已經開始坐不住了。客廳很暗，她打開一盞燈。電沒斷，一切在瞬間亮了起來。一切都在原來的位置——桌、椅、櫥櫃，一切如故，唯獨留聲機被穆因帶走了。她發現她自己的照片還掛在牆上，那是個十五歲的女孩，即將進入聖方濟學校。

「看呀，是媽咪。」她對阿拉曼達說。「拍照的是個日本傢伙，然後媽咪不久之後就被另一個日本傢伙強暴了，可能就是妳的日本爹地。」

她們三個繼續在屋裡各處參觀，上了二樓。黛維艾玉分享了她所有的記憶，告訴她們爺爺奶奶以前睡在哪兒，讓她們看亨利和阿涅・史坦姆勒的照片；拍照時他們還很小，還沒墜入愛河。這些事小傢伙當然都還不懂，但黛維艾玉依舊很樂在帶她們參觀，直到她想起她在汙水管裡的寶藏。她邀她的兩個孩子和她一起查看廁所，光是看到廁所還在，她就鬆了口氣。她只要拆了馬桶，找她的寶藏就行了。

這時，她背後突然有人說話了。「一個荷蘭女人在新共和的時代到處遊蕩。小姑娘，妳在這裡做什麼？」

黛維艾玉轉過身，眼前就是說話的人——是個本地的老女人，看起來兇悍得很。她穿著布裙和破爛的卡芭雅，拄了根枴杖支撐她的腿。她的嘴裡塞滿一團團荖葉。老女人站在那裡恨恨地看著黛維艾玉，看起來會毫不遲疑地像打流浪狗一樣用枴杖打她。

「妳可以自己看看，我的照片還掛在牆上。」黛維艾玉說著指向那張十五歲女孩的相片。「這間房子是我的。」

「我只是沒時間把妳的照片換成我的而已。」

老女人立刻命令她離開，但黛維艾玉堅持她握有地契。女人聽了只擺擺手，哈哈大笑。「小姑娘，妳的房子被充公啦。」她說。老女人把不速之客送出門，一邊解釋道，這間房子顯然被日本人占了，在戰爭尾聲時，被一個游擊隊家庭搶了回來，就是老太太的家庭——她先生被武士刀砍斷半隻手臂，然後和兒子中的五人進了叢林，不久之後被KNIL士兵射殺身亡，兩個兒子也送了命。「所以現在我繼承了這間房子。不過要的話妳可以把妳的照片拿走，我不跟妳收錢。」

黛維艾玉很清楚她不可能辯贏這個女人。她速速推著嬰兒車離開，但仍然決意拿回她的房子。她去了臨時民政府和軍事辦公室，與一位KNIL司令官見面，尋求他的建議。他的建議頗令人灰心。他要她打消主意，她的房子短期內沒希望弄回來。他說目前狀況還不允許，因為游擊隊依然到處出沒。如果房子歸游擊隊的家庭所有，最好還是算了，除非她有錢把房子買回來。

但她沒那個錢。她剩下的五枚戒指絕對不夠買間房子。她的寶藏是她唯一的希望，寶藏現在還在廁所裡，而她不先拿回房子，就永遠不可能拿到寶藏。她立即和卡隆媽媽見面，她知道那女人一向樂於幫助有需要的人。她盡可能直話直說。「媽媽，借我一點錢。我想把我的房子買回來。」

卡隆媽媽看什麼事都從理財的角度，總是能嗅到做生意的好機會。「妳要怎麼償還？」

黛維艾玉答道：「我有家族的寶藏。戰前，我把我祖母的珠寶都埋在一個祕密地點，除了我和老天，誰也不知道這件事。」

「如果給老天偷了呢？」

「那我就回來替妳賣淫償債。」

她們同意這是最好的主意。卡隆媽媽甚至提議由她當買房子的仲介人，否則若是黛維艾玉親自出面的話，游擊隊老太太有可能拒絕賣房子。她有張荷蘭人的臉，本地人絕不會信任她，何況他們需要錢，卡隆媽媽跟他們這種人買資產的經驗豐富。她向黛維艾玉保證，她會談到最低的價碼。

整件事花了幾乎一星期才辦妥。交易完成之前，卡隆媽媽每日來回奔波去見那個凶悍的老女人。游擊隊老奶奶說，只要可以換得另一間房子和一些錢，她就同意把房子賣出去。卡隆媽媽處理得很好，黛維艾玉終於可以命令那個女人離開這間房子，再也別踏進那裡了。黛維艾玉由卡隆媽媽陪同，用了妓院一個KNIL恩客的軍用吉普車，很快就和她的兩個小小孩搬進去。她回到她的家，開心極了，而且這個家現在保證屬於她。

卡隆媽媽終於問了：「那妳什麼時候要還錢？」

「給我一個月的時間。」

「好，一個月挖掘也夠了。」她說。「如果有人騷擾妳家，儘管來找我。我有游擊隊的好朋友，當然也認識KNIL的軍人。他們都是我的恩客。」

黛維艾玉沒立刻開始挖掘。她先找保姆。她在山腳下的聚落找到了，這個叫米拉的老女人在戰前曾是荷蘭人的傭人。黛維艾玉堅決地跟她說，她不是荷蘭人，她叫黛維艾玉，是本地女人。她透過米拉找來一個園丁，要他把亂七八糟的土地整理好。一個星期後，她終於能放鬆下來，看著一切逐漸恢復原狀，庭院整潔，植物煥然一新。

她自言自語說：「幸好日軍和盟軍都沒毀了這裡。」

這時她接到歐拉和葛妲的消息。她們和祖父母團聚，甚至發現她們的父親被關在蘇門答臘的一間戰俘營，平安無事。歐拉和一名英軍訂了婚，那年三月十七日會在聖瑪麗教堂結婚。黛維艾玉不會參加他們的婚禮，但她寄了些兩個小女兒的照片去，然後收到他們寄回的結婚照。她把結婚照掛在牆上，如果歐拉來訪，就會看見。

弄完大部分的家務，她開始思考挖寶藏的事。她已經信任園丁了，園丁叫薩普里，她把他叫進來，跟他說了她挖汙水管的計畫。她說如果她不去挖，就永遠沒辦法付他的薪水。於是園丁帶來一把鐵橇和一把鋤頭，黛維艾玉捲起外套袖子，穿上她祖父的褲子，幫薩普里拆開地板，沿著往化糞池去那條水管挖起汙物。幸好戰爭開始之後就沒人用廁所，所以他們的工作簡單了些。他們沒挖到溫暖惡臭的糞便，只有鬆散的泥土，土裡滿是氣憤蠕動的蚯蚓。

米拉照顧兩個小小孩，他們則忙了一整天，中間只暫停一下吃東西、休息，接著就繼續拆除水泥，翻動已經變成泥土的糞便。可是他們什麼也沒找到。黛維艾玉確信他們已經清除了水管裡所有的排泄物和土壤，卻仍然沒找到她藏在那裡的任何珠寶。沒有項鍊或金手鐲——只有一堆堆潮溼腐爛的褐色泥土。她不相信珠寶會和糞便一起爛掉，所以她拋下手邊的工作，放棄了，埋怨道：

「給老天偷了吧。」

革命的年代，人們大膽喊出俗麗的口號，沿街寫在牆上，寫成標語拿著揮舞，甚至塗寫在作業本上。卡隆媽媽決定把她的妓院以同樣的精神重新命名，換個代表她靈魂本質的新名稱。她已經用了「不做愛毋寧死」，之後是「一朝做愛，永遠做愛」，但最後決定更名為「做愛到死」。

不幸一語成讖——一名KNIL的士兵在做愛時死去，被游擊隊割了喉；一個游擊隊在做愛時死了，他是被一個KNIL士兵槍殺，而一個妓女在一節賣春中死去，她被吻太久，無法呼吸。

而黛維艾玉就在「做愛到死」那裡成了妓女。她有間房子，所以沒住在那裡。她只在夜幕降臨的時候過去，早晨回家。現在她有三個小女孩要照顧了——分別是阿拉曼達、阿汀妲和晚阿汀妲三年出生的馬雅黛維。夜裡米拉照顧孩子，不過白天她和一般的媽媽一樣親自照顧她們。她送孩子們上最好的學校，去清真寺跟亞羅教師背誦禱詞。

她對米拉說：「除非她們真的想要，不然她們不會變成妓女。」

她自己從來沒老實承認她是因為真正想要才當妓女。事實恰恰相反，她總是說她當妓女是情勢所逼。她這麼跟她的三個孩子說：「就像有人因為情勢所逼而成為先知或國王。」

她是城裡最受歡迎的妓女。幾乎所有上過妓院的男人都至少跟她睡過一次，花再多錢也沒關係。不是因為他們一直想和荷蘭女人上床，而是因為他們知道黛維艾玉是做愛高手。其他妓女會受到粗暴的對待，但沒人對她粗魯，因為如果有人這樣，其他男人會氣瘋，好像她是他們自己的老婆似的。她夜夜都取悅恩客，不過她嚴格限制自己每晚只接待一個男人。卡隆媽媽為了這顯而易見的獨享權力而收取高價，額外的獲利都進了她的口袋；她是徹夜不眠的蝙蝠女王。

是啊，卡隆媽媽是那座城市的女王，黛維艾玉則是公主。她們的品味相同，都會好好照顧自己，衣著遠比貞潔的淑女莊重。卡隆媽媽喜歡她從梭羅、日惹和北加浪岸買來的手工蠟染巴迪克服飾，配上卡芭雅，頭髮盤成傳統的髮髻。她甚至在妓院也這麼打扮，只有休息的時候才會穿寬鬆的家居服。而黛維艾玉則從女性的時尚雜誌模仿她想要的一切，即使貞潔的淑女也偷偷模仿她。

她們倆是哈里蒙達城喜樂的根源，每個重要場合都免不了會邀請她們。每個獨立紀念日，卡隆媽媽和黛維艾玉都會和薩德拉少校、縣長坐在一起，當然排長終於從叢林裡出來之後也坐一起。即使品性良好的淑女實在痛恨兩人，她們知道她們丈夫半夜不見蹤影、去造訪「做愛到死」，但在兩人面前她們都很禮貌（然後在背後說壞話）。

後來，有一天，一個男人突然覺得他非把公主據為己有不可——甚至想娶她。沒人敢忤逆他，因為據說他無人能敵。那男人人稱狂人馬曼，或馬曼根登。

於是哈里蒙達男人的幸運就此結束，他們妻子和情人臉上綻放燦爛的微笑。

5

直到今日，人們還牢牢記得黛維艾玉在世的時候，那個男人在一個風雨交加的早晨抵達，和一些漁民在海灘上打鬥。是啊，哈里蒙達的人知道他所有的事蹟，就像他們知道聖書上所有的寓言。

馬曼根登年紀輕輕就是最後一代大師中的戰士了，他是大山那位雕鑿大師的單傳弟子。殖民時代末期，他離開那裡去流浪冒險，但無論敵友，他誰也沒遇到，直到日本人出現。之後他為人民軍而戰，在革命戰爭之中任命自己為上校。不過在一次軍隊改組時，他和其他數千名軍人都被開除了，一無所有，只剩下參與那場戰鬥的榮耀。但馬曼根登毫不以為忤。他再度去流浪，直到戰爭結束都在為自己贏得新的名聲——強盜的名聲。

他偷盜的本能起於他痛恨富人，而他恨富人是情有可原。他是一個縣長的私生子。他母親在縣長家裡當廚娘，她家世世代代都在縣長家工作。誰也不知道他們何時開始私通，可是大家都知道縣長性好漁色，光是妻妾和情婦絕對無法滿足他。某些夜裡，他還會把傭人拖進他房裡。馬曼根登的母親就是那樣的倒楣女人，最後被搞大了肚子。縣長的妻子發現了，為了保護家族的名譽而把廚娘逐出家門。她不管廚娘的家族世代都替那個家服務，包括廚娘的父母、祖母和外祖母以及她們的父母。不幸的女人除了在腹中成長的孩子之外一無所有，只能披荊斬棘穿過叢林，不久就在大山中迷了路。雕鑿大師發現了她，這位老上師在一棵糖棕樹下替她接生。

女人臨死前，說：「以他父親之名，替他取名為馬曼吧。他是縣長的雜種私生子。」她沒能再看她的孩子一眼，就過世了。老上師心情沉痛，把孩子帶了回家。

他跟小寶寶說：「你會成為終極戰士。」

他悉心照顧小寶寶，給他充足的食物，在他還不會走路的時候就開始磨練、訓練他。他把嬰兒泡在冰凍的水裡，放在正午的太陽下曝曬。馬曼根登還蹣跚學步時，老人就把他丟進河裡，逼他游泳。信不信由你，他五歲時是世上最強壯的小小孩。這時他叫作馬曼根登，已經能赤手空拳把石塊碾成細砂了。雕鑿大師和其他的上師不同，他把他會的一切都教給這個孩子，完全不藏私。他教了他所有高超的武術招式，把所有符咒和護身符都給了他，甚至教他讀寫古巽他文、荷蘭文、馬來文和拉丁文。他教他冥想，也為了同樣嚴肅的目的而教他烹飪。

馬曼根登十二歲時，雕鑿大師過世。他埋葬了老人，哀悼了一週之後，就下山開始他報復生父的旅程；但同一時間，日軍來了。他沒在他父親的房子裡找到父親；那個家已經因戰爭而破敗，化為廢墟。縣長因為當了荷蘭人的幫兇而逃走，於是馬曼根登不得不追著他的敵人（那人趕走他母親，要為她的死負責），一追三年。三年之後，他仍然無法復仇；他找到他父親時，那人已經被行刑隊槍決了。他看到他父親的屍體，但不打算埋葬他。

日本人離開，印度尼西亞宣布獨立，革命戰爭開打之後，他加入了一群游擊隊。他們白天待在北岸的漁民小屋裡，晚上作戰，但小衝突的贏家通常是KNIL軍。這段時間裡沒發生多少有趣的事，唯一的例外是他迷上了一個非常年輕的漁家女，娜西雅。她是個秀氣的女孩，臉頰上長著酒窩，有著美麗的黑皮膚。馬曼根登在沿著海岸抓魚當下午點心時會看到她。她很友善，會溜出去把她僅有的食物帶給游擊隊，臉上還掛著天下最甜美的微笑。

他對她所知不多，只知道她的名字。但她讓他充滿生氣，他發誓不再流浪，要打贏每一場仗，這樣兩人才能在一起。他的朋友注意到他在暗戀她，他們鼓勵他正式向少女求婚。馬曼根登從來沒有直接跟任何女人說過話，只在日本占領期間跟妓女交談過，他突然發覺面對這個秀氣年輕的娜西雅，遠比面對荷蘭行刑隊可怕多了。不過機會來了，馬曼根登看到娜西雅獨自走著，抱著一籃鮮魚往家裡去，於是他跟上她。他看到女孩展露甜美的微笑，露出她的酒窩，於是鼓起勇氣，問她願不願意做他的妻子。

娜西雅才剛滿十三歲。天曉得是因為她太年輕還是什麼緣故，總之她倒抽口氣，說不出話，拋下她的籃子，也沒道別就跑回家，活像被瘋子嚇到的小孩。馬曼根登站在飛魚之間目送她離開，真想一死了之。但他沒退卻，一點也沒有。愛給了他別處找不到的勇氣。他捉起魚，踏著堅定的步伐，帶著籃子走向少女的家。他會正式向她求婚，請她父親把她嫁給他。

他發現娜西雅站在她家前面，身旁是瘸了一條腿的瘦弱傢伙。他只聽說娜西雅的兩個哥哥死於游擊隊交戰，她父親是個老漁夫。他從沒聽過這個飢瘦的獨腳年輕人。馬曼根登站在他們面前擠出微笑，把籃子放到娜西雅腳邊。他的心怦怦跳，焦慮又嫉妒得發火。他靠著勇氣（或許是愚蠢）重複了他的話。

他一臉懇求地問：「娜西雅，妳願意成為我的妻子嗎？戰爭結束，我就娶妳。」

女孩搖搖頭，哭了。

她結結巴巴地說：「游擊隊先生。你沒看到我身邊的男人嗎？沒錯，他很虛弱。他絕對沒辦法下海捕魚，當然也沒辦法像你一樣打仗，先生。我知道你輕易就能殺了他，然後就像抓飛魚一樣輕易地住抓我。但如果你要那麼做，至少讓我死在他身邊吧，我們彼此相愛，無法分離。」

瘦削的男孩垂著頭默默無語，一直都沒抬起頭來。馬曼根登的心瞬間碎了。他緩緩點頭然後走開，沒道別也沒回頭。他看得出來；他們全心全意愛著對方。即使他受傷的心要非常久才能恢復，他也不想破壞他們的幸福。

直到戰爭結束之前，他一直受到駭人的幻覺所苦，起因就是他的愛被悲慘地拒絕了。有時他待在戰場上的無人區，希望敵人射殺他。他讓自己成為步槍和大炮的目標，但他注定活下來。這段期間，他再也沒見到那女孩，而且只要可能相遇，他就刻意避開。戰爭結束後，他聽說她要嫁給她的愛人，於是在當地的紡織工那裡買了條美麗的紅飾帶送給她當結婚禮物。

游擊隊解散了，馬曼根登不大難過，反而很開心，這下子他又能恣意流浪了，只不過現在他的心裡有個傷。他循著昔日的游擊隊小徑橫越整個北方海岸，靠搶劫有錢人家過活，他對他們說：「只有通敵的人才能在革命期間發財，所以你們要不是荷蘭人的幫兇，就是日本人的走狗。」

他帶著一打男人在沿岸的城市散播恐怖，軍警緊追在後。他和他那幫人過著俠盜羅賓漢似的生活，從富人那裡偷東西，把掠奪的東西分給窮人，照顧戰爭留下的寡婦和孤兒。敵友都畏懼他的名聲，但他並沒有因此而快樂。他不論去哪兒都還帶著他的舊傷，而他看到的任何漂亮女孩都無法治好他的傷，更不用說他在棕櫚酒室裡找到的妓女了。夜幕降臨，他開始感到瘋狂時，就叫手下去找有著迷人黑肌膚和酒窩的秀氣少女。他詳細地描述娜西雅的模樣，於是來到他藏身處的女孩都像她的複製品，根本分不清誰是誰。他夜復一夜和她們做愛，但誰也無法取代娜西雅。

很久很久之後，他對生命的熱情才恢復。那時他常聽到漁家小孩提到，傳說有個名叫倫嘉妮斯的公主十分美麗，見了她的人都願意為她而死。馬曼根登一晚醒來，覺得他為了得到那樣的女人，願意與任何人一戰，於是一一搖醒他的手下，問他們倫嘉妮斯公主住在哪兒。他們答道，當然是在哈里蒙達啊。馬曼根登之前從來沒聽過那座城市，但他一個朋友告訴他，如果他坐著獨木舟沿海岸往西划，就會到達哈里蒙達。他心意已決，堅決要治好昔日的情傷，於是把他的地盤交給他那幫人管理，跟他們說，他將乘著獨木舟去旅行，尋找他的真愛。他終於再次墜入愛河，只不過他對倫嘉妮斯的了解都是他從漁家小孩那裡聽來的。

他們說，公主美麗非凡，是帕亞亞蘭王室最後的血脈，繼承了帕庫安王國所有公主的美貌。人們說，公主自己也明白她的美貌會招來不幸。她小時候還能自由在宮牆外遊蕩，就曾造成或大或小的騷動或混亂；不論她去哪裡，人們都會呆望著她籠罩淡淡憂鬱的臉龐。他們像誇張的人類雕像一樣僵住，只有眼珠追隨她的一舉一動。她的美貌害得公僕做起白日夢，忽略國事，大片的國土被幾群強盜侵占了，費了不少工夫、付出高昂的代價才奪回，還犧牲了半數王軍的生命。

馬曼根登說：「那樣的女人確實值得追求。」

一個朋友答道：「我只希望你不會再度心碎。」

這個公主的父親據說是王國被淡目國攻打之前的最後一任君主，就連他也因為迷戀親生女兒的美貌而未老先衰。雖然誰也不能和自己的女兒上床，但愛上了終究是愛上了。他的欲望與羞愧的感覺互相衝突，啃蝕了他心中的一切，最後他開始覺得唯有一死才能解脫。王后當然嫉妒了，她開始覺得只有殺死小女孩才能解決這個狀況。王后時常溜到廚房，拿著刀子躡手躡腳來到她孩子的房間，準備刺進她跳動的心臟；但每次王后看到女兒就被迷住而愛上她，完全忘記殺人的念頭。她會拋下刀子走向孩子，輕撫她的皮膚、親吻她，然後回過神。王后會羞愧地離開少女，飽受折磨，什麼也不說。

馬曼根登的旅途中，漁民不斷跟他說倫嘉妮斯公主的故事。他乘著小獨木舟往西划去，夜幕低垂時，他就在漁村停泊。他會問那裡離哈里蒙達有多遠，人們會告訴他，繼續向西，然後繞向南去，最後又往東。他們告訴他，要小心南海的波濤。接著他們會跟他說公主的事，孤獨的流浪者聽了更難受。

他發誓：「我會娶她。」

至於倫嘉妮斯公主本人則因為愈加非凡的美貌而深受困擾，只好把自己鎖在房間裡。她和外面的世界只能透過門上的一個小縫來交流，女僕會從那裡把衣物和盤子盛的食物送給她。她發誓再也不要展現她的美貌，她希望嫁給為了其他原因而愛她的男人。於是她一直躲著，縫製新娘禮服和嫁妝。但她瞞不住她美貌的傳言，說書人和居無定所的流浪漢把消息散布出去。不被允許的感情荼毒著她父親、嫉妒矇蔽了她母親，兩人決定把她嫁掉。他們把九十九個信差派向王國最偏遠的土地，甚至遠到鄰國，宣布將為王子、騎士和其他任何人舉辦一個競賽。優勝者將能娶到世上最美的女人，倫嘉妮斯公主。

英俊的男子們來到，競賽開始。不過並沒有像阿周那贏得黑公主朵帕蒂那樣的射箭比賽，只是要求每個男人描述他理想中的女人——她的身高、體重、最愛的食物、怎麼梳頭髮、她衣物的顏色、身上的味道，凡此種種——之後要他坐在倫嘉妮斯公主的臥室門口，讓她詢問他。國王保證，如果那男人的理想和公主一樣，而公主的理想也和她門前的那男人一樣，他們就能成婚。實在不常有人靠這種方式找到相配的人，而競賽最後確實沒找到任何適合的男子。

其實呢，要得到那樣的女人並非易事。馬曼根登經過巽他海峽的時候，一群海盜打算搶奪他的財富，於是他趁機發洩鬱積的欲望，淹死他們。但他們並非他唯一的阻礙。他進入南海時，不只受到猛烈的暴風阻撓，還有一對鯊魚不停繞著他的船打轉。他不得不停到沼澤裡獵了一頭鹿來餵鯊魚，讓牠們成為他旅途上的戰友。

這一切都是為了難得一見的尤物，倫嘉妮斯。

徒勞無功的競賽之後，王國恢復了以往的絕望，再度陷於過去懾人的美麗。直到有一天，一個不滿的王子策畫以武力奪取公主，他帶了三百名騎士大軍；國王想到有人要綁架公主、娶走她，雖然欣喜若狂，但他出於道義，不得不帶領士兵與搶親者交戰。另一個王國的另一名王子也帶了三百名騎士來相助，希望國王出於感激，將公主嫁給他；大戰於是爆發。其他騎士和其他王子早晚都捲入這場戰爭，一年後，已經看不出誰在和誰打，只知道他們都在爭奪多年來宛如哈里蒙達美神的女人。美麗的詛咒更加無情——數以千計的士兵受傷、戰死，整個國家化為廢墟，疾病與飢餓無情地侵襲，這一切都是可惡的美貌所致。

馬曼根登過夜的旅館有個老漁夫說：「那是最可怕的年代。比布巴特戰爭那次，滿者伯夷狡猾地攻擊我們那時更糟，畢竟你也知道，我們不喜歡戰爭。」

馬曼根登說：「我自己是革命戰爭的老兵。」

「喔，那和爭奪倫嘉妮斯公主戰爭比起來，不算什麼。」

那女孩並不是不知道這些事。她的侍女從鑰匙孔把一切的消息都跟她說了，就像盲眼的持國聽到他孩子在俱盧之野戰場上的命運。小美人心痛欲絕，她吃不下，睡不著，身為這一切的根源，她飽受折磨。光是啜泣也不能彌補，或許即使她死了也無法彌補，這時她突然記起她的結婚禮服，決定她唯一能解脫一切的辦法，是立刻嫁給某個人——然後戰爭以及戰爭帶來的一切不幸就會結束了。

這時，她已經在黑暗的房間裡關了好幾年，只有微弱的油燈和她的結婚禮服為伴。她親手縫製整件禮服，她的手藝縫出了世上最美的結婚禮服，任何男女裁縫的作品都不能及。一天早上，禮服終於完工。公主不知道她要嫁給誰，因此她對自己說，她就這麼打開窗戶，誰出現在窗前，就將成為她的人生伴侶。

她繼續實踐她的誓言之前，連續一百夜用染了花香的水洗澡。一個永遠會被世人記得的早晨，她穿上她的結婚禮服。她不是那種會背棄諾言的女孩——她會信守承諾。她會打開那扇多年未曾開啟的窗，嫁給她見到的第一個男性。如果她看到不只一個，就嫁給最靠近她的。她不想傷害任何人，所以發誓她不會奪走其他女人的丈夫，或心有所屬的男人。

她穿上那身禮服，比往常更加迷人。即使在那間幽暗的房間裡，她的美仍然散發光華，偷看她的年輕侍女看得入迷，侍女納悶著她打算做什麼。倫嘉妮斯公主踩著優雅的步伐走近窗邊，在那兒站了一會兒，然後焦慮地呼了口氣。她發了誓，而她將實現她的心願。她碰到窗板，雙手劇烈顫抖，她突然哭了出來，既深深地悲傷，又滿懷喜悅。她指尖輕觸，推開了窗閂。窗板嘎吱開啟。她說：「不論是誰在那裡，就娶了我吧。」

另一天早上，馬曼根登對另一個漁夫說：「我沒在那兒，真是太可惜了。告訴我，我離哈里蒙達還有多遠？」

「不遠了。」

已經很多人說過「不遠」了，這話不再讓他感到安慰，因為他似乎永遠到不了那裡。他繼續旅行，在每座漁民聚落和每個港口停下來問：這裡是哈里蒙達嗎？他們都說：不是啊，繼續往東去。大家都說同樣的話，他逐漸失去信心。突然間，他覺得這一切是個龐大的陰謀，大家都在騙他，而哈里蒙達不過是虛構的地方。他下定決心，如果他再問一次，對方又說他要繼續往東，他會在對方臉上揍一拳，阻止愚蠢的玩笑與共謀。

就在這時，他看見一個漁港和一排漁民聚落。他迅速轉向陸地，跟那兩隻鯊魚道別，牠們一路上陪伴著他，他已經和牠們產生了世間罕見的友誼。他疲憊挫敗地顫抖，感到絕望，覺得他永遠見不到絕世的倫嘉妮斯公主。他下船之後遇見一個漁夫，漁夫正沿著海灘拉動一張漁網。馬曼根登握緊拳頭，問道：「這裡是哈里蒙達嗎？」

「對啊，這裡是哈里蒙達。」

那個漁夫很幸運，否則要是馬曼根登滿懷的怒意爆發，這男人絕對無法抵擋他師父口中的那個終極戰士。但馬曼根登在漫長的旅程之後實在喜出忘外，哈里蒙達不只是騙人的胡扯；他終於到達了，終於呼吸著帶著魚腥味的空氣，終於和那裡的一位居民說上話。他滿心感激地跪到地上，漁夫這時大惑不解地看著他。

他喃喃說：「這裡的一切都好美。」

漁夫正準備離開，回他一句：「是啊，這裡就連拉出來的大便都好看。」但馬曼根登留住他。

「哪裡可以見到倫嘉妮斯？」馬曼根登問道。

「哪個倫嘉妮斯？一大堆小姐都叫這個名字。連街道和河流都取這個名字。」

「當然是倫嘉妮斯公主啊。」

「她幾百年前就死了。」

「你說什麼？」

「我說她幾百年前就死啦。」

一切驟然落幕。馬曼根登告訴自己，不可能是真的。但這樣沒能安撫他，他大發雷霆。馬曼根登威脅可憐的漁夫，尖叫著說他騙人；另一些漁民拿著木槳來幫忙，馬曼根登毀了那些槳，讓拿槳來的人失去意識癱倒在溼漉漉的沙子上。然後三個男人走向他，他們是流氓，也就是打手。他們命令他離開，這片海灘是他們的地盤。馬曼根登沒離開，反而無情地攻擊他們，一次擊敗三人，把他們打倒，半死不活地直直躺在漁民身上。

那個混亂的早晨，馬曼根登來到哈里蒙達，掀起驚人的騷動。那五個漁民和三個流氓打手是他的第一批受害者。下個受害者是位老兵，老兵帶來一把步槍，遠遠朝馬曼根登開了一槍。他不曉得子彈傷不了這個陌生人。他恍然大悟之後拔腿就跑，但馬曼根登追到他，一把奪走老兵的步槍，射中他小腿，讓他倒在街上。

馬曼根登問道：「還有誰想打？」

他至少得懲罰那座城裡的一些人，他們用幾世紀前的故事騙了他。那天還發生幾場打鬥，他都打贏了，海灘上沒有別人想挑戰他。這時他開始顯得精疲力竭了。他臉色蒼白地走到一攤食物攤，老闆把攤子上的食物都給了他。人們甚至灌他喝茴香棕櫚酒，希望他喝醉，別再鬧事。馬曼根登又飽又累，昏昏欲睡。他踉蹌走回海灘，大字躺在他之前拉上沙灘的船裡。他思考著這趟旅程和他種種的失望，睡著之前，他清楚明白地說：「如果我有女兒，就叫她倫嘉妮斯。」然後他就睡著了。

倫嘉妮斯的確多年前就死了，而在那之前，她結了婚，在哈里蒙達離世隱居。她打開多年未開啟的窗戶時，溫暖的晨光灑入室內，她一時睜不開眼睛。彷彿連宇宙都停下來見證這超凡的美人從與世隔絕的黑暗中重返人間。鳥兒不再鳴叫，風停止吹拂，公主像幅畫似的站在那裡，身旁的窗戶有如畫框。她的眼睛花了點時間才適應光線，接著她開始張望。她的目光緊張，雙頰飛紅，因為她就將遇見她未來的愛侶。但放眼望去沒有半個人，只見一隻狗，狗聽見窗戶嘎吱打開的聲音，回頭望向她的方向。公主震驚片刻，但是別忘了，她從不食言，於是她在心底發誓她會嫁給那隻狗。

誰也不接受那樣的婚姻，於是他們倆偷偷躲到南海邊一片雲霧中的森林。公主本人將那裡取名為哈里蒙達，雲霧之地。他們在那裡住了許多年，當然也生下了孩子。哈里蒙達的人大多相信他們是公主和那隻狗的後代，只是誰也不知道狗叫什麼名字。就連公主自己好像都不知道，而她也從沒給他取綽號。她從窗裡第一次看到他時，只知道她必須快點下去與她的新郎相會，完全不在乎別人會怎麼說。她宣稱：「因為一隻狗最不在乎的就是我美不美了。」

馬曼根登來到哈里蒙達的消息迅速傳開。他打個盹之後，決定以那座城為家，加入倫嘉妮斯公主的後代。他很高興漁民聚落生氣勃勃，那裡讓他想起過去的時光，而飲料攤和酒館沿著海灘旁林立，獨立街上有商店，當然還有卡隆媽媽的妓院，那是城裡最好的妓院。

他聽了路人的推薦，不知不覺就去到那裡。他心想，如果他想待在這座城，就得控制這裡，最好的辦法就是從妓院著手。他進了酒館，那位老女人已經聽過他登陸海灘之後建立的名聲，正帶著一些妓女和流氓等著他來。卡隆媽媽親自替他斟了杯啤酒，他喝乾啤酒，站在酒館中央，問起誰是城裡最強的男人。那問題激怒了一些在妓院當保鑣的流氓，酒館院子爆發了多次打鬥。馬曼根登對他們的大砍刀、鐮刀、撿來的武士刀不屑一顧，沒花多少時間就把那些男人打得青一塊、紫一塊。

他滿意地搓搓手，回屋裡想找別人來打一頓，卻看到一個美麗的女人坐在一角，脣間叼著一根菸。他低聲對卡隆媽媽說：「我想和那個女人睡，管她是不是妓女。」

卡隆媽媽說：「那是黛維艾玉，她是這裡最棒的妓女。」

馬曼根登問：「有點像活招牌？」

「有點像。」

馬曼根登繼續說：「我要待在這座城，我會像老虎標示地盤一樣在她私處撒尿。」

黛維艾玉坐在那一角，一副漠不關心的樣子。燈光下，她的肌膚光澤潔白，顯現出她的荷蘭血統。她雙眼帶著藍色，黑髮挽成長形的法式包頭，修長的手指夾了一根菸，指甲塗成血紅。她身穿象牙色的長袍，纖腰上繫著腰帶。她聽見馬曼根登對卡隆媽媽說的話，於是轉頭看他。他們彼此凝望了片刻，黛維艾玉臉上的肌肉動也沒動，就露出誘人的笑靨。

「那就快點啊，親愛的，免得尿到褲子上。」她說。

黛維艾玉讓他明白她有間特別的房間，是座酒館後的別館，而她從沒用自己的雙腳走過去，因為想要她的人都得像新婚男人抱新娘一樣抱著她過去。馬曼根登當然沒問題，於是他走上前，在這個美麗的妓女前彎下腰。馬曼根登抱起她時，估計她大約六十公斤。然後他走到酒館後頭，穿過一扇門，重重踩過芬芳的橙樹叢，朝著其他幾棟建築之間一個燈光昏暗的小建築走去。馬曼根登對她說：「我是為了娶倫嘉妮斯公主才來到這裡，但我遲了一百年以上。妳願意代替她嗎？」

黛維艾玉吻了追求者的臉頰，說：「做妻子的是自願上床，但做妓女的是營利的性工作者。問題是，我不喜歡上了床卻得不到報酬。」

他們幾乎纏綿了一整晚，像愛人久別重逢一樣熱烈激情。早晨降臨，他們仍然裸著身子，兩人裹著一張毯子，坐在別館前享受涼風。麻雀吵雜地在橙樹枝間跳躍，飛向不遠處的屋簷。太陽從城北伊楊丘和格迪克丘之間的缺口冒出頭，帶來溫暖。

哈里蒙達逐漸甦醒。愛侶開始為那天做準備，他們拋開毯子，在日本人留下來的大浴缸裡泡熱水澡，然後穿上衣服。黛維艾玉照常坐著人力三輪車回家到三個女兒身邊。馬曼根登準備開始他在城裡新的一天。

卡隆媽媽替他準備早餐，是她那天早上從市場訂來的薑黃飯、草菇與鵪鶉蛋。馬曼根登又問起城裡哪個男人最強壯、真正最有力量。他說：「因為一山不容二虎。」卡隆媽媽說，他說得對。她提起白痴艾迪這個男人，他是公車總站最令人畏懼的流氓。她概略描述他的名聲——軍警都怕他，他殺的人比傳說中的任何勇士還要多，而城裡所有土匪、小偷和海盜都是他的嘍囉。更重要的是，他很可能已經知道馬曼根登了，因為妓院的所有流氓想必已經跟他報告過。中午時分，馬曼根登往公車總站去，發現那個男人在一張桃花心木的搖椅上休息。

馬曼根登對他說：「把你的權力交給我，否則我們就決鬥，打個你死我活。」

白痴艾迪一直在等馬曼根登。他接受了挑戰；這個好消息迅速傳了出去。城裡居民很多年沒有任何真正精采的娛樂了，興致高昂的人群往海灘而去，那裡是兩人決定的決鬥地點。誰也猜不到誰會殺了誰。城裡的一個軍事司令派了一個連的軍隊，由一個人稱排長的瘦子領軍，但沒人覺得他有辦法阻止這場打鬥。

排長的指揮部掛著名牌，宣稱他是「哈里蒙達軍事地區的指揮官」，他在那裡掌管一小部分的城市。這場殘暴的打鬥發生在他的轄區裡，因此他向哈里蒙達的軍方自告奮勇，由他處理。事實上，一連的武裝兵力做不了什麼，只能讓旁觀者維持勉強的秩序。其實他暗自希望兩人都死掉，因為一個地方不可能容得下三個老大，而排長覺得他應該是唯一的那一個。不過他和其他人一同等待，連他也猜不出結果。

結果他們等了一星期，兩人才打完。打鬥持續了七天七夜，毫無間斷，最後排長對他一個士兵說：「白痴艾迪顯然要死了。」

士兵悲哀地說：「反正我們沒有差。這座城市滿是土匪、強盜、游擊隊、革命軍和殘存的共產黨。我們只能替他們造成的騷動收拾善後。我們永遠無法阻止這些事。」

排長點點頭。「我們只是把白痴艾迪換成馬曼根登。」

士兵淒慘地笑笑，低聲說：「只能祈禱他不會干涉軍隊事務了。」

雖然排長只控制了哈里蒙達一角的地方軍事地區，但全城都頗尊敬他。就連一些上級指揮官都向他行軍禮，因為大家都知道他是日本占領期間哈里蒙達營叛變的領袖，那場叛亂中，沒人比他更英勇。城裡的居民非常確定如果蘇卡諾和哈達沒宣布獨立，排長就會自己宣布。人們知道他並不是模範軍人，但他們真的喜歡他；他那地區最大宗的生意是把紡織品走私到澳洲，將車輛和電子產品輸入黑市。這在當年是非常好的生意，帶給將軍很多錢，因此上級指揮官都無意干涉這樣的買賣。而處理一些不重要的小衝突是他們最不關心的事。

白痴艾迪最後終於死了，他用盡力氣，被壓制在淺水裡淹死。他的對手把他的屍體丟進海裡，馬曼根登的鯊魚朋友得到意外的午後點心，十分歡喜。馬曼根登回到海灘，注視著全城居民；他看起來依然精神抖擻，好像再這樣打倒七個男人也沒問題。他宣布道：「現在我握有所有的權力。」接著又說：「除了我之外，誰也不許跟黛維艾玉睡。」

黛維艾玉聽說馬曼根登的宣告，驚訝得很，她小心行事，於是派了一個信差請新流氓來坐坐。馬曼根登禮貌地接受了邀請，承諾他會盡快赴約。

她真的是城裡最好的妓女，才三十五歲，依然風姿綽約。她每天早上會用硫磺皂刷洗身體，一個月泡一次浸滿香草的熱水澡。她美貌的傳說可與這座城的創始者匹敵，之所以不曾為她掀起戰爭，是因為她是妓女，只要有錢就可以跟她睡，馬曼根登居然宣告要獨占她，這可得討論討論。

她幾乎從來不公開露面，只是偶爾有人在日暮時分瞥見她坐在三輪車裡往卡隆媽媽那裡去，或在早晨回家。除此之外，可能看到她帶著她的女兒們上電影院、去園遊會或送她們去學校。有時她會去市場，不過很少見。初來城裡的人絕對猜不到她是妓女：她穿得比誰都端莊，舉止像宮中侍女一樣秀氣，一手提著購物籃，另一手拿著陽傘。她即使在妓院也穿著溫暖的厚袍子遮住一切，而且喜歡坐在酒館一角看旅遊書。她從來沒在公開場合勾引男人；她不來這一套。

她從前的家位在這座城的殖民區，就在面海的一座小山山腳下，前面是殘存的可可與椰子園。她基於對過去的依戀而把那裡買了回來，但現在懷舊之情快讓她活不下去了。倫嘉妮斯河兩岸正在蓋新的社區，她已經在那裡預訂了一間房子，希望隔年可以搬去。

那天下午流氓登門拜訪了，女主人不久前才起床去洗澡，迎接他的是個小女孩，年約十一歲。她自我介紹說她叫馬雅黛維，說她母親正在吹頭，請馬曼根登在客廳稍候。已經看得出這孩子以後會和她母親一樣美，她替他拿來一杯冰檸檬水，流氓拿出香菸時，女孩連忙在桌上放了一只菸灰缸。馬曼根登猜測這間房子乾淨整齊，一定是小女孩的功勞。他聽卡隆媽媽說黛維艾玉有三個女兒，他想知道女孩的姊姊們有多漂亮。不過看來阿拉曼達和阿汀妲不在家。

黛維艾玉出來了，她的頭髮披散，在午後的陽光中閃閃生輝。她要她女兒退下，有隻小貓蜷著身子睡在她椅子上，她喚醒小貓然後坐下。她的一舉一動都緩慢、優雅而從容。她身上穿了件長袍，兩側有大口袋，一條緞帶在頸前繫起，她靠向椅背，蹺起腳。馬曼根登聞到她頭髮有柔柔的薰衣草和蘆薈香。雖然他已經和她睡過，看過她裸體，但她醉人的美貌仍然令他一震。她的纖手潔白如乳，從她一側口袋裡掏出一包菸，然後跟他一起抽起菸來。馬曼根登一時尷尬得手足無措，不知眼睛該放哪裡，只敢看她緩緩前後晃動的雙腳和那雙深綠色的絲絨拖鞋。

黛維艾玉說：「謝謝你過來，歡迎來到我家。」

流氓已經知道她為什麼請他來，至少猜得到為什麼。他發覺他不知為什麼很平靜，不過他確實愛上了這個女人。這個絕妙的妓女令他心蕩神迷，終於能忘卻所有的痛苦，忘了娜西雅和倫嘉妮斯公主。他並不想再次受傷，所以如果他不能娶她，至少他要是唯一能和她上床的男人。

妓女顯然因為聰慧才顯得從容非凡。她匀匀吐氣，目光隨著浮起的煙霧而動，像思索事情的沉思者。她的進口香菸聞起來沒加丁香，淡而清新。她現身時拿了自己的那杯檸檬水，抽完香菸之後喝了些，示意無賴喝他面那個冰涼杯子裡的飲料，他尷尬地喝了。遠方的清真寺有個孩子打了鼓，所以大約是下午三點。

妓女說：「真可惜。你其實是第三十二個試圖擁有我的男人。」

這話沒嚇到流氓，他已經知道她會說什麼了。他說：「我如果不能娶妳，就每天付錢給妳，讓妳專門為我服務。」

「問題是，我不能每天做愛，所以我常常會白拿錢。」她說著笑了笑。「但這樣不錯，如果懷孕了，我至少知道父親是誰。」

「所以妳同意下半輩子都當我專屬的娼妓嗎？」

黛維艾玉搖搖頭。她說：「沒那麼久，只到你的老二和你的荷包撐得住的時候。」

「如果妳不滿足，我可以用手指或牛蹄代替我的老二。」

黛維艾玉輕笑著說：「我想你的手指沒問題，只要你還知道怎麼用就好。」她沉默了片刻，然後喃喃說：「我公開出賣肉體的生涯就到此為止了。」

她說這話時，幾乎帶了點依戀。多年來經歷過那麼多悲傷，不過也有些美好的時光。「其實每個女人都是妓女，因為就連最稱職的妻子也為了遺產和零用錢而出賣自己……或是為了愛，如果世上真有愛的話。」她說。「我並不是不相信愛，其實恰恰相反，我做的這一切懷著最深的愛。我出生於一個荷蘭家庭，原來是天主教徒，直到我在結婚那天自己誦讀伊斯蘭信條，成為穆斯林。我結過一次婚，曾經是虔誠的人。我失去那一切，不表示我就失去了愛。我覺得我成了蘇菲教徒和聖人。要當妓女，就要誰都愛，什麼都愛，一切都愛——老二、手指和牛蹄。」

流氓說：「愛只讓我經歷最難受的痛苦。」

黛維艾玉說：「喔，你儘管愛我。不過別期待太多回報，因為期待和愛毫無關係。」

「但我怎麼可以愛一個不愛我的人呢？」

「硬漢，你會學會的。」

黛維艾玉伸出手，馬曼根登吻了她的指尖，一言為定。他們倆都很滿意這樣的安排，雖然他們沒住在同間屋子裡，卻愈來愈像新婚夫妻。妓女的另外兩個女兒遺傳了她們母親的無瑕美貌，阿拉曼達當時十六歲，阿汀妲十四歲。馬曼根登見到她們時，聲稱：「誰敢騷擾她們，我就殺了他。」

人們開始目睹他們像一家人一樣在外走動，一同去電影院，在海邊游泳或釣魚，度過週日。其餘的時候，流氓會在晚上去卡隆媽媽酒館後頭的別館見黛維艾玉。早晨她不再趕回家，他們會在橙樹叢裡休息聊天。

但馬曼根登到達之後幾星期的一天晚上，他沒造訪卡隆媽媽的妓院。別人都不敢碰黛維艾玉，於是她讀著旅遊指南消磨時間，這時另一個人在保鑣簇擁下出現了——原來是排長。

這是他第一次上妓院。卡隆媽媽喜出忘外，連忙親自上前迎接他，準備滿足他的任何需求。排長除了那地方最美的妓女，什麼都不要。他朝黛維艾玉轉過身，毫不遲疑地指向她。他的選擇令旁觀者戰慄，沒人敢說一個字，這時黛維艾玉搖搖頭拒絕了。在這之前，黛維艾玉從來沒拒絕任何客人，但排長並不是看到搖頭就打退堂鼓的人。他揮舞著手槍走向妓女，命令她放下手中的旅遊指南，跟他上床。她第一次沒被溺愛摟抱著，而是被迫自己走去她的房間，她因此滿懷憤怒。排長跟著她到別館，他的保鑣則坐在酒館。

「你用那把手槍指著人，真像懦夫。」

「這是壞習慣，女士，請妳見諒。我其實只是想問，我可以娶妳的長女阿拉曼達嗎？」

黛維艾玉不屑地嗤之以鼻。她先提醒他，這樣粗暴地對待她，不會增加他的勝算，接著理性地說：「阿拉曼達可以自主思考，她的身體也由她自己支配，你何不直接問她，她想不想嫁給你？」她暗自心想，這個瘦巴巴的軍人這樣求婚，實在可悲。

「城裡人人知道她已經讓不少男人失望了，我擔心我也會落到同樣的下場。」

黛維艾玉知道許多年輕人和怪老頭為阿拉曼達痴迷。他們都想贏得她的芳心，卻什麼也贏不到；她母親很清楚，阿拉曼達只愛一個人。他已經離開了，而她在等他回來。

黛維艾玉說：「你得去問阿拉曼達。如果她想嫁給你，我會替你們倆辦個盛大的慶祝派對。但如果她不想，建議你就自我了結了吧。」

橙樹叢裡一隻貓頭鷹咕咕叫，撲下去抓了隻地鼠。黛維艾玉努力拖延時間，希望她的流氓會出現，這兩個男人可以把事情擺平。排長靠近她，撫摸她絲滑如蠟的下巴，問道：「夫人，妳究竟建議我怎麼做？」

黛維艾玉建議道：「找別的女孩吧。」這座城裡有許多美麗的年輕女子，都傳承了倫嘉妮斯和她聲名狼藉的美貌。排長還是不離開，他粗魯地把黛維艾玉推進臥房，扯去她的衣物。他匆忙地上了那個妓女，射精之後，他休息一下，沒再說一個字就離開了。

黛維艾玉躺在那裡，無法相信剛剛發生的事。不只是因為馬曼根登明白禁止別人跟她睡，還有人明知故犯；這是第一次有人那麼粗魯地占有她。哈里蒙達的男人對她比對他們自己的妻子還要好。她的長袍被扯開的時候掉了兩顆釦子，她看著長袍，祈禱排長會被天打雷劈。而他好像把她當塊肉一樣操她，好像是往馬桶抽插短短幾分鐘，毫不理會全城都敬畏她，她愈想愈氣。這整件事足以讓她咒罵，甚至流了點淚；她匆匆回家。

隔天一早，馬曼根登就聽到消息。他不認識排長，但他知道要去哪找他。他住在公車總站，他從那裡走到了哈里蒙達的軍事司令部。入口大門的「猴子籠」裡有個守衛攔下了他。馬曼根登說他要見排長。士兵連個真正的武器也沒有，只配了把匕首和一截短棍，他明白自己絕對打不過這個男人，於是敬個禮就指向一扇門，馬曼根登推門進去。

馬曼根登穿著牛仔褲和短袖T恤，露出他在游擊隊生涯中刺在右手臂二頭肌上的龍刺青，沒敲門就闖進排長的辦公室。司令官正在和中央指揮部開無線電會議，他驚訝地抬起頭。他認出是海灘上的戰士狂妄放肆地站在那裡，於是唐突地結束討論，站了起來，他銳利的眼神帶著怒意。排長還來不及開口，馬曼根登就搶先說了：「聽著！除了我，沒人可以跟黛維艾玉睡，如果你敢再上她的床，我絕對不饒你。」

排長受到這樣的威脅，火冒三丈；居然在這地方，這可是他自己的辦公室。他問那傢伙，知不知道只要他說一個字，那人就會被吊死，由國家行刑。更重要的是，他知道黛維艾玉是妓女，所以如果問題出在他睡了妓女沒付錢，那他會付比以前任何人更多的錢。這個無賴站在排長眼前，擺出高高在上的強硬態度，激怒了他，他拔出腰間的手槍，鬆開保險，對準那個男人，像在說我不怕你的威脅，要是不想被打，最好滾蛋。

「好吧。」流氓說。「看來你不知道我是誰。」

排長其實沒打算開槍，他只想嚇嚇那傢伙。但他看到馬曼根登揮舞一把匕首的時候，他別無選擇，只好扣下扳機。手槍擊發時，他看到馬曼根登往後一晃，接著才驚覺那男人沒受一點傷。子彈在地上打轉。

排長確信他一點也沒射偏，他看到馬曼根登朝他微笑時，他更震驚了。

「排長，聽著。我拿出這把匕首不是要攻擊你，而是讓你明白我不怕你。我刀槍不入。你的子彈傷不了我，這把匕首也一樣。」馬曼根登說著使盡全力把匕首刺向自己的肚子。刀刃斷了，刀尖鏗鏘落地，而他一點割傷都沒有。他從地上撿起子彈和那段刀刃，放在手心裡給排長看。

排長這時像雕像一般動也不動，手槍在他癱軟無力的手中垂下，他的臉色蒼白如灰。他聽過這樣的人；但這是他第一次親眼見識。

馬曼根登離開之前，說道：「排長，我警告你最後一次，別碰黛維艾玉。你再碰她，我不只會把這裡拆了，還會殺了你。」

6

排長的一個手下來找他時，他正在冥想，他埋在熱砂裡，只露出頭。這個士兵提諾西迪不敢驚動排長——其實他根本不確定自己能不能驚動排長。排長雖然睜大眼睛，活像被砍下的頭，他的靈魂卻在光明的國度徘徊，至少排長通常是這樣描述他的超然經驗。「冥想讓我不用看這個腐敗的世界。」他總是這麼說，然後又說：「至少不用看你噁心的臉。」

過了片刻，他眨眨雙眼，身體緩緩動了，提諾西迪知道這是他冥想結束的跡象。排長優雅地從砂中現身，動作一氣呵成，他撒落一些砂粒，然後像鳥兒降落似的坐到士兵身邊。他嚴守伊斯蘭教的隔日齋，所以裸體瘦巴巴，不過人人都知道他並不是信徒。

「來，你的衣服。」提諾西迪說著把他的墨綠制服遞給他。

「所有服裝都讓你扮演一個新丑角。」排長說著穿上他的制服。「現在我是獵豬排長了。」

提諾西迪知道排長並不喜歡這個角色，但他同意扮演。幾天前，他們接到哈里蒙達市軍事司令薩德拉少校的命令，離開叢林去幫忙人民消滅野豬。排長老是管他叫白痴薩德拉，他討厭收到那人的命令。這則訊息中充滿敬意與稱許——薩德拉說，只有排長對哈里蒙達瞭若指掌，所以人們只信任他幫他們獵豬。

排長繼續說：「這世界沒有戰爭，就會發生這種事——軍人淪落到去獵豬。薩德拉太愚蠢了，連自己的屁眼都認不得。」

當時他所在的那片叢林海攤，就是多年前倫嘉妮斯公主逃跑之後棲身的地方，那是一片寬闊的海岬，外形有如象耳，周圍是綴著貝殼的海灘和陡峭的峽谷，只有幾段是沙岸。那地區幾乎完全沒受人類破壞，因為自從殖民時代以來，那裡就是森林保護區，裡面有豹和豺狗。排長就在這地方待了十年多，住在一間小木屋裡，跟他在游擊隊年間建造的小屋一模一樣。他的手下有三十二名士兵，有些平民有時會來幫忙，大家輪流開卡車進城去滿足他們的需求，但排長從來不去。那十年間，他最遠只到過他冥想的洞穴，只回到小屋去釣魚、替士兵煮食物，照顧他馴養的豺狗。薩德拉的信息擾亂了這樣的寧靜日子。叢林裡沒有豬，那些動物只住在哈里蒙達北邊的丘陵間，因此他必須下到城裡。對他來說，聽從那道命令有違他對獨居的熱愛。

「真是可悲的國家。」他說。「就連士兵都不知道怎麼獵豬。」

他上次進城是快要十一年前的事了。當時KNIL即將解散，他必須進城去監督他們離開。他失望地說：「莎喲娜啦。我就像漁夫耐心等待魚兒上門，結果卻有人交給他一整籃的魚。」之後他就帶著他的三十二個忠心士兵回到叢林，從此開始超過十年的無聊職務。他們一直有事忙，要保護一個商人用來走私的卡車，他和那商人是一起打日本人時認識的。他的三十二名士兵當然會辦妥所有的事，所以他自己當然沒真正監督過任何事。他通常不是去叢林探索、在叢林中尋找可以冥想的洞穴、釣鸚哥魚，就是練習格鬥招式。他可以突然隱身、突然現身，這是他自己發明的游擊技巧。

他發明那技巧時，還在營裡，是正牌的排長，那時爪哇島仍然由日軍第十六師占領。他二十歲時，腦中突然閃過一個高明的念頭——叛變。他最先找來加入他的人是薩德拉，當時薩德拉是同一營的一個排長，也是他童年的朋友。他們同時在青年團開始他們的軍旅生涯，那是日本人建立的青年軍團。鄉土防衛義勇軍建立之後，他們一起去茂物接受軍事訓練，以排長的身分畢業，之後回到哈里蒙達，各自領導自己的排。這時，他也希望邀他的朋友一同起義。

薩德拉說：「你這是自掘墳墓。」

他輕笑著說：「是啊，日本人遠道而來，只是為了埋葬我。這下子，我的孩子和孫子女會聽到我偉大的故事。」

他是哈里蒙達最年輕的排長，體格最瘦弱，但只有他得到排長這個綽號。叛變的計畫終於完備之後，他本人親自帶領叛變行動。當時有八個排長，每個都有自己的班長，他們說他們會加入，而兩名連長成了游擊隊的參謀。營長發現了計畫，但決定置身事外，不管這件事。他說：「我並不是挖墳的。尤其是我自己的墳。」

「噢，營長，我會替你挖一個。」排長說完送他離開他們的密會。他一走，排長就對其他人說：「他寧可在辦公桌後腐朽死去。」

排長展開一張哈里蒙達的粗略地圖，用持國百子的符號標記了某些日軍的地區，用般度五子的符號標出他們自己的地區，然後提醒他的人說：「即使天神轉生的毗濕摩也會死，堅戰也會說謊；所有人都可能死去，所有人都必須奮鬥求生，即使靠著謊言也好。」他小時候，他祖父會說《摩訶婆羅多》裡戰士的故事來娛樂他，他對戰爭充滿狂熱，人們常說：「他應該當十六師的指揮官。」

結果這些密會進行了六個月，他們才有信心執行叛變。他們清點了武器和彈藥，審視失敗時的逃亡計畫，確認攻下哈里蒙達之後的目標。他們亟需其他營的支持，因此派了傳令兵去接洽。二月初，一切終於準備就緒——叛變將在十四號展開。

排長和他祖父道別時，說：「或許我永遠不會回來了。或許我回來時已經是具屍體。」

叛變的日子愈來愈近，他收拾了手槍和彈藥，反覆檢查每人的求生包裡分配到的藥物，這是為了預防他們需要逃亡而準備的。他聯絡了一名叫作班多的商人，請他替游擊隊準備食物補給；排長之前幫他走私過柚木。排長也直接和縣長、市長和警長見面，說二月十四日會有「戰爭模擬演習」，哈里蒙達所有鄉土防衛義勇軍的士兵都會參與其中，誰也不應干預，那是他叛變的暗號。他對背叛有所警覺。

他在叛變當天的兩點半說：「今天挖墓人可有得忙了。」

叛變始於在憲兵指揮部、日軍、櫻花飯店開槍掃射。三十人在足球場受到處決——包括二十一名士兵和日本公務員，五名荷蘭印尼混血兒和四個通敵的中國人。他們的屍體迅速拖到墓地，未經任何儀式就丟到挖墓人的屋子前。

民眾完全不支持。他們反鎖在屋子裡，確信更糟糕的恐怖即將開始——日軍必定會派支援部隊來這座城，不會留任何活口。然而叛變成功了。他們降下日本的日之丸旗，用自己的旗幟取而代之。他們坐在一輛卡車裡繞城，喊出自由與獨立的口號，唱著奮鬥的歌曲。夜幕低垂時，他們像被夜晚吞噬般消失了。他們知道日軍會聽到叛變的消息（也許全爪哇都聽說了），援軍一早就會到達。

排長說：「發生那些事之後，我們必須離開哈里蒙達，直到日本戰敗。」這下他們成了真正的游擊隊。

他們把叛軍分成三隊，分頭走。第一隊由巴貢排長和他的連長參謀領導，移動到西邊的區域，對上從西方進入哈里蒙達的日軍。他們會推進到那地區周邊的無人地帶，那裡盜賊流竄。第二隊由排長薩德拉和他的連長參謀領導，移動到北方丘陵的茂密叢林。最後一隊朝東去，控制河流三角洲，在排長領導下準備在沼澤作戰，同時抵禦瘧疾和痢疾的侵襲。南方的大自然已經站在他們這邊，布下險惡的南海。他們全在午夜前行動，那時遠方的豺狗正開始嚎叫。

事情就這麼開始了。興奮與恐懼交雜。兩名士兵哭著叫媽媽，但指揮官威脅把他們送回家，他們又重拾勇氣，誓死贏得每一場戰役。軍隊布署到指定位置，他們身上帶著KNIL偷來的短口卡賓手槍和施泰爾步槍、一座小炮和營隊那裡偷來的八毫米迫擊炮。只有排長和班長帶了槍，志願兵（日本人叫他們義勇兵）帶著刺刀或削利的簡單竹矛。兩個偵察兵走在隊前一段距離，另外兩人殿後。他們用手上僅有的武器，設法打贏亞洲最厲害的軍隊，這支軍隊曾經擊敗俄羅斯和中國，把法國、英國和荷蘭人逐出殖民地，現在正和幾乎半個世界交戰；教他們怎麼拿武器的，正是這支軍隊。

排長鼓勵道：「英雄終究會贏，只是總是需要一點時間。」

游擊戰的第一天，排長那一隊攻擊了開往三角洲的一輛卡車；三角洲是布魯登康普監獄的所在地。他們把一枚迫擊炮轟到卡車正下方，油箱爆炸，車上所有日軍都死了。接下來，一名傳令兵報告西方的部隊在叢林邊與日軍開戰，一番激戰之後，巴貢和他的手下設法逃脫，看來日軍不會追趕他們。北方的部隊在主要道路一路攻擊日軍，後來卻被一個大營的敵軍埋伏。他們奉命返回營隊，於是排長薩德拉和他所有士兵便回到城中投降。

排長說：「就連驢子也會記得要忘記回家的路。他比笨驢還要笨。」

第二天，日軍攔截了他們，河岸陷入混亂。他們設法殺了兩名日軍，付出的代價卻太過慘痛——死了五個叛軍，接著他們受到圍攻。他們為了自保而跳進河裡，成了敵方炮火的靶子。他們在救援行動中又死了一人，最後排長和他的一些士兵逃脫了。

他迅速改變路線和計畫。他們會回去，但不是回去投降；他手下從沒聽過這麼偉大的戰術。城市南邊有片保安林，他們繞過紅樹林沼澤，然後從一片貝殼遍布的海灘爬上懸崖，進入叢林。追著他們的日軍和鄉土防衛義勇軍都受騙了，以為他們會照原訂計畫繼續向東，和其他營的叛軍一起偵察。排長馬上推算出來——叛變失敗了。日軍找出了他們，而其他營沒幫忙，所以最好的辦法是逃進最接近那座城的森林，在那裡準備真正的游擊戰。

海上船裡的漁民看得到他們，所以他們在一個洞穴裡躲了幾天。他們派出一個偵察兵判斷西方部隊的狀況，以及哈里蒙達城的概況。他帶回壞消息：日軍和鄉土防衛義勇軍搜遍了西方部隊躲藏的森林。他們讓強盜和小偷逃走，活捉了叛軍。部隊手上只剩刺刀和竹矛。他們沒有投降，於是殘存的六十名士兵將在二月二十四日於營隊前的廣場處決，包括巴貢排長和他的連長參謀。

排長扮成全身疥瘡、衣服襤褸的遊民下了山。偽裝成這樣並不難，他當了十天的游擊隊，和真正的乞丐已經難以區別。他頂著一頭骯髒黏膩的頭髮進入城市，誰也沒認出他。他走在人行道上，兩手抓了個錫罐，罐裡放顆石頭喀啦喀啦地輕搖。營指揮部前，他在路邊一棵鳳凰木下停下腳步，見證了處決。六十人一一被槍決，他們的屍體丟進卡車，棄置在挖墓人的屋前。

他回到游擊隊的據點，和他殘存的士兵豎起旗子哀悼，對他們說：「別為了讓人記得而犧牲。相信我，大多人不打算記得和他們沒有直接關係的事。」

他暗地策畫了狠毒的報復行動。一晚，他帶兵伏擊一個哨站，偷了一些軍火，殺死六名日軍，把他們的屍體丟到街上；他們炸了一輛卡車，然後在清晨雞啼之前消失無蹤。隔天，全城因為街上散落的六具日軍屍體而陷入騷動，人們納悶著這種事是誰幹的。但日軍和全營（包括薩德拉）立刻明白——排長還活著，而他宣戰了，這場戰爭永無息日。

憲兵隊的日軍盲目破壞來報復，不久就追丟了線索。士兵搜索人們的屋子想找到排長和他手下，但沒得到任何答案。死了六名日軍過後的第三天，整個倉庫的食物和卡車都被偷了，守衛的兩名日軍被殺。他們找到衝入河中的卡車，車上的食物當然都不見了。日軍沿河搜遍了，什麼也沒找到。

兩天後的一個晚上，一個傳令兵來到排長的游擊隊小屋，告訴他說，他們反叛的事已經傳進幾乎所有爪哇人的耳裡。他們起義的消息鼓舞了其他營的一些小型叛變，儘管全都失敗，但日軍憂心忡忡，甚至傳言鄉土防衛義勇軍將會解散，解除所有武裝。

排長說：「這就是養虎為患。」

四天後，他們炸了一座橋，五輛滿載士兵的日軍卡車正開過橋上。哈里蒙達因此被隔絕了數個月，游擊隊在他們的藏身處高枕無憂。

一個令人難忘的明亮早晨，排長剛在一片珊瑚礁拉完屎，就看到一個男人的屍體被海浪打上岸。那具屍體已經膨脹到快要爆掉了，身上只纏了腰布。排長和他的部下把這具溺死的屍體拖上海灘檢查。他腹部有道深深的傷。

排長說：「那是刺刀砍傷。他是日本人殺的。」

一個士兵說：「他是另一個營的叛軍。」

「或許他和昭和天皇的情婦睡了。」

排長看著屍體的臉，突然沉默下來。這人顯然是本地人——他臉龐削瘦，好像老是挨餓；大部分的本地人都是這樣。而且臉上光光滑滑，沒有鬍髭或鬍子。但引起排長注意的不是這些，而是這人的嘴巴形狀古怪。他終於得到結論：「這個男人含著東西。」他費了不少勁，靠著另一個士兵幫忙，終於用手指扳開屍體僵硬的下顎。

幫忙的士兵說：「沒東西啊。」

「不對。」排長說著在屍體的嘴裡摸索，掏出幾乎完全爛掉的一張紙片。排長說：「他是為了這才被殺的。」排長在一塊暖呼呼的珊瑚上攤開紙片。看起來是張傳單，是用油印機印製的。海水滲進屍體嘴裡，油墨已經褪色漂掉了，但排長還能勉強辨認紙上的字。大家的心臟都怦怦跳，期待聽到重要的訊息，因為不會有人為了一團沒意義的舊傳單而被殺。排長拿著紙片，手指顫抖（不是因為寒風或餓了的關係），淚水淌下臉頰。他的士兵困惑極了，而他們還來不及問任何問題，他就開口問他們：「今天幾月幾號？」

「九月二十三。」

「所以我們已經晚了一個多月。」

「什麼晚了？」

「慶祝啊。」這時他把死者那張傳單上印的文字讀給他們聽。「公告：印尼人民在此宣布印度尼西亞獨立……一九四五年八月十七日。以印度尼西亞人民之名，蘇卡諾與哈達。」

現場沉默了片刻，然後是刺耳的歡呼和叫喊。除了排長之外，他們全像著魔似的在游擊隊的小屋前又跑又跳，唱起凱旋歌曲。他們不待下令就去收拾自己的東西，開始打包，好像一切已經結束。他們準備跑出叢林衝進城去告訴大家這個開心的消息，但排長急忙在這樣的瘋狂繼續擴散之前制止了他們。

他說：「我們得開個會。」

他們聽從他的話，眾人聚到小屋前。

排長說：「哈里蒙達還有很多日本人。他們想必已經知道這件事，卻決定保持沉默。」他馬上就擬定了策略。半數的人要對郵局發動閃電攻擊，必要的話挾持人質，郵局職員都是本地人，所以這部分的行動不會太危險。那裡有個油印機，他們必須印出死人的傳單，盡快散播到全城。他信心滿滿地說：「用郵差。」其他一半的人必須滲透營裡，告訴他們發生了什麼事，解除日軍的武裝，動員民眾，在足球場舉行盛大的集會。那場快速簡潔的會議後，他們就離開叢林。

光是他們進城就讓所有人陷入瘋狂，那時郵局印的傳單還沒火速傳開呢。排長弄到一輛卡車，繞城高喊：「印度尼西亞在八月十七號宣布獨立，哈里蒙達在九月二十三號跟進！」路邊所有人都愣住了，像變成石頭似的。一個理髮師差點剪掉他顧客的耳朵，一個騎腳踏車賣包子的中國人車子失控，和他的饅頭翻倒了一地。他們都難以置信地看著開過的卡車，然後撿起散落的傳單來看。人們欣喜歡騰——小學生在路邊跳起舞，然後大人也加入他們。

日本人從辦公室裡出來，其中包括日軍指揮官志道關。他們發現怎麼回事之後無能為力，營隊來的鄉土防衛義勇軍士兵來要他們繳械時，他們也沒抗議。叛軍直接降下日之丸旗幟，在日本人面前吼道：「吃了這張該死的旗子啊！」接著他們唱起《偉大的印度尼西亞》，在莊嚴的儀式中換上紅白國旗。

人們逐漸聚到足球場，雖然他們憔悴而襤褸，卻仍顯得容光煥發。他們這一生，甚至祖父或曾祖父的一生都未曾獨立過。但那天，他們親耳聽見：印度尼西亞自由了，所以哈里蒙達當然也自由了。排長下午又舉行了另一場升旗儀式，再次誦讀宣言，城裡人盤腿坐在地上，軍方成員立正站著，顯得高大挺拔。從那年起，直到多年之後，只有學童和軍方在每年八月十七日紀念獨立宣言。市民仍然在九月二十三日舉行自己的私人儀式，過了一段時間，學童和軍方也從善如流。那天，他們不只唱著《偉大的印度尼西亞》、向旗幟敬禮並宣讀宣言的內容，也互相贈送裝著食物的禮物籃，舉辦街頭市集。如果外地人問起，或是老師問學生印尼是何時獨立的，他們總是說：「九月二十三日。」中央政府幾度試圖澄清一九四五年訊息延遲造成的混淆，不過哈里蒙達的人民以生命發誓，他們永遠會在九月二十三日慶祝獨立紀念日。一段時間之後，再也沒人在意了。

一群人拖著營長來，引起一陣騷動，看來他將因為叛變時背叛而被殘忍地處決。他們準備在足球場一角的一棵欖仁樹下吊死他，但排長打斷了他們的程序。他放開營長，把他帶到足球場中央。他已經知道那人背叛的事，因此給了他一把左輪手槍。圍在他們周圍的所有人聽見他說：

「我們都由日軍教育，所以你和我一樣清楚叛徒該怎麼做。」

營長把手槍指向腦袋，自我了結。雖然如此，排長仍命令所有士兵為他執行最後致敬的儀式，遺體裹著國旗，埋在離市醫院不遠處的一塊土地，成為軍人公墓的先驅。那天死的只有他。排長掌握了所有營的權力，迅速派了一些傳令兵收集更多資訊，和城中民眾合作，修復了之前他自己破壞的橋梁。兩天後，傳令兵回來了，說鄉土防衛義勇軍已經解散，所有營都已經改為人民保衛局。

於是他們組成人民保衛局。不過又過了兩天，另一個傳令兵來說人民保衛局已經解散，改成人民保衛軍。

排長惱怒地說：「如果再改，哈里蒙達就要跟印尼宣戰。」

中央政府決定了軍階的分派。排長的地位高於其他排的指揮官，得到中校的頭銜，而他的蠢朋友薩德拉則安於做薩德拉少校。不過排長不大在意那樣的事，他跟大家說：「我寧可繼續做排長。」幾星期後，另一個傳令兵帶著一個包裹回來，包裹裡有封信，似乎是幾個月前寫的，這時才送到目的地。那封信出於印度尼西亞共和國總統之手，收件者是排長。沒過多久，城裡所有人都知道信上寫了什麼：總統為表彰排長二月十四日帶領的英勇事蹟，故指派排長為人民保衛軍的總司令，職等為將軍。

城中民眾慶祝排長被任命為總司令時，排長卻不見了，他跑去他從前游擊隊的藏身處。那整天他都獨自在海裡釣魚、游泳，像浮屍般漂在水上冥想。成為人民保衛軍總司令有如夢魘，他不想思考那件事。他離開之前，對薩德拉少校說：「知道我第一個叛變，而且因此被選為總司令，真難過。我懷疑我們是什麼樣的軍隊，居然會選從沒就近看過女人私處的男人當總司令。」白晝化為黑夜時，他的朋友找到他，帶他回家。

又過了一段時間，他由另一個傳令兵得到消息，那好消息令他鬆了口氣。師指揮官和爪哇島與蘇門答臘島的指揮官注意到排長從來沒坐上總司令的位置，於是商談尋找繼任者。傳令兵宣布道：「共和國總統已經選了蘇迪曼上校當人民保衛軍的司令，官拜將軍。」

排長說：「感謝老天。那位子對真正想要的人才有意義。」

雖然哈里蒙達所有市民聽說他被換掉了都很難過，排長卻喜不自勝。

之後人民保衛軍更名為人民保安軍。消息傳來時，他們只是換掉所有名牌——現在人民保安軍改名為印尼共和國軍了。

薩德拉少校問：「我們要跟印尼宣戰了嗎？」

排長笑著搖搖頭。他安慰道：「用不著。我們是新國家，還在學習怎麼取名字。」

日軍根本還沒離開，而人們還沒機會經歷承平時期，盟軍飛機就開始飛過哈里蒙達的天空；短短幾天後，英軍和荷軍就來了。KNIL的戰俘獲釋，重新武裝，開始要本地軍隊繳械。排長立刻採取緊急手段，將所有士兵召回森林裡。這次他把他們往東、西、南、北四個方位派出去，自己率領的軍隊負責鞏固南方叢林。他決定再打一場游擊戰，這次的對像是盟軍，尤其是NICA，也就是荷印民政署。不過進入叢林的不只是游擊隊；連平民（主要是年輕男性）也跟在軍後，發誓向排長效忠。他讓他的所有士兵各自行動，各率領一小隊游擊隊，主要是由那些平民組成——有些正是英軍來之前、強暴黛維艾玉和她朋友的那些男人。

這場新的游擊戰持續了兩年，比起勝仗，游擊隊更常嘗到打敗的痛苦。然而，KNIL 士兵儘管知道他在岬角的叢林裡，卻從未找到他們在追的男人——排長。叢林裡滿是游擊隊，他們比誰都要熟悉那個地區，躲藏在從前的日軍碉堡監獄裡。KNIL 士兵雖然有英軍援助，卻從來不敢進入叢林；他們選擇堅守在城市中。游擊隊士兵則發覺很難進入哈里蒙達。KNIL 士兵阻斷了食物和武器的運輸，卻是白費工夫，游擊隊員在叢林中自己種稻，而且已經習慣不靠軍火而作戰了。他們嘗試空襲，但日軍教了游擊隊怎麼躲避空襲。

排長進一步發展出游擊技巧，找出偽裝和滲透的最佳辦法；他可以瞬間現身，也能同樣迅速地消失，喬裝打扮之後連他自己的手下也認不出來。

他說：「這和躲貓貓的遊戲不一樣，因為游擊隊被找到，必死無疑。」

這樣的情況持續到排長聽見結束一切戰爭的消息——荷蘭在談判桌上承認印尼共和國的主權。他覺得很煩——共和國早在四年前就宣布獨立了，荷蘭卻現在才承認這個事實，也才允許他們離開。

他沮喪地說：「感覺就像這整場戰爭完全沒有意義。」

雖然這樣，排長仍然帶著他的核心游擊部隊從森林裡出來。城中民眾欣喜地歡迎他們出現，因為他還是他們的英雄。排長騎著騾子進城時，人們在路旁揮著繽紛的旗幟，但他毫不在意過度熱情的歡迎場面，而是直接往港口去。荷蘭兵與平民在那裡準備登上將所有人載回家的船。排長找到 KNIL 指揮官，指揮官很高興他終於見到他的敵人。他們親切地握手，甚至擁抱一下。

指揮官說：「有朝一日，我們要再打一仗。」

「是啊，如果荷蘭女王和印尼共和國總統允許的話。」

接著他們就在舷梯旁道別。舷梯收起，船起錨之後，排長仍站在碼頭。指揮官則站在欄杆旁。引擎隆隆運轉，船開始搖擺時，兩人都揮了手。

排長終於說了：「莎喲娜啦。」

戰爭結束帶來古怪的沉默，就像人們退休時籠罩著他們的那種沉默。排長有幾天就在他以前位於哈里蒙達海灘上的排指揮部消磨時間。白天他只除草、餵騾子或在一旁的小溪釣魚，最後他召集他的朋友，宣布他要永遠回到叢林中。

薩德拉少校現在是哈里蒙達的軍事領袖，他問：「你要在那裡做什麼？再也沒人需要游擊隊了。」

排長心平氣和地答道：「和平時期軍人沒事可做，所以我會在叢林裡做些生意。」

他正是這麼做。他聯絡了班多，那個商人之前在他的保護下走私柚木，代價是提供游擊隊後勤支援。排長和班多帶來的一個中國商人一起開始透過陸岬走私更多商品。三人達成共識之後，他就準備回叢林裡，選了三十二名最忠心的士兵加入他的新事業。

他對他們說：「現在我們唯一的敵人就是賊。」

平民也好、軍人也好，城中所有人都知道他們在走私。海岬邊造了一小個港口，一切都由那裡進出——有電視、手錶、椰乾，甚至夾腳拖鞋。人們從來沒有怨言，因為排長依舊是他們的英雄——何況剩餘的商品在哈里蒙達以非常便宜的價格賣出，其餘大部分則送去其他城市。而軍方的軍官也保持沉默，薩德拉少校是排長的老朋友，這多少有關係，不過主要是因為排長把一半的利潤分給首都那位將軍。大家不久就明白，他除了天生擅長打仗，生意眼光也不同凡響。

排長說：「打仗和做生意沒什麼不同。都需要極度狡猾。」

其實排長並不常涉入日常的事務，因為他的三十二個手下把一切都打理得非常好。他有超過十年的時間都住在一間游擊隊小屋裡，每天就釣魚、冥想、馴養豺狗那種野狗。他甚至命令他的士兵去結婚、買房子，住到城裡，輪流去除了他們之外渺無人煙的叢林裡跟他作伴。男人們逐漸失去所有的戰鬥本能，身材因為貪吃與愜意的生活而變形，不過排長依然維持老樣子——身材仍舊瘦削，動作仍舊敏捷，絲毫沒有衰退的跡象。他保持忙碌，甚至替所有人準備餐食，自己卻吃得很少，而他開始享受這種寧靜的生活方式了，直到薩德拉少校要他從叢林裡出來，掃蕩伊楊和格迪克丘山坡上的豬。

提諾西迪對排長說：「我不知道能不能說服士兵去獵豬。他們十年來都坐在卡車的方向盤後面。」排長說：「沒問題的，我已經徵募了渴望作戰的新兵。」這時他吹出刺耳的口哨聲，他的豺狗全都跑來——牠們體色灰，行動敏捷，隨時可以作戰。牠們總共將近一百隻，在他腳邊互相推擠。

「那樣絕對足以抵抗野豬的侵略了。」提諾西迪邊回答邊拍拍一隻狗。

「下星期，我們會上前線去。」

掃蕩野豬是四、五年前由一個名叫薩胡迪的農夫和他的五個朋友開始的；他們的稻田和田地位在伊楊丘的山腳下，一個月來，一直遭到一隻野豬蹂躪。收成的時節接近時，薩胡迪年僅七歲的小孩在屋後的院子裡發現一隻豬。薩胡迪忍無可忍。他迅速召集朋友，策畫一場埋伏。

他們選了月圓的那晚。六個男人兩兩沉默地坐在番石榴、人參果和沙梨樹下，人手一把氣步槍，待在田裡自己的那一角。

他們耐心等待，決心射殺他們看到的第一頭豬；他們香菸的尖端在黑暗中閃爍。就在黎明之前，他們終於聽見一些噴鼻息、哧哧聞嗅的聲響。沒過幾分鐘，那隻動物就出現在圓月的光線下——不只一隻，而是兩隻野豬侵入了肥沃的豆子玉米田。

薩胡迪立刻拿起他的步槍，對準其中一頭豬。豬在月光下清晰可見，他開槍的同時，另外三把步槍也射中了同一頭豬，那頭豬倒在泥巴裡，腦門上有三個彈孔。其他人想打另一頭豬，但牠逃走了；聽到步槍槍聲、看到同伴倒在地上就跑開了，所到之處都壓得亂七八糟。

六個男人從樹木間的棲身處跳下來，薩胡迪發現中彈的豬還沒死，於是使盡全力把一根木樁刺進牠的心臟，就此釋放牠的靈魂。然而月光下，那具屍體發生了怪事——六個男人幾乎無法相信自己的眼睛——沾著泥巴的毛茸茸黑色身軀突然變成人類的屍體，他頭上有三個彈孔，胸前刺了根木樁。

薩胡迪罵道：「活見鬼！這頭豬變成人了！」

消息迅速從一座村子傳到另一座村子，直到整個哈里蒙達都聽說了。沒人認得死者，沒人來領回他的屍體，於是屍體就在城裡的太平間腐爛，最後埋到了公墓。在那之後，再也沒人敢殺任何豬，他們擔心和薩胡迪與他的五個朋友一樣受到詛咒——他們全瘋了。四年過去，誰也沒殺過一頭豬，而野豬已成了最凶狠的打劫者。農夫寄望軍隊會解決問題。薩德拉少校派過一些士兵進森林；他們帶回野禽和兔子當晚餐，但沒有豬。薩德拉少校最後派了一個傳令兵向排長求救，很清楚他只能仰賴那個男人了。

人們期待排長到來。他們和十年前一樣排在路旁揮舞著手帕和小旗子，希望見到久未現身的英雄；小小孩站在前排，父母和祖父母跟他們說了好多這個人的故事，他們好奇極了。革命戰爭的老兵也在那裡，像獨立紀念日一樣穿上全套制服。正規軍在海灘上發射大炮向他致意，學童派出鼓隊慶祝。

排長終於出現了，這次他沒騎騾，而是用走的。他穿著寬鬆的衣服，理個平頭；身材和往常一樣瘦巴巴，看起來不像士兵，倒像佛教僧侶。他由三十二個手下護衛，他為了這場合要他們減重，讓他們接受了一星期痛苦激烈的體能訓練，但他們依然忠心耿耿。此外，還有九十六個額外的士兵——豺狗快步跟在他身後，有的灰，有的白，有的黃，得到城裡人熱烈的歡迎，牠們興奮不已。薩德拉少校親自來迎接他的朋友。

薩德拉長了一個可觀的啤酒肚，看起來像孕婦，排長和薩德拉擁抱之後，對群眾開了殘酷的玩笑：「看來我已經抓到一隻豬了！相信我，這些狗遲早會派上用場。」

一行人待在排長從前的指揮部，日本時代之後，那裡就出於敬意而閒置不用。隔天，他信守承諾，沒休息多久就開始盛大的狩獵。一名士兵顧三隻狗，排長則配著步槍和匕首率領所有部下。他們不像薩胡迪和他朋友以前那樣原地等待，而是穿越野豬棲息的叢林灌木間。這些龐大的野獸打盹醒來，跳起亂竄。

那天，他們設法逮到了二十六隻豬，隔天又逮到了二十一隻，第三天十七隻，大大削減了豬的數目。有些被步槍射殺，有些活捉了，關進排指揮部附近足球場的超大臨時豬圈。怪的是，被射殺的豬都沒變成人類。牠們真的只是一般的老野豬，長著獠牙、豬鼻子，覆蓋黑色鬃毛的皮膚上沾滿泥巴。農夫看了大起膽子，第四天起加入獵豬，從此收穫季到種植季之間獵豬就成了每年的傳統。

排長的手下把宰殺的豬丟進中國人的餐廳廚房，活捉的則準備拿來鬥豬，慶祝他們凱旋勝利。豬會在一個競技場裡對上豺狗，哈里蒙達市民渴望娛樂，熱切期待這場盛事。排長要他的士兵在足球場建一個競技場，用木板搭起大約三公尺高的巨大圓形場子；他們在外圍大約兩公尺高的地方搭了堅固的平臺，以交錯的竹子強固，讓觀眾站在那裡。兩名士兵充當收票員，要上到平臺，先得跟一旁桌子後面售票的漂亮女孩買票，才能爬上由他們看守的樓梯。

鬥豬始於排長到達兩星期之後一個週日的下午。活動進行了六天，直到殺死所有的豬、丟進餐廳廚房裡。觀眾從哈里蒙達城最遠的角落前來，甚至來自更遠的地方，他們在漂亮的售票員前排起隊。想要看鬥豬但付不出錢的人則爬上足球場周圍的椰子樹，坐在樹幹上。他們五顏六色的衣服遠看很奇怪，好像椰子不再是熟悉的綠色和褐色。

鬥豬非常精采。排長還不大能馴養的豺狗聯合起來對付野豬時，場面野蠻殘暴。一隻豬必須對上五、六隻豺狗，這樣當然不公平，不過人人都想確定豬會死掉——他們要的不是一場大戰，而是屠殺。如果豬試圖對付一隻狗，狗群的其他狗就會攻擊牠、咬住豬的身子，把牠撕碎。豬開始露出疲態時，一名士兵會朝牠身上潑桶冷水，逼牠振作起來，面對下一波攻勢。每場表演的結局都顯而易見——豬會死，而一、兩隻豺狗會受到輕傷，接著競技場會放進新的一隻豬，六隻新的豺狗準備把牠撕成碎片。這場殘酷的表演似乎所有觀眾都看得很滿意，唯一的例外是排長：他突然被截然不同的景象給迷住了。

他在那些觀眾中注意到一個非常美麗的少女，其他觀眾大多是男性，但她似乎泰然自若。她大概才十六歲，宛如墜落人間的天使。她的頭髮用深綠緞帶往後綁起，排長即使老遠也看得到她迷人的銳利雙眼，好看的鼻子，和她看起來頗為冷酷的微笑。她的肌膚白皙光澤，彷彿泛著光芒，身上穿了件象牙色洋裝，洋裝在午後的海風中飄動。女孩從口袋裡拿出一根菸，氣定神閒地抽著，目光從頭到尾都沒離開打鬥的狗和豬。排長自從她爬上階梯就在看她，看來她沒跟別人一起。他起了好奇心，詢問站在他身邊的薩德拉少校：「那女孩是誰？」

薩德拉少校隨著他的視線看過去，答道：「她叫阿拉曼達，她是妓女黛維艾玉的女兒。」

獵豬的事結束之後，排長把他的九十六隻豺狗分送給哈里蒙達的市民。野狗大多給了農民，幫他們看守稻田和農田，其餘則隨機送出。排長指示還沒收到豺狗的人耐心等待，不久他們就會有小狗了。哈里蒙達將會到處都是狗，牠們都是這些豺狗的後代。

排長原來打算回到叢林，他該就這麼回去才對。他剛到達時，跟薩德拉少校說他只會在城裡待到豬的事情解決為止。但他在鬥豬場看到阿拉曼達之後，他就睡不著覺了。他自言自語說：「這一定是愛。」愛情令他顫抖，盡量找理由在城裡待久一點，也許再也不離開這座城。

多虧薩德拉少校，他有了解決辦法。薩拉德說：「別馬上離開，我們還有慶祝勝利的慶典。馬來樂團。」

排長立刻同意了：「我愛這座城市，我會再待久一點。」

馬來樂團表演的那一晚，他又見到了她，那個女孩。表演的場地是同一座足球場，不過這次不需要門票，所以那地方遠比之前擁擠。首都來了一隊樂手，帶了誰也沒聽過名字的歌手，不過沒人在乎，還是適合跳舞的好音樂；多虧了音樂的節奏，哈里蒙達的年輕男女可以搖晃擺動身子；也可能是酒的關係。

歌曲的歌詞充滿埋怨，訴說著心碎、一巴掌拍不響的單戀、出軌的丈夫，但不論歌有多淒慘，歌手都不哭——她們以迷人妝容展露微笑、大笑，背對觀眾搖屁股。她們的屁股得到掌聲之後，又轉身面對觀眾微微蹲下，人們鼓掌得更熱烈了，因為女孩們穿的是迷你裙，大家都能看到要他們看的東西。那晚音樂的搭配獨特，加上感傷與挑逗，許多人欣喜若狂。

排長又看到阿拉曼達了，她正一個人走著。這次她穿著牛仔褲和皮夾克，甜美的雙唇間還是叼著一根菸。排長由衷感激自己離開了叢林，才能在他親愛的城市見到活生生的天使。足球場上散布著食物攤，女孩沒在舞臺前搖擺，只是站在一個食物攤旁邊旁觀。排長無法抗拒她美麗的魅力，於是朝她而去。他很受愛戴，因此去找女孩的路上很惱人，得回應太多友善的問候，不過最後女孩終於在他面前了，應該說他終於來到女孩面前，而他能就近體驗她不做作的驚人美貌。他陪笑臉，但阿拉曼達只冷淡地瞥了他一眼。

排長開口寒暄：「年輕女人夜裡獨自遊蕩不大好。」

阿拉曼達直視著他的眼睛，說：「排長，別傻了，我是和今晚這裡的其他幾百個人一起遊蕩。」然後阿拉曼達沒再說一個字就離開了。排長難以置信地愣住了。那段誇張的對話遠比他打過的任何仗都要來得更可怕。他轉身邁出步子，身體和靈魂都像洩了氣似的。

他悲嘆片刻，自問：有什麼游擊隊的戰術可以打敗愛嗎？

他努力忘記女孩的身影，只是他愈是努力，流著一點印尼血統的日荷混血臉龐就愈是揮之不去。他努力想出他不能愛那女孩的理由。他睡著之前的片刻（雖然他顯然再也睡不好了），他說想想看，我成為排長、密謀叛變的那一年，那女孩很可能才出生。他們的年紀差了二十歲——這個男人已經被任命為總司令，並且由印尼共和國第一任總統頒發將軍頭銜，卻必須屈服於一個十六歲的女孩。深入思考這些事，一切都更加難受，他發現自己在深不可測的愛情泥沼中陷得更深了。

一天早晨，他醒來時發誓他會永遠待在哈里蒙達，而阿拉曼達將成為他的妻子。

他的三十二名忠實士兵等著他的命令，但他沒告訴他們，直到提諾西迪問起：「排長，我們什麼時候回去？」

「回去哪裡？」

提諾西迪說：「回叢林去。回到過去十年我們住的地方。」

排長說：「回叢林並不算回歸。我和你以及這裡所有的人都出生在這裡，哈里蒙達這座城市。而我們已經回來了。」

「所以你不會回叢林去了？」

「不會。」

他在他從前的排指揮部放了一個名牌，證實了他的話，名牌上寫著：哈里蒙達軍事地區。薩德拉少校聽說排長決定待在城裡，還衝動地建立了一個軍事地區，於是突然造訪，而排長簡短地告訴他：「我以軍事地區指揮的身分來此，我忠於發誓效忠的士兵，等待進一步的指示。」

「別傻了，你是將軍，你的地位僅次於總統。」

他以心碎的語氣說：「只要我可以待在這座城，待在你跟我說過名字的那個女孩身邊，要我變成什麼人、什麼東西都行——即使得變成狗也好。」

薩德拉看著他朋友的目光充滿同情。薩德拉少校遲疑了一下，然後說：「那女孩已經有愛人了。」他不忍注視排長的臉，只好別開臉，繼續說：「他是個年輕人，名叫克里旺。」

他知道他的話會令排長感到椎心之痛。

7

沒人知道克里旺同志最後為什麼變成共產黨青年，因為儘管他從來不富有，卻一直是享樂主義者。克里旺的父親當然是頗為實在的共產黨員，而且是很高竿的演說家。他逃過一劫，沒被殖民政府送去博芬迪古爾，並苟延殘喘了一段時間，但他不斷多管閒事、寫小冊子，憲兵隊明白他是共產黨的反對派之後，他終究還是遭到處決。不過克里旺完全不像會步上他父親的後塵。他在學校表現得很好，甚至跳了兩級，看來長大以後的發展無可限量。

克里旺其實不像循規蹈矩的共產黨青年，倒像浪子。他帶了一幫鄰居小孩四處打劫，他們為了取樂，能偷什麼就偷什麼——椰子、木料或一些可以當場吃掉的可可豆。開齋節前的夜裡，他們會偷隻雞來烤，隔天去跟雞的主人道歉。他們不會太煩人，人們也通常放任他們去做他們的事，只會有一、兩人埋怨。大家都知道他們一到青春期就會上妓院。他們為了賺錢零用而出海，或是幫忙拖漁網，得到現金之後，這些孩子就會找妓女——不過有時他們口袋空空，而且多虧了妓院，他們不再習慣克制欲望了。

克里旺很聰明，思考方式有時出人意表，甚至近乎瘋狂。他曾經帶三個朋友上妓院，他們輪流上一個妓女。起先妓女鼓勵他們兩兩爬上床，她說她前面有個洞，後面也有個洞。不過他們都不想跟糞便共用一處，就輪流跟她睡。克里旺表現得像無私的領導者，讓朋友們先跟妓女睡，自己殿後。做完愛之後，妓女失望地看著那三個孩子沒付錢就奪門而出，跑得不見人影。

不久之後，克里旺在露天啤酒店描述那段經歷，說：「我問她想不想跟我們上床，她說好。如果她和我們雙方你情我願，我們何必要付錢？」人們就愛聽他說那樣的故事。

他母親米娜不希望他落到和父親相同的下場，因此努力不讓他接觸瘋狂的馬克思主義思想以及任何相關的事，而且只要他不變成共產黨，怎樣都好。她要他去電影院和音樂會，讓他買唱片、在露天啤酒店買醉，他和許多少女廝混，她完全沒意見。她知道她兒子和她們很多人睡過，而很多人求他和她們上床，但她不在意。在她看來，那樣要好過哪天看他站在行刑隊前等著被槍決。他母親說：「即使他變成共產黨，我也要他當個快樂的共產黨。」她和一個共產黨的婚姻維持了好些年，她和她丈夫那些同志互動的心得是，共產黨總是陰鬱憂愁，從來不會享受。所以在那段艱難的時期，日軍占領期間和革命戰爭期間，她都讓克里旺過著無盡逍遙的日子。

鎮上的這個小紅人十七歲時確實有著燦爛光明的人生。他穿著喇叭褲、黑夾克和擦得閃亮的便鞋。不管他去哪裡，女孩子都會從家裡跑出來跟著他，她們像新娘禮服的裙襬一樣尾隨著他，而年輕男子會尾隨女孩。女孩子愛上他，他禮物收不完，直到屋子堆得像廢棄物處理場。他們幾乎夜夜笙歌，腦子裡沒有別的事。他的男性朋友也仰慕他，因為他從來不獨占女孩子。他們的生活就是這樣。那些年裡，克里旺和他朋友或許是城裡最快樂的人。

克里旺聽過名妓黛維艾玉的事，要是他的快樂有什麼缺憾，就是他直到十七歲都還沒睡過大家老是在說的這個妓女。他試過幾次，但黛維艾玉每晚只跟一個男人睡，而他每次都去得太晚，前面的男人已經大排長龍了；即使他準時到達，也會有更有錢的人推開他——卡隆媽媽總是把機會讓給可以付最多錢的人。他老是想著進她的房間、上她的床，那念頭糾纏不休，有時他和其他女孩上床時，會想像那女孩是黛維艾玉（他只在城裡瞥見她在外走動幾次）。

至少黛維艾玉讓他明白，不是世間所有女人都為他痴迷。哪怕已婚的女人和寡婦也總是偷看他，儘管她們不像他走到哪兒跟到哪兒的少女一樣痴情；他知道她們心底渴望把他帶進她們的臥房。他和一些已婚女人與寡婦睡過，看來他想跟誰睡就跟誰睡——黛維艾玉卻是例外。他確信只有那個女人沒為他著迷，而且恰恰相反，如果他想得到她，就得付錢。他開始思考要怎麼才有機會跟她睡——用不著很久，不到五分鐘就夠了，甚至只要摸到她的身體就心滿意足。他決定去女人家裡拜訪她，他確信其他男人從來沒做過這樣的事。

克里旺喜歡音樂，擅長彈吉他，至少他有個精采的印尼民歌和苦情情歌曲目可以唱給他朋友聽。星期天，他打扮得像個街頭藝人，自己一個人揹了把吉他來到黛維艾玉家，希望用他的歌曲和天花亂墜的挑逗來征服這個女人。在少女房間窗外唱歌給她們聽，讓她們為他瘋狂，這種事他做過幾次了。這時他站在黛維艾玉屋子的門前，撥著吉他弦，以獨特的假音唱起歌來。

妓女顯然一點也沒受誘惑，於是他不得不站在那裡唱了整整五首歌，還沒任何人開門。他聽人說那女人和三個年少的女兒與兩個傭人住在一起，他們都很親切。他仗著他們親切，繼續站在那裡唱足了十首歌，唱到喉嚨都乾了。過了整整一個小時，他拿出一條手帕，揩去額頭和脖子開始冒出的汗珠。他的腿實在已經無法支撐身體，但屋子的女主人看來還是不會現身。最後他把吉他放到一張桌上，坐著椅子休息片刻；他眼冒金星，可是堅決不放棄。

結果音樂停下時，比音樂響起更令屋子的女主人好奇。門意外地打開了，一個年約八歲的少女拿了杯冰檸檬水走出來，把檸檬水擺到桌上，就放在他的吉他旁。

她說：「你想的話，可以繼續在我們院子裡唱歌，不過你應該很渴了。」

克里旺跳起來笨拙地站在原地。不是因為聽到女孩的話，或是她給他的那杯冰檸檬水，而是因為看到他眼前站著的這個迷人小仙女。他雖然見過黛維艾玉，但這輩子還沒看過那麼美麗的女孩。他覺得看到她渾身散發光芒，不曉得上天是用什麼東西塑造這麼樣的尤物。比起站著唱一小時的歌而沒人注意他，這景象令他顫抖得更劇烈。他雙脣哆嗦，結結巴巴地問：「妳叫什麼名字？」

「我叫阿拉曼達，我是黛維艾玉的女兒。」

這名字像鐵鎚一樣擊中他的腦袋。他震驚迷惘地帶著吉他離開。他回頭看了這美麗的小東西幾次，但每次都迅速轉開頭，好像無法承受這樣的景象。他走到屋子的大門時，女孩叫住他說：

「離開之前喝點東西吧，你一定渴了。」

克里旺像被催眠似的轉身回到陽臺，拿起盛滿冰檸檬水的杯子，這時女孩站在那裡親切地朝他微笑。

克里旺說：「小小姐，妳替我做了這杯，所以我才喝。」

「可是你搞錯了，不是我做的。是我們傭人替你做的。」

從此之後，克里旺就忘了他之前一心渴望和妓女黛維艾玉上床的事。這個小美人抹去了其他一切，毀了他的日常生活，或許也毀了他的未來。短暫相遇之後的日子，一切都變了。想接近他的女孩都被他趕跑，他拒絕所有派對的邀請，寧可待在家思索他可悲的愛情運——身為情聖，卻臣服於一個八歲小孩。雖然別人都不明白發生了什麼事，不過實情就是這樣。他的朋友都不曉得他星期天去拜訪了黛維艾玉家，所以誰也不敢猜測他最近為什麼在反省。他母親擔心極了，因為她養育克里旺的這些年裡，從來沒看過他這麼沮喪。

他母親近乎絕望地問：「你變成共產黨了嗎？只有共產黨才會這麼消沉。」

克里旺對母親說：「我戀愛了。」

「那比變成共產黨還要糟！」她坐到克里旺身邊，輕撫他留長的捲髮。「那就像你平常一樣，去她房間窗戶前彈吉他啊。」

「我已經去過了，是為了勾引她母親。」克里旺都快哭了。「我沒得到母親，卻突然愛上她女兒，而且我永遠也無法擁有她。」

「為什麼？你是說居然有女孩對你沒興趣嗎？」

「也許只有這個女孩是這樣。」克里旺說著像被慣壞的小貓一樣趴向母親腿上。「她叫阿拉曼達。如果要得到這個女孩就得像父親與沙林同志一樣變成共產黨，造反、面對行刑隊，我也願意。」

米娜聽到兒子的賭咒，嚇壞了，她說：「說說這個女孩是什麼樣子吧。」

「這座城市，甚至這個宇宙裡都找不到更美麗的人。她比嫁給狗的倫嘉妮斯公主還要美，至少我這麼認為。她比南海的女王還要美。她比掀起特洛伊戰爭的海倫還要美。琵塔洛卡公主引起了滿者伯夷和帕亞亞蘭兩國的戰爭，但她比琵塔洛卡公主還要美。羅蜜歐想為茱莉葉而自殺，而她比茱莉葉還要美。她比誰都迷人。她好像全身都會發光，她的頭髮光澤得像剛擦過的鞋，臉龐柔軟光滑，宛如凝脂，她的笑容讓她身邊的一切都為她著迷。」

他母親努力安慰他：「你應該和那樣的女孩很登對。」

「問題是，她的胸部根本還沒開始發育，她連陰毛都還沒長。媽媽，她才八歲啊。」

克里旺飽受折磨，寫情書來渲洩，但從未寄出。他構思數日，想寫出他判斷適合八歲女孩的情書，最後卻都撕了丟進垃圾筒裡。想要寫適合孩子的情書，就無法貼切地表達他的熱情。他又試著盡可能寫出他的心意，但他懷疑那個女孩是否能看懂他寫的東西。最後他放棄了。

當時，克里旺已經早他同學兩年從學校畢業，所以大家要去上學或去工作時，他卻以追求愛情自娛。每天早上，他會溜出家門，走去黛維艾玉家，只是從來沒踏進她們的前院。他等到阿拉曼達穿著制服、揹著書包和她妹妹阿汀妲出現。這時他會走上前，自告奮勇送她們倆去學校。

「請隨意。」阿拉曼達說。「不過如果累了別怪我。」

他每天早上都去。下課時，他會站在她教室前的一棵人參果樹下，默默看她和她朋友玩耍。放學的時候，他已經在校門口等著她，陪她回家。那孩子在上課或回到家的時候，克里旺又會陷入憂愁。他的身形似乎縮水了，而他時常漫無目的地遊蕩。

一天，阿拉曼達問道：「你老是走在我們身邊，沒別的事好做嗎？」

他答道：「妳這麼說，只是因為妳還不懂墜入愛河是什麼意思。」

阿拉曼達說：「玩具商也是到處跟著小小孩，小小孩到哪裡，他們就跟去哪裡。看來我還不知道，原來那就叫『墜入愛河』。」

女孩真的嚇到了他，比起遇上惡魔還要令他戰慄。夜裡，克里旺夢見她，但他的夢比較像噩夢，因為他會驚醒喘息，全身僵硬，渾身汗水。他們不冷不熱的關係僅止於接送上下學，過了一陣子，他們的關係遇到了危機。克里旺真的無法一輩子這樣下去，一天他發燒倒下了，那是他第一次沒送那個女孩上學——其實他想去，但他只勉強走到自家前門。米娜把她兒子拖回他床上，讓他躺下，在他額頭放塊冰涼的敷布，像他小時候發燒一樣唱著撫慰的讚美歌。

他母親說：「耐心點。再過七年，她就大到可以愛你了。」

克里旺虛弱地說：「問題是，在那天來臨之前，我恐怕已經因為單相思而死了。」

他母親去找了些巫醫，他們建議一些可以讓人盲目墜入愛河的咒語和梵咒。他母親不想要那類的咒語或梵咒——克里旺要是發現他靠著巫醫的幫助才得到那個女孩的愛，一定會瘋掉。她只是想找辦法平息令她兒子心碎的熱情。

最後一位巫醫說了和前面所有巫醫一樣的話：「世上沒有那樣的咒語，從來就沒有過。」

「那我該怎麼辦？」

「等情況變明朗——到時候他不是得到他的愛，就是心碎而死。」

克里旺發燒幾乎痊癒時，米娜試了另一種傳統療法，想讓他開心；她帶他去海邊，他們坐在附近公園裡餵猴子和鹿。她把克里旺像六歲小孩一樣嬌慣，逗他聊各式各樣的事，只要跟阿拉曼達那個女孩無關就好。

同時米娜也把一切告訴了他的朋友，希望他們能幫他解決這個麻煩的問題。他們又開始邀克里旺參加派對，請他彈吉他、唱歌。他們邀他一起去偷雞，在別人家的池塘裡釣魚，去爬山，去熱鬧的營火晚會露營。少女甚至再度試圖勾引他，想擄獲他的心，至少挑起他的欲望——甚至有個女孩把克里旺拉進一座帳篷，剝光了他，讓他的老二硬起來。他也想和她做愛，但這樣仍無法喚回從前的那個克里旺。他已經失去天生的幽默感，臉上不再帶著喜悅的光采，甚至失去了有床就上的那種欲望。

這些努力都是徒勞，克里旺自己也很清楚。他受到痛苦的詛咒，只有那個小女孩的愛才可能治好他。他真想綁架她，把她帶到某個祕密之地，也許到叢林深處；他們可以一起住在山洞裡或山谷裡，養野山羊。他可以自己照顧她、保護她，滿足她的需要，把她養育成淑女，直到他能贏得她的愛。

他離開他的朋友，再度每天早上去小女孩的屋前等待。他消失那麼久又出現，孩子看到他很意外，問道：「你還好嗎？聽說你病了。」

「是啊，我得了相思病。」

「愛情是像瘧疾那樣的病嗎？」

「比瘧疾更糟。」

阿拉曼達心中一震，然後帶著她妹妹往學校走去。克里旺跟上前，可憐兮兮地走在她身邊，過了良久才開口。

他說：「聽著，小女孩。妳想愛我嗎？」

阿拉曼達停下腳步看著他，然後搖搖頭。

克里旺失望地說：「為什麼？」

「你自己剛剛才說，愛比瘧疾還要糟。」阿拉曼達再次牽起妹妹的手繼續走。她再一次離開克里旺，而克里旺不久又因高燒和更痛苦的折磨而倒下。

克里旺十三歲時，一個老人來到他們的屋子，提出古怪的要求：「讓我死在這裡。」他母親無法拒絕這樣的要求，於是請他進門，給了他一杯飲料。克里旺不知道這男人會怎麼死在他們家；他看起來幾天沒吃東西了，或許他會餓死。不過他母親請那男人吃東西時，他吃得狼吞虎嚥，看來不是真的準備死去。他把放到面前的所有東西都吃光光，甚至啃了魚骨頭，一點殘渣也不剩。他滿足地打個嗝，然後再次開口，問道：「同志呢？」

他母親簡要地說：「他被日本人射殺了。」

客人問：「那個孩子，是妳和他的孩子嗎？」

他母親的回答然仍有點冷淡：「當然了。總不會是我和野豬生的。」

客人名叫沙林。那男人上門來，米娜似乎並不高興，但這客人卻堅持待下來。「只要你們願意讓我死在這裡，我可以待在浴室，只吃餵雞的米麩粥。」

克里旺努力說服母親，讓那男人死在他們家要好過讓他死在水溝。最後他們讓沙林待在前面的房間，那間客房從來沒用過，克里旺保證他會繼續帶食物給他，直到他死為止。他並不是流浪漢。他一脫下鞋子，克里旺就發現他腳上的皮膚長滿水泡。

克里旺問：「你是難民嗎？」

「對，明天他們就要來處死我了。」

「為什麼？你偷了誰的東西嗎？」

「我偷了印尼共和國的東西。」

這番對話讓他們成了朋友。沙林甚至把他的短簷帽給了這孩子，說這是他在俄國那兒拿到的，他解釋道，所有俄國工人都戴這樣的帽子。他說他在一九二六年之後造訪了許多國家。

「但你並不是在度假。」克里旺說。

「沒錯，我是流亡者。」

「那時候你偷了誰的東西？」

「荷屬東印度群島。」

那個男人是個叛軍，也是共產黨員，而且是傳統的那種共產黨員，他是少數思想直接傳承自荷蘭共產主義者斯內夫利特[10]的人，綽號叫沙林同志。他承認他和塞馬溫[11]很熟，從印尼共產黨創黨開始就是成員。他們在三寶壠的時候，他甚至每天早上帶溫牛奶給陳馬六甲[12]，當時陳馬六甲患了結核病。他自豪地說，印度尼西亞共產黨是第一個使用印度尼西亞這個名稱的組織。他又說，那是第一個反抗殖民政府的組織。然而他們還沒起義，荷屬東印度當局就已經很討厭他們了。斯內夫利特在一九一九年被驅逐出境，他的夥伴塞馬溫則在四年後遭到放逐，晚了陳馬六甲一年。其他人物（包括他自己）則打包行李準備被放逐或被關進牢裡。

結果殖民政府決定在一九二六年的一月逮捕他。政府顯然聽到煽動革命的事，那是他們一個月前在普蘭巴南討論的事務。但沙林並沒有被關，他設法跟其他一些人一起逃到了新加坡。那是他第一次流浪，只是他並非流浪漢。

他告訴克里旺：「如果有人自稱共產黨卻不打算革命，那就別相信他是真的共產黨。」

他那樣躺在床上很奇怪——他一絲不掛。他的髒衣物都有股泥巴臭，他脫掉所有衣服，儘管克里旺慷慨提議把父親的舊衣服借給他，沙林仍然拒絕了。克里旺起初覺得尷尬，但過一陣子就坐到門邊的椅子上，盡可能自在地面對光溜溜的老人。

沙林同志說：「我想要一無所有地死去。我怕他們會趁我睡著時射殺我。」

克里旺說：「如果你怕的是那樣，那就別睡。死掉以後，要睡多久都行。可以一睡不醒。」

這話不假。於是男人盡量不閉上眼睛，但克里旺知道他想必累壞了。沙林同志為了確保自己不會睡著，因此說個不停，有時不連貫地侃侃而談，有時聽起來像在吟誦哀歌。克里旺覺得他精神錯亂了。他說他和共和國總統很親近。他們曾經住在泗水的同一區，跟同個老師學習，有時會愛上同個女人。他逃跑去莫斯科待了很久，之後首次返家時，和總統重逢。兩人相擁，眼中泛起喜悅的淚水。

他說：「你現在也許不相信我，不過某天你會在報紙上讀到所有的事。可是這會兒，那個人正派

---

10 Sneevliet, 1883-1942，荷蘭人，筆名馬林，曾先後為荷蘭社會民主黨、共產黨黨員，至印尼傳播革命思想，參與建立印尼社會民主黨（印尼共產黨前身），並促成了中國共產黨的建立。

11 Semaun，約 1899-1971，印尼共產黨第一任黨主席。一九二三年遭荷蘭殖民政府驅逐出境，流亡蘇俄，印尼獨立之後才返國。

12 Tan Malaka, 1897-1949，印尼的國家英雄，率先倡導建立印度尼西亞共和國，並在一九二六年策動並領導反抗殖民統治的武裝起義，起義失敗之後流亡國外。亦為印尼共產黨早期的領導人物。

士兵來殺我。」

「為什麼？」克里旺問。

沙林同志答道：「偷了屬於別人的東西，就是這個後果。」

「你還偷過誰的東西？」

「我跟你說過了，印尼共和國。」

他說，一九二六年共產革命失敗是因為猶豫不決。他第一次逃亡之後和陳馬六甲在新加坡會面，討論他們的策略。陳馬六甲強烈反對革命，因為他覺得共產黨人還沒準備好。於是他到莫斯科去爭取第三國際的支援，但第三國際更強烈地阻止了他。

沙林同志說：「史達林把我關了三個月，去除我的再灌輸。」

但他腦中已經充滿革命的念頭。獲准離開莫斯科之後，他就回到新加坡，打算執行計畫——即使沒有別人支持他，即使他必須用游擊戰的方式進行。結果他發現革命已經爆發，而且失敗了。殖民政府已迫使共產黨解散，禁止所有活動。大部分的組織幹部被捕入獄，甚至被丟進博芬迪古爾；更令人灰心的是，第三國際現在支持革命，而這個笑話來得有點遲了。

他說：「我被緊急召回莫斯科，去接受教育。」

他解釋說，未來比較可能成功的時機，還有時間再來一場革命。他聽見一些壞消息：有些共產黨人被丟進博芬迪古爾之後投降了，選擇和殖民政府合作。堅持自己信念的人被流放得更遠，而那些地方的瘧疾會毫不留情地害死他們。

他得去廁所，所以站了起來，克里旺急忙上前用布裙圍住男人的身軀，說：「如果我母親看到你光溜溜地在家裡走動，她的尖叫聲會響徹雲霄。」

沙林讓克里旺遮好他的身體，卻仍回嘴說：「有什麼差別，明天她就會看到我光溜溜的屍體。」

他們繼續閒聊，這時是在外面的陽臺上，沙林同志依然只穿了布裙。從他們坐的地方可以看到遼闊的黑暗海洋，海上有漁人燈火的點點光芒，他們聽得見一陣陣拍打海岸的溫和浪聲。孩子問共產主義者在尋求什麼，沙林答道：「天堂。」午夜的鐘響時，他們看到一輛卡車經過，車上載滿KNIL士兵，但士兵沒看到黑暗陽臺上坐的兩人。

沙林說：「世界正在改變。」數百年來，地球有超過一半的土地在歐洲國家的掌控之下，成為殖民地，歐洲榨取了他們找到的一切，全都帶回家，自己變得富有。但德國與日本不同；他們什麼也沒得到。不過這下子他們與其他已開發國家一樣強大了，所以他們要討回屬於他們的一份。那就是這場戰爭的開端；這是貪婪國家之間的戰爭。（沙林同志問起有沒有菸，克里旺去從他房間拿菸來。）本地人是最可悲的人，能多慘就有多慘。活在君主統治下，受到國王欺瞞多年之後，歐洲人突然來了，而他們完全不了解爪哇土地上依然強烈而狂熱的敬意。農民從前被迫做苦工，被迫把收成交給殖民政府，每次有荷蘭少女經過，他們還會朝她們敬禮。共產主義來自一個美夢，那是世上絕無僅有的美夢——以後不再會有懶人飽食終日，其他人辛勤卻挨餓。克里旺問他，要達成那個美夢，是否要革命。

沙林同志答道：「受壓迫的人確實只有一個辦法可以反抗——就是變得狂暴。說實話，革命不過是由特定黨派來組織的集體狂暴。」

他說共產主義革命的唯一理由，是因為資產階級絕不會和平談判。他們絕不會未經一戰就交出自己的權力，他們絕不會平白交出自己的財富，而他們當然絕不肯告別他們舒服的生活方式。他們不願分享，因為那麼一來，將不會有人拿咖啡端給他們，沒人替他們洗衣，沒人修他們的引擎，沒人摘他們的可可豆。共產世界裡，人人都有權力懶惰，都有責任工作。「中產階級不想那樣，所以唯一的選擇就是起義。」

沙林在慶祝獨立紀念日的幾天前從國外回家。共和國已經建立了三年，但荷蘭人仍然隨處可見。更令人灰心的是，共和國在戰場和談判桌上節節敗退，只控制住內陸的一小片地區。他和他的共和國總統老友碰面，總統立刻對他說：「幫我們鞏固這個國家，發動革命。」

「那確實是我的責任。*Ik kom hier om orde te scheppen*。」他說。那句荷蘭文的意思是，我要來讓一切變得有秩序。

他相信，追根究柢，一切混亂的根源其實來自共和國總統本人、副總統，以及官員和政黨支持者。他說：「日本占領期間，他們幾乎把人當奴隸來販賣，現在他們是把領土賣給荷蘭人。」他唯一仍信任的團體是印尼共產黨。印尼共產黨公開接納他，不過他不久就發現印尼共產黨努力的方向有些重大錯誤。他想要更改他們的方向，他們把一切都交給他，因為他是剛從莫斯科來的救星。他回來一個月後，茉莉芬終於爆發暴動——是啊，當然是共產黨人所為。事情開始時，他本人沒在場，但他去傳達了精神上的支持。革命只持續了一星期，然後他就成了流亡者。

「所以我才在這兒等著我的墳挖好。」

「你已經努力了那麼久。」克里旺說。「你要逃的話，還有時間。」

男人悲苦地說：「我經歷了兩次革命，兩次都失敗了，已經足以讓我知道自己的斤兩。我該死了，我相信即使我再次逃跑，也逃不開我的命運。」

克里旺完全無法明白他的邏輯。

「可是如果你死了，一切都完了。」

沙林同志合上眼，緊閉眼睛，任夜風輕拂他的臉。「同志，現在輪到你了。」

沙林同志承認他還無法理解所有階級理論，並不是個夠格的馬克思主義者，但他非常確定必須盡一切可能，打擊不公。他說這個國家沒有馬克思主義者，但有許多挨餓的民眾，他們的努力超過他們得到的報償，每次大人物出現，他們就必須卑躬屈膝，而他們只知道解脫這一切的唯一辦法是革命。他說，你想想，甘蔗園的糖廠裡有數以千計的勞工，他們全年都在工作，而甘蔗園老闆卻能享受山腳下舒適的週末與度假別墅，勞工拿到的工資只能勉強度日，老闆則獲取暴利。茶園也是同樣的狀況。所以我們才要革命，而我們唯一要謹記在心的馬克思主義口號是：全世界的工人，團結起來！

遠方傳來公雞啼的時候，他們的對話漸漸停下，像是能聞到死亡的味道。沙林同志坐在椅子上沉默了，彷彿已在死期前死去。他沒睡著，其實他全神戒備，耐心等著他的最後一個早晨到來。「虔誠的信徒相信自己會上天堂，我則是真正的共產黨，我不怕死。」他的聲音平靜，幾乎細不可聞。

克里旺試探地問：「你相信上帝嗎？」

沙林答道：「那不相干。思考上帝存不存在，不是人該做的事，尤其是知道眼前有人踩著另一人脖子的時候。」

「所以你要下地獄了。」

「我寧可下地獄，因為我這一生都致力根除任何人的相對優越。」他繼續說：「依我來看，這世界就是地獄，而我們的任務是創造自己的天堂。」

他的最後一個早晨降臨了，沙林預料得沒錯，一個隊長率領的一個共和軍小隊突然現身，他們是來處決他的。哈里蒙達是KNIL占領的地區，所以他們穿著平民的衣著，一聲不響地出現。小隊包圍了沙林，這時他仍沉著地和克里旺坐在陽臺上。

克里旺說：「他想光溜溜地死去，像他出生的那一天一樣純潔。」

隊長說：「辦不到。沒人想看他的那話兒晃來晃去，何況他是共產黨。」

「但這是他最後的請求。」

「門都沒有。」

克里旺說：「如果你覺得那樣，那就在廁所殺他。讓他光著身子。或許他想先拉個屎，然後你們再槍殺他。」

隊長搖頭說：「頭號共產黨員死在廁所裡。這可是歷史書上的精采故事。」

結局就是如此。沙林同志拋開他的布裙，在身上塗滿泥巴，深深吸著新鮮的空氣，好像在和世界道別。克里旺和隊長與其他一些士兵跟著他到廁所，克里旺希望早晨這場騷動沒吵醒他母親。廁所裡，沙林被槍決死去之前，唱了《人民之血》和《國際歌》，克里旺聽了流淚。廁所門開了一道縫，他第二首歌一唱完，隊長就把手槍插進門縫，朝他連開三槍。米娜被槍響驚醒，跑來查看發生了什麼事，發現兩名士兵正把那男人的屍體拖出去，而她兒子在旁觀。

她說：「你目睹你父親被日本人處決。這下子你看到這個男人死在共和軍的手裡。好好想想，萬萬別考慮當共產黨。」

「許多國王都被吊死。」克里旺說。「人們還是不放棄，依舊想當王。」

米娜感到一陣憂心：「他昨晚有影響你嗎？」

「他至少讓我在夜風中感冒了。」

士兵們把屍體帶到一個十字路口。他們不擔心有KNIL巡邏，因為時間太早，KNIL想必還沒醒來。克里旺跟著他們，目睹了沙林同志的屍體大字攤在街上。群眾來看開了三個彈孔的屍體，克里旺站在人群中，頭上還戴著剛得到的帽子；他會戴著許多年，等軍隊來處決他時仍會戴在頭上。沙林血流滿地。一名士兵把汽油倒在他身上，另一名丟了一根火柴。屍體焚燒時聞起來像烤豬。

一個男人問：「他是誰？」

克里旺說：「顯然不是豬。」

這孩子待在他身邊，直到火熄了，士兵也離去。他收集骨灰，裝進小盒子裡帶回家。他母親擔心兒子表現出的極端行為，說骨灰會招來噩運。

「還有，把那頂帽子脫掉。」

他脫了帽子擱到桌上，然後爬上床。

他母親說：「謝天謝地，你真是個貼心的孩子。」

克里旺說：「媽媽，別誤會了。我脫掉帽子只是因為我很久沒睡，想睡一下。」

克里旺坐在打烊商店前的人行道上，把他從牆上胡亂撕下的香菸廣告海報撕成碎片。他深思著自己可悲的戀情，看著車輛往來，自問世上還有什麼人比他更悲慘。他母親和朋友已經要他讓自己好過點，但他不肯，說除非能得到那個少女，否則什麼也不可能讓他好過。

最後，米娜說：「去找比你更不幸的人，也許那樣你就會稍稍好過一點。」

他最先想到的是他父親和沙林同志，兩人都遭到處決了。米娜粗心大意，沒料到她的建議會讓克里旺想起那兩個人。他整個星期都坐在人行道看著沙林同志跟他說過的悲慘人們，小時候他父親也常說起那些人。他想看看人們開著德國車或美國車經過，同時身邊就坐著一個渾身潰瘍和癤腫的乞丐；他想看一個年輕女子去市場，籃子都由她周圍的傭人提著，傭人甚至幫她拿遮陽傘。他想親眼看見所有的社會矛盾，這些事比什麼都能轉移他的注意力；他同時想著，其他人就快餓死或工作累到半死的時候，愛居然可以毀了一個男人，這真令人沮喪。

他已經離開家一個多月，這時和乞丐住在一起。他曾經英俊健壯，不久後卻變得憔悴，現在活像皮包骨，頭髮變成淡紅色，剛硬得像掃帚尖。他完全沒在偽裝，他是用一種折磨來消除另一種折磨。他吃其他人給他吃的任何東西，如果沒人給他任何食物，他就在垃圾筒裡翻找，還要一邊趕跑其他乞丐、流浪狗或老鼠。

不再有女孩到處跟著他。恰恰相反；女孩遇見他時不知他是那個克里旺，她曾為他痴迷，甚至跟他上床，她會捏鼻子、遮著臉、作嘔，加快腳步離開。就連孩童也朝他丟石頭，他常常遍體鱗傷，流浪狗會追趕他，彷彿他是即將被牠們吞下的刺蝟。就連他回家時，米娜也完全沒認出他，還說：「如果看到一個叫克里旺的乞丐，就叫他回家，他媽快死了，想見他最後一面。」

克里旺從他母親手中接過一盤米飯，答道：「妳看起來不像快死的樣子。」

「撒點小謊無傷大雅。」

過了好一段時間，這樣的生活成了常態。他開始忘卻許多事——他母親和他的家，他朋友和那些女孩，尤其是阿拉曼達（不過有時想起她仍然令他煩惱）；他乞食的例行公事抹滅了一切。他腦中想的不是那些事，而是要找一把米飯，找個舒服的地方躺下；這些事變得重要多了。他擺脫那些複雜的念頭，成了快樂的流浪漢，直到有一天，麻煩化作女乞丐找上了他，那個女乞丐名叫依沙貝丁娜，是洗碗女的意思。

他看過她兩次。一次她在垃圾場附近被五個喧鬧的遊民強暴，他顯然無法擊退侵犯她的人。但她被那五個遊民埋伏之前，他也見過她經過，她很美，但幾星期沒碰過水或肥皂，臭氣沖天。她被強暴那天，他躲在紙板屋裡睡午覺，她的哭嚎聲令人心碎，讓他無法入眠，於是他拿了把大砍刀走去。兩人剛上完她，正咧嘴笑著，用上衣下襬揩揩生殖器。另一人挺著老二奮力抽插，但女孩已經不再掙扎。還有一個正在揉搓她的胸部，最後一人不耐煩地等在一旁，用手摸著自己的屌。

克里旺明確堅定地說：「把那女孩給我。」

操完那個女孩的一個人看起來是這群遊民裡的老大，他面對克里旺而站，捲起袖子。

克里旺又說了一次：「我說，把那女孩給我。」

「只要我還活著，你就別想爽一下。」

「沒問題。」他們還沒發現克里旺背後藏著大砍刀，克里旺已經把大砍刀砍過強暴犯的脖子。男人的鮮血噴散，頭垂下，脖子幾乎斷了，沒幾秒就倒在地上，顯然死了。克里旺踢踢他的屍體，走向剩下的四個人。

「他死了，該把女孩交給我了。」

正在操那女孩的男人匆匆抽出老二，發出噁心的水聲，然後一臉蒼白如爛麵包地跑走，他的三個朋友跟在後頭。他們就這麼拋下這個女孩，她失去意識，赤裸地仰躺在一張沒腳的桌子上。克里旺用自己的上衣裹住女孩的身體，把她帶回自己的小屋。他的床是張舊沙發，他讓她躺上去，注視她一會兒，然後自己躺到一堆舊報紙上睡著了。

他醒來時，黑夜已經降臨，他發現女孩坐在沙發上抱著膝蓋，餓得發抖。她仍然和他放下她時一樣光溜溜，唯一的遮蔽只有肩上披的上衣。克里旺直接從鍋裡挖了些玉米粥給她，只是剩下的早餐，不但冷掉，還幾乎餿了，但女孩吃得津津有味。她吃的時候，克里旺就坐在她身邊，像小孩一樣專注地觀察她。女孩旁若無人地吃東西。她好像完全沒留下心理陰影，或許已經忘了發生過的事。這時克里旺注意到她淡色的髮像絲一般，她眼神銳利，窄鼻子，薄嘴唇。

克里旺問道：「妳叫什麼名字？」

她沒回答，只把那鍋粥放到舊沙發下，然後又坐下，以年輕處女的害羞神態注視著克里旺。她的手伸向克里旺，愛人般溫柔地觸碰他的手。克里旺顫抖了一下，他還沒意識到發生什麼事，女孩就躍向他，把他撲倒在沙發上，她壓在他身上，近乎粗暴地緊抱著他親吻。起先克里旺使盡全力想推開她，接著遲疑了，像行刑隊前投降的人一樣舉起雙手。然後女孩脫掉他上衣，他感到她緊實渾圓的乳房貼著他的胸前，這時一切都融入一片醉人的溫暖中。他再一次感到激情的血液貪婪地湧過血管，他回應女孩的擁抱，回應她的吻，脫掉自己的褲子。

女孩才經歷殘忍暴行，被五個無家可歸的遊民強暴，這時卻表現得像狂野的愛人。克里旺自己甚至完全忘了之前發生過什麼事，他緊抱著女孩，和她交換位置，翻身到她上方，這時兩人都一絲不掛，情欲賁張。他們克服了沙發擁擠的限制，做愛的動作雖然重複卻充滿渴望，像暴風侵襲的船一樣搖晃、震動、顫抖。

結束之後，克里旺立刻想起他完全不認識這個女孩，她也不認識他。他們這時仍一同躺在沙發上，精疲力竭地摟著彼此。克里旺又問她一次：「妳叫什麼名字？」但女孩和之前一樣沒回答。她只微笑著呢喃沒條理、可能是錯亂的話，之後閉上眼睛沉沉睡去，發出輕柔的酣聲。

不久之後，一個遊民告訴他：「她叫依沙貝丁娜，大家都那麼叫她。」

「她是哪裡來的？」克里旺繼續追問。

那個遊民說：「他們一星期前在路邊發現她，之後幾乎每天輪暴她，直到你出現，殺掉其中一人。那女孩的腦袋壞掉了。」

所以事情就是這樣。克里旺無法想像如果他朋友知道他和一個瘋女孩上床，他們會說什麼。不過他不顧自己健全的理智（或許是其他衝動所致），他做的第一件事是帶那女孩去海邊，洗乾淨她的身子，從他母親的曬衣繩偷了些好一點的衣服給她。他們住在他的紙板屋裡，伴著那張舊沙發，他們有時坐在沙發上休息，吃他們用石頭敲開的堅果，有時他們在沙發上睡覺或做愛，旁邊是個磚頭堆成的爐子和一個煮菜用的鍋子。雖然克里旺有陣子擔心那些強暴依沙貝丁娜的遊民會回來尋仇，但他們從沒聽說那些遊民後來怎麼了。這下子既然依沙貝丁娜和克里旺住在同一間屋子裡，大家都同意他們倆是正式的伴侶，沒人再惹瘋女孩了。

克里旺自己似乎忘了最初他變成流浪乞丐的原因。他不再尋找不幸的人來轉移注意，不再為了忘卻他被小阿拉曼達拒絕的悲傷而折磨自己；他發現忘記那女孩最好的辦法——也就是另一個女孩。他的生活一片混亂，沒任何東西吃，也沒適當的地方住，但是他不以為苦——其實他對目前的狀況很滿意。他重新發現對愛情的炙烈渴望，尤其是依沙貝丁娜同樣熱切地接受他的愛，兩人因此立刻忘卻他們悲慘的處境，愛得如痴如醉時，誰也不會猜到依沙貝丁娜是個瘋女孩。而克里旺雖然不知道她的背景，卻不以為意，他向她保證：「我有一天會娶妳為妻。」他們除了幾乎從早到晚、夜以繼日地愛撫彼此之外，沒做多少事，只在餓的時候停下來吃東西，累的時候停下來睡覺。沙發是他們最愛做愛的地方，半夜的呻吟吵醒鄰居，弄得大家欲火焚身。他們的行為惹人嫉妒，不過大家理解那是新戀人的蜜月期，這段時間持續了幾星期。

一天晚上，他們照常做愛到一半，一隻蛇從一堆垃圾裡溜出來爬進他們的小屋，依沙貝丁娜的腳趾伸在牠的路上，於是牠咬了她。女孩沉醉在性愛中，沒喊出聲，最後雙雙達到前所未有的高潮。但他們美妙的好運並不長久。克里旺射精後就倒向一旁，這時他聽見女孩呻吟扭動。他以為她還想要他，直到看到她的腿變青，這才明白發生了什麼事。結果太遲了；咬她的蛇是隻劇毒的眼鏡蛇，女孩就死在那張沙發上，她一絲不掛，做愛時的汗珠仍在她身上閃閃發光。

鄰居受夠了夜夜尖叫，他們把這場悲劇視為這對伴侶關係太隨便而得到的懲罰，在鄰居眼中，他們的關係幾乎是以廝混為基礎。克里旺把女孩的屍體帶給挖墓人卡米諾，請他用一般給虔誠信徒的儀式埋葬女孩。過程中只有克里旺陪著挖墓人，他現身時，身上穿著從別人家偷來的好衣服。「她是為了讓我快樂而生。」他說著哭了。

他哀悼了七天，把他們的小屋燒個一乾二淨，火焰差點延燒到附近的紙板屋，屋主匆忙提著水溝裡的水來滅火。他發瘋了，不只朝人丟狗屎，還朝著街燈丟石頭。他無法抑制悲傷。他用他巴掌那麼大的石頭打破獨立街旁所有麵包店的窗戶，老闆娘各個驚慌尖叫；他搶了一個郵差的單車，傷了郵差，打得他在地上打滾，信件散落街上；他殺了有錢人家院子裡跑出來的三隻狗、割破電影院前停的幾輛汽車的輪胎，還燒了一間警衛亭。他的行為引起警方積極回應：他試圖拆掉標示城界的牆，結果不曾抵抗就迅速遭到逮捕。

他被抓了，誰也不在乎他會不會被帶去法院。克里旺在單人牢房裡感到他重拾平靜，昔日的沉穩緩緩重現，逐漸增強。他這時只在晚上擾亂安寧，他在睡覺時會說夢話，錯亂地呼喚依沙貝丁娜的名字，發出震耳欲聾的尖叫，壓過野狗嚎和貓叫春。那男人因為失去所愛之痛而入獄的消息傳開，傳到他母親耳裡。克里旺被關了七個月，米娜才來把他保釋出獄。她把克里旺拖回家，活像發現孩子在牛舍裡玩耍的憤怒母親。雖然他已經成年，她卻仍親自幫他洗澡，一邊氣呼呼地說：「對你來說，沒別的事比一個女人的愛更重要了嗎？」

屋子仍和他離開時一模一樣。所有家具和擺設都維持原狀。他為了讓自己好過一點，讀了黃色小說和愛情故事（是從前女孩子送他的禮物），卻是白費工夫。他也讀了那些女孩寫給他的大量情書，當然只害他心情愈來愈差。感覺一切又回到起點，回到同樣的悲傷、同樣的心碎。他試著聯繫朋友，只想由他們得到一點快樂；他有些朋友已經結婚生子了。他也造訪了一些前女友，有些也結婚了，有些甚至離婚了；他想再次體驗愛的溫暖，因此試著再和其中三、四人上床。但這一切都讓他再度思念依沙貝丁娜。

「再去住到街上啊。」他母親說。「也許你會找到別人愛。」

他說：「我正是這麼打算。」

他已經收好了所有的東西，希望有朝一日回來的時候，一切都會乾淨整齊地迎接他。他把原來散落床上、桌上和地上的書收進紙箱，疊在房間一角。他也整理好衣櫃裡所有的衣物，收起他的舊吉他，把所有唱片收藏起來。他甚至把刮鬍刀和牙刷整齊地疊在一個抽屜裡。桌上只剩下一件東西，不過他不會把那東西收起來，而是要戴在身上——就是沙林同志給他的帽子。他站在鏡前看著鏡裡的自己。他受苦了這些年，身材變得頗為瘦削，面容憔悴，兩眼無神。他的捲髮仍然捲成一吋的圓圈。他在鏡前站了良久，看著帽子，納悶那個共產黨說俄國所有工人都戴那種帽子，究竟是不是真的。

他對自己的倒影說：「瞧這個憂鬱的傢伙。憂鬱到可以戴這頂帽子了。」

這時米娜出現了，她站在門口看著仍在鏡前的兒子。她左思右想克里旺穿著燙直的長褲、棉質上衣和那頂帽子要去哪裡。

「孩子，你這模樣不像乞丐。」

克里旺轉身面對他母親，說：「媽媽，現在開始，從今以後，就叫我克里旺同志吧。」

8

一個起霧的早晨，哈里蒙達車站月臺上擠滿的一群群民眾看到前所未見的景象，驚奇萬分。售票臺前的一棵杏樹下，一對情侶絲毫無視時間地點，在那裡熱情接吻。他們的吻充滿熱情，目睹的人們傳頌多年，發誓他們看到這對情侶的脣間燃起了火焰。這一幕成了傳奇，因為這兩個戀人是克里旺和阿拉曼達。男男女女都滿懷嫉妒地記著那個事件。

克里旺去首都雅加達上大學前的最後幾個星期，這對情侶的挑釁行為已經人盡皆知了。

阿拉曼達和克里旺在約會，除了阿汀姐，大家都覺得他們是世上最賞心悅目的愛侶。阿汀姐罵阿拉曼達是下賤的婊子，就愛讓男人心碎，快停止吧，至少為了這個男人好。但阿汀姐罵她時，阿拉曼達就用手指塞住耳朵。或許那個女孩還記得她姊姊才八歲時，克里旺愛她愛得多慘；或許她覺得如果她姊姊刻意毀了那麼不可思議的愛，就太可惜了。阿汀姐甚至發誓，如果阿拉曼達敢傷害那個男人，她就殺了她。按她的說法，直接了當地拒絕他的愛，遠好過接受之後就像垃圾一樣棄之不顧。阿拉曼達不在乎她妹妹嘴裡吐出的任何威脅，她顯然是個固執的年輕女子，誰的話也不聽。

她說：「承認吧，小妹妹，妳嫉妒我。」

阿汀姐說：「我要嫉妒也是嫉妒媽媽，她已經和幾百個男人上過床了。」

「妳以為我不能和男人上床嗎？」

阿汀姐說：「妳當然可以和這座城市的所有男人上床，和媽媽一樣厲害，可是妳不可能好好愛他們所有人。」

阿拉曼達的妹妹通常賴在家裡，阿拉曼達和她妹妹不同，都和她的愛人與他們的朋友去音樂會，聚在他們能找到的任何地方，伴著吉他歌唱。他們進城裡，去電影院，有時她直到黑暗化為黎明才回家。雖然她的兩個妹妹會一臉焦急地等在窗邊，但她都哼著當時非常流行的苦情情歌的一些音節，一言不發地回自己房間。

阿汀姐暴躁地說：「妳真是妓女不如。妓女回家時，至少會帶些錢回來。」

阿拉曼達在她房裡說：「牢騷鬼小姐，說出來啊。還是要我再替妳說一次？妳愛上克里旺了。」

「即使我愛上他，我也不會說，不然我怕妳會自殺。」

那個年輕人確實很受小姐們歡迎，這不只是謠言，而且不只發生在這間屋子裡；整個哈里蒙達都一樣。其實他打從小時候就那麼受歡迎了，他小學五年級就能解出六年級的考題，智力令人驚奇，校長決定讓他跳一級；中學的時候，他是數學競賽的常勝軍，因為他還會彈吉他、唱歌，而且俊帥的面孔很真誠，所以他開始在晚上出門，身邊有愛上他的一群群女孩為伴。

當時，他想跟哪個女孩出去都行，但後來他愛上年僅八歲的阿拉曼達，之後成為遊民，跟瘋女孩依沙貝丁娜交往。現在人人都說他和阿拉曼達是佳偶天成，一個是英俊陽光的青年，一個是美麗的少女，她母親是城裡最受敬重的妓女。唯一的例外是阿汀姐，她覺得那根本就是天大的災難。目前為止，阿拉曼達已經和很多男人在一起過，而且一個一個拋棄了他們。她的名聲很壞，無人不曉，阿汀姐也不例外。

阿拉曼達對她的幾個同學做過這種事：她利用美貌、迷人的笑容、嬌媚的流轉眼神、曼妙的步履之類的來挑逗他們，讓她的許多同學在夜裡失眠。其中有些傢伙會試著追求她，然後她就漸漸變了，變成沒馴養好的斑鳩，每次想抓住牠，牠就跳走。

但她的追求者不會那麼快放棄，他們不斷對她迷人地調情，許下無盡的承諾，展開禮物、閒聊、鮮花、卡片、情書、情詩和情歌的攻勢。她會接受一切，以更令人神魂顛倒的微笑回應，報以更嬌媚的眼神，腳步更加優雅，加上額外的些許讚美，說你善良，聰明英俊，頭髮很漂亮；他們會覺得受到恭維，輕飄飄地飄上天。

他們都會愈來愈有信心，覺得自己是世上最帥的傢伙，全宇宙最善良的人，還有全地球上最好看的頭髮，他們深信這些事，所以一有機會，他們就會開口、送信傾吐他們長久以來積鬱的渴望：阿拉曼達，我愛妳。那時機最適合毀掉一個男人、令他震驚、讓他的心碎成一片片，也最適合展現女人的優勢，所以阿拉曼達會說：但我不愛你。

阿拉曼達說過：「我喜歡男人，但我更愛他們心碎哭泣。」

這遊戲她玩了很多次，雖然結果總是不出所料——她是贏家，而他們是輸家，但一輪接著一輪，她永遠樂在其中。新的追求者取代舊的追求者時，她會開懷大笑。

想像一下，她才滿十三歲就開始這麼做了，而那是兩年前的事。無法否認，她確實遺傳了她母親幾乎無瑕的美貌，和強暴她母親的日本人那雙銳利的眼睛。她年方八歲時，克里旺愛上了她，她初次發覺自己能擄獲男人的心；後來，她十三歲時，兩個男孩為了她內褲的顏色起爭執，打了一架。一個發誓他看到阿拉曼達穿紅色的內褲，但另一個堅持她穿的是白色。他們在教室後面打起來，兩人都把對方狠狠揍了一頓，過程中完全沒人試圖干預——倒成了免費的娛樂，直到教師發現出了什麼事。男孩們打得發腫見血，阿拉曼達才介入調停，對兩人說：

「我穿的是白色內褲，但也是紅色的，因為我經期來了。」

那一刻開始，她就明白她的美貌不只是讓男人受傷的劍，也是可以控制他們的工具。她的母親愈來愈憂心，警告了阿拉曼達。

「妳不知道男人在戰時對女人做了什麼事？」

阿拉曼達答道：「我只知道妳一直以來跟我說的。現在妳將看到女人在和平的年代可以對男人做什麼了。」

「孩子，這話是什麼意思？」

「在和平的年代，妳讓許多男人大排長龍，花錢跟妳睡，而我讓許多男孩心碎哭泣。」

黛維艾玉一直擔心她長女脾氣固執，於是透過男人在她床上跟她說的流言來追蹤她的行為，原來不少小夥子被她的美貌逼瘋了。黛維艾玉對她的恩客說：「聽到這些，我唯一能慶幸的是她沒變成妓女，不然的話也許你就不會和我在這張床上了。」

阿拉曼達就是這副德性。她甚至征服了克里旺，克里旺可是哈里蒙達無數女孩的偶像；他和她征服過的其他所有傢伙不同之處，在於遊戲最後她沒把他拋開，原來她也愛上了他。阿拉曼達因為鄰居姊姊總是交頭接耳談論他，才聽到那男孩的名聲；他是世上最帥的小夥子。

有些荒謬的流言說他其實不是寡婦米娜和她亡夫的孩子；她亡夫是共產黨，共產黨在茉莉芬叛亂失敗之後，他遭日軍處決，那時許多人已經受夠了跟共產主義有關的任何事。一個女孩編故事說他是那對夫婦撿來的，他們在河岸上發現一顆大西瓜，他就蜷縮在西瓜裡；他是仙子的小孩，仙子同情他們的不幸，於是把小孩託付他們一段時間，讓他們永恆的罪孽得以減輕。另一個女孩說他還是嬰兒時從一道彩虹上降下來，另一個說他是在巨大的錐狀花朵裡發現的；不過說實話，克里旺出生時這些女孩根本還不在這個人世。

不只是暗戀他的女孩散布那樣的故事，就連老人家也發誓，他出生時那座城的星星更耀眼了一點，好像世界等著新的先知誕生，而當時在哈里蒙達出沒的荷蘭人則視為惡兆。

不過不論這些話是真是假，阿拉曼達八歲時聽到那男人誠懇示愛時，已經受他吸引，那之後的歲月裡，她仍聽到他的故事，只是聽說他失蹤了。他在外流浪的那段時間，人們不大清楚他發生了什麼事，而少女們仍然在談論他，想念他想念得要命。許多女孩覺得他可能不知為何被一群強盜綁架，帶到什麼地方殺掉了，其他人認為他覺得生命受到威脅、自己躲了起來。不論她們相信怎樣的故事，總之克里旺成了許多少女的神祕英雄，幾乎足以匹敵哈里蒙達英勇的排長。

克里旺終於再度出現時，阿拉曼達已經十五歲了。這男人這時二十四歲，自稱克里旺同志。他離開漂泊的生活之後，成了裁縫，在他們家跟著他母親工作，不過那樣沒什麼意義，他僅僅瓜分了他母親往常的收入，只是引來一些額外的收入，因為有些女孩想藉著請他縫件新洋裝來吸引他的注意。他不久就結束了毫不出色的裁縫事業，跟一個朋友一起去造船。當時玻璃纖維的價格仍然高昂，於是他們用黑焦油修補木船，他在船店就是做這個工作，此外還有一些負責修飾的油漆活兒；最後他又去老村長的養菇場做事，主要的工作是翻動草料，盯著養菇場的溫度計，確保維持正確的溫度。其他時候，他跟著一起灑酵母、摘香菇、包裝、拖運，做任何要他做的事。他當時顯然已經成為共產黨的幹部，四年前哈里蒙達大選時，共產黨是三大黨之一（看起來要不是哈里蒙達市民在革命期間很苦，共產黨應該會變成多數黨），黨部位在荷蘭街的一角，而他是黨部裡最年輕的成員。

共產黨發現每次讓克里旺同志在公開會議上發言，聽眾就會擠成一團，女孩會興奮尖叫，於是他們也利用他的名聲吸引少女成為他們的幹部。克里旺同志確實很帥，況且他擅長演說。阿拉曼達的朋友很狂熱，她被挑起好奇心，去看過他演講，那次是一場勞工節的狂歡會。不少人認為，如果共產黨得到他們城市的多數選票，都是克里旺同志的功勞。

阿拉曼達動了心，想征服城裡最英俊的男人，當時她的名聲已經很響亮，是唯一讓二十三個愛上她的男人失望的少女，而克里旺已經和十二個女孩非常短暫地約會過，其餘的都被他拒絕了。這就像最令人畏懼的戰士相爭，不只農場裡的工人等著競爭的結果，共產黨的成員也一樣，所有市民的心臟都期待得怦怦跳，不曉得會發生什麼事。有些人甚至下注打賭誰會讓誰失望，而年輕男女老早就開始準備心碎了。

學校要學生開始職業訓練時，阿拉曼達說服一些朋友去老村長的養菇場實習。兩人就是這樣相遇的——在一座養菇場炎熱的廠房中，周圍都是塑膠防水布。阿拉曼達會跑去廠房，假裝要幫忙每天早晨的收成，她會在那裡見到那個男人，用她的微笑誘惑他，或是打開洋裝頸部的釦子挑逗他。那男人站在廠房四樓的養菇架上，她則在下面，進一步用一些無關痛癢的要求誘惑他。男人穩重地對待她，無禮地欣賞她的美好，好像不記得幾年前那令人心碎的美曾經逼得他快要瘋狂。

那幾個星期裡，他們每天見面，一起翻動穀糠，為了溫度該設多高而爭執，爭論菇要長多大才能採收，辯論酵母該不該撒在穀糠上面。

克里旺站在養菇架上插的竹桿之間面對著她，說：「小姐，妳很漂亮，可是妳太愛鬥嘴了。」然後丟下阿拉曼達，出去加入下工休息的其他工人。

阿拉曼達心想，混蛋。那傢伙並不是打算就那樣把她丟著走掉，而是打算更強烈地誘惑她、追求她，讓她可以像她拋棄別人那樣把他丟到一旁。阿拉曼達站在養菇場門口看著那男人和他朋友在休息，他們坐在田野邊傳香菸、點菸，大家都把菸吐向空中，聊天歡笑。

這時，她不再能掌控情勢，於是首次為愛失眠，每晚等著早晨降臨，才能回到廠房和那人在一起，心裡懷疑愛情的狂熱是否還荼毒著他。她開始意識到自己真的墜入愛河時，她生怕自己被征服了，想扼止戀愛的感覺，又開始思考有什麼可怕的方法能讓這男人臣服在她腳邊。即使她在乎他，為了報復她被迫上愛他，她還是會就這麼拋棄他。但每次他們相見時，男人只是單純地接受養菇場有這美麗的女孩很幸福，他沒更進一步，好像有她陪伴就已經心滿意足。

阿拉曼達在她無法控制的愛意中愈陷愈深，因為發現那麼與眾不同的男人而心醉；他仰慕地看著她，渴望地注視她身上所有的線條，但仍然照常處理酵母和香菇。阿拉曼達開始夢見他誘惑她，送花和情書給她。她想看他做出她年僅八歲時他做過的各種尷尬事。她終於屈服，認了自己確實愛上他，不再覺得需要抗拒她的心。然而，雖然她不斷擺明她喜歡他，像是用嬌嗔的聲音請他載她一程，或在他工作時站得離他很近，這傢伙對待阿拉曼達的方式卻完全沒變，最後阿拉曼達擔心自己會做出更多蠢事，只好說服自己她是單戀，決定放棄，承認失敗。

她告訴自己，好吧，我不會試圖引起你的注意。但就在她放棄、不再希望得到那個男人時，克里旺沒由來地拔了朵玫瑰送給她。阿拉曼達的愛再度失控。

男人說：「星期天早上我們要去海邊。如果妳願意跟我們去，我就在廠房後面等妳。」

他沒等她回答，就走向那群工人跟他們討香菸了。阿拉曼達回家之後，把玫瑰插到桌上一個玻璃杯裡，玫瑰就在桌上放了好幾天，最後凋謝腐爛。

那個星期天早上，她不確定自己該不該跟那男人去郊遊。她心裡天人交戰；她身為征服者的自尊說，她必須欲擒故縱一下，但另一部分的她一直受到愛火的折磨，要求她去，因為不去的話，那天就完全見不到那個男人。她走向養菇場後面那片草地時兩腿發軟。她到那裡看到男人正在替一輛腳踏車打氣。她走過去，問他其他人在哪兒。

克里旺頭也不回地答道：「只有我們兩個了。」

阿拉曼達說：「其他人都不去，我就不想去。」

「是嗎，那我就自己去了。」

阿拉曼達對自己說，該死。克里旺幫輪胎打好氣時，女孩已經坐在腳踏車後，感覺像魔鬼親手把她放到那裡的。克里旺同志一言不發，就這麼坐上坐墊，兩人朝海灘而去。

結果阿拉曼達的那一天非常美好。男人幫著她再次體驗她幼時以來的美好記憶。起初他們像兩個小小孩一樣坐在沙裡堆寺廟，堆到不能再高；寺廟被海浪推倒之後，他們比賽抓飄過沙灘的蒲公英棉絮，然後抓了海螺，稍稍讓牠們賽跑一下，兩人都為自己的海螺打氣；玩膩之後，他們跳進海裡開心地游泳。阿拉曼達躺在溼溼的沙子上，讓海水在她身邊打轉，一邊仰望逐漸變得粉紅的天空，她希望那天永遠都不會結束，想和世上最英俊的男人一起躺在永恆的薄暮中。

克里旺接著邀她爬上停在沙地上的一艘小船。他說：「沒關係，這是朋友的船。」何況，再猛烈的暴風雨中，他都能駕船。船腹裡有一些漁竿和用來當餌的小魚。克里旺同志說：「看來我們準備去釣魚了。」於是他們在那個晴朗的星期天沿著海岸划向外海，阿拉曼達毫不明白他們日落時不會回家。克里旺同志把船駛離海灘，直到他們看不見任何陸地，放眼望去只有大海，海面是一圈完美的圓。阿拉曼達緊張了，問他：「這是什麼地方？」

克里旺答道：「很多很多年前，有個男人綁架了他愛的女孩來這裡。」

克里旺說完這番費解的話之後，就平靜地躺在船上，仰望藍天中飛翔的一些海鷗。阿拉曼達不習慣待在大海上，隨著時間流逝，她開始冷得打顫。之前游完泳，她的衣服還沒乾。克里旺同志要她趁還有一點陽光，脫下衣物放到船頂上晾乾，因為他們要在海上待很久。

阿拉曼達說：「我不覺得你可以就這樣命令我脫光光。」

克里旺同志說：「小姐，妳自己決定。」他自己的衣服其實也還很溼，於是他一件件脫了攤在船頂上，把貼在身上的衣服脫得一件不剩。克里旺同志這下子光溜溜了。

「笨傢伙，你在做什麼？」

「妳很清楚我在做什麼。」

他躺回之前的位置，他的生殖器清心寡欲地垂著，阿拉曼達看了不解。她思考了幾分鐘，覺得她或許應該和他一樣脫了衣服晾到船頂上。她會光著身子，如果那樣會讓這男人色欲熏心，強迫她就範，唉，該發生的就會發生。

克里旺同志好像能讀到她的念頭，他說：「我不會傷害妳。我只是綁架了妳。」女孩終於脫掉了所有的衣服。她背對克里旺同志，抱著膝蓋而坐。天上的上帝和天使或許正俯看著他們大笑——真是愚蠢的人類，光著身子卻什麼都不做，只默默坐著，盡可能遠離對方。冷漠的狀態持續到日落，這時他倆都開始餓了。克里旺同志著手釣魚，釣了些飛魚，他們沒有火，只好生吃。克里旺同志和漁民交朋友時習慣了這樣，不以為意，但阿拉曼達不肯，她寧可餓肚子。夜幕低垂時，她餓得受不了，也吃了生魚，卻覺得反胃。

克里旺同志說：「魚在嘴裡才有味道。進了胃裡，感覺就正常了。」

阿拉曼達伶牙俐齒地回嘴：「就像你只會在綁架我時和我在一起，我們回家後，你又會變回平日那個可悲的男人。」

「或許我們不會回家。」

阿拉曼達繼續逗他：「那就更可悲了，因為就連這麼安靜，沒人會看到的地方，我赤裸裸地在你眼前，你都不敢跟我調情。」

克里旺同志自顧自地笑了，然後繼續吃他的生魚。阿拉曼達無法忍受他的挑釁，終於鼓起勇氣拿起另一塊魚，再試一次。她忍住噁心的感覺，盡可能少嚼魚肉，迅速吞下——她就這樣繼續吃下去。

這個這場鬧劇持續了兩星期，兩人就這麼孤零零地一同在海外漂流。他們從沒遇過其他漁民，因為克里旺刻意把船開到一道非常深的海槽，那裡很難抓到魚，漁民都不喜歡那裡。天氣一直很晴朗，沒有任何暴風要來的跡象，不過船裡倒是發生了一些變化。

第二天，阿拉曼達終於習慣吃生魚，甚至開始享受了。第三天，兩人一同潛進海裡，在船邊游泳，喧鬧歡笑。游完泳，他們脫掉衣服攤在船頂晾乾，兩人坐在船的兩頭——信不信由你，他們沒做愛，但夜裡克里旺用自己的身子蓋住她，替她擋住寒風，兩人安祥地睡在一起。他們開始習慣這種奇妙的生活，甚至樂在其中，但是第十四天，克里旺決定划回岸上。

阿拉曼達問道：「為什麼我們得回家？我們待在這裡開心得很。」

「我並不打算綁架妳一輩子。」

克里旺划船時坐在女孩身邊，但兩人都沉默不語。他們思考著同一件事，不過那個念頭只在他們腦袋裡打轉，在回程中兩人都沒透露心中的念頭。最後，他們把船停到海灘上時，克里旺同志突然說話了，溫柔的聲音嚇了女孩一跳：

「小姐，聽著。我在乎妳，但如果妳不在乎我，也沒關係。」

阿拉曼達心想，老天啊，這個男人老是令我意外。他做的所有事都無法預料，即使命運之書也料不到。她完全沒說話，但她的心其實渴望她說，是啊，我也愛你。

騎腳踏車回家的路上，兩人依舊沉默不語。阿拉曼達覺得男人沉默是因為他心碎了，因為她沒回答他，而克里旺覺得阿拉曼達沉默是因為少女想到要回應男人，就害羞猶豫。阿拉曼達很擔心，想安撫男人，讓他知道他用不著心碎，她愛他。因此他們到家時，她開口要說話，只是話還沒說出口，克里旺就打斷她，說：

「小姐，別現在回答。先思考一下！」

那星期的日子都很愉快。他們一同在養菇場工作，完全沒爭論任何事，只聊兩人都想聊的話題。克里旺去哪裡，阿拉曼達就跟到哪裡，反之亦然。久而久之，看到他們的人開始覺得他們已經成為一對戀人了。

不只養菇場在談論他們在一起的消息，稻農和玉米採收工也在談論，之後消息傳到了城牆外。阿拉曼達不大喜歡成為流言蜚語的主角，因為他們自己都還沒正式承認彼此的關係，有一天，她終於對克里旺同志說：「你不知道我愛你嗎？」克里旺當場信心滿滿地回答她：「知道，所有人都知道。」這話足以終結他們的風流名聲——克里旺同志不再是玩弄女人的男子，而阿拉曼達也不再是情場殺手。

他們的戀情持續了大約一年，直到克里旺得到黨的獎學金要重回大學，必須到雅加達去。離別太痛苦，阿拉曼達求他：

「拜託在離開前占有我。」

「不要。」

「為什麼？你幾乎睡遍了哈里蒙達所有的女孩，卻不肯占有你的情人？」

「不對，因為妳不一樣。」

克里旺同志毫不動搖，決心碰也不碰這個女孩。他像虔誠的青年，說：「等我們結婚吧。」他離開前的那星期，他們難分難捨，從早到晚都在一起。然後那一天來了。阿拉曼達帶克里旺到火車站。

火車司機準備好，鳴響了汽笛，這時阿拉曼達忍不住吻了年輕人。他們的嘴唇還不曾相觸，這時卻在杏樹下死命地緊抱擁吻。人們說得沒錯，他們的唇間的確湧出火焰。那是道別之吻，而他們的別離令兩人痛不欲生。

火車開動了，兩人不情願地鬆開嘴唇，車站所有人都像雕像般動也不動看著他們。

克里旺說：「五年後，我們將在這棵杏樹下相見。」

接著他就跑開，跳上逐漸加速的火車，阿拉曼達含淚揮手目送他離開，她站在原地，直到火車最後一節車廂也消失在視線中。

接著是下一場遊戲，對手兼受害者是哈里蒙達最有名的人，是軍事地區的頭頭，曾經率領最險惡的抗日叛變——他就是排長。女孩就像寧靜日子裡在海上捕條大旗魚的老漁夫，她想到可能捕獲那樣的獵物，心情激動不已，這或許是她這一生中最大的獵物，而她永遠會記得她一步步征服他的那些日子，一直追溯回第一次在鬥豬場的攻勢。當晚她意識到男人受到她的美色誘惑，而她只需要收起陷阱、困住他就行了。

阿拉曼達已經一年沒誘惑男人，不再把男人釣到手之後就毀了他們；克里旺的雙眼也不再亂飄。他們彼此相愛，他們的愛日復一日愈來愈穩固，直到他們發誓再也不背叛彼此。但這下子克里旺去首都上大學，阿拉曼達開始覺得無聊了。她沒打算背叛她的愛人；她對他的愛依然如山高，如海深。她只是想像以前一樣找點樂子——和男人調情而不用愛上他們。

然而她不明白她現在面對的是個獨樹一格的男人，這男人在戰時叛變，之後成了躲避日軍數個月的逃犯，曾帶領五千大軍在戰役中對抗荷蘭人，軍事侵略期間在許多行動中學到經驗，也曾短暫地當過總司令，得到的勳章遠多於其他士兵，而且祕密進行大規模走私行動的城市要託人治理，他是不二人選。

阿拉曼達遲早會了解那個男人，但直到她後悔莫及，她才明白排長並不是可以隨意玩弄的那種獵物。

阿拉曼達猜得沒錯，他們在馬來樂團的音樂會相遇之後，過了幾天，排長就出現在她家。他開著吉普車獨自出現，她母親招呼了他，他表現得像流著鼻涕的小子正要第一次約會。他們聊起城裡的事務，但阿拉曼達確信他不是為了這些而來，因為他帶來一束花，把花給了阿拉曼達；她拿進房間，從窗戶直接丟進後院的垃圾堆，然後臉上帶著迷人的微笑，回去加入她母親和排長。

這樣的情形持續了好幾天。每次排長順道來訪都會帶花，花朵隨即被丟進垃圾堆，只是帶花來的人從不知道。其實不只有花；第三天，他帶了隻他直接從中國訂來的貓熊玩偶，然後帶來一個陶瓷花瓶，隔天他帶來一堆美國的流行唱片，阿拉曼達決定別丟掉。

她已經一整年沒玩這樣的遊戲，她很得意自己依然很擅長讓男人顯得蠢笨，於是放了那些唱片，獨自在她房間起舞，一邊想像她在和愛人共舞。在排長給她的唱片音樂聲中與克里旺起舞，這主意太好玩了。她笑那個哈里蒙達英雄太蠢，但那晚她夢見克里旺知道了一切，怒氣沖沖，氣到想殺了她；她喘著氣醒來，冷汗濡溼了毯子。她咒罵那個噩夢，然後向自己保證她完全沒背叛她的愛人，因為她對他的愛一點也沒變。

隔天，她收到她愛人寄來的一封信。阿拉曼達有點緊張，不曉得信和她的噩夢有沒有關係。她回房間躺下來，起初不敢打開信封，擔心她不祥的夢會成真，不過接著卻覺得她必須知道信裡寫了什麼。

原來她的擔憂完全沒有根據，他絲毫沒起疑，她沒得到任何報應。克里旺說他已經開始念大學，學業不如預料中那麼困難，一切順利。阿拉曼達相信那男人只要願意，做什麼都不難，她有個那麼聰明的愛人，得意得很。克里旺報告說他成了流動攝影師，也在洗衣店打工，她看了兩頰淌下淚水，喃喃說，他們倆的未來會更美好。她流著淚吻了信紙，把信壓在胸前睡著了。

兩小時後，她從美夢中醒來，夢裡她在一場喜悅的婚禮中嫁給了愛人。她這才想到她其實還沒把信讀完。信紙間有一張她愛人的照片，他解釋說那是他的自拍照，如果照片扭曲或他的臉看起來怪怪的，請她見諒。

阿拉曼達看了照片笑出來，親暱地親吻照片（親了八下，然後多吻了三下），把照片壓向胸前，然後放到一旁，將信讀完，不過剩下的內容不大有趣，克里旺只是在說黨的事務。阿拉曼達對那類的話題不感興趣，很慶幸克里旺寫不到一頁就收尾，最後跟她討一張她的照片。阿拉曼達又微笑了，像他就站在她面前一樣開口說：「你是世上最帥的男人，我會寄一張世上最美的女孩的照片給你。」

那天下午，阿拉曼達打扮得漂漂亮亮準備去見攝影師，卻遇到排長和往常一樣在客廳與她母親聊天。她情場殺手的直覺立刻甦醒過來，朝排長露出甜美的微笑。排長話說到一半突然就沒了下文，他以為那女孩是特意為他打扮，他在心中吟誦祈禱，向上帝致上最深的感激，這時阿拉曼達卻說她要去找攝影師，無法和他們一起聊天了。

女孩看到排長洩了氣（他這才發覺她是為了照相而打扮，不是為了他），但他立刻掌控局勢，提議開車載她去。阿拉曼達沒料到會這樣，但他載她去攝影師那裡有什麼不對？她利用某個蠢癟三的好意去拍照給她愛人，又有什麼不對呢？她又微笑了，她瞥了母親一眼，她舉止不妥，她母親顯然很難過。

於是排長帶阿拉曼達去照相館，那家照相館自從殖民時代就開了，起先屬於一個日本間諜，但現在由一對中國夫婦經營。他在等候室面對著櫥窗而坐，要攝影師的妻子把每張照片都沖兩份，但別跟那個少女說。攝影師的妻子心知肚明地向他點點頭。

在此同時，阿拉曼達和攝影師進了攝影棚。第一張照片，她站在一片布幕前，布幕上畫著湖，蒼鷺游過湖面，背景是藍色的山巒；接著她坐到那裡的一塊假石頭上，然後背景布幕換成了河景，畫中有座人行橋和一些樹；之後又換成奇異的中國冬日景色。攝影師拍了十張照片，她去付錢時，發現排長已經把錢都付了。想到用那人的錢拍照送給她男友，她覺得很興奮，而排長覺得她接受他的饋贈，表示他們的關係有希望。

四天後，排長親自把照片送過去，假裝他只是恰巧路過照相館。阿拉曼達欣喜地收下，立刻回她房間欣賞自己的照片。她選了最喜歡的四張，開始寫信給她的愛人，把排長的事和他愚蠢的行為全告訴他，並且坦白承認排長似乎對她有興趣。她向她親愛的保證她完全沒興趣，她的感覺仍然和之前相同，而她的愛屬於他一個人，她完全沒打算背叛他。要是她在她信裡提起那個男人，並不是想讓他嫉妒，而是表示他們之間沒有祕密。阿拉曼達確信克里旺信任她，所以把排長的事告訴他沒什麼問題。她在信首撲了點蜜粉，讓她愛人聞到她身上熟悉的香氣，她甚至在嘴唇上塗了薄薄一層口紅，印在她信尾的簽名旁邊，象徵遠方來的渴望之吻。她把信和照片裝進信封裡，微笑著想像她的男人幾天後收到信的情景。

這時，排長回到了他在司令部隔壁的家，拿著阿拉曼達的照片躺下，他病態的目光似乎要穿透相紙。他把相片一一擱到胸膛上，然後雙手枕到頭下。

他幻想那個女孩的美貌和她的肉體，發覺自己迷失在一股欲望中，欲望幾乎迫不及待地爆發，他只好抽出雙手抓住照片輕撫，彷彿相片就是女孩的肉體，他的手指拂過她身體的輪廓，然後在欲望中愈陷愈深，活像發情的狗；他想她想得雙眼朦朧，雙唇低喃起女孩的名字。半個小時就在這種痛苦中過去了，最後他私下跟攝影師之妻打商量才拿到的女孩照片開始變得油膩骯髒，他才終於爬起來，把照片全放進一個抽屜，穿上制服出了房間，走向在哈里蒙達軍事地區指揮部入口大門隔壁「猴子籠」裡值班的士兵。

那個士兵說：「排長，午安。」

「這座城裡的妓女在哪裡？」

下士笑了，說哈里蒙達有很多妓女，不過好的妓女只有一個，他把卡隆媽媽那間妓院的事全告訴了排長。「要的話，我今晚可以帶你去。」

排長只哈哈大笑；他部下已經知道妓院的事，他並不意外。他隨即答應了：「我們今晚去。」

「排長，你要的話，當然就去。」

於是他就造訪了卡隆媽媽的妓院，睡了黛維艾玉，隔天馬曼根登大發雷霆，來他的辦公室威脅他。那個罪犯來過之後，排長隨即明白他現在在哈里蒙達有個敵人了。接下來那幾天，他的手下出去打探消息，很快就知道了那人的名稱和他的名字：馬曼根登。看來沒必要回妓院再去和黛維艾玉上床，因為沒必要惹上那個男人。更重要的是，他想讓可能成為妻子的女人留下好印象，還去妓院實在愚蠢。

他更打定主意要得到阿拉曼達，他相信那個女人是為他創造的——在床上熱情，在宴會裡優雅，公共場合裡迷人，而且夠傲慢，在軍事典禮中站在他身邊很相襯。

部下報告馬曼根登的名聲時，也報告了阿拉曼達的名聲：她是年輕的情場殺手，樂於看到男人心碎、因單戀而痛苦、受她的身影折磨。他無法否認聽到時心裡不舒服。只有一個名叫克里旺同志的共產主義青年曾經贏得她的芳心。

「但那男人到首都唸大學去了，所以看來他們吹了。」

至少這則資訊讓他知道女孩曾被征服，曾經墜入愛河，他稍稍鬆了口氣。很難相信她這麼粗野放肆，居然玩弄在這座城市擁有絕對權力的男人——除非她確實再次墜入愛河，而排長由衷希望是這樣。

一天下午排長登門拜訪時，進一步證實了他的猜想。女孩注意到他的制服露出一些線頭。她說：「排長，你的制服有根線頭鬆了。不麻煩的話，我想替你補。」

這話聽在他耳裡貼心極了，他的心飄上了七重天。他迅速脫掉外套，露出裡面的綠汗衫，然後把制服交給阿拉曼達，她拿制服進了縫紉室。這舉動特別令他相信，阿拉曼達果真回應了他的感情。這下他只要更嚴肅地談談他們的關係——排長甚至希望能討論他們的婚禮，他暗自抱怨時間感覺過得好慢。

一個下午，他們一同走在林子裡要找昔日的游擊路線時，吐露心聲的機會來了。男人讓女孩看他住了許多年的小屋，他躲著冥想的洞穴，以及剩餘武器、迫擊炮、槍支和火藥的貯藏處。他還讓她看日軍建造的碉堡。然後兩人在游擊隊小屋前的院子裡坐著看海，他從前就在他們坐的石椅上和他的部隊開會。天氣溫暖，吹著宜人的東風。

排長問道：「妳想在海邊這裡喝點果汁嗎？」阿拉曼達回答：「好啊，那就太好了。」在她想像中，游擊隊藏身處應該恐怖得多。兩人是坐卡車來的，排長回卡車拿了一個保溫瓶回來。

那個下午近晚時出海的零星漁船在海中微微起伏，宛如池塘裡的蓮花那樣漂浮著。這些漁船上各有兩、三個漁民，他們都面對面坐著。他們沒揮手或喊叫，只是坐在那裡張望，和朋友聊天。

漁民穿著長袖的厚重衣物、肩上裹著布裙布，戴著斗笠、手套，腳穿網球鞋，保護他們不受寒冷的海風侵襲，以免老了罹患風溼，逐漸虛弱。排長說未來個別的漁民會漸漸絕跡；漁獲量可抵五十個漁民的大型漁船會取代那些小船，小船太小了，無法抵擋暴風雨，大型漁船的船長再也不用擔心會得風溼。阿拉曼達只回說，漁民和海當了太久的朋友，因此暴風雨或風溼都嚇不了他們，或許他們不想抓超出他們每日需要的魚——這是她聽克里旺說的。

排長輕聲笑了，然後他們聊起哪種魚好吃。阿拉曼達說石斑魚最美味，排長說他喜歡烏賊，然後阿拉曼達抗議說烏賊沒有鱗片也沒有鰭，其實不是魚。排長聽了又哈哈大笑。接著他們倆都沉默了一下，然後排長從他帶來的冰涼保溫瓶裡倒了些果汁到阿拉曼達空空的玻璃杯裡。就在此時，排長說了他想說的話，應該說他問了他想問的事：

「阿拉曼達，妳願意成為我的妻子嗎？」

阿拉曼達毫不意外。她聽過太多男人以種種不同的方式問那個問題，那問題已經無法令她震驚了——她甚至多少猜得出男人何時會冒出那個問題。由她的經驗判斷，男人向女人告白之前總是有些跡象，不過每個男人透露的跡象不同。她覺得女人本能會知道這些事，尤其是像她這樣的女人，她拒絕過二十三個男人，接受了第二十四個男人。這下阿拉曼達在盤算怎麼讓第二十五個單戀昏頭的人蒙羞。

她站起來走向崖邊，看兩個漁夫緩緩划船，然後看也沒看排長就說：「排長，一男一女如果要結婚，必須彼此相愛。」

「喔，妳不愛我嗎？」

「我已經有個愛人了。」

那每次我們見面時，妳為什麼都盛裝打扮？排長有點憤憤不平地想著。如果不是為了讓我明白妳在乎我，為什麼妳要我帶妳去照相館，讓我看妳肉體的照片，為什麼要替我補那件脫線的制服？

排長回憶他們求愛的過程，才意識到女孩一直以來只是在玩弄他，這下更火大了。他咒罵自己太粗心，居然忘了她從前虜獲許許多多男人的心，把他們像無用的廢物一樣拋棄，而她和從前沒什麼不同。他太愚蠢了，居然以為那女孩應該不敢對他做同樣的事，畢竟他這個排長曾經領導叛變，是這座城市的英雄。結果她居然有這膽子，而且顯然樂在其中。

他看到她坐回去喝果汁，就這麼泰然坐在桌子對面，他更加惱火。等到她朝他微笑時，他已經氣昏了頭，不過還能自制。最後他說：「愛就像魔鬼，與其說令人滿足，不如說是恐怖。妳不愛我就罷了，但至少和我做愛吧。」

阿拉曼達心想，這傢伙真可悲。她注視著排長的臉，一時納悶著為什麼他整個臉突然震動顫抖，看起來好像裂成了兩半，為什麼兩半的臉似乎都獨立於另一半而忽高忽低。她想問排長他的臉怎麼了，但她的嘴巴也不知為何無法動彈。突然間，她察覺自己的身體開始搖晃，她祈求她不要和排長的臉一樣一分為二。但她低頭看她拿著半杯果汁的手，看到的正是這樣——這下子她的手分裂成了兩隻、三隻，甚至四隻。

她還看得見，但一切開始模糊，這時排長站起來繞過桌子走向她，她完全聽不見他說的話。不過排長站到她身邊輕撫她的臉頰，碰碰她的下巴和鼻尖，她都能感覺到。這男人太放肆，阿拉曼達想站起來打他，但她一點力氣都沒有——她只是搖搖擺擺，無力地倒在排長身上。

她感到那男人的手緊抱住她纖細的身軀，然後突然間，她感覺自己飄在空中，她懷疑自己是不是死了，靈魂要往天國而去。她的視線從沒這麼朦朧，不過還看得見自己根本沒在飛，依然只是稍稍飄浮；原來排長抱起她，把她扛在強壯的肩頭帶走。她想抗議：嘿，你要帶我去哪裡，但嘴裡沒發出一點聲音。排長把她帶進游擊隊小屋，他把阿拉曼達丟到床上時，她又感覺飛過空中。

她躺在那兒，終於開始明白究竟發生了什麼事。她害怕她將發生的事，於是開始反擊，但她的力氣還沒恢復。不只沒恢復，反而愈來愈虛弱，直到身體、雙手，甚至腳都緊貼在床表面，她全身上下都完全無法動彈。

排長動手解開她洋裝的釦子時，阿拉曼達無能為力，憤怒挫敗地認命了。她看著男人脫掉她的洋裝丟到床邊。排長繼續動作，冷靜得令人不寒而慄，她全裸之後，感覺到排長的手指緩緩滑過她身軀，令她作嘔。他的指尖因為戰時搬運武器和那時炮彈碎片造成的傷而粗糙。

排長說了些話，但她聽不見，這時他動的不只是手指，還有手掌，他的手緊抓著她的身體，像要毀掉她似的。排長狂捏她的胸部，捏得阿拉曼達想要怒吼；他探索她全身，撥開她的大腿，開始親吻阿拉曼達，在她身上留下一道口水痕。阿拉曼達這時不只想怒吼，還想割了自己的喉，在男人更進一步之前死掉。她分不清自己在這狀態下多久了，也許半小時，也許一小時、一天、七年或是八個世紀；她只知道接下來排長脫了他自己的衣服，赤裸傲慢地站在床邊。

男人又揉搓一下她的乳房，然後壓到她身上，令人厭惡地輕囓親吻她的嘴唇，接著便不再浪費時間，一舉貫入她。阿拉曼達還看得見他的臉，他的臉很靠近她的眼睛，看起來像一團白色；她也能感覺到她的陰道被他粗暴地糟踏。她哭了，但她其實不確定她的身體是否還能流出淚水。感覺永無止境，又持續了整整八個世紀。她不再有力氣睜開眼睛，只感到身體被下流地對待。然後她失去了意識，至少她覺得是這樣，因為她不再有任何感覺，不過或許只是她不想要有任何感覺了。最後排長放開她，翻到她身邊；而她的身體從頭到尾都維持同樣的姿勢——裸身仰躺，幾乎緊貼在床上。

排長躺在她身邊，他的呼吸愈來愈沉，阿拉曼達以為那男人睡著了。她發誓要是她的力氣還在，她會毫不猶豫地在他睡覺時拿刀刺死他。或是朝他嘴裡轟一發迫擊炮。或是用大炮把他射到深海裡。她以為男人睡著，但她錯了，這時排長爬起來說話，而這次她聽得見他的聲音——「如果妳只想征服男人，然後就把他們像卑賤的垃圾一樣拋棄，阿拉曼達，那妳遇到我就太不幸了。我無戰不勝，包括對妳的戰爭。」

她聽見譏諷的話像刺一樣傷人，但完全無法回答，只能以依然朦朧的目光看著排長站起身，拿起他的衣物。

之後，排長穿好衣服，替女孩一件件把衣服穿回去，說他們該離開叢林回家去了。這時阿拉曼達穿著衣服，看似什麼也沒發生過。但她仍然因為不知名的毒藥而麻痺，比往常遲鈍許多。她只記得一切都發生在喝了那杯果汁之後。

排長把她從床上抱起來，她又覺得自己在飛了。這次他沒把她扛到肩上，而是用強壯的臂膀把她抱在腰側，從前他曾用這雙手臂搬過大炮，甚至在對抗荷蘭人的戰役中把一個受傷的手下抬到安全的地方。阿拉曼達躺在排長懷中，排長從游擊隊小屋走向卡車。他讓她坐在他身邊，然後開著卡車沿著泥土路穿過黑暗濃密的叢林。

他把女孩帶回她家。阿拉曼達只記得那段旅程像一條漫長昏暗的光之通道。他們到家時，排長抱著阿拉曼達從卡車上爬下來，黛維艾玉出來迎接，幫排長把女孩帶去她房間。她躺在她床上，黛維艾玉問這是怎麼回事。排長平靜地回答，沒什麼好擔心的。

「她只是暈車了。」

黛維艾玉答道：「排長，是因為你沒經過她同意就侵犯她的身體。」用不著別人說，黛維艾玉憑著人生經歷就明白發生了什麼事。「別以為你贏了這一仗，就自覺幸運。」

阿拉曼達一個人留在房間裡，她頭一次感到淚水逐漸染溼了她的臉頰，這時一切暗去，她真正失去了意識。

9

阿拉曼達隔天恢復神智時，最先想起的是克里旺，她立刻明白她和她愛人一切都完了。那時阿拉曼達覺得自己受到了詛咒；或許她不後悔她做過的事，或許她接受了發生在她身上的後果，但她仍然覺得自己受到詛咒。她想寫信給她愛人，緊接在附了照片的信之後寄到他手裡，告訴他發生了什麼事，但不提她失控了，玩弄了一個不該玩弄的男人，也不提排長強暴她的事。她只會跟他說，她和排長睡了。她覺得很羞愧，但她真正遺憾的是，她將失去她摯愛的人，雖然她知道克里旺不論如何都會接納她，她卻完全不想再見到他。她依然愛他，不過會騙他說她愛上了排長。她會說，她要拋下她的舊愛，嫁給她的新歡。她會求他原諒她。當天下午，她寫了那封信，放進貼了郵票的信封之後，立刻丟進郵筒。

接下來她得去對付排長，報一箭之仇，想想除了用窄刃匕首刺他之外有什麼辦法發洩她的怒氣。於是，她把她寫給克里旺的信寄出去之後就去了司令部。大門口猴子籠裡有士兵站著守衛，他反常地向她敬禮，而她和馬曼根登之前來的時候一樣，沒敲門就走進排長的辦公室。排長正坐在桌後望著手裡兩張阿拉曼達的照片，其他八張照片攤在桌上。阿拉曼達闖進來時，他措手不及，忙著想藏起照片，但阿拉曼達示意他省省。然後這女孩站在排長面前，一手撐著桌子，一手插著腰，說道：

「這下子我知道你們男人在游擊戰時在搞什麼鬼了。」排長望著她的眼神活像害了相思病的罪人。「而這下子雖然我永遠不會愛你，你還是得娶我。不然的話，我就把你對我做的事告訴全城的人，然後自殺。」

「阿拉曼達，我會娶妳。」

「很好。你得自己籌備婚禮。」說完她就離開了。

一星期間，兩人的婚禮成了人們見面交談的熱門話題，他們臆測、嚴肅思索，也拿這事來開玩笑。不過哈里蒙達市民幾乎對任何事都見怪不怪，所以聽到這消息並不覺得意外。有些人甚至以權威的語氣說，世上沒人能想像比阿拉曼達和排長更登對的夫妻：美麗的女孩是最受敬重的妓女之女，她將嫁給昔日的叛軍，他曾當過總司令，沒什麼比這樣更門當戶對了。也有人說，排長其實比煽動暴民的克里旺更適合，而阿拉曼達還沒蠢到不明白這件事。

不過克里旺在那座城裡有許多朋友──有漁民、農民、少女和他幼時的玩伴。克里旺住在那裡時曾經和漁民出海，幫他們把漁網拖上岸，得到滿滿一個塑膠袋的魚獲當報酬；他在船店工作時，也幫他們修理漏水的船和出問題的舷外引擎；許多城郊的農人和克里旺從前一樣在別人的土地上工作，他們旁觀著他娛樂他的朋友、談論他聰明腦袋冒出的各種念頭，那些事他們從不知道，或許永遠無法想像。一些少女曾經愛上他，有些仍愛著他，雖然克里旺找到新歡就拋棄她們，但她們並不怨懟，對他的愛絲毫不減。而他們小時候，他的玩伴曾和他一起游泳、獵鳥，找木柴和草藥賣給有錢人。阿拉曼達拋棄他們的朋友而嫁給排長，這些人都很難過。可是他們無權涉入阿拉曼達的戀情，更重要的是，克里旺是否心碎完全是他個人的私事。

人們說那場婚禮將是這座城市空前絕後的盛大慶典，婚禮的消息就這麼從偏遠的一角傳到了另一角，傳遍了哈里蒙達廣布的村落。婚禮保證有七團傀儡師來炒熱氣氛，偶戲大師將在七夜裡演完整場《摩訶婆羅多》，城裡所有居民都受邀出席，而人們說婚禮供應的食物足以讓全城吃上七代。此外還會有欣傳舞、庫達倫賓入神舞蹈[13]、馬來樂團、投影到銀幕上的電影，當然了，還會有鬥豬。

這消息終於傳到了克里旺耳裡，同時他也收到了阿拉曼達寄給他的信。婚禮前那天，黛維艾玉屋前已經搭好帳篷，阿拉曼達正在一些婚禮顧問的幫助下打扮保養、準備她的身體，這時克里旺坐著火車回到了哈里蒙達，他怒火中燒，不只是因為這是第一次有個女人傷害他、拋棄了他，也是因為他確實全心全意愛著阿拉曼達。

車站前，就在他們上次見面吻別的地方，克里旺在一群人的圍觀下砍倒了那棵杏樹。他們不敢攔阻，一方面是他們因為看到他眼窩裡的雙眼冒著熊熊怒火，但主要是因為他拿了把大砍刀，所以即使正巧在那區的警察也不敢阻止他砍倒那棵樹。那棵樹原來是要讓人在樹蔭下休息的。樹倒時，眾人只往後退了兩步，以免被掉落的樹枝和枝條打到，他們心裡納悶，不曉得這人為什麼把他的激憤和怒火發洩在一小棵無辜的杏樹上。

而人群雖然聚在車站前圍觀克里旺，他卻似乎不以為意，他著手砍掉枝條和分枝、扯去樹葉，直到通往月臺的路都被擋住了，風一吹，葉子就像嚇人的龍捲風一樣飛旋，可是就連清潔工也不敢礙著他，他們只是看著，懷疑他是不是完全瘋了。

只有一個人有勇氣問他在對那棵樹做什麼，那人是克里旺小時候的朋友。克里旺簡單答道：「把它砍了。」之後再也沒人問他任何問題，而他繼續砍樹。

除去杏樹的枝葉之後，他開始把樹砍成木柴。他將最粗的幾根分枝砍成兩段或四段，不過幾分鐘，路旁就堆起了木頭。克里旺走到行李櫃檯，擅自從那裡拿了一段粗繩子（當然沒人阻止他），用

---

13 kuda lumping trance dance：表演者騎著竹馬舞蹈，逐漸進入恍惚狀態。

繩子捆起木柴。這些事都完成之後，人們依然老實地圍著他，但他沒跟任何人說話；他把大砍刀收回布裙裡，抱起那捆柴就離開車站。

一開始人們想跟著克里旺，但先前開口的朋友突然明白會發生什麼事，他急忙對他們說：「讓他自己去吧。」結果他朋友猜得一點也沒錯——克里旺去了阿拉曼達家，找到那女孩；她正在監督婚禮準備。阿拉曼達看他出現，訝異極了，更驚訝的是看到她仍深愛的那個男人天曉得為什麼拖了捆木柴。

阿拉曼達有一瞬間想躍向他，像她在車站時那樣擁抱、親吻他，告訴他這是他們的婚禮，她說要嫁給排長是騙他的。但她立刻恢復理智，努力裝作她以嫁給排長為傲，盡量表現得像沾沾自喜的自滿女孩。克里旺讓肩上的木柴落到地上，阿拉曼達連忙往後一跳，免得腳趾被木柴壓到，而他終於開口說話了：「這是那棵不幸的杏樹，我們曾經發誓要在杏樹下相見。我現在把它送給妳，給妳婚禮那天拿來燒。」

阿拉曼達擺擺手，像是叫他離開，於是克里旺就離開了，他沒告訴她，她的手勢實在令他心碎，他陷入憤恨的風暴中，那風暴所到之處一切都被抹滅。他大概不知道他一走、完全離開阿拉曼達的視線之後，她就跑回她房間去哭，把她剩下的照片都燒成灰燼。隔天早上，她在婚禮臺上和排長相見時盡可能掩飾哭了一晚的痕跡，卻徒勞無功，於是被城裡人說了一個月的閒話，甚至多年後仍在流傳。

在那之後，克里旺消失了幾個月，至少阿拉曼達不再聽到他的消息，也許她只是不想再聽到和他有關的任何事。她想當然爾，覺得他回首都去完成大學的學業，或是加入共產主義青年了，誰知道呢。但克里旺其實哪兒也沒去。他待在哈里蒙達，輪流住在朋友家裡或躲在母親家。他偷偷參加了阿拉曼達的婚禮。他喬裝打扮向排長與阿拉曼達致意，夫婦倆都沒察覺，而克里旺看出阿拉曼達哭了整晚，無可否認地證明她是被迫結婚，而且選擇了她不愛的丈夫。至於克里旺，他已經不氣阿拉曼達了，只為心愛的女人經歷悲慘的命運而難過。

但阿拉曼達為什麼決定嫁給排長，他百思不解；她幾個星期前才遇見他。最後克里旺聽見一個漁民說，有個傍晚他看到排長開了輛卡車從叢林裡出來，阿拉曼達失去意識癱軟在他身邊；另一個漁民發誓他在海上看到排長扛著阿拉曼達進了游擊隊小屋。那個漁民說：「你和阿拉曼達的事，我很難過，不過別衝動行事。如果你真的打算報仇，讓我們加入你，幫你忙吧。」

克里旺說：「我不會尋仇。那男人無戰不勝。」

克里旺暫時和從前一樣，與他的朋友回到大海，而阿拉曼達則經歷婚禮之夜緊繃焦慮的鬧劇。她用安眠藥迷昏了排長，那人立刻倒在他們的新床上呼呼大睡。新床是耀眼的黃色，上面精心布置了芬芳的鮮花。阿拉曼達精疲力竭，她和大部分的新娘不同，完全沒打算躺到丈夫身邊，而是在地上攤開一張草蓆，睡在那裡。沒想到排長清晨時分醒來，左看右看，驚訝地發現他的新婚之夜幾乎已經過了，而他的新婚妻子居然躺在地上一張薄蓆子上。排長看到這番不可原諒的光景，咒罵著自己，連忙彎身抱起他的妻子，把她放在床上。

阿拉曼達醒來時發現排長微笑著說，他們新婚之夜什麼也沒做就過去，實在可笑，排長脫下衣服，裸身站著，這時她轉身背對著他說：「我們做愛前，我跟你說個童話故事如何？」

排長哈哈笑著說這主意真有趣，然後爬上床，依偎在妻子背後，吸進她頭髮的香氣，說道：「快啊，快說故事，我已經性致勃勃了。」

於是阿拉曼達竭盡所能編了一個故事，虛構一個不斷循環，永遠沒有結果的故事，讓他們沒時間做愛——到他們死去，甚至直到世界末日。阿拉曼達說她的故事時，排長用雙手探索她全身，雖然他其實聽不出故事會如何發展，但他不耐煩地想快點聽到結局。他開始撥弄阿拉曼達睡袍的釦子，把釦子一顆顆解開。阿拉曼達縮成緊緊一小團，努力堅守，但排長強壯的手輕易把她翻過來壓住，然後自己翻到她身上。阿拉曼達把排長推得翻開，她說：「排長，聽著，等我說完故事，我們就做愛。」

排長嗅到這遊戲中帶了一絲敵意，焦躁地瞥了她一眼，說他可以邊做愛邊聽故事。

「排長，可是我們已經說好了，你可以娶我，但我永遠不會跟你做愛。」這話激怒了排長，他什麼也不管，粗魯地扯開他新娘的睡袍，直到睡袍破破爛爛。阿拉曼達輕聲尖叫，但排長立刻讓她安靜下來，繼續扯她的衣服。最後阿拉曼達看起來已經不再真的抵抗，排長扯下了她的睡袍時，卻訝異地叫出聲。「該死！妳對妳下面做了什麼？」他目瞪口呆地低頭看著那件金屬內褲，內褲用掛鎖鎖上，看來沒有可以打開的鑰匙孔。

阿拉曼達說話時平靜得令人費解。「排長，這是件反恐怖的衣物，是我直接跟一位金工和一名術士訂做的，只有一個梵咒才能開啟，除了我之外，沒有人知道怎麼吟誦那個梵咒，而我永遠不會替你打開，即使天塌了也不成。」

那晚，排長試著用幾種不同的工具拆開掛鎖——用螺絲起子撬，用釘子和斧頭敲，甚至用手槍打，差點嚇昏阿拉曼達。但他怎麼都打不開那件金屬內褲上的鎖。最後他在渴望與怒氣中進退兩難，即使想和妻子發生關係，也不能真的插入她。早上，他在自己指尖上劃了一個小傷口，把血滴在床單上，這是新婚夫妻必須讓洗衣婦看到的傳統象徵。

婚禮過了一星期，婚宴只剩下垃圾與流言，而新人們搬到排長買的房子，是殖民時代的遺物，配了兩個傭人和一個園丁。是黛維艾玉要他們搬家的，她讓他們覺得，應該愈少拜訪她愈好，甚至再也別去看她。她對阿拉曼達說：「已婚婦女不該和妓女扯上關係。」她母親一向沒錯，於是阿拉曼達心情沉重地搬出去。

這段期間，阿拉曼達一直按她發的誓，從沒脫下鐵內褲。她感覺自己像中世紀的士兵，永遠提防著敵人，敵人隨時可能來伏擊刺殺，敵人的劍雖然疲乏，但依然頗為致命。排長則似乎完全放棄開鎖的希望，何況他已經請教了一些術士。所有術士都聳聳肩，說沒有任何力量、沒有哪種惡靈可以平撫女人受到傷害之後報復的威力。他在那些無效的諮詢中花了一大堆錢——不是為了詢諮給他的建議，而是為了讓術士閉嘴，以免家族恥辱洩露、傳出去。正是由於那樣的恥辱，他才不能把他臥房裡的問題拿去請教別人。

他已經盡力說服妻子放下她可惡的堅持，但阿拉曼達沒屈服，也沒脫下鐵內褲，而是決定她應該跟排長分房而睡，就像等待法院判決離婚的夫妻那樣。這表示排長必須一個人睡，他悲慘地勃起，抱著枕頭滾來滾去。阿拉曼達有次跟他說（誰知道呢，或許是同情，或許她只是想展現氣度）：「如果你真的必須釋放你懶趴裡的東西，儘管去找妓女。我不會生氣，反而會替你高興。」

但排長拒絕聽他妻子的建議。不是因為他覺得他能克服欲望，也不是因為他對妓女沒興趣，而是因為他想讓她明白他有多忠貞，他對她的愛多麼無私；他希望過一段時間後，他妻子的心會臣服於他無可挑剔的貼心行為。

但阿拉曼達完全沒表現出放棄的跡象，只有反鎖在浴室小便、洗澡的短暫時刻才脫下鐵內褲，之後又用她祕密的梵咒緊緊鎖起，不論她去哪兒，她的梵咒都安安全全地藏在她嘴裡。

排長希望妻子會不小心說出梵咒讓他聽到，但他空等不著；她連睡夢中都不曾喃喃說出口。排長這下子只能接受他的命運，永遠沒辦法和某個女人做愛，永遠只能在他寂寞的床上和他的枕頭徹夜密會。其他時候，他再也無法忍受這個瘋狂遊戲時，他會匆匆跑去浴室，把他懶趴裡的東西洩到馬桶裡。

那段日子，他設法讓自己分心，再次投入他和他朋友班多經營多年的走私生意。這時他們弄來一艘大型漁船，那是他們唯一的合法經營。他也重拾他繁殖、馴化野狗的老嗜好。過了一年，野狗已經能幫農夫趕走侵入田地的野豬了。不過那一整年，這對新婚夫妻從來都沒做愛，而人們已經開始說閒話了。他們信誓旦旦，放肆地說排長和阿拉曼達一次也沒同房過；阿拉曼達仍然沒有懷孕的跡象，正是證明。

一些孩子開始懷疑排長要不是不舉，就是不孕，其他孩子居然膽敢說他在戰爭期間被日本人閹了。那荒誕的說法在兒童間口耳相傳，不久就被一些大人聽見，他們信以為真，使那說法更廣為流傳。

沒人猜過其他可能，例如這對倉促成婚的夫妻完全不是基於愛情而結合，因為夫妻倆私下雖然房事不睦，卻擺出和諧的公共形象，完全就像真心關愛對方的丈夫和妻子。他們一起參加宴會，常被人看到手牽著手在下午散步，或在星期六晚上去看電影。人們看到一對夫妻那樣的融洽表現，很容易誤會。阿拉曼達總是興高采烈，而排長總是溺愛她，所以過了一年阿拉曼達還沒懷孕，想必是因為兩人當中至少有一個不孕。終於有人說了：「真可惜，他們的婚禮看起來那麼完美。」

聽了那些流言，唯一絲毫不難過的人是阿拉曼達。好像她完全不在乎這整件事，或是覺得有趣，所以沒陪排長去參加典禮時，她的閒暇時間都拿來讀小說。其實阿拉曼達正是從這些書裡學到怎麼對外扮演一名幸福的妻子。她那麼做不只是為了維護丈夫的形象，也是為了自己的；她不希望任何人知道她嫁了一個她不愛的男人。她不想要任何人可憐她。

排長顯然是最後一個聽到他性無能、可能被閹了的流言，那些流言起自好管閒事的小孩之口，最後孩子們居然誤以為士兵可能被閹割，所以不再玩戰爭遊戲了。排長終於聽到這流言時，他心煩意亂，在屈辱、憤怒與無助中煎熬。除了和他妻子的房事之外，他覺得他們的婚姻美滿得很。阿拉曼達表現得像稱職的真誠妻子，因此他沒那麼在意她是裝出來的。但他沒辦法永遠把他們孩子的種子射進馬桶裡；他終於意識到，一整年過去了，而他還沒辦法解開那該死的鐵內褲。

於是，兩人分床而睡好幾個月之後，排長在一天晚上進了阿拉曼達睡覺的房間，發現他妻子正在穿睡衣。他關上門，鎖起門來，然後走向阿拉曼達；阿拉曼達防備地看著他，摸摸她胯下，確認她的鋼鐵防衛仍然完好鎖上。排長這時以淒滲的聲音對他妻子說：「親愛的，和我做愛。」

阿拉曼達搖搖頭，背對著他爬上床。排長從後方抓住她，扯開她的睡衣。阿拉曼達還不及反應，排長已經把她推到床上，脫下自己的衣物，迅速撲到她身上。阿拉曼達反抗他，用盡全力推開他的身軀，但排長情欲賁張，緊緊抱住她，狂吻她，揉捏她的胸部。阿拉曼達尖叫：「排長，你在強暴我！」她試圖翻身避開，但排長緊追不捨，在她全身上下探索揉掐。最後，阿拉曼達說：「排長，你這該死的撒旦、魔鬼、混蛋，你想強暴我，你的矛對上我的鐵盾必毀無疑！」她不再反抗，任排長徒勞無功地愛撫她。

這下子排長的動作可以更自由了，他自欺欺人，覺得他真的在和妻子做愛，直到他的凶器在保衛她陰道的金屬片表面吐出精子。排長喘不過氣來，他翻身側躺，渾身綴著汗珠。他沉默無語了一段時間，而阿拉曼達幸災樂禍地看著他的可笑行徑，很滿意她的勝利與復仇。他氣呼呼地怒瞪著她胯下，方才他兩腿不斷撞在鐵上，痛得要命。他苦著臉坐到床邊，像心碎的可悲男人那樣流下可憐的淚水，他說：「不論我對妳做幾次這種事，妳都不可能懷孕。妳的陰道和子宮都去死吧。」他爬起來穿上衣服，離開妻子的房間。

阿拉曼達以為排長會放棄，屈服於她替他準備的懲罰，但她錯了。一天，她在浴室裡仔細鎖上門，全身赤裸，鐵內褲擱在浴缸邊，這時有東西猛力撞上門，排長從撞破的洞口跨了進來。阿拉曼達根本來不及伸手拿鐵內褲，排長就把內褲抓在手裡。她發出受傷母老虎的尖叫，但排長把她抛上肩頭，他當初就是這麼扛著她無力的身軀穿過他打游擊戰的叢林。他把阿拉曼達扛出浴室，她狂亂揮打，拳拳打著他的背。兩個傭人透過廚房門上的裂縫偷看這一幕，恐懼得顫抖。

排長把阿拉曼達帶去他自己的房間（他一直希望那會是他們倆的房間），把她丟到床上，然後轉身鎖上門。阿拉曼達站在床上縮向牆邊，說道：「排長，你真該死。居然敢強暴自己的老婆！」

排長沒回答，他脫下衣服，露出公狗發情的眼神面對著阿拉曼達。阿拉曼達看他這樣，直覺她慘了，於是更縮向牆壁，但排長一下就抓住她，把她丟到床上，再撲向她身上。

他們每分每秒都在搏鬥，男人必須發洩他的性欲，而女人尖叫亂抓自衛，怎麼也不願成全他的愛。阿拉曼達夾緊雙腿，但排長用強健的膝蓋攻陷她最後一道防禦，該發生的終究發生了。排長強暴了自己的妻子，在累人的奮戰尾聲，阿拉曼達啜泣著說：「你這強暴人的撒旦，操你的！」然後昏了過去。排長臉上留下兩道抓痕，阿拉曼達的胯下痛得要命。

她不知道她無意識地在那裡躺了多久，但她醒來時，發覺自己仍然赤裸地仰躺著。她雙手、雙腳被繩子綁向床的四角。阿拉曼達拉扯著束縛她的繩子，但繩子綁得非常緊，拉扯只會讓手腕和腳踝更疼痛。

她發現排長穿好衣服站在床邊，她憤怒地問：「邪惡的強暴犯，你做了什麼好事？如果你想找洞把你的老二督進去，牛羊都有洞啊。」

排長從浴室綁架她之後第一次露出微笑，說道：「我想要的時候，隨時可以跟妳做愛了。」阿拉曼達聽了不斷辱罵詛咒，排長離開的時候，她仍然不斷試圖掙脫繩索。

那天，排長找了一個修理工把毀了的浴室門給修好，然後把阿拉曼達的鐵內褲丟進井裡。他一臉猙獰地威脅兩個傭人，不准跟任何人說他們看見了什麼。而阿拉曼達拚了命想掙脫，不停淒慘地哭泣，愈來愈虛弱。阿拉曼達被排長監禁時，排長不斷回到那個房間，像真的新婚夫婦那樣和他妻子做愛，大約兩個半小時一次，毫無疲態。他就像得到新玩具的小孩一樣欣喜，而時間愈久，阿拉曼達的掙扎就愈沒意義。

阿拉曼達挫敗地說：「說真的，即使我死了，這男人還會繼續操我的墳。」

於是那一整天阿拉曼達就被綁在床上，一再被強暴。下午，排長帶來一個盛滿溫水的澡盆和溼毛巾，他溫柔小心地輕拭妻子的身體，像在處理昂貴易碎的陶瓷花瓶。之後他再一次跟她做愛，然後又替她洗澡，這樣持續了好一段時間。排長溫柔服侍，但阿拉曼達不為所動。他替她拿了點午餐來，她卻緊緊閉著嘴，排長逼她張嘴塞進米飯，她立刻吐出來，噴了他一臉。排長說：「快吃，我可不想跟屍體做愛。」阿拉曼達罵道：「要我跟你這樣的活人做愛，我寧可跟屍體做愛。」

排長心想，太瘋狂了，但他繼續哄她。阿拉曼達說只要解開她的束縛，交還她的鐵內褲，她就吃，排長當然拒絕照辦。排長設法讓自己好過一點，自忖阿拉曼達的決心總有極限。她空空的胃絞痛一晚之後，早上大概就會願意吃東西了。

排長這麼想著，於是把妻子的午餐端回廚房，獨自在餐桌上吃午餐。下午的時候，他坐在陽臺上享受傍晚的微風，欣賞他們結婚禮物收到的斑鳩。籠子掛在天花板上，斑鳩就在籠子裡跳呀跳。他也享受著亮晃晃的燈，心滿意足地抽著丁香香菸，回味他勝利的日子。他終於嚐到和妻子做愛的滋味，他雖然之前強暴過阿拉曼達一次，但那是他們結婚前的事。

這樣的午後，他通常會和阿拉曼達坐在前露臺。許多人之前就注意到他們的習慣，於是人們經過時跟他打招呼說：「午安，排長。」而且問道：「你家女主人呢？」排長會跟他們道午安，解釋說他妻子不舒服，正在臥床休息。他因此很想阿拉曼達，所以香菸還有一點沒抽完，他就把菸屁股丟進院子裡，看他妻子去了。

他發現她仍然像這整天一樣被綁著，平躺在床上，不過看來睡著了。天曉得排長是不是暫時變回體貼的丈夫，他替他妻子蓋上毯子，擋去寒風和蚊子，只不過他終究撐不過整晚，還是強暴了她。他上了她兩次——先是十一點四十分，然後是清晨三點第一聲雞啼之前。

早晨終於到來，排長再次出現在房間裡，而他的妻子仍呈大字躺著，身上蓋著毯子，手腳依舊綁向床的四角。他替她帶來早餐，是一點炒飯加上半熟的荷包蛋，一旁放了些番茄切片，還有高高一杯巧克力牛奶。阿拉曼達醒來，灰心地瞪向他，眼神交雜著嫌惡與恨意。「來，我來餵妳。」排長誠懇親切地說完，露出丈夫對妻子的真誠微笑。「做完愛總是會胃口大開。」

阿拉曼達回應了他的微笑，但不是她以往迷人的笑容，而是憎惡輕蔑的冷笑。她看著排長的眼神像在看她從小想像的魔鬼化身。他沒有犄角或獠牙，眼睛因為睡眠不足而有點泛紅，但她仍然很確定她丈夫就是魔鬼。

阿拉曼達說：「帶著你他媽的早餐下地獄吧。」

「親愛的，別鬧了，不吃東西會死掉耶。」排長說。

「好啊，死了最好。」

這話開始成真了——她下午開始發燒，臉色死白，體溫不斷升高，渾身發抖。排長那整天都沒再強暴她，或許他精疲力竭，或是終於滿足了，也可能是想改善和他妻子的關係，好說服她吃東西。阿拉曼達這時不只是米飯，什麼都不肯碰，連水都不肯喝，所以終於病倒，開始精神錯亂，但仍然不停咒罵。

排長看到妻子的狀況不斷惡化，開始驚慌了，他繼續說服她吃東西，即使只來碗粥也好，但他仍然被拒絕。更糟的是，阿拉曼達的身體原先只是在打顫，這時像瀕死那樣劇烈地抖動，而她以驚人的沉著忍受這一切，好像已經準備好面對最可怕的結局。排長把冷敷布擱在她額頭，想讓她退燒。溼布冒出蒸氣，她看來還是高燒不退。

排長終於決定放開他的妻子，儘管這麼一來阿拉曼達就可以爬起來逃跑，但她只是躺在那裡。她丈夫替她穿上衣服，把她扛出房間，她也沒抵抗。阿拉曼達不再明白發生了什麼事，所以沒問任何問題，她就那樣癱在排長的肩上。她什麼都聽不見了，男人仍然急忙告訴她：「我真的不想要妳變成屍體，我們要上醫院去。」

排長以為他太太只需要打一針維他命，或許打一下點滴，結果阿拉曼達卻在醫院待了兩星期。他每天到她房間，告訴她他多後悔那樣對待她。阿拉曼達不再顯露敵意。她讓護士一匙匙餵她吃粥（不過仍然不肯讓排長餵她），排長保證不會再犯時，她會點頭。但他懺悔的話，她一個字也不相信。

第十四天，醫生打電話來說可以帶阿拉曼達回家了，於是排長和醫生在醫院的走廊碰面。醫生和他打招呼寒暄：「早安啊，排長。」而排長說：「午安，醫生。」然後醫生請他去醫院餐廳坐坐，討論阿拉曼達的事。醫生叫了份簡單的午餐，排長問道：「醫生，我太太有什麼嚴重的問題嗎？」醫生等到餐點送來才搖搖頭說：「只要知道怎麼治療，世上其實沒有重病這回事。」

接著他就開始用餐，像要把他準備討論的某齣好戲給延長；排長耐心等待。餐廳是整家醫院裡唯一沒禁菸的地方，因此排長抽了根菸。他還擔心著妻子，也擔心一切都是他的錯；自從第一天醫生診斷出阿拉曼達脫水、潰瘍，說她有斑疹傷寒的症狀，他就一直憂心自責。醫生說過他不用擔心，阿拉曼達只需要休息、喝白粥，避開所有酸的食物，攝取大量的液體、吃抗生素，不出兩星期，她體內的病毒就會自動消滅。然而，醫生雖然說沒什麼好擔心的，排長卻還是擔心，他雖然明白阿拉曼達從來不愛他，也永遠不會愛他，但他知道如果阿拉曼達死去、留下他一人，他一定無法承受。

醫生吃完的時候，問道：「排長，如果我告訴你好消息，這頓飯可以由你請客嗎？」

「醫生，告訴我，我太太怎麼了？」

「我診斷這種事的經驗豐富，所以聽好了——排長，你要有孩子了！你太太懷孕了。」

排長沉默了片刻。「問題是，是誰讓她懷孕的？」這話他當然沒說出口。「幾個月了？」排長臉色灰白，雙手在桌上顫抖，看起來一點也不開心。他腦海中冒出齷齪的影像，想像阿拉曼達注定嫁給她不愛的男人，為了報復而偷偷和她想要的任何人上床，可能是昔日的愛人，可能是新男友。

「排長，你說什麼？」

「醫生，我太太懷孕幾個月了？」

「兩星期。」

排長如釋重負，癱向椅背上，吁了長長一口氣。他拿出手帕揩去額頭上冷汗的汗珠。沉默良久之後，他展開笑顏，顯得欣喜若狂，最後終於說：「醫生，這頓我請。」

就這樣，他要有小孩了，如此就能證實他從不和他妻子做愛、不舉、被閹了的謠言完全不正確。他們倆都去見阿拉曼達，她已經健康到可以帶回家了。醫生告訴她，她可以吃些比粥更實在一點的東西，想吃什麼都好，而她的氣色也漸漸改善。她甚至開始在她病床上移動了。

醫生去安排阿拉曼達出院，留下兩人獨處，排長對他妻子說：「親愛的，妳恢復了。」

阿拉曼達面無表情地說：「看來我健康到可以挑起你的欲望了。」

她冷酷的心對排長完全沒有影響，他坐到床沿，把手擱到妻子腿上，而她毫不動彈地躺著仰望天花板。排長接著說：「醫生跟我說，我們要有孩子了。親愛的，妳懷孕了。」他希望分享他的喜悅。

沒想到阿拉曼達答道：「我知道我懷孕了。我要拿掉。」

「親愛的，別這樣！」排長乞求她。「留下孩子，我發誓我再也不會做那樣的事。」

阿拉曼達說：「好吧，排長。可是如果你膽敢碰我一下，我會毫不遲疑地殺了這個孩子。」

排長擱在阿拉曼達腿上的手急忙縮了回去，快到她想笑他太誇張。排長反覆保證他再也不會用任何方式強占阿拉曼達，即使她沒穿鐵內褲也一樣。而事情就這樣了——阿拉曼達不再穿著她的鐵內褲，不只是因為排長已經把鐵內褲丟到井裡，也因為她相信排長不會違背他的承諾。像排長這樣自尊心強烈的人，有孩子比什麼都重要，而阿拉曼達說，即使她懷孕七、八個月，甚至九個月，只要排長逼她替他排解下流的欲望，她即使要冒著生命危險也會拿掉孩子。因此她沒再穿鐵內褲，顯然不是因為她改變了主意。她已經發誓她永遠不會愛他，也絕不會獻身於他。而且上天為鑑，她真的不愛他。

他們的親友開心地慶祝阿拉曼達回家，她懷孕的好消息一傳遍城裡，排長就舉行了一個小型的感恩儀式。城裡的人在每間餐廳裡都在談論這件事，好像等著王儲出世。他們的口吻大多很興奮——唯一的例外是克里旺和他的漁民朋友。

克里旺甚至唐突地說：「她是婊子。」他朋友聽到他這麼說曾經深愛的女人，都很震驚，但他平靜地說下去：「婊子為錢上床，所以女人如果為了錢和地位結婚，不叫婊子叫什麼？她不只是婊子，她是婊子公主。」他的聲音中沒有怨懟，好像只是在敘述人人知道的事實。

如果克里旺對那個家庭（尤其是排長）懷有一些怨懟，當然不是因為他的愛人被隨便奪走。他是實際的人，一向明白他愛的女人可能拋棄他。這事情中，他對排長懷恨在心的真正原因是那人的兩艘巨型漁船。那兩艘船改變了哈里蒙達海岸的面貌。兩艘船正漂在海上，撒下漁網。工人在甲板上來回走動，苦力拖著漁獲去市場。那兩艘船也改變了漁民的面貌，魚變得稀少，他們擔憂得垮了臉。他們無法和兩艘船的裝備競爭，即使他們真的捕到魚，由於兩艘船使得市場過度飽合，所以魚價也大跌了。

克里旺這時接受共產黨的指示，決定建立漁民工會，開始向他朋友解釋大船和他們小艇的狀況：「這不只是不健全的競爭；他們偷了我們的魚。」他許多朋友想要反擊，燒掉那兩艘船，但克里旺同志（現在他們這麼叫他了）設法讓他們冷靜下來，說沒什麼比無政府行動更糟糕。他告訴他們：「那兩艘船是排長的，給我一點時間去跟他談談。」

克里旺同志選了時機去找排長，那時阿拉曼達懷孕的消息成了城裡人盡皆知的祕密。克里旺希望趁排長心情正好，可以引導他談判捕魚的事。一天下午，克里旺同志到軍事地區辦公室和他會面。克里旺同志不想看到阿拉曼達，這對夫妻在期待他們的頭胎孩子，他可能也怕打擾他們的幸福，所以刻意不去排長家拜訪。

兩人碰面握手，克里旺同志說：「排長，午安。」排長端了杯咖啡給克里旺，他看起來確實非常開心，甚至展現出反常的友好行為。

「同志，午安。聽說你現在是漁民工會的頭頭了，而漁民在抱怨我的船。」

「是啊，排長，正是這樣。」克里旺同志說出漁民抱怨他們的漁獲稀少，價格跌落。排長告訴克里旺，一個新時代正在來臨，終究會用到更大的船。有了這些船，漁民年紀大的時候就不用為風溼所苦；有了這些船，漁民的妻子才能確定她們的丈夫不會被風暴侵襲的大海吞沒；有了這些船，就能捕更多魚，滿足所有人的需要，而不只是滿足住在哈里蒙達本地的人。

「排長，多年來我們只捕我們當天需要的魚，只剩下一點可以囤起來，在強烈風暴來襲的時候應急。多年來我們就這樣生存下來；我們從來不會非常富有，但從來就不窮。可是這下子你害漁人陷入絕望的貧困中；你和你的船偷了他們平常捕的魚，即使他們捕到一些魚，在市場上也沒有任何價值，所以不得不做成鹹魚自己吃。」

排長輕笑著說：「我想你們大家大概忘了舉行丟牛頭的儀式，所以南海女王再也不和你們分享她的魚了。」他喝了咖啡，抽起他的丁香菸。

「是啊，排長，我們不舉行儀式，是因為我們連買牛的錢都沒有了！別惹這些可憐人生氣，和飢餓憤怒的人相鬥，沒人贏得了。」

「同志，你在威脅我。」排長說著又輕聲笑了。「那好吧，我就付錢辦個海洋儀式，我們丟個牛頭給吝嗇的女王，以表示我對於得到頭胎孩子的感激。但是漁民這件事，我只有一個解決辦法：我會再加一艘船，讓你的漁民在船上工作，付他們薪水，保證他們不會得風溼，或受到暴風威脅。同志，這樣如何？」

克里旺同志說：「排長，你最好謹慎行事。」他迅速跟排長道別，因為排長只是不斷兜圈子，看來不打算撤離他的船。

阿拉曼達懷孕七個月的時候，新漁船果真出現了，不過沒有任何漁民想參與排長幾個手下舉行的丟牛頭儀式。就連克里旺同志也灰心了，他告訴排長，他再也無法保證排長的船不會受漁民的憤怒波及，但排長老神在在地說，他們不會衝動行事。排長似乎不大在意這件事，在那之後也沒跟任何人會面，只待在家裡等待他的頭胎孩子出生，那孩子將是他的驕傲與喜悅、他的未來，孩子出生之後他會空出下午時間在家陪伴；等孩子大一點，他甚至會親自帶去上學，讓孩子要什麼有什麼。

因此他實在不在乎漁船上罷工的勞工。罷工的主要是沿海村莊的漁民，他們受到軍事地區大群軍警攻擊，卻毫不動搖。船長沒和排長商量就一一開除了那些勞工，換成願意遵守合約規定的新工人。

漁民工會之前讓一些成員受僱上船，而這下他們全被解僱了。

漁民之間普遍燃起了怒火，挫敗之下，開始認真計畫燒了那些船。但克里旺同志再一次設法制止他們，他保證會去和排長談談。排長等待頭胎孩子出生的最後兩個月很少去辦公室，這次克里旺同志別無選擇，只好登門拜訪。於是，看來即使克里旺同志滿不情願，也得見到阿拉曼達。

他的確見到她了；替他開門的是阿拉曼達，她挺著沉重的大肚子搖搖擺擺，大肚子在白色印花家居服下隆起。片刻間，兩人注視著對方，渴望高漲，重逢時，心裡都壓抑著大哭、擁抱、親吻、一同悲傷哭泣的欲望。他們完全沒微笑或打招呼，只是動也不動地站在那裡盯著對方。克里旺同志默默讚歎阿拉曼達懷孕後更加容光煥發，他覺得自己正看著漁民故事中的漂亮人魚，或是迷人得不可思議的南海女王。

他低頭看著阿拉曼達的便便大腹，好像看得見肚裡的孩子。阿拉曼達不大自在，她覺得那男人在想像蜷曲在她子宮裡的是他的孩子。她想求他原諒一切的事，想說她還愛他，只是不幸的命運拆散了兩人。*或許哪天等我成了寡婦，我就能嫁給你。*但克里旺同志顯然完全沒在想那回事；他對阿拉曼達說：「妳的肚子像個空鍋子。」

阿拉曼達問：「什麼意思？」她想把腦中一切都告訴他的欲望立刻煙消雲散。

「裡面沒有任何女孩或男孩，除了空氣之外空空如也，就像隻空鍋子。」

阿拉曼達大受冒犯，氣惱得很，她覺得這話是心碎男人的侮辱。她明白她在他面前站得愈久，會聽到愈多傷人的話，於是沒再說什麼就轉過身，結果差點撞上排長；排長出現在門口，他聽見克里旺同志的話也很驚訝。阿拉曼達回到屋裡，留下兩人坐在陽臺椅子上；夫妻倆黃昏時通常就坐在那個地方。

排長和阿拉曼達不同，他沒輕忽克里旺同志口中說出的話，擔心得又問一次，那男人說那是空鍋子是什麼意思。克里旺就像之前跟阿拉曼達說的一樣，再次說阿拉曼達子宮裡沒有男孩也沒有女孩，就像空鍋子，裡面什麼也沒有，只有空氣和風。

「不可能，醫生已經確認我太太懷孕了。你自己看看她的肚子！」排長焦急地抗議。

「是啊，我看過她的肚子了。」克里旺說。「所以或許這只是嫉妒的男人在埋怨而已。」

10

從前從前，哈里蒙達有人在垃圾堆發現一個嬰兒，在市民間掀起一陣騷動。嬰兒是男孩，他雖然被狗拖來拖去卻還活著，於是人們知道他長大一定很強壯。他們找他母親找了好幾天，不過她一直沒出面，因此他們完全猜不出他的父親會是誰。

那嬰兒由一個老處女瑪科雅照顧，她是城裡大家最討厭的老太太，卻也是人人最仰賴的老夫人。她靠著借錢給人維生，除此之外她一無所長。她不能種田，因為誰也不肯賣任何土地給她，她只有她繼承的那一小塊土地，她就住在那裡；她不能工作，因為誰也不願給她工作。她這輩子甚至不能找人嫁，雖然她大概已經跟十六個男人求過婚了。她一生孤零零，充滿不幸，而她報復的方式是裝出慷慨的模樣，把錢借給破產的城裡人，然後用她的高利息壓得他們喘不過氣來。

所以，再說一次，大家都痛恨她，尤其是在無盡的債務中快要喘不過氣來的人。所有人都躲著她、迴避她，認為她比邪惡的罪人更糟。但拮据的時候，他們試過的其他辦法都無效，就會來敲她的門，因為他們知道在她門後可以找到暫時的幫助。瑪科雅知道他們禮貌的鞠躬不過是裝模作樣，而他們假惺惺的微笑掩飾了他們真正的懇求，而她不在乎——這都是她的工作。

人們有時納悶她收的錢都到哪兒去了；她似乎從來沒變得比較富有。她的屋子還是老樣子，只是偶爾油漆或是小整修；她的生活並不鋪張，沒有任何親戚，人們從沒看過她把他們身上搾出來的錢拿去銀行存，於是開始覺得老處女想必把他們的錢塞在床墊底下。一天晚上，四個男人偷偷摸摸跑去她家搶劫——她的鄰居完全知道搶劫的事，卻只是從窗簾後旁觀。瑪科雅鎮定地看著他們搜遍她屋子的每個角落。強盜找來找去，就是找不到錢——她床墊下什麼也沒有，爐子和水瓶裡也一樣。她的床櫥裡只有衣服，廚房食櫥裡只有一盤飯和一點胡蘿蔔湯。四個蒙面強盜放棄了，不再搜索，他們逼近瑪科雅，這時瑪科雅就站在她臥室的門口。

其中一人惱怒地問：「妳的錢在哪裡？」

「我很樂意把錢給你。」瑪科雅微笑著說，「四十分利，限期週末前全額還清。」

他們沒再說什麼就離開了。

從此再也沒人嘗試搶她，尤其是後來她收留了那個嬰兒。瑪科雅照顧那個小傢伙，主要是因為她總夢想要有個孩子，不過也是因為別人都不肯從垃圾堆帶走他。於是那孩子跟著她長大。瑪科雅替他取了個好名字，怖軍，這是《摩訶摩羅多》裡強壯王子的名字，不過其他人都叫他白痴，因為他的行為實在惱人，令人困擾。後來大家都忘了他的本名叫怖軍，連瑪科雅也不例外，最後小男孩自己也忘了，所以他的全名變成了白痴艾迪。

大家都預料那孩子很快就將遭逢不幸的噩運，因為那個老處女會帶來不幸——她母親生她的時候送了命，她五歲時父親被爬進廚房的蠍子螫到，也過世了；之後一個膝下無子的寡婦阿姨搬來和瑪科雅住，照顧她。瑪科雅七歲時，阿姨被落下的椰子砸到頭，也死了。總之，瑪科雅的父親有間當鋪，瑪科雅得到十分優渥的遺產，足以僱個傭人照料她的生活所需。不過瑪科雅十二歲時，換她的傭人罹患弛張熱而死。那之後，大家覺得她帶來霉運，再也沒人想和她住。

她年輕的時候其實很美。許多男人暗戀她，但他們知道和她住一起的人都死了，因此寧可娶其他女孩，其他女孩沒那麼好看，但他們婚禮之後可以跟她們一起長久活下去；相較之下，娶了瑪科雅之後馬上就會死掉。誰也不知道她的霉運都是哪來的，從來沒人想過那些死都只是巧合。大家都比較喜歡黑暗的詮釋，其實她至死都沒被任何男人碰過。

瑪科雅雖然靠著放債為生，但她年紀逐漸大了，一個人顯然活不下去。她試過向好男人求婚，但他們拒絕了她。她試過向壞男人求婚，像是賭徒和酒鬼，他們也拒絕了她。她甚至試過向乞丐求婚，但乞丐寧可生活困苦，也不想和她一起過奢華的日子。到了四十二歲，她不再試圖找丈夫，而是試著收養孩子，結果也不成功，於是她孤身一人，直到她從垃圾堆把那嬰兒拖出來的那天。

白痴艾迪在她的照料下長大，完全沒有詛咒的跡象。他唯一的不幸是其他小孩沾染了對這家人的偏見，都不想跟他玩。孩子們避著白痴艾迪，一如他們父母除了需要借錢的時候，都避著瑪科雅。男孩因此變成了暴躁難相處的傢伙，會騷擾其他所有孩子。他每次不能為所欲為，就會暴怒。他只要感受到微乎其微的輕蔑，就會痛罵對方，因此其他孩子躲他躲得更遠。

他是城裡最強壯的孩子，試圖藉著散布恐懼交到朋友。

而他終究在其他受排擠的同學之中交上了幾個。他注意到兩個瘸腳的孩子被其他孩子當成笑柄。他看到一個骨瘦如柴的飢餓孩子被人捉弄，另一個孩子的父母是苦力和扒手，大家都避著他。白痴艾迪總是支持他們，每次那些孩子被人欺侮他就會出現，無情地攻擊欺侮者。他成了他們的保護者，這群孩子發展出緊密的友誼，於是學童分成了兩邊——好孩子與白痴艾迪率領的不良少年。

他們逐漸成為這座城市的公敵。一般的孩子只會製造短暫的混亂和困擾，白痴艾迪不一樣，他為了在海岸邊大吃一頓，會毫不遲疑地掃光某人雞舍裡所有的雞。白痴艾迪七歲已經搶過一家酒館，傷了老闆，抓了一瓶瓶茴香酒和啤酒，然後在一片可可園裡和他的朋友喝得爛醉。他們也開始嘗試城裡幾乎所有的妓女。而他們獨特的事蹟是還沒成為青少年就看過牢房裡是什麼樣子。那樣的時候，瑪科雅會買通警察去救他們，白痴艾迪做什麼都完全不會惹她生氣。相反的，老處女非常以他為榮。

瑪科雅曾經對看守他的警察說：「他會傷害這座城市的人，就像他們多年來傷害我一樣。」

她說得沒錯。父母威脅學校，如果不把白痴艾迪趕走，就讓他們的孩子轉走。校長無力拒絕，終於把那孩子退學，結果一天早上到學校時發現所有的窗戶和門都打破了，桌椅的腳都給折斷，旗桿倒下。

就這樣，艾迪年方十二歲，就在街上撒野。他去店裡跟老闆討錢，他們不給，他就砸了他們的商店櫥窗。他上妓院也不付錢，看電影不買票，誰有意見他就打一架，而他每次都打贏。

有些店老闆為了對付那個孩子，終於僱了個流氓保鑣，白痴艾迪跟他對上，決一死戰。白痴艾迪又進了監獄，但他在獄裡挑起混戰，毀了所有牢房，毒打獄卒，不久就獲釋。他回到街上，又殺了兩、三個想對抗他的人，而警察已經沒興趣關他了。

於是他把他平常的崗位設在公車總站的一角，日本人留下的一張桃花心木搖椅成了他的寶座。他的跟隨者逐漸增加。有些是他的手下敗將，不過大部分都是自願加入。他們「抽稅」的對象遍及店老闆、所有進總站（甚至沒進總站）的公車、市場所有的攤販、所有漁船、所有妓院和露天啤酒店、所有製冰廠和椰子油工廠，甚至所有人力三輪車和馬車。

白痴艾迪和他的嘍囉讓全城陷入恐怖。他們的幫眾不論有沒有喝醉，都為所欲為——偷別人的雞，打破窗戶，騷擾女孩，即使她們不是獨自走動，而是在全家警戒的眼前，甚至偷清真寺外的涼鞋；老人家的鬥雞、他們籠裡的斑鳩，還有掛在繩子上晾乾的衣物也常常不見。

那幫人隨時可能跑來侵占、打劫，而且成了正直青年的大麻煩——奪走他們的吉他、無數次敲詐他們，在他們散步時要他們交出鞋子。此外，就別問那幫人一天裡跟人討多少香菸了。稍有異議，只會引起更多打鬥。結果顯然沒辦法打倒這幫人，尤其是白痴艾迪自己出手的時候。最惱人的是警方的態度，他們幾乎把這當成小孩淘氣的行為。

有人設法讓安慰自己，說：「他畢竟和瑪科雅住在一起，所以他一定會死。」

「是啊，問題是他什麼時候會死。」

他的死期直到三年後才到來。瑪科雅倒是先走一步，一個早上在她浴室拉屎的時候毫無預警地死了。白痴艾迪自己發現了她。他九點醒來，發現他的早餐不像平時一樣等著他。他哪兒都找遍了，卻找不到那個老處女，接著懷疑起關上的浴室門。他試圖打開門，門反鎖了。他把門打破，發現她還一絲不掛地蹲在馬桶上，毫無生息。

白痴艾迪問：「媽媽，妳死了嗎？」

瑪科雅沒回答。

白痴艾迪用指尖一碰瑪科雅的額頭，她的身軀就往後倒下。

她的死對城裡人而言是個好消息——大部分的人都還欠她錢。鄰居都不想幫忙處理遺體，於是白痴艾迪親自把她的遺體帶去挖墓人卡米諾的屋子。當時卡米諾還單身，沒有女人願意和他住在墓園裡，因此兩個男人靠他們自己處理了瑪科雅的遺體，最後才有一位伊斯蘭教師可憐他們而來幫忙。那位教師要求他們清洗屍體，然後和挖墓人一起唸了最後儀式，白痴艾迪不自在地等待。城裡沒人不知道瑪科雅，她總在大家需要時伸出援手，但她就這麼埋葬了，只有三人見證她下葬。

除了他們這些年住的屋子和院子，瑪科雅沒留給白痴艾迪任何遺產。誰也不知道她收利息賺的錢都到哪兒去了。白痴艾迪自己毫不在乎那筆錢，但城裡人在乎，他們覺得那筆錢理當屬於他們。於是多年之後，人們還不斷尋找瑪科雅的財富。據說她有個地窖，所以人們設法從鄰居家挖了一條地道。

他們什麼也沒找到，除了一個挖地道的人吸進硫磺煙死掉了，他們立刻把那條地道封回去。

而人們的喜悅沒維持多久。他們以為瑪科雅死後，白痴艾迪就會變回乖小孩，起碼因為守喪可以消失幾個月。結果不然。他帶了些女孩回家上床，而她們父親到處找遍了，最後放棄尋找。他跟任何開著門的廚房要食物吃，他坐到桌邊，把桌上的東西一掃而空，連廚師都來不及品嚐自己的菜餚。這還沒算上謀殺和巴士打劫。

排長從他在叢林裡的遊擊隊營地下來的時候，城裡許多人指望他不只處理野豬，也處理城裡所有的流氓。但排長拒絕了。

排長說：「他們和糞便一樣，愈去攪和愈難聞。」他沒再解釋，但人們立刻明白了——如果去惹白痴艾迪和他那幫人，他們只會成為城裡更大的麻煩。

當時哈里蒙達許多人一臉倦容地坐在陽臺上。偶爾出現的調皮觀光客可能問：「你們大夥兒在做什麼？」而他們會回答：

「等白痴艾迪的棺材經過。」

他們的祈禱終究沒有靈驗。不是因為白痴艾迪沒死，而是因為白痴艾迪沒有葬禮，而且他從來沒下葬。他是淹死的，屍體被兩隻鯊魚吃了。

是啊，一天早上來了一個陌生人，他叫馬曼根登，和艾迪的傳奇之戰打了七天七夜，最後殺了艾迪。起初誰也不相信那個頑固的孩子真的死了，但接著他們就像從噩夢中醒來——白痴艾迪和所有人一樣，也是血肉之軀。城裡人對那陌生人感激得五體投地，很快就把馬曼根登當成自己人。

人們為了慶祝，辦了一個慶祝會，盛況空前絕後。就連九月二十三號的哈里蒙達獨立紀念日都沒那麼歡喜過，夜間園遊會持續了整整一個月，來了一個巡迴馬戲團，滿是大象、老虎、獅子、猴子、蛇、表演軟骨功的小女孩，當然還有侏儒小丑。城裡街頭巷尾都能免費欣賞欣傳舞和庫達倫賓入神舞的表演。年輕男女偕伴享受戀情，不用擔心被白痴艾迪那幫人騷擾。雞隻再度在人們的院子裡自由遊蕩，廚房的門不再緊緊鎖上。

因此當馬曼根登宣布除了他，誰也不准跟黛維艾玉那個妓女上床的時候，大家雖然覺得是一大損失，但並沒有那麼難過。他們覺得，那英雄殺了瑪科雅的惱人孩子白痴艾迪，這算是很恰當的獻禮。

然而，有一天，馬曼根登在熱帶的高溫下從桃花心木搖椅上爬起來（他從白痴艾迪那裡繼承了那張搖椅），從公車總站走到最近的店家，耳中充斥著嘶嘶嗡嗡的聲響。天氣他媽的熱，所以他討了一箱啤酒，結果老闆只給他一瓶。馬曼根登抓狂了，他把商店櫥窗砸得粉碎，將老闆斥責一番之後，拿走一整箱啤酒，據馬曼根登表示，老闆一點也沒禮貌。他坐回他的搖椅，喝他打劫來的啤酒紓解乾渴。

這件事發生之後，大家恍然大悟——對於哈里蒙達市民而言，什麼也沒變。白痴艾迪死了，但是來了一個新的壞蛋。也就是馬曼根登。

阿拉曼達熱鬧的婚禮之後，黛維艾玉要這對新婚夫妻搬去他們的新家。最近的種種事件以及她的長女受到的影響，讓她心煩意亂。黛維艾玉一再警告阿拉曼達，她對待男人的態度太糟糕，但阿拉曼達不知跟家族哪個成員繼承了某種固執。這下子她嘗到苦果。

黛維艾玉從沒想過她居然會生下美麗狂野的女孩，追到男人之後就棄之不顧。但早在阿拉曼達最初發現男孩子的時候，黛維艾玉就知道阿拉曼達的不良行徑，這下子阿汀妲的壞性情似乎和她姊姊如出一轍。她從前極為天真，寧願待在家也不願在外遊蕩，但阿拉曼達突然結婚之後，就愈來愈常看不到阿汀妲的人。看看這女孩，不論共產黨在哪裡舉行吵雜的慶祝會，她都會在場。而阿汀妲開始追從前屬於阿拉曼達的那個男人——克里旺同志。黛維艾玉不知道阿汀妲在想什麼，但她懷疑那女孩想利用那男人報復她姊姊。這念頭實在令人難過。

她對自己說，男人追逐我的私處，我生下的女孩卻追逐男人的私處。

這下子她更擔心她的小女兒馬雅黛維了，這時馬雅黛維十二歲。她擔心兩個姊姊素行不良，這孩子會有樣學樣。目前馬雅黛維還是乖巧聽話的孩子，一點也不莽撞。她的雙手比家裡任何人都要忙碌，將一切打理得舒適宜人。她每天早上去摘玫瑰和蘭花插進花瓶，放到客廳的桌上；她每個星期天下午都會掃掉家中天花板的所有蜘蛛網。老師報告她的表現很好，她每晚都翻開作業簿寫完所有的功課，才上床睡覺。但這一切都可能改變，阿汀妲正是如此；黛維艾玉擔心的就是這樣。

她叮嚀她的小女兒：「嫁給妳不愛的人，遠比當妓女還要糟糕。」

黛維艾玉覺得她應該盡快把馬雅黛維嫁掉，以免馬雅黛維長大變野。多年來，她一向靠著腦筋動得很快來解決問題，她腦中一冒出主意，就會按那主意行動。阿拉曼達的那種悲劇之後也可能發生在阿汀妲身上；黛維艾玉不想看到馬雅黛維長大之後遇到同樣的悲劇，只是她不知道該把她的十二歲女兒許配給誰，又不想把她交給隨便什麼人。

她想和她的愛人馬曼根登討論這件事。一個星期天，三人去了公園。他們整天在那裡散心，隨心所欲吃零食、餵馴養的鹿，溜鞦韆。黛維艾玉看馬曼根登牽著馬雅黛維走來走去，指出躲在灌木後的孔雀，把花生丟給猴子群。他們似乎忘了還有她，但她毫不在意。她看著他們走到海蝕崖邊，想數數看有多少海鷗在飛。

他們都回家之後，馬雅黛維和她的鄰居玩伴出去，黛維艾玉終於和馬曼根登說了。

「你們兩個何不結婚呢？」

馬曼根登問：「誰？我和誰？」

「你和馬雅黛維。」

「妳瘋了。如果我有想娶的女人，那女人就是妳。」

黛維艾玉喝著一杯冰檸檬水，向他解釋她的憂慮。他們在溫暖的午後一同坐在陽臺上。他們聽得到遠方拍岸的浪潮聲，和麻雀在屋頂上做窩的聲音。他們倆成為戀人已經許多個月了，一個是妓女，另一個是獨占這妓女的恩客。黛維艾玉堅持馬雅黛維要嫁人，她沒有其他親近的人，所以唯一能嫁的男人就是馬曼根登了。

「妳要告訴我，妳再也不想跟我睡了嗎？」

黛維艾玉說：「別誤會我的意思。只要你不會太尷尬，還是可以跟其他人的丈夫一樣去卡隆媽媽的妓院找我。」

馬曼根登說：「這樣的事，我得好好思考，也許想上好幾年。」

「替別人著想一次吧！哈里蒙達的男人快瘋了，只因為像你這樣的打手不准他們碰我的身體，他們已經快活不下去了。如果你放我走，你會是他們的英雄，而你會換來一個永遠不會讓你失望的女孩，她還是城裡最美的妓女的小女兒。」

「她才十二歲。」

「狗兩歲就能結婚，雞八個月就能結婚。」

「可是她不是狗也不是雞。」

「你那麼想，只是因為你沒上過學。人類和狗一樣都是哺乳類動物，和雞一樣也是兩腳走路。」

馬曼根登已經了解這個女人的脾氣，至少他覺得自己了解。他知道黛維艾玉不會放棄任何打算，即使那打算再瘋狂也一樣。他喝了他的冰檸檬水，感到自己打了個寒顫，好像整個地獄展現在他的眼前，而他必須跨越他腳下七根頭髮粗的橋梁。

他抗議道：「可是我絕不可能當個好丈夫。」

「當個壞丈夫也行。」

「還不確定她會不會同意。」

黛維艾玉說：「她是乖順的女孩。她什麼都聽我的，而且我真的不覺得她會不想嫁給你。」

「我不可能跟那麼年輕的女孩上床。」

「你只要等大約五年就好了。」

事情好像已經定下來似的。馬曼根登雖然是個凶狠的流氓，但他想到那樣的婚姻會讓人怎麼說閒話，就渾身發抖。他們會說他強暴了那個女孩，所以被迫娶她。

最後黛維艾玉只好說：「沒別的理由也好，就為了你對我的愛而娶她吧。」

這話彷彿是法官對馬曼根登的宣判。感覺像有隻蜜蜂在他頭殼裡嗡嗡叫，蜻蜓在他胃裡飛掠。他喝完他的檸檬水，但無法把那些動物趕出他體內。然後他覺得胸中有片野生的雜木林在生長，刺東戳西戳。他像個軟弱的失敗者那樣頹倒在椅子上，雙眼半閉。

他問道：「妳為什麼會突然間跟我提這些事？」

「不論我什麼時候說，你都會一樣意外。」

「給我個地方睡，我想躺一下。」

「我的床永遠對你開放。」

馬曼根登沉沉睡了幾乎四小時，微微打鼾。只有那樣才能在這些蜜蜂、灌木叢和蜻蜓之間存活下來。黛維艾玉下午都在浴室裡梳洗，點根菸，拿杯咖啡坐在客廳裡等男人醒來。那時馬雅黛維出現了，她說她想洗澡，但她母親要她等等，叫她坐到她對面。

黛維艾玉說：「孩子，妳很快就要結婚了，跟妳姊姊阿拉曼達一樣。」

馬雅黛維說：「我聽說結婚很簡單。」

「確實沒錯。難的是離婚。」

這時馬曼根登從臥室走出來，像夢遊者一樣一臉蒼白，他坐到一張椅子上，不甘不願地看著坐在母親身邊的小女孩。他說：「我做了個夢。」黛維艾玉或馬雅黛維都沒回應，兩人等他說下去。「我夢見我被蛇咬了。」

「那是吉兆。」黛維艾玉說。「你們兩個很快就要結婚了。我要出門去找個村長。」

馬曼根登當時大約三十歲，阿拉曼達嫁給排長的同一年，他就這麼娶了年方十二的馬雅黛維。他們的婚禮簡短樸素，全城開心地八卦以資慶祝，臆測究竟發生了什麼事。但至少這個婚姻讓哈里蒙達的男人很開心，他們又能去卡隆媽媽的妓院造訪黛維艾玉了。

黛維艾玉把她的屋子和兩名傭人留給新婚夫妻，自己和阿汀姐搬到日本人留下的房舍，那裡剛整修過。黛維艾玉喜歡那些房子，因為日本人有大浴缸，幾乎和游泳池一樣大。

她對阿汀姐說：「如果妳也想結婚，說就是了。」

「噢，我沒那麼急。」阿汀姐說。「世界末日還遠得很。」

她們就此離開之前，黛維艾玉替新婚夫妻準備了一間奢華的房間，空氣中飄著茉莉和蘭花香。她訂的新床有全城最好的床墊，使用最新的彈簧床科技，那天下午直接從店裡送來，周圍掛著打褶雅緻的粉紅色蚊帳。房間牆上裝飾著皺紋紙做的紙花。但這一切都有點沒意義；這對新婚夫妻的初夜其實沒一起過。

馬雅黛維穿著她的睡衣，像孩子一樣無憂無慮地跳上床。她和她媽媽許多年前在日本人去的妓院裡一樣，想測試一下床的彈簧。床墊和輝煌的房間欣賞夠了，她就躺下來，抱著靠枕等待她的新郎。馬曼根登尷尬至極地出現了。他沒和許許多多粗心的新婚丈夫一樣跳上床、抱住妻子的身體，無情地占有她。他只拉張椅子到床邊，坐在那兒看著小女孩的臉，眼神有如男人看著愛人死去那般痛苦。她童稚的美麗其實十分迷人。她的黑髮光澤，鋪散在她躺的枕頭上。她回望的目光明澈而無邪。她的鼻子、嘴唇和她的一切都令人讚歎。但是，看啊，一切都還那麼小、那麼可愛。她的雙手仍然是少女的雙手，她的小腿也是，而她睡衣下的胸部還未發育完全。他絕不可能跟那麼小的女孩子上床。

馬雅黛維問：「你為什麼那麼沉默地坐在那裡？」

「那我該做什麼？」馬曼根登語帶埋怨地反問。

「你至少可以跟我說個故事。」

馬曼根登不擅長編故事，於是把自己聽過的唯一一個故事告訴了她——也就是倫嘉妮斯公主的故事。

馬雅黛維說：「如果我們有一個女兒，就叫她倫嘉妮斯吧。」

「我也這麼想。」

於是夜復一夜就麼這麼過了——馬雅黛維會先穿著睡衣躺下，然後馬曼根登會同樣困擾地出現。他會拉張椅子過來，照樣一臉沮喪地看著他的新娘，而馬雅黛維會要他說故事。他總是說同個故事，講的都是嫁給狗的倫嘉妮斯公主，一字一句完全相同。但兩人和大部分的新婚夫妻一樣幸福地度過這些夜晚，臉上毫無厭煩的表情。通常故事沒說完，馬雅黛維就睡著了，而馬曼根登會替她蓋上毯子，合上蚊帳，關掉大燈、打開夜燈。他看了她平靜的睡臉，然後離開房間，輕輕關上門，爬上二樓在空房間睡到早上，然後他的妻子會端杯熱咖啡來喚醒他。黛維艾玉和阿汀妲住在新家嘲笑他們荒唐。

馬曼根登開始了新習慣。他早上醒來，喝下妻子替他準備的咖啡。半小時後米拉的早餐上桌，兩人和大部分幸福的家庭一樣坐到桌旁。馬曼根登習慣睡到很晚，起先覺得這是討厭的麻煩事。但吃完早餐後，他的妻子會讓他繼續睡，結果肚子吃飽他睡得更香。馬曼根登睡到十點左右會再度醒來，看到他的衣服已經燙得整整齊齊，擱在他床邊。他以前很少洗澡，但這時他會去洗澡，然後穿上這些衣服。在鏡中看著自己身穿襯衫和休閒褲，褲管正面俐落地熨了一個褶子，感覺很奇怪。他為了馬雅黛維才穿的，總之他會穿上這些衣物，在門口親吻妻子的額頭，然後去他在公車總站的老位置。

過了一陣子，他再也不覺得這些事煩人，不過他在公車總站的夥伴對他古怪的新舉動都不以為然。他一直想家，而且不斷想念他的妻子，因此不再在總站待到晚上了。現在下午一到，他就立刻回家。

兩人結婚一個月後的一晚，馬雅黛維問他：「我可以回去上學嗎？」

這問題出乎他的意料。她當然還在學齡，而十二歲的女孩早上到下午都該去學校。但她也已嫁作人婦，他從沒聽過已婚婦女坐在教室裡。他因此思考了一陣子，最後明白和其他人相較之下，他們的婚姻目前還不是實際的婚姻。他還沒和妻子同房，也沒有和她同房的欲望。或許她回學校去會比較好。

但是有個問題。學校不准已婚婦女註冊，他們擔心對其他學生會有不良影響。馬曼根登不得不去拜訪校長，和他談判，讓妻子獲准繼續學習。談判的結果並不理想，他把校長壓在牆上，打倒了兩個來救人的老師。許多年後，學校拒絕收他的女兒美人倫嘉妮斯的時候，他做了一模一樣的事。無情的脅迫之後，學校讓馬雅黛維復學了。

他們的婚姻和以往一樣平靜。早上，馬雅黛維如常地端著一杯現磨的楠榜咖啡喚醒馬曼根登，不過現在她身上穿的是學校制服。他們會在桌旁一同吃早餐，在傭人眼裡像極了沒了妻子的父親和沒了母親的少女。六點四十五分，馬雅黛維準備好書包。馬曼根登吻過她額頭之後，她就出門了，她朝學校去，馬曼根登去睡回籠覺。

下午她放學回家時，馬曼根登不在家，於是馬雅黛維就盡一切可能把所有事都打理好。傍晚，他們晚餐後又在一起，馬雅黛維坐在她書桌前寫完老師指派的功課。馬曼根登幫不上忙，只能像忠心的愛人那樣別具耐心地陪伴她。這個例行工事會在九點左右結束。九點是上床時間，但是不再說美人倫嘉妮斯嫁給一隻狗的故事了。馬雅黛維會換上她的睡衣，然後躺上床。馬曼根登會替她蓋上毯子，拉上蚊帳，關掉大燈打開夜燈，然後說：「晚安。」

馬雅黛維會回答：「晚安。」然後閉上眼。

即使整整過了一年，他們仍然沒做愛。

一晚，馬曼根登跑去卡隆媽媽妓院，去黛維艾玉房裡找她；他時常這樣。黛維艾玉那晚唯一的顧客已經離開了。

黛維艾玉說：「你為什麼要來？」

「我耐不住欲望。」

「你有個老婆。」

「她太可愛，我不忍心傷害。她太純潔，我不忍心碰她。我想和我的岳母上床。」

黛維艾玉說：「你這女婿實在失敗。」

然後他們做愛到天明。

馬曼根登和排長的古怪情誼始於市場中央的牌桌上。他們的友誼很不尋常，因為自從排長上了黛維艾玉，而馬曼根登來過司令部之後，兩人就結下了一輩子的深仇。更糟的是，馬曼根登的手下總是跟排長的士兵過不去。

士兵上妓院不喜歡付錢，但妓院有流氓對付白嫖的任何人。士兵也不喜歡在露天啤酒店和酒館付錢——其實老闆覺得沒什麼，因為士兵從來不喝多，但流氓幾乎住進了露天啤酒店，他們覺得受到公然侮辱。

此外，總是有流氓因為喝醉或是朝商店櫥窗丟石頭之類的蠢事被軍方抓起來，士兵會在他們的司令部毆打流氓，讓流氓青一塊紫一塊，才放了他們。這一切挑起了排長的士兵和馬曼根登那幫人之間的小衝突。

但在這之前，問題都能簡單解決。如果有個流氓給士兵抓了，被打得青一塊紫一塊，那幫人就會抓個路上經過的士兵，在可可園聯合起來對付他；如果一個罪犯被逮住關起來，馬曼根登會帶點贖金去堵那些士兵的嘴，把那罪犯放出來。警察夾在這一切爭端之間，而他們寧可坐在崗位上，對這樣的狀況攤攤手。

許多人希望排長可以馬上解決這些公敵，但就像白痴艾迪那時一樣，這只是一廂情願的想法，因為排長正忙著處理自己的家庭問題和漁民工會的要求，沒時間思考馬曼根登和他朋友的事。排長原來是城裡的英雄，這時聲勢因此下跌——其實人們開始不信任他，還懷疑軍方與流氓共謀製造那些混亂，特別是人們想起排長和馬曼根登兩人都是黛維艾玉的女婿。

於是，有一天，一個司令部來的士兵在卡隆媽媽的妓院和一個保鑣扭打時，事情變得有點混亂了。爭端是兩個男人都宣稱一個村姑是他們的。他們在街上打架，然後他們的朋友出現。他們私下的混戰演變成一群士兵和一幫無賴之間的激烈鬥毆。

天曉得是誰起的頭，但經過一小時的激戰之後，路旁的遮蔭樹幾乎倒了二十棵，商店櫥窗破碎。街上都是大石頭和燒過的舊輪胎，兩輛車被翻了過來，警察局被人縱火。

害怕的人們躲在自己家裡。獨立街通常熱鬧滾滾，卻因為這場打鬥而毫無聲息。一邊是一幫流氓帶著軍刀、武士刀、矛、鐵棍、大砍刀、石頭和土製汽油彈站崗。他們甚至有手榴彈和遊擊隊留下的武器。而另一邊是街頭士兵，不只是排長的人，還加上城裡所有基地的士兵，他們也荷槍實彈在戒備。

那天一切都平靜無息，彷彿荒廢多年的空城。大地籠罩著緊繃的寂靜，人們擔心那座城會掀起內戰；自從獨立戰爭之後，那座城市就不安寧。許多人受夠了流氓，他們心想，如果戰爭開打，他們會站在士兵那一邊。但士兵總是一付自滿的樣子，因此也有許多人討厭士兵，覺得如果戰爭爆發，他們絕對會幫流氓。

然而他們終究會自相殘殺，誰也逃不過。

那整個下午，商店和房屋之間呼嘯著手榴彈、土製汽油彈的爆炸聲和手槍的槍響。誰也不知道是否有人被殺了。排長陷在永無止境的家庭問題之中，因此很晚才聽說糟糕的狀況，他聽到之後很氣惱，某個村姑居然導致城中心受到破壞。他決定把那個不幸的士兵關禁閉七天七夜，完全不給他食物或水，不管他會不會死。但他必須先防止破壞蔓延。於是他速速派了最信任的士兵提諾西迪和馬曼根登談談，要求停火，訂出和平協定。

馬曼根登正在享受他古怪婚姻的蜜月期，他也才聽說獨立街的火拼，可他一樣不大在乎。他只是很討厭人們還在阻礙他建立幸福的生活，彌補他毫無目標寂寞漂泊的那些歲月。他確信衝突一定是某個粗魯士兵起的頭。

但馬曼根登十二歲的妻子說服他，他應該處理那場混亂，於是馬曼根登和提諾西迪取得共識，他會和排長在公車總站與司令部中間的中立地帶見面，才終於出去了。那地方是市場。

一個鹹魚販、一個人力三輪車夫、一名苦力和一個服飾店老闆娘的先生正坐在市場中央的牌桌賭博，錢幣的叮噹聲從桌子的一角響到另一角。他們把那四個人趕出去。玩牌的人退開，站在禽肉舖旁觀，這時排長終於出現了。市場裡所有活動都暫停下來，商人和顧客停下動作，等著兩人決定那個下午是否會暴發可怕的內戰，還是會再延後數年，甚至幾個世紀。

排長說，無賴應該立刻撤退，交出所有武器，因為只有軍方有權持有武器。但馬曼根登覺得那樣不行，因為士兵可以無責使用武器。排長又說話了：

「親愛的朋友，我們像孩子一樣吵架，並不能解決這個問題。」然後他又說：「那好吧，目前不用繳械，但是要命令你的人離開街上，告訴他們不能再有群眾暴動，不准再破壞商店櫥窗。」

馬曼根登說：「親愛的排長啊，那你應該同意武裝的士兵不該再為了村姑或任何人起爭執。而且士兵和城裡所有人一樣，上妓院得付錢，每次在露天啤酒店喝酒也得付錢，每次坐公車也得付錢給司機。排長，這裡再也沒有天之驕子了。」

排長緩緩吸了口氣，開始抱怨國家政府付給軍人的錢太少，他和軍方與城裡駐軍的生意把大部分利潤都給了首都的將軍。最後排長說：「所以啊，親愛的朋友，我要提議一件事，乍看之下恐怕不大吸引人，但能幫我們為這複雜的問題找到解決辦法。」

「請說吧。」

排長說：「朋友，或許我們可以達成協議，你的無賴和打手把你們一部分的收入交給士兵，讓他們付錢買春，小醉一場。」

馬曼根登思考了一下，覺得把他嘍囉撈的油水分一點出去，沒什麼問題，只要士兵保證不論發生什麼事都不會騷擾流氓，就同意互利和平。

於是，在人們滿心好奇的旁觀下，市場沒人聽得見的一陣低語之後，終於達成了協議。馬曼根登和排長派最信賴的手下去散布消息，說那天下午四點開始停火。士兵會回到他們的崗位，而流氓會回到他們的老巢穴。這下子只剩馬曼根登和排長兩人還坐在市場中央，兩人像從虎口裡掙脫似的鬆了口氣，他們靠向椅背，最後排長問：

「你會玩撲克牌嗎？」

馬曼根登答道：「我常和我朋友在公車總站玩。」

於是他們邀鹹魚販和苦力回來跟他們玩撲克牌，就此展開了他們在牌桌上不尋常的友誼。許多對士兵與流氓有影響的事務都由他們倆在那裡悄悄解決了。他們開始了新的例行公事，一週在那張牌桌碰面三次。誰都知道他們總是企圖騙對方，總是想贏，但代價不會太高，他們的輸贏只是幾枚錢幣的差距。有時他們會和服飾店老闆娘的先生玩牌，有時和賣藥郎、苦力、人力三輪車車夫、屠夫、鹹魚販或郵差玩牌——市場裡會玩撲克牌的人都行。

但如果排長出現在桌旁，那麼馬曼根登也會在，反之亦然。我得再說一次，他們的友誼很不尋常，因為他們內心其實並不喜歡對方。排長無恥地強暴了馬曼根登愛的妓女，馬曼根登還懷恨在心，而排長也懷恨在心，因為桌子對面那個放肆的傢伙在他自己的辦公室裡威脅他，也不管他是當地軍事地區的老大，甚至曾被共和國總統任命為總司令。

他們的友誼令人難以置信。人們很慶幸這座城市的問題都能在那張牌桌上輕易解決。但士兵和流氓之間有個狡猾的陰謀，打算共享他們從城裡人身上敲詐的錢財；人們搞清楚之後，頗為氣惱。他們也了解到，等於這下子他們沒人可抱怨了。別以為他們可以向警察求救，因為警察都只會在交通繁忙的路口吹哨子。

就在這時，共產黨成為他們唯一能求助的對象，而他們特別仰賴克里旺同志。這時，克里旺和共產黨在哈里蒙達的聲望如日中天。

而排長和馬曼根登則繼續交好。隨著時間過去，撲克牌牌桌不再只用來討論士兵與流氓之間的戰爭，也不再只是分享戰利品最公平的方式——排長開始怨嘆他的問題，宛如在對老朋友傾訴心事。他們打完牌，市場的商人開始收攤回家時，他們通常會聊那些事。有時他們也會談到克里旺同志。排長仍然覺得那人不是真正的共產黨，只是為了他心愛的阿拉曼達而報復。馬曼根登聽了他的故事，哈哈大笑（不過他其實早就知道了），他提出他的看法，說人不該奪人所愛。所以他聽說排長和黛維艾玉睡的時候，才會那麼傷心。排長聽他這麼說，紅了臉，淚水盈眶，活像媽媽不見了的小小孩。

他說：「這個紛擾的世界上，我是他媽最寂寞的人。我還是青少年的時候就在青年團接受日本人的軍事訓練，之後當上排長。他們其實已經投降了，我還叛變在跟他們打游擊戰，打了幾個月。我的人生是接連不斷的戰爭，包括對付野豬之戰。我厭倦了那一切。」馬雅黛維總是把一條手帕塞在馬曼根登的褲子口袋，他把手帕遞給排長，排長擦乾他的雙眼。「我想和其他人一樣活著。我想愛人，也想被愛。」

馬曼根登說：「你的部下非常愛你啊。」

「可是你很清楚，我不可能和他們結婚。」

「唉，至少我們現在都有美嬌娘了。」

「是啊，但我倒楣，娶的女人先愛上別的男人，而且是永不消褪的那種愛。」

「或許吧。」馬曼根登說。「我看過克里旺同志在一群漁民前面。他很慈悲，努力減輕其他人的不幸。有時我嫉妒他。有時我甚至覺得這座城市只有他對未來抱著希望。」

「共產黨都是那樣。」排長說。「可悲的人們不明白，這世界注定是你想像中最腐敗的地方。上帝為了安撫悲慘的大眾，才承諾有天堂。」

他們聊得入迷，沒發現天色已晚。他們察覺時候不早了，才匆忙起身，抱抱對方說下回見，然後往反方向回家去，各自回到自己的家和自己的妻子身邊。一天，發生了倒楣事——米拉和薩普里突然不發覺他們戀愛了，想結婚住到一個村子去種田，因此不在馬曼根登家工作了。馬曼根登一愁莫展，不知該怎麼找到新的傭人，而他妻子還只是個鼻涕未乾的小孩。結果事情的發展和他預料的不同。沒有傭人的第一天，他和排長玩完撲克牌回到家時天色已黑，而他發現晚餐準備好了。

他不解地問：「這些都是誰煮的？」

「我啊。」

這時他才發覺他妻子操持家務的驚人才能。她不只把他的衣物燙得整整齊齊、噴了香水，還煮了所有的菜餚，而他發覺一切都很美味，合他的胃口。馬雅黛維解釋道，從小黛維艾玉就訓練她。她甚至很擅長烘焙，經常嘗試餅乾、蛋糕的新食譜，和他們的鄰居分享。不能寄望馬曼根登扭轉他的壞名聲，馬雅黛維便成了這個家的親善大使，和鄰居維持友好的關係。那些餅乾、蛋糕替這個家帶來不少好運，鄰居不久就開始為兒子的割禮儀式訂購糕點，訂單不斷湧入。馬雅黛維下午放學後做糕點，於是不論發生什麼事，這個家絕不用擔心他們的經濟狀況。

馬曼根登開始後悔他有這麼棒的妻子，卻老是跑去卡隆媽媽的妓院和他的岳母上床。一天晚上，他回到妓院見了黛維艾玉，她輕笑著問他：「我猜猜，你還沒碰你的妻子，想要和你的岳母睡嗎？」

「我只是來告訴妳，我再也不會碰妳了。」

黛維艾玉一聽可驚訝了，她問：「為什麼？」

「妳的小女兒太美好，有那樣的妻子，我再也不要其他任何女人。」

馬曼根登渴望在家等他的妻子，立刻離開了黛維艾玉。

11

克里旺同志把杏樹砍成柴，搬去阿拉曼達的婚禮之後，就和他朋友在海灘上相聚。他從小就很喜歡海洋。他和漁民一同生活，和漁家的兒子一樣頻繁出海，他幾乎淹死的次數，和漁家的兒子拿大砍刀砍傷自己的次數不相上下。他不想回養菇場——那裡太容易讓他想起阿拉曼達，而他不想再沉浸於那些痛苦的回憶中。

他和兩個老朋友一起在海灘上一片斑蘭灌木叢後建了一座小屋。他會借船和卡明與薩米蘭一起去夜釣，將漁獲和船主均分；中午小睡之後，他會研讀馬克思主義的書籍，把他學到的一切教給他的兩個朋友。他常去荷蘭街的黨部，並開始和首都的一些共產黨員通信。他待在雅加達的短暫時間裡已經加入了黨校，在那裡認識了不少人。

他的筆友寄給他一些期刊、雜誌，黨則把他們的報紙寄到他的小屋。書籍開始在屋子的一角堆積，這表示他可以原原本本地研讀馬克思、恩格斯、列寧、托洛斯基和毛主席說的話，可以讀塞馬溫和陳馬六甲這些當地人寫的小冊。一些作者（例如托洛斯基和陳馬六甲）其實算是被禁了，但黨中有些人特地替克里旺弄來他們的作品。

他其實還不是真正的黨員，只是預備黨員。他自己研讀所有的文獻，勤奮地參與黨提供的政治討論，只要有機會就站上講臺。他組織了漁民和莊園工人。阿拉曼達婚後六個月，黨部的委員長決定他是他這區最好的幹部，因此讓他成為共產黨的正式成員。他獲派了第一個任務：召集革命軍中殘存的游擊隊，他們大多數是共產黨人，曾經和排長的士兵並肩作戰，多年前叛變失敗之後就四散了。現在他們正因為對革命的浪漫懷舊而重新入黨。

漁民工會就是當時成立的，薩米蘭和卡明是最早的成員，會長則是克里旺同志。不到兩週就有了五十三名成員，不久幾乎所有漁民都加入了工會。每個星期天，漁民沒什麼重要事可做時，就會聚在港口旁漁市場的院子裡，而克里旺同志會發下黨的傳單，解釋大型漁船對他們的生計造成什麼樣的威脅。

現在漁民的所有典禮都由工會負責。克里旺同志會發表簡短的演說，引述《共產黨宣言》中的幾句話，然後把個牛頭丟進海裡，獻給南海女王。他這樣演說的場合也包括死於浪濤下的漁民葬禮、漁民舉行的祝福儀式，以及他們用欣傳舞表演感謝風調雨順的時候。

所有民謠都換成了《國際歌》，末尾的祈禱都是：「全世界的工人，團結起來！」

克里旺和他朋友在黨部咯咯笑著說：「感覺我好像散布新宗教的傳教士。聖書是《共產黨宣言》。共產黨或宗教最重要的任務就是這樣——聚集跟隨者。」

克里旺那段時期忙碌得很。除了組織和宣傳，他也開始在黨校教課，替新幹部上政治課程。他還會出海，負責漁民工會，而且似乎樂在其中，於是黨讓他有機會去莫斯科深造時，他婉拒了，決定待在哈里蒙達。

他只有在出海回家的早晨才覺得放鬆。他會坐在小屋前面讀三份報紙，這三份報紙都以早餐前就送到哈里蒙達為傲。他讀《人民日報》，這是共產黨的報紙，還有他們視為「盟友」的另一黨報紙《東方之星》；另外是萬隆發行的一份當地黨報。他閱讀、喝咖啡，然後去小屋後的露天泉水洗澡，吃早餐，再回去睡到中午。

有一次，他正在做早上的例行公事時，看到七個女學生在沙灘上往東走。克里旺同志瞥了她們一眼，只是看到一群學童上學上煩了逃學去海灘其實很平常，於是他沒作他想，繼續喝咖啡看報。他還沒看完第一頁的頭條報導（下接第八頁），就聽見那群女孩傳來騷動（早上九點的時候，海灘上幾乎一向空盪盪的，所以騷動不可能來自別的地方）。他聽見她們刺耳的尖叫聲——不是頑皮孩子的尖叫，而是恐懼的吶喊。

克里旺同志放下報紙，走向遠方的女孩，她們散開，跑來跑去，突然有個女孩被一隻狗追著脫離了其他人。克里旺同志心想，自從排長開始繁殖野狗之後，哈里蒙達就太多野狗了。

他想幫助女孩，但女孩離得太遠，狗不過在她後面十呎。女孩看到他，明白他目睹了她經歷的恐怖，於是跑向他；狗凶狠地吠叫，緊追在後。女孩驚叫：「救命！」她朋友則在她後面遠遠地尖叫，這時克里旺終於跑向她們。

克里旺同志加速跑去，但他事後才驚奇地發現女孩跑得有多快。她在尖叫與吠叫聲之中仍然與狗兒凶狠的嘴巴保持距離，克里旺同志跑近時，發現雖然自己已經拚命跑向女孩，她卻跑了他的兩倍遠。他看得出女孩臉上的恐慌，而她從五呎外躍向他，緊緊抱住他；狗覺得這是咬她的完美時機，於是也撲了過來。但克里旺同志的動作更快，在那一刻奮力揍了狗的下顎。狗往後飛去，哀號一陣，然後口吐白沫地癱倒不動。狗患了狂犬病，這下死了。

這時克里旺身上有個女學生緊緊抱著他，這是阿拉曼達在火車站前狂吻他之後的第一遭。雖然一些女孩和年輕媽媽仍然會對他拋媚眼，但他已擺脫少女殺手的名聲，把大部分的時間都奉獻給黨和工作，沒時間挑逗或勾引人。但這個女孩緊抱著他，而他這才發現他不知不覺回應了她的擁抱（他只是保護她不被那隻狂犬病的狗咬）。

他們緊貼著彼此，克里旺同志可以感覺到女孩胸部那麼的柔軟溫熱，她的髮絲在空中飄動，拂過他的臉。她朋友如釋重負地跑來，克里旺同志輕輕推開女孩，才注意到她非凡的美，還有那種溫柔、不造作的傳統優雅：她的頭髮編成兩條辮子，合上的雙眼有著仙女般的細細睫毛，鼻梁修長，耳朵玲瓏有緻，雙唇微嘟，兩頰飽滿，這時他才發覺女孩昏倒了，或許早在撲進他懷裡那一刻就已失去意識。

她朋友幫他把失去意識的女孩放到一張椅子上。他試圖讓她甦醒，這時有輛馬拉的車沿著他小屋附近的洗澡泉水緩緩駛過草地，他攔下馬車，要她們把失去意識的女孩載回家，於是女孩們就擠上了馬車。

但即使她們繞過路彎處沒了蹤影，再也聽不見躂躂的馬蹄聲，克里旺同志還是能聞到女孩秀髮的氣息，感到她胸部柔軟的觸感和她神祕美麗的影響。他努力趕跑那些感覺，告訴自己，他必須為了黨的未來而努力，但那股暖意怎麼也趕不走，即使他讓自己忙著把狂犬病的狗埋進灌木叢中也一樣；飯煮好之後叫醒他朋友，那感覺仍在。

就寢時間更是難挨。早晨的事件揮之不去，他發覺那個女學生的臉孔似乎有點眼熟——或許他甚至知道她的名字。他還能感覺到她身體的暖意，而他努力回憶自己是怎麼認識她的。女孩大約十五歲，所以他絕對沒跟她約會過。他一記起那女孩是誰，就更痛苦了——他確實見過她的臉，甚至知道她的名字——他早在她六歲就認識她了。其實，他去雅加達的前一年，他幾乎每天都見到她。他立刻想趕走他身體對她的所有溫暖記憶、忘卻她胸部柔軟的觸感，但毫無幫助。

「噢，」他淒慘地說，「她叫阿汀妲，是阿拉曼達的妹妹。」

他終於決定放棄了。漁民從屋裡出來，有些在檢查他們的漁網，修補任何魚在網裡蹦跳而扯破的地方，其他漁民則走向城裡找樂子。克里旺確認小屋旁撐開晾乾的網子狀況良好，就去泉水洗澡了。

洗澡處有個露天的水龍頭，僅有斑蘭灌木遮蔽。那裡只有一個大桶子，桶子上的小洞用舊橡膠涼鞋塞住。克里旺同志其實不喜歡在蓮篷頭下沖澡，因為水會像小便一樣灑下，他寧可這樣舀水，直接潑在身上。

結果他還是逃不過那個女孩，好像只要他仍活著一天，她的家族就注定要糾纏他。克里旺還沒洗完澡，卡明就喊說有兩個女孩要找他。他穿上衣服，頭髮沒乾，就發現客廳裡有兩個女孩正看著牆上馬克思、列寧和鎚子與鐮刀的畫像。

「謝謝你幫了我。」阿汀妲說著，尷尬地微微鞠躬。她一點也不像阿拉曼達——她的臉龐平靜、天真而羞怯。

克里旺同志說：「妳跑得比那隻狗快。跑得那麼快，可以讓牠追到累死。」

阿汀妲說：「牠會咬到我，因為我會昏過去。」

目前他在黨內的職務會蓋過女孩帶來的煩惱。他必須聽漁民工會抱怨排長那些漁船的作業。一天早上，克里旺同志設法在一場行動中帶領一群漁民。大船在港口市場排隊卸下漁獲時，克里旺同志和他的團體起身迎向他們。他對一名船長說，他們會站在那裡，直到可以保證大型漁船再也不在傳統漁場作業。

他在開頭說：「你們所有的魚都壞掉，我也不管。」當然最後收尾的是那句：「全世界的工人，團結起來！」

大船上的工人輕鬆地站在欄杆上，沒打算和他們的村民同胞衝突，也不在乎他們的魚可能爛掉，因為他們的薪水畢竟不是用魚來支付。而市場的買家應該覺得被坑了，他們看到現場漁民的數量，加上漁民身材壯得像鯨魚寶寶，於是保持沉默。真正困擾憤怒的當然是排長船上的船長和職員，但就連他們也沒挺身和漁民工會的人對抗。緊繃的一個小時過去了，現場瀰漫著不安的氣氛，眾人合唱《國際歌》，漁民們手臂勾著手臂站成一排，面對從大船下來的一切，不論是人是魚。

克里旺同志確信會得到勝利。魚會很快就腐爛，如果大船不答應聽漁民的要求，他們隔天繼續抓魚，魚又會腐爛。然而，大船上的冰塊融化完、魚真的開始發臭之前，來了一些警察和一個營的軍隊。漁民焦慮了片刻，然後決定對抗，但軍人開始對空鳴步槍，他們便倉惶逃跑。克里旺同志不得不下令撤退。

這些事應該足以讓他忘了阿汀妲，結果不然。那女孩出現在那群漁民之中，而他看到了她。

他和卡明與薩米蘭住的小屋被當作漁民工會的總部，所以任何人都能來。他們在那裡召開經常性的會議，沒完沒了地談論各式各樣的所有事，如果阿汀妲放學回家的路上和她一些朋友出現在那裡，他完全不能就這麼要那女孩離開。

阿汀妲的英文流利，這在哈里蒙達並不罕見，因為太多外國人去那裡觀光了。克里旺同志有一堆愛書人會很喜歡的藏書；大部分的藏書都是哲學和政治，不過也有阿汀妲愛看的英文故事書。克里旺同志午睡醒來時，經常看到女孩坐在那張大桌子旁一本正經地讀書，而列寧的照片就在她上方。她會抬頭看他一下，面露微笑，像在說，抱歉我沒問就進來了，而克里旺會緊張地給她一杯茶，不過女孩會說，謝謝你，我可以自己倒茶，不過這時克里旺同志已經速速回到外面的井邊去顫抖。

阿汀妲在那裡讀了很多書。她讀了他所有高爾基、杜斯妥也夫斯基和托爾斯泰的小說。那些都是由莫斯科的一家外文出版社出版，透過黨轉給他的。她也讀當地的小說，還有「革新基金會」（黨的出版社）出版的翻譯小說，以及國家圖書出版社的書（那是官方的出版社）。

克里旺同志從沒叫她離開，但他確實盡可能避著她。她在附近時，他飽受折磨的原因有二——首先，阿汀妲引燃了他對阿拉曼達的痛苦依戀，第二，看到阿汀妲，他彷彿再次經歷他們溫暖的擁抱，那擁抱令他心醉神迷。他更投入漁民工會的事務，討論他們第一次對抗排長漁船的行動為何失敗；他把工會的幹部組織起來，滲透大船，在那裡設法拉攏勞工。這得花點時間，但他相信共產黨人是世上最有耐性的生物。

事情並不容易，不過他終於在每艘船上都安插了兩個他的人——根本不夠，不過聊勝於無。等待煽動勞工的期間，漁民大多愈來愈沒耐性，他們督促克里旺同志燒了大船。克里旺同志設法安撫他們。他說：「給我一點時間和排長談。」

克里旺同志第一次和排長談判未果，排長反而多加了一艘漁船，漁民這時再度催他走捷徑，把船燒了。第二次，克里旺要求和排長談話。那時他去了屋子，看到阿拉曼達的肚子；她肚子隆起但空空如也。那天，不只排長把他的話當成嫉妒男人的詛咒——阿汀妲也有同樣的感覺。

一天下午，她淚眼汪汪地跑來求他：「別傷害我姊姊，她不得不嫁給排長，已經受了夠多折磨。」

「我什麼也沒做。」

「你詛咒她，要讓她失去孩子。」

「不是那樣，」克里旺同志為自己辯駁。「我只是看到妳姊姊的肚子，然後把我看到的說出來。」

女孩一點也不相信他。她坐在她平常讀書的那個位置，既憤慨又困惑。克里旺同志通常就讓她坐在那裡，但這次他有氣沒力地拉了張椅子坐下。那天下午沒別的人，只有牆上的蜥蜴和掛在天花板上織網的蜘蛛。

「同志，求求你，忘了阿拉曼達吧。」
「我根本不記得她叫那個名字了。」
阿汀妲沒理會他的彆腳玩笑。「如果你在氣她，就把氣出在我身上吧。」
「那好，我就把妳像番茄一樣壓扁。」克里旺同志說。
阿汀妲對他的玩笑毫不買帳。「你可以隨時殺了我或強暴我，我完全不會反抗。你可以讓我成為你的奴隸，或是其他什麼都行。」她從裙子口袋掏出一條手帕，揩去兩頰淌下的淚水。「要的話，娶我也行。」
遠方有隻壁虎叫了七聲，那是母壁虎求偶的信號。

排長確信如果那個孩子果真從他妻子的肚裡消失，一定是克里旺的詛咒造成的——那是嫉妒情人的詛咒。這類的問題無法用武器解決，即使七代的戰爭也無法；為了拯救他的頭胎孩子，他必須找到和平的解決辦法。他終於告訴克里旺同志，他會命令他的船長在遠離海灘與傳統漁場的地方作業。
排長這時說：「但是請你解除你對我太太肚子的詛咒。」他迫切希望有個孩子可以向全世界證明他和他的妻子彼此相愛、他們的婚姻幸福美滿。克里旺同志聽見他的要求，微笑了，他之所以微笑，不是因為阿拉曼達只愛他，一點也不愛排長，而是因為：「排長，空鍋子和那些船沒有關係。」
排長好像沒聽見克里旺同志的話，他還是把他的大船遠遠挪到深海處。
漁民沉溺於他們的勝利——那些大船不再在他們的海域捕魚，不再把他們的魚賣到當地市場，而是停泊在更大的城市，那裡對魚的需求量更高。
克里旺同志按他馬克思主義大師的指示，盡可能明確地把發生的事告訴他們，而且既然大船退到遠方，魚也回來了，他們該討論進一步的策略。沒想到漁民依舊迷信，一有了點錢就去買個牛頭，買幾瓶椰花酒在海灘上慶祝之後，就把牛頭丟進海裡，獻給南海女王。克里旺同志束手無策，他確信即使要教他們最簡單的邏輯也很難，更別說要他們接受馬克思主義的辯證了；就連他自己在首都短暫停留期間也才片段地接觸到。他們有勇氣在他們的整體和生計受到威脅時反擊，他已經夠慶幸了，但他屢次告訴他朋友，人生沒那麼簡單，他們不該因為小小的勝利就樂昏頭，他們的友誼應該更緊密，因為想必會出現更嚴重的威脅。

不只漁民舉行了歡喜的感恩儀式。排長開心不已，也經常舉辦這些祝福儀式。或許是他之前因為克里旺同志的詛咒而憂心忡忡，所以他也要求為阿拉曼達和她肚裡成長的孩子求平安，舉行一個傳統儀式。那個儀式中，阿拉曼達會大半夜地在漂滿各式花朵的水裡沐浴，同時傳統的接生婆則會吟誦梵咒。這位接生婆向排長保證，他妻子的肚子飽滿充實，肚裡的孩子表現得很好，是個女孩，和母親一樣美麗。

排長不在乎嬰兒的性別，只知道他會有個配得上他的孩子。但他聽見接生婆預告嬰兒是女的，歡喜雀躍，確信那詛咒不過是滿心嫉妒的男人在吹牛。他立刻開始幫孩子想名字，決定叫她努魯艾妮。不是因為這名字有什麼特別意義，而是因為這名字突然浮現在他的腦海中。他也是因此才覺得那孩子的名字是他必須採納的天賜靈感。在此同時，接生婆正將一瓢瓢花水澆到他妻子身上，阿拉曼達在夜晚寒冷的空氣中打顫，覺得隔天早上醒來一定會感冒。此時此刻，克里旺同志則在海上的某個地方祈禱他錯了，希望那對夫婦有個真正的寶寶。

阿拉曼達終究沒生下努魯艾妮。預產期前幾天，那個寶寶就這麼從她的肚子裡消失了。

阿拉曼達自己也不曉得發生了什麼事。她才醒來就開始劇烈地打嗝，吐出大量的空氣，突然間感覺像個苗條的處女，子宮裡不再有任何重量。她清楚記得克里旺同志說她的肚子就像空鍋子，裡面都是空氣和風，但她仍然很震驚，她在清新寧靜的早晨空氣中放聲尖叫。排長在另一間房睡覺，他穿著抽繩褲和汗衫急忙跑進來，臉上還布滿枕頭的壓痕，手臂滿是蚊子叮的包。他衝進妻子的房間，看到她再度苗條，身材凹凸有致，震驚極了。

他起先以為他妻子已經生了，於是在床上、甚至床下尋找血灘和小傢伙，但他沒找到新生兒，也沒聽見嬰兒的哭聲。他瞪著他的妻子，他妻子回瞪他，面如死灰。她試圖說話，但她合不攏嘴，嘴唇像受寒的人一樣顫抖，沒吐出任何音節。

排長記得克里旺同志的話，他陷入恐慌，使勁搖晃阿拉曼達，叫她跟他說發生了什麼事。但阿拉曼達沒說一個字就虛弱地癱倒床上。這時接生婆來了。接生婆經歷過各式各樣的怪事，她讓阿拉曼達躺得舒服點，然後說：「排長，確實偶爾會有這種事——肚裡沒有寶寶，只有空氣和風。」

排長無法接受，喊道：「可是妳自己也說我要有女兒了！」他的聲音尖銳且怒氣騰騰，但他看了接生婆老神在在的樣子，就坐到床邊無法遏抑地哭了，也不管自己已是成年男子——他失去了努魯艾妮，他夢寐以求的小女孩。排長立刻想到克里旺同志，這次他心裡不是擔心詛咒可能成真的那種惱人憂慮，而是滔滔怒火，因為詛咒確實成真了。克里旺同志奪走了他的孩子，而排長將會報仇。

兩人試圖掩蓋事實，宣布說嬰兒死了。只有克里旺同志知道真相。為了報復克里旺同志，排長哀悼一週之後，就下令他的大漁船回到他們從前捕魚的地方，而且在從前的市場賣魚。工人抗議說漁民會毫不猶豫地燒了船。排長不在乎，誰不服從就開除誰。

克里旺同志設法和排長談，說排長違背了承諾，但排長反駁說克里旺自己也違背了承諾。克里旺說他從來沒承諾任何事，只說他會保護大船不被漁民的怒火波及，但排長不斷提起詛咒的事，還說世上每個女人都有權選擇她要和誰結婚。

克里旺同志被指控他出於嫉妒而詛咒未出世的孩子，實在難過，卻還是努力保持冷靜，答道：「排長，只有一個解釋，也就是你和妻子同房時沒有愛——那樣結合得到的孩子要不是無法生下來，就是變成瘋孩子，屁股上長條老鼠尾巴。」排長朝他揮了一拳，但克里旺同志閃開了，他說：「排長，立刻把大船移開，免得我們失去耐性。」

結果排長命令大船在士兵的看守下照常作業，還派了士兵守衛；士兵站在甲板的護欄旁俯望船下的漁民，漁民則怒目仰望他們。排長露出狡猾的微笑，看著日暮降臨，克里旺和其他三人開著汽艇靠近，其他漁民則乘著自己的小艇跟在後面。小船尋找寬闊大海中還有一點魚的地方，希望至少滿足自家廚房的需要。

阿拉曼達和排長一樣，失去孩子震驚極了；不論那孩子是怎麼懷上的、對方是誰，那終究是她的孩子。哀悼的那週過去，排長回去辦事之後，阿拉曼達鎖在她房裡，陷入沉重的哀傷，有時呼喚著努魯艾妮的名字。

排長努力說服她說一切都是上天注定的，他們還有第二次機會可以生孩子，甚至第三、第四次，基本上機會無窮無盡。他說：「親愛的，看開點，我們可以再來做愛，孩子要生多少就生多少。」阿拉曼達堅決地搖頭，她提醒排長她已經發了誓——她會嫁給他，但她永遠不會愛他。排長繼續努力哄騙她，說他們可以再生個努魯艾妮，這次會是個真的小女孩，但阿拉曼達狠狠地說：「失去孩子比遇到惡魔還可怕，但要我愛你，比失去二十個孩子更可怕。」

這時，排長想起他妻子沒穿鐵內褲。排長腦中一浮現那卑鄙的念頭，趁阿拉曼達還沒察覺他在想什麼，他就轉身關門上鎖。阿拉曼達自從失去努魯艾妮之後都還一直臥床，她隨即明白那男人打算做什麼。她跳起來看著排長，擺出女人準備一搏的姿態，嚴厲地說：「排長，你硬了嗎？要的話，我的耳道還緊實完整。」

她丈夫哈哈大笑：「親愛的，我還是喜歡妳的小穴。」

阿拉曼達完全沒機會做別的事——排長把她拋回床上。阿拉曼達用她僅存的力氣，再一次試圖自衛，但她立刻被扒光，衣服像被一群狼獾啃過一樣給扯成碎片，接著排長壓到她身上。

那次交媾時，阿拉曼達不再企圖反抗，因為她知道反抗也沒用，但如果排長靠近她的嘴，她就使盡全力咬他嘴脣。最後排長只是不懈地一下一下插她，他們的結合交織著喜悅與憂傷，令人不安。阿拉曼達又一次無法保護自己，這時意志完全瓦解——她覺得自己屈辱、骯髒，滿心悔恨。排長完事後，阿拉曼達把他踢到地上，說：「你這個卑鄙下流的強暴犯，居然強暴自己的老婆，你應該也操過你老母吧！」她拿個枕頭丟排長，加了句：「如果你的屌夠長，打賭你甚至連自己的屁眼都要操！」

至少這次她丈夫沒把她綁起來，隔天他出去時，阿拉曼達從家裡沒了蹤影。排長慌了。他派人去黛維艾玉家找她，但他們沒在那裡找到阿拉曼達。排長受到嫉妒的烈焰折磨，也派了人去克里旺的屋子，但那裡也沒她在的跡象。他開始派人去城裡最偏遠的角落，然後去車站和公車總站確認她是否離開了這座城，但不論哪裡都沒人看過她。排長放棄了，他和他深愛的女人結婚，她卻從不愛他，他完全迷失在可悲的命運中，癱在他陽臺的一張椅子上，路人和他打招呼時，他誰也沒回應。

夜暮低垂，他感到格外空虛、寂寞、被遺棄，開始明白自己有多可悲。就算阿拉曼達回來，只要她對他的感情毫無回應，他不覺得繼續和她住在一起有什麼好高興的，一點也沒有。或許他必須開始像戰士一樣，像堂堂男子漢、貨真價實的士兵一樣思考，提議和她離婚，或許那麼一來，阿拉曼達就能重拾歡笑。但他光是想到離婚就哭得更厲害，於是他暗自發誓，只要找到他的妻子，他絕不會再傷害她，只要她肯留下來，他會任她奴役。或許他們可以領養別人的孩子。

暮色更濃了，陽臺的燈還沒點亮。阿拉曼達的影子落在大門上時，排長立刻發現了，他祈禱那不只是幻覺；這時影子靠近，排長立即撲跪到阿拉曼達面前，求她原諒。

阿拉曼達見了他的舉動，只是皺起額頭。「排長，用不著道歉。我現在穿了新的防護，上面施了更複雜的梵咒。即使我全裸，你也無法插入我。」

排長大惑不解地注視他的妻子，他很訝異她對他完全沒有敵意。

「排長，夜裡很涼，我們進去吧。」

大船上更多勞工因為罷工而被開除了——他們並沒有組成工會，只是太怕燒船的威脅，所以不敢回去工作。大船確實回來了，再一次在淺水偷魚，把漁獲拿去當地市場賣。漁民這時說：「同志，沒別的辦法，我們得燒了排長的大船。」

克里旺同志焦急又灰心，他絕不是惡毒之人，無法就這麼輕易決定燒掉一些船。其實他所有的朋友都會說，他光是看肉麻的電影也會眼淚盈眶。

他再度設法私下和排長談話，但他們談話的內容仍然在阿拉曼達身上打轉。克里旺同志終於和漁民一樣，暗自感到他們確實別無選擇，只能燒了那些該死的大船。畢竟如果列寧沒命令史達林搶銀行的話，俄國革命可能永遠不會發生。

排長在他大船的甲板上派駐大量士兵看守，因此漁民要執行他們的計畫並不容易。累人的整整六個月過去，漁民工會的密會總是陷入僵局，大家想不出究竟該怎麼執行，而漁民日復一日愈來愈窮，愈憤怒。

過去，克里旺同志遇到讓他覺得腦袋要爆炸的問題時，總是向女人尋求慰藉。但現在他唯一的女性同伴是阿拉曼達的妹妹阿汀妲，他和她相識一年了。於是人們繼續討論他們的困難，他則像別無選擇似的離開小屋，往黛維艾玉家去，宛如淒慘的難民因無盡的革命抗爭而精疲力竭。他想分享他的感覺、他的渴望，但黨強調不可以跟任何人討論這件事，於是他和阿汀妲在門廊上度過了無聊的一個小時，寒暄閒聊，卻完全無法讓他枯竭的靈魂得到慰藉。他回家之後，倒在他小屋外的一張椅子上，望著海上黯淡的天空。

他回家前，阿汀妲說：「該有人拿槍指著你的額頭，逼你替自己著想一下。」

那是他以往看到的那片黯淡的天空，只是那天晚上感覺不同。從前，那片天空讓他想起他在沙灘上、在阿拉曼達身邊度過的那個美麗夜晚，但那晚寒冷的天空寂靜而悲傷，彷彿映照了他乾枯無生氣的心。他抽著丁香菸，納悶著革命是否真有一天會發生，人類有沒有可能不壓迫彼此。

很久以前，他聽過清真寺一位教長說過天堂的事，有牛奶之河在你腳邊流過，有美麗純潔的天仙隨侍在側，一切都任你取用，毫無限制。那一切似乎那麼美好，美好到讓人難以置信。他不需要那麼不切實際的願景——只要每個人得到一樣多的米，他就心滿意足。話說回來，或許那才是最不切實際的希望。

這些念頭總是讓他緬懷過去，也就是他知道他必須革命之前的日子。他一向窮苦，但他以前對付有錢的人的方式簡單多了——偷他們花園裡的任何東西、勾引他們的女人，讓他們出錢給他買食物、上戲院看電影，或是受邀參加他們的派對，免費喝他們的啤酒……那一切都不需要黨、宣傳或是《共產黨宣言》。他的思緒停不下來，覺得光是望向泛紅閃爍的暮色就疲憊。他在他的椅子裡陷得更深，不知不覺睡著了。準備燒大船的六個月裡他就是這麼過的，直到一天晚上，他在椅子上被一些漁民喚醒。

士兵已經兩週沒看守漁船了。他們顯然厭倦了。船長覺得漁民的威脅只是空話，決定叫士兵回家，省得繼續供他們吃飯，供應他們香菸和啤酒。船長開始在沒防衛的狀態下出海，只有在停泊下漁獲時才有幾名武裝士兵守衛。漁民工會計畫在新月的半夜攻擊大船——也就是他們喚醒克里旺同志那晚，那是他們引頸期盼的夜晚，他們將還以顏色。

他的一個朋友說：「同志，醒醒啊，革命不會在你睡夢中發生。」

克里旺同志拋開睡意，振作起來，在綴滿星星的晴朗夜空下親自率領三十艘小艇出發。那晚是克里旺同志的一個轉捩點，那晚他開始認為革命分子必須有顆冷酷堅定的心，以及發自決心的固執勇氣。大船舷窗微弱的光線在黑暗中清晰可見，但小艇沒配備任何燈光——漁民靠直覺來操控，他們對大海，就像對他們出生的村莊一樣熟稔。他們的領袖自言自語，鼓舞自己：「想像這是為了可憐悲慘的人民而突擊巴士底監獄。」

大船作業時，彼此間隔一小段距離。每艘小艇都有三、五個漁民，三艘大船各成為十艘小艇的目標。他們緩慢行動，像三十隻滑溜的草蛇看著三隻毫不知情的老鼠。他們藉著大船閃爍的光線，可以看到工人拖起漁網，把漁獲丟進船身。

克里旺同志帶領十艘小艇到中央的大船，判斷其他兩艘大船也被包圍之後，就吹出尖銳的哨音；水手驚訝地停下他們的工作。他們的驚訝還沒平息，就發覺這時有滿滿三十艘小艇的男人正在點燃火把。大船突然被流螢似的點點火光包圍。

克里旺同志朝上面甲板的人大喊：「朋友們，這艘船就要被燒了，跳下來游向我們的船吧！」

雖然大船船長怒吼命令他的工人反擊，卻驚慌地率先跳下船，游向最靠近的小艇。他譴責漁民，最後有人給他一記，他失去意識呈大字倒下。這時水手爭相跳下大船游向小艇，而漁民開始歡呼，甚至有人唱起了《國際歌》——那是他們最輝煌的慶祝。

裝滿汽油的塑膠袋劃過空中，落在空無一人的甲板上，然後火把開始飛過，引燃汽油。海中央這時有三座營火熊熊燃燒，小艇迅速撤退，然後三艘大船轟然爆炸；漁民歡騰，喊道：「漁民工會萬歲！共產黨萬歲！全世界的工人，團結起來！」

排長聽說領導暴動的是克里旺同志，沒人傷亡，而三艘大船被催毀了。

聽了報告，排長只是吁口氣，心想他可以弄些新漁船，加強保全。他看起來並不生氣，想當然爾是因為阿拉曼達這時懷孕六個月了。他很慶幸他們那一次做愛有了成果。他不希望有任何事打擾，只想準備迎接新的努魯艾妮出世。他兩度帶他妻子去省城較大的醫院，反覆確認她肚裡有個寶寶，並且付錢請強大的巫師保護他的孩子不受任何詛咒傷害。

但阿拉曼達九個月時，第二個寶寶和第一個一樣，突然從她肚裡消失了。排長失控地勃然大怒，抓了手槍衝出去，瘋狂地奔來跑去；他吶喊著克里旺同志的詛咒奪走了他的孩子，讓她們還沒出生就消失；人們驚慌地從他前面逃開，覺得他瘋了。排長看見什麼都開槍，打夠了就跑向海灘，心裡只有一個打算——找到克里旺同志、殺了他；誰也不敢礙著他。

12

克里旺同志把他那杯咖啡端到陽臺，坐著等他的報紙送來。排長想殺了他的前一天，他從身兼漁民工會總部的小屋搬到荷蘭街街尾的共產黨黨部。排長發現荒廢的小屋裡沒有半個人，繼續暴跳如雷地朝小屋開槍，然後燒了小屋。最後，他精疲力歇，哭著趴倒在沙地上，直到有路人發現他毫無意識地倒在那裡。克里旺算是運氣好——他獻身於黨多年之後，被任命為哈里蒙達共產黨的領導人。

這天是十月一日，他的報紙還沒送來，他正感到焦慮。他不耐煩地顫抖，拿起前一天的報紙，開始看廣告；其他內容他都讀過了。除了兩則廣告，沒什麼引起他的興趣——一則是生鬍水，另一則是貸款買德國車。他把那份報紙丟到桌下，喝了一點咖啡。他望向街道，希望報童會騎著腳踏車出現，結果是個年輕女子沿著街道走來；來者是阿汀妲。

她問道：「同志，你好嗎？」

「太糟了。我的報紙還沒送來。」

女孩皺起額頭。「你沒聽說雅加達發生的流血事件嗎？」

「我沒報紙，怎麼可能知道？」

阿汀妲坐到克里旺同志身邊，她沒問一聲就喝了點他的咖啡，然後說：「收音機上都在播共產黨的事，說他們發動政變，殺了一些將軍。」

「喔，等我的報紙送來，就會知道了。」

人們開始出現，有老有少，有幹部也有老兵，許多是黨裡最重要的人物。約諾同志是黨裡克里旺同志之前的頭號人物，他率先出現，之後是卡明和其他人。他們報告的都是同一件事——雅加達發生了血腥事件。

「看來情況會很糟。」卡明說。

「你說得對。」克里旺同志答道。「我們付清了全額的報費，那些報紙還是沒送來。我該賞那個報童一個耳光。」

約諾同志問：「同志，你怎麼啦？難道你只想到報紙嗎？」

克里旺同志暴躁地回瞪他：「那些報紙從來不曾沒送到，這下怎麼著？」

「同志，聽我說，」阿汀姐說。「今天根本沒發行報紙。」

「為什麼？今天不是開齋節，不是聖誕節，也不是新年。」

卡明說：「軍隊占領了所有的新聞編輯部。所以很遺憾，同志，但今天我們看不到任何報紙了。」

克里旺同志抱怨道：「那比政變還要糟。」說完一口喝掉剩下的咖啡。

總之，黨裡的許多重要成員集合開了一個緊急會議。一些城市傳來報告，最重要的是雅加達的消息：據說共產黨所有核心領導者都被捕，發生了一些殺戮，有些幹部已經死了。於是他們決定動員哈里蒙達的民眾，發動大型示威，如果雅加達的黨領導人真的被捕，他們會要求無條件釋放那些人。可是他們的資訊矛盾，錯綜複雜——有些報告指出艾地[14]已遭處決，有些則說他只是被捕，還有的報告說他平安無事。尼約托和其他一些人的狀況也一樣眾說紛云。但不論發生什麼事，他們都必須召集所有幹部、共產黨支持者、漁民、莊園工人、鐵路工人、農民和學生。那天和那之後是哈里蒙達歷史上最動蕩的日子，人們在街上以小搏大。

任務分派下去，同志們迅速分頭去聯繫基層組織，準備他們在危機中需要的一切。他們做好海報，揚起標語。這時克里旺同志舉行了五人的密會，要他們準備武器，預防真正糟糕的情況發生。他們列出他們現有的資源，游擊隊革命分子留下的東西還不少，他們有些人曾經參與革命戰爭，有作戰經驗。卡明分派到的任務是組織這個武裝分部，於是他匆匆離開了；克里旺同志則配了手槍——他對黨太珍貴了，不能冒任何風險。

十點鐘，已經有一群漁民和莊園工人聚到荷蘭街上。農民、鐵路工人、碼頭工和學生都還在趕去的路上。

約諾同志說：「我們上街去吧。」

「你去吧。」克里旺同志說。「我要等我的報紙。」

沒人有異議。他們認為這是黨領導人面對特別險惡的處境感到沮喪，盡可能理解他。他們把他留在荷蘭街尾黨部的陽臺上，等著永遠不會送來的報紙，只有阿汀妲陪著他。

那裡的黨部比較新，設在兩座大倉庫中，前院裡黨旗在紅白國旗旁飄揚。前門掛著銅鎚與鐮刀，幾乎所有的門都漆成亮紅色。客廳裡最顯眼的是一大幅卡爾·馬克思的油畫，還有其他蘇維埃社會現實主義者的畫像。克里旺同志就和一些保鑣住在那裡。他們是有座收音機，不過克里旺同志寧可看報紙——只是這下子新聞編輯部被軍隊占領，共產黨人的血取代了所有的報紙油墨。

克里旺已經領導哈里蒙達市共產黨兩年了，他愈來愈忙碌，所以夜裡不再出海。他讓莊園工人和

---

14 DN Aidit, 1923-1965，成為印尼共產黨主席之後，使印尼共產黨成為僅次於蘇俄和中國的第三大共產黨，並在一九六五年成為印尼的最大政黨。該年九月底即發生政變。

農民組成工會，主導了十多場光榮的罷工。哈里蒙達的共產黨有一千零六十七名繳納黨費的活躍成員，支持者多達數千人，其中半數在每次罷工時都有貢獻，每次在足球場的集會都會出席，也參與黨的課程。

並不是從來沒發生衝突；克里旺同志重新動員戰時的游擊隊革命分子老兵，他們有武器和軍事訓練的熱誠。他們的人數當然不足以對抗軍隊，但他們已經保護了罷工者，不讓他們受到鐵路和莊園公司、地主和船長的暴力脅迫。

那段時間裡，他命令一些成員離開；有兩個成員為了其他女人而離開自己的妻子（在他的監督下，嚴格禁止那種事），另外三個人據信是托洛斯基派分子。克里旺同志的聲望靠著這樣的嚴格領導而達到巔峰，他在人民記憶中永遠是那座城至今最有魅力的共黨領導人。

克里旺同志突然說：「雨季來了。」

阿汀妲抬頭看著晴朗的天空，附和他——早上天氣很好，但誰知道呢，以往十月都會下雨。「可是他們不會因為下雨就撤退。我想我們被雅加達的軍隊騙了。」

「也許送報的卡車被洪水捲走了。」

「同志，今天沒發行任何報紙。」阿汀妲說。「我敢打賭，至少一星期不會有任何報紙。也許再也不會有任何報紙了。」

「沒有報紙，我們會倒退回石器時代！」

「我幫你煮點咖啡，也許喝了咖啡，你就會恢復理智。」

阿汀妲去廚房煮了兩杯咖啡，回來的時候發現克里旺同志站在大門口，正沿著街道望去。他看起來還希望報童會騎著腳踏車出現。阿汀妲把那杯咖啡放到桌上，坐回她的椅子上。

「如果你可以講理了，就坐回你的位置吧。」她對克里旺同志說。

「一天沒報紙才沒道理。」

「同志，忘了該死的報紙吧！你的黨陷入危機，他們需要頭腦清楚的領導者！」

不論如何，真的很難相信共產黨（當時是哈里蒙達聲勢最旺的黨派）會遇到軍事政變。當時，共產黨擁有全城史上最璀璨的聲名。如果有選舉的話，共產黨會贏得扎扎實實的勝利。全城都裝飾成紅色，就連市長和軍隊都任他們為所欲為。

共產黨人對學校施壓，包括幼稚園和殘障學校都教學生《國際歌》。他們當然把馬克思和列寧的相片貼在教室牆上，和國家英雄的畫像排成一排。還記得哈里蒙達的獨立紀念日是九月二十三號嗎，他們在獨立紀念日時舉行最開心的狂歡會和遊行，共產黨人喊著革命口號。城裡人會湧上街，聽著馬可．卡托迪克羅摩[15]多年前「地位平等，感覺相同」論述裡的文句，宣告人人不分階級、職業，都應得到平等對待。

阿汀姐覺得共產黨人即將在哈里蒙達街上進行的群眾示威應該像那樣。多年後，她才明白共產黨被禁之後，她再也沒見過那樣的遊行隊伍：條條大路開過一輛輛裝飾華麗的汽車，克里旺同志通常就安插在正中央，坐在敞篷車上，戴著沙林同志給他的那頂帽子，朝路旁發狂尖叫的少女揮手。

敵對黨派很訝異他這麼受歡迎，他們祈禱短期內不會有公開選舉。其他黨派宣稱他們也是革命分子，等著趁共產黨人放鬆戒備時偷襲。然而這一切都無法輕易達成，而是經過兩年的辛勞努力。甚至

15 Marco Kartodikromo, 1890-1932，印尼殖民時代的記者與作家，批評殖民政府不遺餘力，後因涉入印尼共產黨起義而關入博芬迪古爾，死於獄中。

傳說克里旺同志曾經兩度遭到神祕的暗殺，但暗殺未遂。一晚，一名攻擊者突然出現刺殺他，又突然消失，完全沒留下任何線索；另外，還有人把一顆手榴彈丟進他臥房的窗戶。但他仍舊健康得很，他在公開集會說，不論暗殺未遂的殺手是誰，他都原諒他們。他說那樣的人就是不了解共產黨的任務，也就是根除人類彼此苛待的情形——人們對他和共產黨的評價因此節節高升，最後連小小孩都會讚揚他們。

他母親米娜把這一切的狂熱政治活動看在眼裡，憂心忡忡。她還記得她丈夫被日本人處決，她把所有宣傳、狂歡會視為荒唐無意義的騷動。米娜有時看著她兒子在數千人的群眾前發表演說、喊口號，例如：「打倒地主！」而群眾熱切地跟著喊。而他不只咒罵地主，也咒罵放債的、工廠老闆、船長，莊園幹事以及鐵路公司。當然他也詛咒美國、荷蘭和新殖民主義，他說得口若懸河，好像上帝親自朝他耳中低語了那些話。

每次克里旺同志回家探視，米娜都會告訴他，樹敵太多不是好事。

她擔心地說：「朋友不怕多，但敵人不怕少。你讓不少人痛恨你。」克里旺同志向她保證，發生在他父親身上的事絕不會發生在他身上，然後他會微笑著喝她替他泡的茶，然後就跑去休息。

一天，一群少年因為共產黨強烈要求而被捕入獄。他們在學校開派對，錯就錯在他們上臺唱了一些搖滾歌曲，而排長答應了共產黨人的要求。米娜聽到這件事之後，原本的擔心變成了憤怒，她大步走向黨部，朝她兒子破口大罵。她在他擁擠的辦公室中央尖叫：「怎麼可以發生這種事！你以前不是會用吉他彈那些歌曲嗎？」她對聚在周圍的人說：「**你們大家**不是都會嗎？這下子你們卻因為那些孩子唱了那些歌而命令他們接受軍方羈押？」

克里旺同志為了黨紀不肯屈服，對母親態度冷淡。他只安撫那個女人，把她送到大馬路旁，然後要一個人力三輪車的車夫把她送回家。

他沒就此罷休，而是開始對市議會、軍方和警方施壓，要他們沒收這些腐化思想的西方搖滾唱片，任何聽搖滾樂的人都得關進牢裡（即使待在自己家裡私下聽也一樣）。每次他都喊道：「打垮美國，虛妄的美國文化去死！」相反的，黨開始慷慨地支持民俗藝術，也提供家常小點和一些黨的宣傳，於是封建時代和殖民時代受到破壞的所有民俗藝術，現在都開始在哈里蒙達的舞臺上活躍起來。他們在建黨周年的慶典上表演了欣傳舞，一個漂亮女孩鑽進雞舍裡，出來時拿著鎚子和鐮刀，臉上濃妝豔抹，更是好看（觀眾都鼓掌了）。庫達倫賓的入神舞者不只吞玻璃和椰子殼，現在也吞美國國旗。被禁的搖滾唱片也砸碎吞下。

克里旺讓黨的聲勢迅速攀升之後，首都黨員的目光就集中在他身上。據說他受邀加入政治局，成為印尼共產黨中央委員會的熱門人選。克里旺同志的政治生涯光明燦爛，然而他抱著令人不解的反抗態度，拒絕了所有的榮耀，甚至拒絕了一個瘋狂的提議，沒成為共產國際的成員。他說，他不是為了自己光明的前途而努力。他之所以努力，是為了讓共產主義在哈里蒙達的土壤上綻放，因此他不想離開這座城市。

開始有人回來，報告街上示威遊行的情況。各方的軍隊都就位——駐軍上了街，而且有了進展，領頭的排長則受到他和克里旺同志的私怨驅使。

有人報告：「艾地被捕了。」

另一個報告傳來：「尼約托遭到處決。」

「艾地和總統見面。」

所有的報告複雜難解，他們唯一的資訊來源是廣播，而廣播不可信。整個早上，收音機都在報導一模一樣的內容，好像新聞是預先錄製似的——共產黨企圖發動軍事政變，由於軍隊迅速反應而失敗。軍方暫時接管，以拯救國家。另一個報告傳來：總統遭軟禁在家中。一切都令人混淆。

阿汀姐說：「想想辦法啊。」

克里旺問：「我能做什麼？蘇聯或中國都沒消息。」

同志們計畫把示威抗議延長到晚上，再無限期延長，所有人都忙著準備公共施食處，而人民軍老兵準備和正規軍士兵開戰，克里旺同志卻仍然沒上街。阿汀姐把他留在那兒，就讓他待在那座陽臺上等他的報紙。

隔天早上，她照常替母親準備早餐（她母親還沒從卡隆媽媽那裡回家），然後去看抗議。接著她用托盤端早餐去了黨部，發現克里旺帶著一杯咖啡坐在陽臺上。

「同志，你還好嗎？」

他答道：「很糟糕。」

「吃點東西吧，你昨天一整天都沒吃。」阿汀姐把盛了早餐的托盤放到兩人之間的桌上。

「我要等報紙送來才吃。」

「我跟你保證，報紙不會送來了。」阿汀姐說。「軍方禁止報紙發表任何東西。」

「可是報紙不屬於軍方。」

「但軍方有武器。」阿汀姐說。「說實話，你什麼時候變得這麼白痴？」

克里旺同志堅持道：「那報紙就會從地下冒出來。通常是那樣。」

那天早上繼續召開緊急會議。反共分子上了街，兩方人馬面對面集結。看來先前人們擔心士兵和當地無賴之間爆發的戰爭，這下子會發生在另一批不同的人身上——也就是共產黨人和反共分子。軍警在附近徘徊，而他們無法阻止小型戰鬥，也無法阻止有人拋擲土製汽油彈。人們也開始丟石頭，於是他們召開了更緊急的會議。

克里旺同志抱怨道：「這一切的混亂都始於我的報紙沒了蹤影。」

「少荒唐了。」卡明說。「是因為兩天前七名將軍被殺。」

約諾同志忍不住問：「你為什麼那麼在乎那些報紙？」

「因為如果布爾什維克沒有他們自己的報紙，俄國大革命絕不可能成功。」

目前為止，這是最有道理的解釋，於是他們讓他和阿汀妲留在陽臺上等待。

早晨過去，中午到來，反共分子的聲浪增強，他們附和前一天廣播報導的說法，說共產黨人企圖發動軍事政變。

克里旺同志還沒失去幽默感，他說：「他們企圖政變，審查了自己的報紙。」

第一次衝突發生在十點鐘。從丟石頭加劇到激戰，人們拿起手邊的任何東西來傷人殺人。醫院不久就人滿為患。黨開了野戰醫院，阿汀妲忙著急救護理，而克里旺不為所動。

傷患開始抵達黨部，那地方變得一團混亂。哈里蒙達還沒死人，共產黨人或反共分子都沒有，但據報雅加達發生了大屠殺。那裡死了一百名共產黨人，其餘被捕，而東爪哇另有數百名共產黨人遇害，中爪哇也開始了大屠殺。大家都有種不祥的預感，覺得這一切將蔓延到哈里蒙達。

那天下午終究死了人。哈里蒙達死的第一個共產黨人是個游擊隊革命分子老兵姆阿利明。他是黨裡數一數二的忠貞成員，對共產黨意識形態的理論和實踐無一不通曉，也是真正的鬥士，從殖民時代到新自由主義時代都在為理想而奮鬥。這是克里旺在葬禮簡短追悼的話，而葬禮就在當天舉行。姆阿利明是穆斯林共產黨員，總是想為理想、他的聖戰而犧牲。多年前，他已經寫下遺囑，如果他戰死，他希望以殉道者的身分埋葬。於是他的遺體沒清洗，為他祈禱完，他就直接穿著染血的衣物下葬。他在海灘的武裝衝突中遭軍方射殺，是那天下午唯一的死者。姆阿利明只留下一個孩子，是個二十一歲的女孩，法麗達。自從女孩的母親多年前過世之後，父女倆就很親近，因此民眾紛紛離開墓園的時候，儘管所有人都勸法麗達回家，她仍然待在父親的墓旁。最後他們讓她一個人留在那裡。

話說這會兒有個小小的愛情故事——這愛情故事就發生在戰爭危機籠罩的城市裡。

卡米諾是挖墓人兼漁民區公墓的看守人，是個三十二歲的青年。他父親在他十六歲時因瘧疾過世，從此他就成為布迪達瑪公墓的挖墓人兼看守人。他沒有任何兄弟姊妹，因此繼承了父親的衣缽——這工作一直是家族事業，或許可以追溯到他祖父的祖父，因為沒別人願意做這種事，而他的家族對陰間已經非常熟悉了。卡米諾從小就習慣那地方的靜謐，學他這一行毫無困難。他挖墳的速度和貓挖洞撒尿一樣快。但這工作讓他遇到一個大麻煩——討不到老婆；沒人想住到墓園裡。

其實哈里蒙達的人大多迷信，他們還覺得墓園裡到處有惡魔、幽靈和各種超自然生物跑來跑去，住在亡魂之間。他們也覺得挖墓人和那些超自然生物過從甚密。卡米諾意識到他的處境困難，因此從沒嘗試向任何人求婚。他只會在辦事的過程中和其他人互動。他通常只待在家，那是間老舊潮溼的水泥房，有一棵大榕樹遮蔭。他孤寂生活的唯一娛樂是玩菜籃公——用人形小偶召喚亡者的靈魂——那是他家族代代相傳的另一個技術，可以召喚鬼魂，和他們聊各式各樣的事。

但這時他看到一個女孩跪在父親墳前，拒絕離開，他的心第一次怦怦跳了；這女孩就是法麗達。眾人勸說不成之後，他試過哄她離開，說這裡的空氣比城裡什麼地方都要冷，她最好回家了。女孩看起來一點都不怕冷空氣。於是卡米諾試著跟她說妖怪和幽靈的事，卻發現女孩毫不動搖。這下卡米諾心花怒放，他暗自祈禱這女孩真的一意孤行，永遠不會回家，過了這麼多年，終於找到人在那地方陪伴他。

布迪達瑪公墓占地大約十公頃，沿著海灘邊向內陸蔓延，和人類的居所之間隔著可可園。墓園建於殖民地時代，許多墓地都是空的，長滿野草，吹著一股海上颳來的勁風。夜晚降臨時，卡米諾再一次提著亮晃晃的燈籠來找女孩，他把燈籠擱在墓碑上。

卡米諾說話時不敢看女孩的臉：「如果妳真的不想回家，可以到我家做客。」

「謝謝，可是我深夜絕不會一個人去別人家。」

夜晚愈來愈冷，而女孩還是待在原地，沒毯子也沒坐墊，直接坐在砂土地上。卡米諾覺得自己在那裡會打擾她，終於離開，回屋裡去準備晚餐。他再度出現時，拿了一份食物給法麗達。

「你人太好了。」她說。

「噢，這只是挖墓人的副業。」

「我敢說在墓旁坐到你拿點晚餐給他們的人並不多。」

「的確，不過許多亡者的靈魂在挨餓。」

「你會和死人**打交道**？」

卡米諾發現他有個小縫隙可以溜進女孩的生命中。「是啊。要的話，我甚至可以喚出妳父親的靈魂。」事情就這樣了。卡米諾用他跟祖先學來的菜籃公儀式，召回姆阿利明的靈魂，讓那個老兵附在他身上。這下子他變成了姆阿利明，用姆阿利明的聲音說話，代表姆阿利明，而姆阿利明和他女兒法麗達再次面對面。女孩再度聽見她父親的聲音，滿心歡喜，彷彿這只是尋常的夜晚，他們在晚飯後聊一聊，然後各自回房間睡覺。就這樣，法麗達吃完卡米諾給她的晚餐之後再次和父親閒聊，好像死亡不曾發生，最後她想起來，說道：

「爸爸，可是你死了耶！」

她父親說：「別太嫉妒我。有一天也會輪到妳。」

她聊得累壞了，何況她從中午過後不久就在那裡；她在墓旁睡著了。卡米諾結束他的菜籃公儀式，去拿了張毯子。他把毯子蓋在女孩身上，動作像為愛盲目的男人那樣溫柔體貼，然後站著凝望她的臉。風吹得燈籠的火光搖曳，她的臉在黑暗中忽隱忽現。卡米諾確認女孩安然裹在毯子裡，燈籠會撐到早上，這才回到屋裡設法睡覺。但他整晚都想著女孩，第一道晨光穿過緬梔葉時，他才開始打瞌睡。

十點半，他在香料的香氣中醒來。他仍然昏昏沉沉，踉蹌下床，走到屋後。他的視線仍然有點朦朧，但他看到一個女孩端著熱氣騰騰的碗，把碗放到餐桌上。

「我替你做了飯。」

他立刻認出法麗達。他驚奇不已。

法麗達說：「先去洗澡，或是洗洗臉。我們一起吃。」

他像被催眠一樣半夢半醒地走到浴室，差點忘了拿毛巾，然後盡快洗完澡。他發現女孩坐在餐桌旁等他。飯還是溫熱的。碗裡盛滿包心菜、紅蘿蔔和通心麵湯。他看到盤子裡有炸天貝豆餅，另一盤是剁成小塊、煎得香香脆脆的飛魚。

「我在廚房找到的。」

卡米諾點點頭。感覺真神奇——他已經很多年沒跟別人一起吃飯，自從他父母親過世之後就沒有了。這下子他卻和一個年輕女子在一起，就是他前一天下午悄悄愛上的那個人。他的心跳失控地加速，吃飯時仍然不敢看女孩。他們偶爾才瞥對方一眼，四目相交時他們會羞赧地微笑，好像做壞事被抓個正著。他們隔著餐桌面對面而坐，完全就像一對幸福的新婚夫妻。

忙碌的午後稍稍打擾了這個愛情故事。共產黨人和反共分子的一場衝突中死了五個人。四個是共產黨人，一個是反共分子，卡米諾必須把他們都埋了。他不久就明白將有愈來愈多屍體送到墓園，那些日子預示了共產黨終將垮臺。他由死亡人數看出端倪。他挖了五座新墳，四座在墓園的一角，另一座在另一角，那是一般人埋葬的地方。五名死者各有親人在他們墓邊哭泣，黨領導人發表簡短的演說，他到下午才忙完。但他在忙碌時，法麗達哪兒也沒去。她和前一天一樣，整天都坐在她父親的墓旁。

卡米諾完成他的工作，走回屋子去梳洗時，說道：「我敢打賭，明天還會死十個共產黨人。」

法麗達說：「如果人數變得太多，就把他們埋到一個大墳裡；到了第七天，可能會死到九百個共產黨人——你不可能挖得了那麼多墳。」

卡米諾說：「只希望他們的孩子不像妳這麼傻，否則我得辦個宴會才餵得了他們。」

「今晚我可以當你的客人嗎？」

這問題讓卡米諾措手不及，他只有辦法點個頭回應。法麗達準備晚餐，飯後他們再一次坐下來召喚了一個鬼魂——當然就是姆阿利明，而法麗達又能和她爸好好聊一聊了。這儀式繼續到晚上九點該睡覺的時間。法麗達睡到卡米諾父母從前的房間，卡米諾則睡在他童年以來睡的那間房。

隔天，卡米諾和法麗達的預言成真——一早又死了十二個共產黨人。這次情勢險惡，所以沒有黨領導人唸悼詞。傳言艾地和共產黨的眾領導人其實被處決了。十二具共產黨人的屍體直接被丟進墓園。卡米諾不曉得他們的名字。雖然卡米諾只挖一個大墳來埋葬十二具屍體，但他這天仍然很忙碌，因為中午軍用卡車再度出現，又丟下八具屍體。然後下午又來了七具。

法麗達坐在她父親的墓旁，夜幕降臨時，她成為卡米諾的客人，而他仍然忙著處理一波波的屍體。事情就這麼發展下去，直到第七天。

儘管大部分的共產黨支持者都逃亡了，卻有超過一千名共產黨人仍然在荷蘭街街尾抵抗大群的士兵和反共分子。他們有些人扛著舊型武器，彈藥貧乏。他們被圍攻了一天一夜，餓得發慌，卻不肯投降。那一區的商店都已被毀，居民也逃離了，重裝的軍人從四面八方包圍他們，他們的指揮官命令共產黨人散開，高聲對他們說，共產黨的政變失敗之後，共產黨就沒望了，但超過一千名的共產黨人仍然堅守下去。

日暮降臨，一些人朝軍人開了槍。但他們的子彈完全沒傷到人。指揮官終於失去耐性，下令屬下開火。共產黨人受到來自四面八方的攻擊，陳屍街上。還沒被殺的人驚慌失措地跑來跑去，撞倒彼此，一一死在槍彈下。那天下午，一場閃電大屠殺奪走了一千兩百三十二名共產黨人的性命，為共產黨在那座城市以及全國的歷史畫上了句點。

屍體被搬上卡車，愈堆愈多，像屠宰場貨車裡一疊疊的肉一樣擠在一起，然後裝滿屍體的卡車車隊朝卡米諾的屋子開去。那天是那男人這一生最忙碌的日子。他得挖個大得誇張的坑——到半夜還沒挖完，靠著一些士兵幫忙，終於在破曉時挖好。他不斷希望共產黨人會投降，那麼一來就不會再有屍體出現，他才終於能休息。過程中法麗達一直陪在他身邊，等著他，替他準備食物，坐在她父親的墓旁。

那天早上，軍隊和他們的卡車離開，一千兩百三十二具屍體埋進大塚之後，卡米諾雖然都沒睡卻顯得精神抖擻。他走向法麗達，那時法麗達已經快在那裡待了一星期。卡米諾問她：

「親愛的小姐，妳願意和我住在一起，成為我的妻子嗎？」

法麗達明白她注定接受那個男人。於是那天早上，他們沐浴過，穿上最好的衣服之後，就去找村長，請他證婚。他們成為夫妻，接著去法麗達的舊家度蜜月。

所以那天沒有挖墓人值班，不過不成問題，軍隊已經懶得把所有共產黨人的屍體帶到墓園，然後還得幫挖墓人挖個巨大的墳。畢竟其中有些共產黨人是被正規軍殺的，但大多卻是死於反共分子之手——他們帶著大砍刀、劍和鐮刀，以及其他任何派得上用場的東西——而反共分子把他們的屍體留在路邊腐爛。哈里蒙達城現在到處是屍體呈大字倒在灌溉溝渠裡和城郊，在山麓丘陵和河岸上，橋中央或灌木叢下。許多人是在逃跑時被殺的。

不過並不是所有人都被殺了。有些投降，被丟進當地的監牢和軍事監獄，之後被帶去布魯登康普，那是三角洲上最令人喪膽的監獄，一連審問數小時，結束時保證隔天繼續。有些人會死在那裡，可能是餓死，也可能是被活活打死。仍然在逃的共產黨人被野蠻地獵捕，甚至追進叢林深處。

而克里旺同志仍然是懸賞名單的榜首。

排長組成一個專門小組來抓他，不論死活。

然而專門小組到達共產黨黨部時，克里旺同志其實一直和阿汀妲坐在陽臺上耐心等著他的報紙。不過我向天發誓，他們沒看到那兩個人。他們衝進門，把那地方給拆了，扯下卡爾．馬克思的畫像，在路邊和黨旗、鎚子與鐮刀還有所有藏書一起燒了，唯一的例外是席拉（印度武術）的書，排長因為自己想看而搶救下來。他親自帶領行動，得到整整兩箱的這些席拉武術書籍，立刻塞進他的吉普車。這一切都發生在克里旺同志和阿汀妲眼前，兩人很意外竟然沒人發現他們。

有人報告克里旺同志躲在公墓，於是部隊前往公墓搜查，只是公墓一個人也沒有——就連挖墓人也不在。接下來，他們依照另一條情報立刻去了米娜家，但她在漫長的審問過程中，一直堅持她從上星期就沒見過克里旺同志了。

軍隊離開之後，米娜自言自語道：「那個蠢孩子早該知道——所有共產黨最後都會落到行刑隊面前。」

一個男人匆忙趕上排長，說他看到克里旺同志和一名年輕女子逃出海。排長愈來愈惱火，復仇的渴望持久而永不滿足，於是下令搜索大海。他的士兵開著汽艇追克里旺，卻只發現一艘空空如也的小艇在海波間漂盪，完全沒有他的蹤跡。排長希望找到他的屍首，又命令士兵潛水下去，但他們失望透頂地回家。

排長為了宣洩憤怒而反覆審問他們抓到的幾名重要黨員。人人都說他們上次看到克里旺同志時，他還坐在陽臺上等他的報紙。排長把他們的說法當成嘲諷他的玩笑話，於是把那些人帶到軍事監獄後面，用自己的手槍處決了所有人。

謠言滿天，傳說克里旺同志有神祕的力量，可以偽裝成別人，或是分身之後同時出現在許多不同的地方。但他終究還是被抓了。排長沿著他走過的路折回去，帶領他的部隊回到荷蘭街尾的黨部，然後突然看到了他——他還和排長的小姨子坐在陽臺上，一如排長剛剛處決的那些人所說。時值午後，一陣濛濛的雨霧籠罩全城。排長尷尬極了，不敢問他這整天都在哪兒，因為由克里旺同志的姿態看來，他顯然一直都坐在那裡。

排長說：「同志，你被捕了，親愛的阿汀姐，妳最好回家去。」

克里旺同志說：「我的罪名是什麼？」

「等待永遠不會送來的報紙。」排長話中帶著殘酷的幽默。

克里旺伸出雙手，排長替他銬上手銬。

「排長，」阿汀妲站在陽臺，兩頰淌下淚水。「讓我道別，我怕他一送到監獄，你就會處死他。」

排長點點頭，而她的道別不過是在克里旺同志的脣上長長一吻。

克里旺同志被捕的消息迅速傳開，城中幾乎所有人隨即聚集起來，圍在黨部到軍事監獄之間的街道兩旁，有些人手上還沾著乾掉的血。人人對克里旺同志都懷有特別的美好記憶，他們耐心等待那人經過。

克里旺同志拒絕爬上軍用吉普車，他由士兵護送，帶著僅存的尊嚴步行前進。阿汀妲和排長坐在吉普車裡，跟在那個小隊伍後面慢慢開，聚在街道左右兩旁的人們肅穆安靜。他們心情複雜地看著那個男人，即使這時他仍戴著他最愛的帽子。許多圍觀者從他們學生時代起就是他的朋友，他們納悶著為什麼這座城裡最聰明、最英俊的男人選擇成為誤入歧途的共產黨。有些是曾經跟他出去或曾經夢想跟他出去的女人，她們淚汪汪地看著，好像她們唯一的真愛將離她們而去。

人們一看到他，怒氣就煙消雲散。他抬頭挺胸地前進，仍然心意堅定，完全不像屈服的男人。他的舉止就像確定將打贏戰爭的指揮官。而看見他的人，記起他從前做過的好事，忘了所有的壞事。他是個聰明、機智、勤奮又禮貌的年輕人，突然間沒人記得他曾經煽動暴動，白嫖妓女，或是燒掉過大漁船。

他的帽子這時繡了一顆小紅星。他穿的是母親縫給他的上衣，他在首都短暫求學時的休閒褲，還有借來的皮鞋。

他轉頭想看阿汀妲一眼，但他看不到她坐在吉普車裡。他也在群眾中尋找阿拉曼達的身影，但她沒在人群裡。他覺得人群中沒什麼重要的人，於是平靜地走向司令部後方的監獄，排長未經審判就宣布他將在隔天早上五點處決。

阿汀姐不久之後就出現了，由於禁止探視，她只留下一套替換的衣物和滿滿一托盤的食物，要排長轉交給他。

阿汀姐說：「排長，答應我，一定要讓他吃。他沒收到報紙之後，就沒吃任何東西了。」

排長親自把這些東西送過去，發現克里旺同志躺在一張床上，兩手枕在腦後仰望著天花板。

排長說：「同志，看來你在小姐之間的名聲還是不錯。有位小姐送了一套衣服和一盤食物給你。」

「我知道是哪位小姐——就是你的小姨子。」

克里旺同志說完就沉默下來，他的肢體語言仍然不變。但在牢房微弱的光線裡，排長微笑了，他小小的復仇令他樂在其中。他對自己說，就是這個男人奪走我美麗的妻子，詛咒了我的兩個孩子。

「明天我會看著你被處決。」

他不打算用子彈那樣簡單迅速的處決。他想看著克里旺慢慢死去——一一拔掉他的指甲，剝下頭皮，挖出眼睛，砍掉舌頭。排長期待地露出殘酷刻薄的微笑。

但克里旺同志沒反應。神奇的是，他似乎並不在乎，那樣真的惹火了排長。這個將死之人躺在床上，看起來充滿威嚴，沾沾自滿，像是將要壯烈犧牲，對他之前選擇的人生充滿驚奇，而且毫不後悔，即使他的人生讓他走上這個不幸的結局。他們之間有道鴻溝，一人有權下令處決，一人的生命只剩幾個小時。擁有權力的人因他的權力而不安，將死之人的命運卻令他平靜。

克里旺同志其實完全沒想著排長。他將離開這座城市，於是陷入一股依戀，想起他對這座城的所有記憶。他心想，革命真是累人，唯一開心的是我可以把這一切拋在身後，用不著成為反動分子或反革命分子了。

於是克里旺同志覺得他應該感謝發動政變的人。因為隔天他就將死去，把這一切累人的事拋在身後。他不大擔心他母親；她很堅強，可以照顧她自己，因此他更能從容赴死，甚至感到開心。淡淡的微笑漾過他脣上，排長看得更惱。

「四點五十分會來領你出去，你的處決會在五點整開始。把你最後的要求告訴我吧。」排長命令道。

克里旺同志答道：「我最後的要求是：全世界的工人，團結起來！」

排長離開時重重甩上門。

13

許多人在雨季的那幾個月結婚。一群群村民一連幾個星期參加一場又一場的婚禮，幾乎每個十字路口都看得到籬笆裡伸出金黃椰子嫩葉編織的桿子，桿子掛上節慶裝飾，彎向街道上方，表示那個人家在辦喜事。在此同時，未婚的男性上妓院，愛人們更常見面、私下歡好，老夫老妻似乎在雨季裡重溫蜜月，而上天創造了不少的小小胚胎。

即使在共產黨遭到屠殺的那段日子裡，人們還是一有機會就做愛，尤其是下著傾盆大雨的時候。不過排長和阿拉曼達至少目前沒這種事。馬曼根登和馬雅黛維也一樣。他們依然在上演將近五年前新婚之夜以來的那齣戲。

不過倒有件事令馬曼根登非常開心：他現在有個可以稱為家的地方了，這是他長久以來的夢想，打從他一開始愛上娜西雅，看到那女孩對她愛人熱情洋溢的愛……多年來，他想像著像她那樣充滿愛意的眼神，想像有個家、有間房子——絕望的歲月裡，他懷疑他永遠不可能擁有類似的幸福，主要原因是大部分的人都視他為惹麻煩的壞蛋。

現在他遊蕩、閒聊一下午，從公車總站回家，或和排長打完牌回去的時候，他的妻子就在餐桌旁等他，她會趕緊幫他準備洗澡水。他每晚都在難以言喻的喜悅中感到飄飄然，這下子他和鄰居一樣有乾淨的衣服穿，和鄰居一樣在餐廳的餐桌吃飯，和鄰居一樣蓋著毯子睡在床墊上，他覺得自己頗有教養了。

馬雅黛維除了完成家務、寫功課，還勤快地照料丈夫。馬曼根登信守他對黛維艾玉的承諾，從來沒碰其他女人，不過他也還沒碰自己的老婆。一年一年過去，小女孩長成了青少女。她的個子高多了，身材變得圓潤，胸部發育完美。但她在馬曼根登眼中還是從前那個小女生。他會陪伴她，在她寫功課時抽著他的菸，晚上替她蓋好被子，而他們根本還不曾同床睡過。

他實踐的那段禁欲十分不可思議。馬曼根登有時欲望燃起，就在廁所探索一翻，設法讓自己冷靜下來，在這方面，排長是馬曼根登求之不得的朋友。他們的背景雖然截然不同，命運卻使得他們產生愈漸深厚的友誼，排長不只悲嘆他太太可能還愛著克里旺同志，也開始和他最值得信賴的朋友討論他的家庭問題。

他們打完撲克牌，其他玩家散去，城裡所有事務都解決之後，通常就開始討論他們的個人問題。這時他們看起來不再像朋友，倒像一對兄弟向彼此埋怨悲嘆。一天，排長坦承了阿拉曼達穿鐵內褲的事。

「而鐵內褲的鎖要由一道梵咒開啟，那梵咒只有我太太知道。」

「可是我聽說她之前懷孕了？」

這時排長突然啜泣起來。「她懷孕了兩次，我把孩子都取名為努魯艾妮，但她們都從她肚子裡消失了！」

「女人沒跟人上床，絕對不可能懷孕，除非你相信聖母馬利亞。」

排長哭著解釋：「其實是她粗心沒穿好貞操帶時，我強暴了她。」

馬曼根登安慰排長說，他也沒碰過他自己的老婆。「排長，而且我發誓我絕不再上妓院，所以我只在廁所裡娛樂自己。這樣紓解煩躁、防止失控非常有效。真的需要經常把懶趴裡的東西排出來。」

「可是我已在做那樣的事了。」

接著他們都同意，他們耐心認命之後，他們婚姻的幸福之鑰遲早會出現，只不過感覺時間過得很慢。馬曼根登必須靠期待度日，直到妻子年紀夠大，可以和她做愛的那一天。「排長，不曉得那一天何時才會來臨。其實你需要的也只是時間，不是嗎，需要時間讓她屈服，因為只要堅持夠久，女人早晚都會回心轉意。」至少曾經和許多女人在一起的智者總是這麼說。「所以，只要你有耐心，你的耐心就會開花結果。滴水可以穿石，你妻子終究會放下她的固執，或許甚至會開始愛上你。你用不著哄她或說服她打開貞操帶，因為某一晚她會自己替你打開。排長，要相信這樣的事會發生，因為世上沒有女人、也沒有男人可以固執一輩子。」

排長多少還暗自怨恨馬曼根登，但馬曼根登這番奇妙而睿智的話真的安慰了排長，因此他暫時可以不用執迷於和他妻子睡覺會有多美妙（不過他還忘不了他在游擊隊小屋強暴她那段永遠甜蜜的回憶）。

馬曼根登和排長不同，他完全沒想過強暴自己的妻子。他要求的話，馬雅黛維或許會脫下衣服，躺到床上，等著他赤裸裸地撲到她身上。但是不行，他不能對那少女那麼殘酷；她的雙眼依舊那麼無邪。他還是黛維艾玉的愛人時，總是叫馬雅黛維「甜美的小女兒」。他覺得身為丈夫最重要的責任是確保妻子幸福，還有讓她自己學會怎麼當個好伴侶。他總是對朋友說：「看我多以我的小妻子為榮。我娶她時，她十二歲，做菜、縫紉、打掃、插花已經很拿手了。現在她放學回家更忙著做餅乾的訂單。」

烘焙事業太成功，馬雅黛維僱了兩個員工——兩個年約十二歲的孤女，她收留了她們。她們整天忙於麵團、烤箱、裝飾餅乾的事。

不過學業和事業都沒讓她疏於照顧丈夫，馬曼根登因此非常開心。但他還是沒碰她——他不想奪走她幸福的童年，因為雖然她曾經和城裡最著名的妓女住在一起，她自己或許從沒想過做愛或那方面的任何事。何況他確信不該用任何方式逼迫女人就範，尤其是他聽說排長頭兩個孩子的事之後，更是這麼認為。即使那女人是你的妻子也一樣。

馬曼根登十分以自己的耐性為傲，他多年沒和任何人上床，只在廁所裡用自己的手解決。他和妻子的肢體接觸只限於她睡前或出門上學前親吻她的額頭，有時他們坐在電影院時會摟著彼此，如果她在沙發上睡著了，他會抱她上床。他從沒看過她的裸體。他以昔日流浪戰士的非凡耐性來忍耐，抱著平靜的期待看著季節變幻。

然後，馬雅黛維快要十七歲的某一天說出讓馬曼根登意外的話：「我不上學了。」她很堅定地解釋原因，說她想把家裡和丈夫照顧得更好。

雖然馬曼根登大可以抗議說，目前為止他和他的家一直被照顧得很好，其實跑去卡隆媽媽妓院的丈夫那麼多，他很可能被照顧得遠比全城其他丈夫還要好，但他還是接受了他妻子的決定——他在她眼中看到無法動搖的決心。

那晚，馬曼根登照常進妻子的房間去吻她，要和她道晚安，替她蓋好被子，卻發現她裸身躺在床上朝他微笑，她身下是粉紅床單，上方是微弱的燈光，房裡瀰漫著一股玫瑰香。馬雅黛維說：

「親愛的，我是你妻子，現在長得夠大，可以在這張床上接納你了。今晚就抱著我，和我做愛吧。這會是我們未曾有過的美好夜晚，我們的初夜，我們等待了五年的那一夜。」

她繼承了母親的美貌，十分可人，頭髮披散在枕頭上，胸部勻稱，屁股結實可愛。馬曼根登一時停止了呼吸。他對天發誓，他從不知道五年的等待會換來這麼美妙的恩賜，好像他在漫長的旅行之後終於找到世間最寶貴的珍寶。

接著馬曼根登像被一股力量推著似的靠近她，伸手探索他妻子的身體，他極其溫柔的愛撫令她發出輕柔的歎息，身子扭動拱起。馬曼根登多年的期待令他從容平靜地爬上床，親暱地嗅嗅妻子的前額，然後在她臉頰和唇上印下長長的吻，令她喘不過氣。馬雅黛維脫下男人衣物的動作極為輕巧，他一時還沒發現他們倆都一絲不掛了。

他們沉浸於美好的新婚之夜，持續了幾星期。他們像真正的新婚夫妻一樣，幾乎不離開家，從傍晚做到早上，從早上做到下午。他們只下床吃喝、上廁所，呼吸新鮮空氣。哈里蒙達那個血腥多雨的十月剛開始時，他們還在美妙的蜜月中，因此不曉得發生了什麼事。

阿拉曼達最後才聽說克里旺被捕，計畫在隔天早上五點處決。她躺在自己房裡等她丈夫回家時，窗口吹進的風把那消息傳給了她。十月初的事發生得太突然、太奇怪，自從排長全心投入那事之後，阿拉曼達就幾乎不曾離開家。阿拉曼達還暗地愛著的男人將在黎明時死去，可能在行刑隊前被槍決，可能被吊死，或是淹死，甚至被抓去和豺狗鬥，她想到就不寒而慄。

她裹著毯子坐在床邊，兩眼緊盯著牆上的掛鐘；她老情人的生命將因她丈夫的命令而終結，她看著分針緩慢但堅決地走向那個時刻。或許甚至會由排長本人行刑。她感到孤立、疏離無依，突然渴望一個男人的擁抱，於是哭了起來。她嫁的男人忙於近日的騷動而拋下了她，她寧可另一個男人上她的床，卻無力幫助那個男人。

不肯接受克里旺被處決的人不只是她；對她和其他許多人而言，就算他燒了她丈夫的三艘漁船，因為青少年沉迷於搖滾樂而把他們關進牢裡，但那男人等於哈里蒙達，反之亦然。哈里蒙達從前被視為娼妓、強盜和老游擊隊的巢穴，他替那座城市建立了正面的形象，取代了往日的汙名。

哈里蒙達的所有女孩（包括阿拉曼達）每次想到那座城市時都想像著那個男人，但黎明時他就要死了，無力阻止他受罰的人們口中吐出陣陣禱告，飄向城市上空。只有阿拉曼達有可能阻止那男人被處決——她掌握了鑰匙。

清晨四點四十五分時，排長終於出現在家裡，他想在見證他最惱人的仇敵遭處決之前休息一下，他把他要用來射殺那個共黨瘋子的左輪手槍丟到床上，精疲力竭地躺到槍旁，這時他才發覺阿拉曼達坐在床墊一角發抖。

阿拉曼達在黑暗中問道：「排長，告訴我，他預定今天早上五點處死，對吧？」

「對。」

阿拉曼達聲音堅決地說：「只要你保證那個男人會活下來，我就吟誦梵咒，把我的愛獻給你。」

排長爬起身，在昏暗的房間裡面對妻子坐了片刻，即將接受夫妻之間有史以來最奇妙的交易。

「排長，我是認真的。」

排長說：「這交易很公平，只是令我滿心嫉妒。」

他沒再說一個字。他就這麼站起身，拿起左輪手槍，踩著精神抖擻的步子走出房間。他去了司令部，發現行刑隊正在自豪地擦亮他們的步槍，不到半小時，他們就將殺死他們生涯中最大尾的獵物。

排長找來行刑隊的隊長，下達命令。誰也不准殺死克里旺同志，誰也不准問為什麼。他說任何由中央指揮部將軍管轄的事務都由他負責，如果任何人敢殺死那個男人，他會毫不遲疑地用自己的左輪手槍殺死那個凶手（他邊說邊揮舞那把槍），還有那人的孩子、妻子、父母和岳父母、兄姊、外甥子女和姪子女、堂表兄弟姊妹、叔伯姑舅姨。

他的命令十分強硬，因此沒人敢有任何異議，只是他們想破頭也想不出是怎麼回事。排長準備回家時，在大門口轉身望向士兵們，他們期待著這場處決，整晚都沒睡。他說：

「你們可以打他一頓，不過我再說一遍，別殺死他。今天早上七點務必釋放他。」

接著他匆匆回家了。

他到家時，發現妻子一絲不掛地躺在他們床上，正如馬曼根登見到馬雅黛維的情景。雖然屋外的一切都因雨季而冰凍，房中的空氣卻溫暖清新。他在夜燈的光暈中看見他極為熟悉的身體，身上的每個弧線、凹處和彎曲。這個女人這時二十一歲，成熟而誘人。

然後排長發覺房間布置得像新房。從床單、毯子到蚊帳，一切都是阿拉曼達喜歡的金色。邊桌的花瓶裡插著蘭花和晚香玉讓他聞了開心。這就像新婚之夜的美妙獻禮，只是晚了五年。

排長表現出新郎的害羞態度，不像他以往那樣猴急，反而慢慢脫去衣物。然後延宕已久的新婚之夜終於展開，接著是格外浪漫熱情的蜜月。他們那晚做愛做得猛烈而狂野，翻下金床時毫無所覺，轉移陣地到地上，然後繼續在浴室裡做，最後在窗戶透進陽光時在沙發上做。

他們關起屋裡所有的門，把傭人關在廚房，然後在前廳一邊唸黃色小說給對方聽，一邊做愛。然後他們回到浴室，鄰居和廚房裡的僕人聽了阿拉曼達短促的叫喊和排長的哼聲，都很驚訝。他那晚射了三次，但隔天又做了十一次才滿足——說實在，這對對手已經飢渴了五年。

他們和馬曼根登與馬雅黛維一樣，之後幾星期都沒踏出屋子一步。他們不再在乎自家以外發生的事了。

然後幾個月後，排長聽說馬曼根登的妻子懷孕了。他們辦了個小派對，流氓都在後院喝得爛醉，毫不理會馬曼根登吼著禁止任何人在他家裡喝醉酒——他們甚至漸漸醉得不省人事，馬曼根登不得不一一把他們拖到街上。

馬曼根登坐在陽臺的一把椅子上，望向街上這些朋友，他們有些躺在路邊，有些踉蹌走回他們在公車站的長椅。這時他準備和他看過的其他所有顧家男人一樣過著平凡的生活，感到暈暈然，但他也和朋友一同在外頭過了許多年；他正是以這兩種角度看著他們。

他們的孩子終於出生時，他仍然是難以定位的男人——既是外面世界的壞蛋，在家又是那麼好的男人。他按他從前發的誓，把嬰兒取名為倫嘉妮斯。但最後大多人都因為她驚世的美貌而把她叫作美人倫嘉妮斯。

這時排長出現了，他誠懇地說他真的很高興看到朋友得到一個小女孩，而女孩和她母親與外婆一樣漂亮。他當然也揶揄他，恭賀他說，除了廁所裡幾次荒唐的插曲之外，他的裝備休兵了漫長的五年居然還管用。馬曼根登通常粗魯又冷酷，這時卻害羞地紅了臉，小心翼翼地問排長自己過得如何。

排長露出燦爛的微笑：「親愛的朋友，瞧瞧我。我們都承蒙幸運眷顧，我們的耐心終於得到報償。我的妻子也懷孕了，她的肚子渾圓又飽滿。噢，朋友啊，別那樣看著我，我並沒有做出她前兩次懷孕時的那種事。那兩個親愛的小寶寶確實沒了，但我希望我的悲傷終於過去。我相信我的妻子會生出實實在在、活生生的孩子，我發誓，我們孩子的美麗不會遜於你這個小女兒。因為這次我做對了，沒強暴我的妻子。我們像其他新婚夫婦一樣做愛，起先有點害羞，但溫暖、熱情、真誠，而且充滿愛意。」

他繼續說：「你聽了一定很意外。一天夜裡，天將破曉時，我發現妻子光著身子將自己獻給我，說她已經準備好，心甘情願，願意讓我占有，不會抵抗，那時我也一樣訝異，之後幾星期我們都在享受蜜月的絕妙夜晚。朋友，我的故事和你沒那麼不同，或許這宇宙讓我們注定擁有同樣的命運。」

兩人都輕聲笑了。

排長覺得沒必要讓馬曼根登知道，所以沒提起他饒了克里旺同志一命，才贏得他妻子的愛。

他們滿心歡喜地在後院裡馬曼根登的魚池附近舉杯祝賀對方。他們聊了許多事，包括撲克牌的策略，他們保證，在無止境的蜜月讓他們在牌桌上缺席許久之後，他們很快就會再度在牌桌上相見。

倫嘉妮斯出生六個月後，馬曼根登聽說阿拉曼達即將分娩，於是帶他的妻子與女兒去了排長家。他們到達時，嬰兒正好吐出第一聲哭啼，馬曼根登就在那一刻和排長握了手。新手爸爸看到他的寶寶，欣喜若狂，她有血有肉，有骨有皮，完美無瑕，就像世上幾乎所有嬰兒一樣。這孩子是個女嬰，結果她的美貌毫不遜於他親愛的朋友兼敵人之女。

馬曼根登說：「排長，恭喜，希望這對表姊妹會成為最好的朋友。你想好名字了嗎？」

排長說：「我要替她取名為努魯艾妮，就跟她消失的兩個姊姊一樣。」但之後人們喜歡喊她暱稱，小艾。

這兩個父親不得不等待多年才等到屬於他們的幸福，而這就是他們的故事，兩人都深愛他們的女兒，因此他們與沙丁魚販和屠夫在撲克牌桌上重逢時，有時會帶著那兩個小女孩一起去。於是孩子們就一同長大。牌局中，男人們會讓孩子洗牌，把他們的籌碼丟給她們，有了這兩個女孩，他們的友誼也愈來愈緊密。

而努魯艾妮出生十二天後，第三個表親也誕生了——是個男嬰，他是阿汀妲的孩子，而他父親替他取名為克利桑。但那是另一個故事，另一個家庭，另一個命運，一切始於克里旺同志排定於黎明處決，卻因為阿拉曼達向排長屈服、換他一命而逃過一劫。這三個表親是黛維艾玉的外孫，當時誰也不知道他們的誕生將在未來的歲月中導致最令人痛心的悲劇。

這時卡米諾和法麗達在墓園幸福滿溢地過著他們平靜的日子。卡米諾很高興他終於找到願意嫁給挖墓人的女孩，儘管她一再告訴他，她跟他結婚只是因為他住在她父親的墳附近，但他毫不在意。

卡米諾說：「嫉妒死人沒有意義。」

他們仍然經常玩菜籃公，召喚姆阿利明的鬼魂。死者似乎很高興法麗達嫁了一個挖墓人丈夫。死者說：「沒有人比挖墓人更善良了。他們殷勤地服侍不再需要服侍的人。」

法麗達懷孕時，他們的婚姻更加幸福了。法麗達對她丈夫說：「如果是男孩，那麼下一代的挖墓人就要出現，但如果居然是女孩，那麼這座城或許再也沒人替他們埋葬死者。」

他們一同過的生活就是如此。他們大部分的時間都彼此交談，或和亡靈交談，偶爾和陪同遺體的哀悼者交談，而他們也喜歡偶爾拜訪可可與椰子園另一頭的鄰居。

他們的生活還算富裕。他們住在哈里蒙達市給他們的屋子裡，他們家從不缺錢，因為幾乎每天都有哀悼者，每人都會在卡米諾手裡塞一、兩張鈔票。人們在人死後七天來墳邊悼祭，第十四天再來一次，接著是百日後，然後是千日後。伊斯蘭齋戒月開始時，他們也會悼祭，開齋節之後，有些人也會再來悼祭。墓園埋了太多人，也難怪每天都有一些人來悼祭，而卡米諾和法麗達喜愛所有訪客帶來的消遣。

唯一有點煩人的是鬼魂造成的騷動。鬼魂不邪惡，但他們愛搗蛋。他們時常捉弄不得不經過墓園的人，發出令人毛骨悚然的聲音，或是裝成無頭的番薯販子。晚上人人都避開那個地方，不過卡米諾和法麗達很習慣那些鬼魂，他們只會把鬼魂趕走，就像其他人把跑進廚房裡的雞趕出去。夫妻倆偶爾甚至直接捉弄回去。

中午的時候，如果要做的事不多，法麗達依然時常坐在她父親的墳邊。她在那裡放了把椅子，但懷孕後期坐著愈來愈辛苦，於是她在緬梔樹蔭下鋪張蓆子躺下，可是海上來的微風又會捲起沙子吹過地上。卡米諾替她用繩索編了張吊床，兩端綁到兩棵緬梔樹上，讓他的妻子可以躺在那裡由風哄著入眠，閉上眼任身體微微搖盪。

但有一天，這安排導致了悲劇。法麗達懷孕六個月時在那張吊床上睡著了，做了個可怕的噩夢。她震驚地嚇醒，猛然坐起，掉下吊床跌落地上。她大量失血，卡米諾聽見她身子重重摔到地上的聲音，但他還沒跑到她身邊，她已經死了。

那男人多悲傷啊；他同時失去了妻子和他未出世的孩子。這下子他將回到他承受許多年的寂寞，只不過他嘗過幸福之後，現在的寂寞將遠比以前更令人沮喪。

他親自埋葬他的妻子。他悲不自勝，只跟一、兩個鄰居提起發生了什麼事，沒再跟其他人說。他哀慟心碎，深情地替他妻子洗身體，為了那張吊床而自責。他親自為她的遺體禱告，他屋裡有充足的裹屍布，於是他甚至親自裹起妻子的遺體。下午，他開始挖他妻子的墳，她的墳就在姆阿利明墳旁，因為他知道法麗達希望的正是這樣。黑夜降臨時，墳挖好了。他淚流滿面，扛著妻子的遺體放到坑底的小凹處，然後用小木板蓋上。他開始把土填回洞裡時，啜泣變成了揪心的抽噎。

那晚他沒睡。卡米諾就像法麗達哀悼她父親時一樣，就這麼動也不動地坐在他妻子的墳邊。他全身還沾著她墳裡的泥土，鏟子還插在他身邊。突然間，他聽見細小的嗚咽聲。那是孩子的哭聲——不對，是嬰兒在哭。他東張西望，但誰也沒看見。他開始覺得可能是哪個墓園的鬼魂在搗蛋；但哭聲變大，更加清晰時，他終於發現哭聲是來自他妻子的墳。

他像著魔似的挖開妻子的墓。他拔起蓋住的木板。遺體仍然裹著屍布，僵直躺著，但他看到遺體的下體附近有東西在動。卡米諾迅速拆開裹屍布，發現屍體的兩腿夾著一個生到一半的嬰兒。他把嬰兒拉出來，嬰兒顯然活力十足，大聲哭啼，接著他用牙齒咬斷了臍帶。

那就是他的兒子。雖然出生在墳裡，而且早產，但看起來頗為健康。小傢伙是卡米諾悲傷歲月中的一個恩賜，就像他愛人送給他的信物。他親自撫養那個孩子，溺愛他，替他取名為欽欽。

克里旺同志該被處死的那天早上，阿汀妲來確認他是不是真的死了，卻在司令部後頭的空地發現他受到凌虐，渾身瘀傷。他按阿汀妲的願望，穿著她送給他的乾淨體面衣服（不過現在濺上了血漬），因為那天早上四點三十分時，他平靜地洗了澡，然後在鏡子前打量自己，希望死亡天使會喜歡他的模樣。

處決時刻前不久，一個獄卒問他：「同志，你會怕嗎？」

克里旺同志說：「滿心恐懼的只有士兵。如果士兵不害怕，就不需要任何武器。」

五點整鐘響，一群士兵來領他出去，他們氣壞了，因為排長取消他們槍決他的任務。看到那男人面對死亡時神態冷靜，他們的怒火更加熾烈。

克里旺同志說：「我可以自己走向我的墳。」

他們答道：「就讓我們麻煩點，帶你過去吧。」接著把他拖過地上，他的兩腿拖在後頭。士兵把他拖過走廊時踢了他，完全不給他機會抗議。然後他們把他丟在他將被處決的小空地上，一盞探照燈照亮了草地，克里旺同志正努力爬起來，他在燈光中眨著眼。他一路上被踢，渾身發疼。即使死亡將至，他仍然希望自己沒骨折。

他站起來，感覺走動時有血淌下他的背，他微微踉蹌地走向準備讓人槍決的牆邊。但那些士兵凶殘熟練地毆打他，用靴子踢他，用步槍柄打他。
克里旺同志說：「你們這樣絕對殺不了我。」
他又被踢了一腳，然後失去知覺。士兵不再折磨他。他們只用靴子尖把他翻過身。他失去意識，他們擔心他死掉，因此誰也不敢再打他一下。排長允許他們虐待折磨他，但不能殺他，於是他們把他失去意識的身軀拖到指揮部外的一片空地，如果他被野狗撕成碎片而死，就不是他們的責任。

克里旺恢復意識，發覺自己躺在一張醫院的病床上，僵硬的身體到處都交叉裹著繃帶。阿汀妲坐在他身邊等待，她發現他還活著，恢復了知覺，欣喜地露出發自內心的微笑，十分迷人。
他身旁站的那位醫生說：「這位小姐把你拖到大街上，叫了人力三輪車把你送到這裡。你昏迷了兩天兩夜，她一直等在這裡。」
克里旺同志喃喃說了句細不可聞的謝謝（就連他的嘴也裹了繃帶），但阿汀妲由他的雙眼看出他在道謝，她點點頭，說她希望他早日康復。
這個男人領導了許許多多的罷工，領導哈里蒙達超過一千名共產黨人，而他失去了一切——他的朋友，甚至他的家鄉；他的家鄉將轉變成一個新世界，而那世界裡沒有共產黨人。
他孤獨地躺了一星期，阿汀妲一直待在他身邊，米娜每天早上來探視。有時他意識斷斷續續，錯亂地呼喊朋友的名字，但他們當然都死了，或許都已經下了地獄。有時他問起他的報紙，他依然深信所有混亂的起因都是報紙無法送達。如果他胡言亂語的狀況有加重的跡象，阿汀妲就趕緊在他發起高燒的額前放一塊冷敷布，之後他會再度陷入夢鄉。
醫生問阿汀妲：「你們有考慮把他送去精神病院嗎？」

「沒有。」阿汀妲答道。「他其實正常得很，瘋狂的是他面對的世界。」

克里旺同志出院時身體已經多少復原了，他回到米娜的家。他變得孤僻，接下他母親的縫紉工作，避免與其他人互動。他雙眼深陷，垂眼看著車針起落，和他城市的現實脫了節。即使沒有顧客，他還是會縫些別的東西，從手帕到枕頭套，沒有大塊的布，他就開始收集剩下的碎布縫成拼布作品。

他不想跟任何人說話，而且從來不出家門，因此人們開始表現得像他根本不在場，對他視而不見，有時有人會喃喃說：「他真被處死還好一點。」

阿汀妲說：「感覺像你沒被處決，卻還是死了。」她試了好幾次，讓他活過來。「或許你確實該被送去精神病院。」他沒回應，女孩放棄希望，覺得不可能讓他恢復原狀了。

但一天早上，他打扮得乾乾淨淨地走出家門。他走出門朝街上去的時候，他母親訝異極了。人們聽說那位克里旺同志再次在城裡露臉，就像洪水一般立刻湧上街頭。他們看著他橫越童軍街、倫嘉妮斯街、山羌街、荷蘭街、獨立街和其他許多街道，就像之前他們看著他在士兵圍繞下被帶去監獄那樣。他也像那時一樣若無其事地繼續走他的路。包圍他的圍觀民眾愈來愈多，但他看在眼裡，只覺得那是他要穿過的一場狂歡會。

有人問：「請問你要去哪兒？」

「去街尾。」

這是他出院之後說的第一句話。對於聽到的人而言，那話像猩猩開口說話一樣聳動。許多人覺得他是往老黨部去宣布共產黨回來了，不過那裡現在只剩下一堆殘磚碎瓦。也有人猜他會投海自盡。但誰都不是很確定，於是他們繼續像貨真價實的馬戲團車隊那樣跟著他。

他經過哈里蒙達市廣場時突然摘了朵玫瑰，安祥地吸進玫瑰的芬芳，人們都看呆了，女孩子幾乎跪倒在地。克里旺同志在家裡關了一個月之後，看起來比他領導共產黨時圓潤了一點，人們看到他聞那朵玫瑰時，在他眼中瞥見一絲昔日令無數女人害相思病的光采。女人各個祈禱他是往她家去，打算和解、談判，或隨便你怎麼稱呼，想重溫曾經綻放或還沒機會綻放的愛情故事。

一個少女雙唇顫抖著問：「同志，可以請問這朵花是要給誰的嗎？」

「給狗的。」

說完他把玫瑰拋向正巧經過的一隻野狗。

結果他是要去見阿汀妲，這下許多女人更心碎了。阿汀妲現在二十歲，集母親的美貌於一身。黛維艾玉看到克里旺同志出現，驚訝極了，她請這個男人進門，數百個好奇的民眾擠進她的前院，一同擠在窗邊偷聽，想知道這是怎麼回事。就連已經有五年不見黛維艾玉的排長和阿拉曼達，也一時忘了他們熱情的蜜月，來和其他人擠在一起。人們猜不出他是為阿汀妲還是黛維艾玉而來——他顯然還是從前那個一向很受歡迎的男人，人人都在等待下一齣他要參與的好戲。他已經扮演過城裡最受愛戴的人，也扮演過最被厭惡的人。

克里旺同志說：「午安，夫人。」

黛維艾玉說：「午安。我一直納悶你為什麼沒被處死呢。」

「因為他們知道，讓我死就遂了我的願。」

他的諷刺逗得黛維艾玉咯咯笑。

「同志，要來杯我女兒泡的咖啡嗎？聽說你們倆這幾年變得很親近。」

「夫人，哪個女兒？」

「我只剩一個女兒：阿汀妲。」

「好的，夫人，謝謝您。我是來向她求婚的。」

聚在那裡的人聽見他求婚，震驚得發出轟然騷動，女孩子這下當然心都碎了，就連阿拉曼達聽了都流淚，既像自己被求婚一樣感動，又嫉妒她妹妹多麼幸運。阿汀妲在牆後偷聽，她聽到克里旺同志突然求婚，比誰都訝異。她用托盤端了兩杯咖啡，在那道牆後停下來，慶幸杯子沒掉到地上。

她開心又驚訝，手足無措地站在那兒。黛維艾玉經歷過殘酷的人生，因此習慣保持鎮定。她溫柔沉著地微笑了。

「喔，我得問問我女兒她怎麼想。」

黛維艾玉走到後面去。阿汀妲羞得不敢露面，何況屋外包圍著人群。但她非常確定地對母親點點頭。黛維艾玉端著托盤回到克里旺同志那裡，坐到他面前。

她對克里旺同志說：「她點頭了。」她輕笑一聲又說：「所以你要成為我的女婿了。唯一沒跟我睡過的女婿。」

「夫人，其實我曾經一度想過。」他有點難為情地說。

「我猜也是。」

那年十一月底，克里旺同志終於娶了阿汀妲，他們舉行了盛大的婚禮，所有費用都由黛維艾玉包辦。他們宰了兩頭肥牛、四頭羊、幾百隻雞；還有天曉得幾公斤的米、馬鈴薯、豆子、麵和蛋。克里旺同志沒有太多錢，只有他捕魚的日子攢的一小筆積蓄，所以起先只想辦最簡單樸素的婚禮。但黛維艾玉想要盛大的婚禮，因為阿汀妲是她身邊最後一個孩子了。

克里旺同志給了阿汀妲一枚戒指當新婚禮物，那是他在雅加達的時候用他當流動攝影師賺的錢買的，說實在原來是要給阿拉曼達的。阿汀妲很清楚那禮物背後的故事，但她並不是她姊姊阿拉曼達以前指控的那種愛吃醋的女孩。她甚至由衷得意地展示那枚戒指。他們去海灣的一間旅館度蜜月，旅館是黛維艾玉替他們安排的。

黛維艾玉甚至替新婚夫妻在排長住的住宅區買了間房子，和排長只隔一戶。而克里旺買了一塊地，開始完全靠自己耕種。他在田尾挖了個池塘，池塘裡撒進魚苗，每天早上餵牠們米糠、木薯和木瓜葉。他和其他人一樣在稻田裡種稻。阿汀姐從來沒碰過稻田的泥巴，要當農夫之妻還有很多要學，但她當然心滿意足。

克里旺同志像一般農夫一樣很早就出門去田裡。他檢查排水設施，拔雜草，餵魚，種花生和豆子。阿汀姐包辦所有家務，快到中午，家務都做完之後，她會帶滿滿一籃的早餐跟著去田裡。克里旺同志在稻田邊蓋了一小間工寮，他們會在工寮裡一起享用食物，回家時籃裡會裝滿嫩木薯葉和番薯。

一月時，阿汀姐自己上醫院去確認她真的懷孕了。認識他們的人都和他們一樣開心。阿拉曼達是第一個道賀的人。那時她自己也懷孕了，不過還沒生下努魯艾妮。她來時夫妻倆正在他們的陽臺上休息看花，阿汀姐種的花朵正美麗地盛開。看到她來，兩人都有點意外，因為他們雖然是鄰居，阿拉曼達卻從不曾順路來打招呼，他們也是。

克里旺同志有點尷尬，但阿汀姐立刻擁抱了她姊姊，她們吻了彼此的臉頰。

阿拉曼達問：「醫生怎麼說？」

「他說，如果是女孩，希望她不會和她外婆一樣變成妓女，如果是男孩，希望不會和他父親一樣變成共產黨。」

阿拉曼達笑了。

阿汀姐說：「那醫生怎麼說妳的肚子？」

「我的肚子已經騙過我們兩次了，知道吧，所以我沒辦法確定。」

「阿拉曼達。」克里旺同志突然開口，兩個女人都轉頭看向他。她們注意到他注視著阿拉曼達的肚子。阿拉曼達記起克里旺同志兩度說她的肚裡只有空氣和風，就像空鍋子一樣，她臉上血色盡失。但他宣布：「我發誓，這和以前不同，不是空鍋子。」

阿拉曼達注視著他，想聽他再說一次，克里旺同志點點頭向她保證。「是個美麗的小女孩，也許比她母親還美，頭髮烏黑，有著她父親的銳利雙眼。她會早我的孩子十二天誕生。妳可以把她跟她姊姊一樣取名為努魯艾妮，不過相信我，她會活下來，長成年輕女子。」

那天晚上，排長說：「老天啊，既然同志這麼說，我就替她取名為努魯艾妮。」他和阿拉曼達開始明白，他們並不是因為詛咒才失去前兩個孩子，而是因為沒有愛。是阿拉曼達實踐了她替克里旺同志的性命求情時的承諾，將她誠懇純正的愛給了排長，而那份愛現在開花結果，看來將會讓他們如願以償。

克里旺同志明白他的責任隨著他妻子腹中的小傢伙一同成長，於是開始思考農田和稻田之外的工作。他從前領導共產黨時，曾經替主日學的孩子收集書本，當成黨文獻之外的讀物。大部分的書都毀了，被排長的手下和燒掉他們黨部的反共分子放火燒了。不過排長留下了武俠小說和一些沒有共產意識形態的低俗小說，帶去司令部給他自己和他的士兵看。阿拉曼達來訪後不久的一天，排長歸還了滿滿兩紙箱的那些書。這下子克里旺同志開啟了他的第一個小生意，在他家前面開了一間小租書店。顧客主要是學童，不過至少讓阿汀姐有事做，他們都滿開心的。

最後，努魯艾妮終於誕生了。馬曼根登說：「排長，恭喜，希望這對表姊妹會成為好朋友。」排長聽了很感動。

讓兩個孩子在友誼中成長，平息她們父親久遠以前的私怨，實在是新奇的主意。排長同意了，他說到時候他們應該讓美人倫嘉妮斯和努魯艾妮這兩個女孩上同一所幼稚園。

努魯艾妮出生十二天後，阿汀妲終於像克里旺同志預言的產下她的兒子，排長受到那主意影響，重複了馬曼根登和平與希望的祝賀，只是說法稍有出入：「同志，恭喜，希望你我的孩子和我們不同，可以成為好朋友——或許甚至相愛而結縭。」

父親把男孩取名為克利桑。或許他確實是努魯艾妮命中注定的對象，不過人生總有些別的插曲——美人倫嘉妮斯介入了他們。

14

一九七六年，哈里蒙達充滿怨恨，復仇心切的鬼魂困在煉獄無法安息。城裡所有人都能感覺到，包括剛從火車上下來的兩位荷蘭遊客。他們看來是一對七十多歲的夫婦。即使那個年紀，男人仍然揹得動塞滿東西的巨大後背包，他的妻子則拿著一個小包包和一把傘。混濁的空氣瀰漫著腐臭，充斥紅光閃爍的影子，他們從車站月臺下來時，這情景令他們倒退。

太太搖頭評論道：「感覺像進了鬼屋。」

「不對。」她先生說，「感覺像這座城市有過大屠殺。」

載他們去旅館的人力三輪車夫跟他們說了鬼魂的事。他說鬼魂非常強大，所以要祈禱鬼魂不會在路上翻倒這輛人力三輪車。先生問：「那樣的事常發生嗎？」車夫答道：「很少**不**發生。」他跟他們說汽車衝過分隔島然後飛進海裡的事。乘客無人生還，全城都相信這是無法安息的鬼魂所為。他也跟他們說了兩年前市場大火的事——大家都確信是鬼魂縱的火。

太太問：「有多少鬼啊？」

「夫人，說實話，從來沒人傻到去數有多少鬼。」

接著他們才知道，幾年前這座城市有一場恐怖的大屠殺，死了超過一千名共產黨人。人們痛恨共產黨人，但他們也說他們的城從沒有那麼駭人的屠殺，希望以後也不會有。是啊，死了超過一千人。他們大多埋在布迪達瑪公墓的一座大塚裡。有些被留在路旁任其腐爛，直到無法忍受的人埋葬他們，但即使那時，感覺也像在香蕉園拉屎之後把屎埋起來。

那兩個荷蘭人訂了海灘上一間滿不錯的飯店。太太低聲對先生說：「我們在這裡做愛過，爸爸逮到了我們，那是我們最後一次見到他。」她先生點點頭。他們走向櫃檯，迎接他們的是個年輕人，他身穿白色制服，領結完美對稱，使他顯得僵硬不自然；他微笑著遞出房客登記簿。他們在登記簿以優雅的老式草書寫上他們的名字：亨利和阿涅・史坦姆勒。

他們那天都在旅館房間裡休息，阿涅・史坦勒姆說殖民時代以來那裡改變了不少。「我甚至敢打賭目前的老闆是本地人。」他們計畫隔天出遊，不過兩人似乎完全不匆忙，好像打算在城裡待上好一段時間，或許幾個月，甚至幾年。許多荷蘭遊客從前是因為戰爭而被趕走，他們懷念起之前住在這裡的日子，所以會做這樣的事。

這時來了一個侍者，他來客房服務，也帶來一則訊息。「先生、夫人，你們在這裡的時候，請小心共產黨的鬼魂。」

亨利・史坦姆勒哈哈笑著說：「卡爾・馬克思在他《共產黨宣言》的第一段就警告過我們了。」他們接下來吃的晚餐喚回了他們幾乎遺忘的熱帶風味。

但在他們開動而侍者離開之前，亨利問道：

「你知道一個名叫黛維艾玉的女人嗎？她大約五十二歲。」

那孩子說：「當然知道。哈里蒙達沒人不知道她。」

亨利・史坦姆勒和他妻子跳起來，他們開心得無法形容。他們幾乎飛過半個世界才來到這座城市找他們的女兒，從前他們把她留在她祖父的門階上。兩人愣愣地盯著那小子看，好像無法相信他們能這麼輕易就找到她。

「她是白人混血兒嗎？」

「是啊，這座城市沒有別的黛維艾玉。」

阿涅．史坦姆勒的眼中湧起淚水，問道：「所以她還活著？」

「不，夫人。」那孩子說。「她不久前過世了。」

「她怎麼死了？」

「因為她想死。」那小子準備告退，但他消失在門邊之前補充了一句：「不過如果你們想找妓女的話，還有不少其他的妓女。」

這下子，他們知道黛維艾玉從前以賣淫維生了。那小子說，黛維艾玉是當地的傳奇，是那座城市最負盛名的妓女，不過亨利和阿涅．史坦姆勒聽了沒那麼捧場。「所有男人都想跟她睡。就連她的三個女婿，也有兩個跟她上過床。她是不可思議的妓女。」

阿涅．史坦姆勒問道：「所以她有三個女兒囉？」

「四個。最小的在黛維艾玉死前十二天出生。」

那小子跟他們說了地址，讓他們去找他們最小的外孫女，一個啞巴女傭蘿希娜跟她住在一起，照顧她，而黛維艾玉把她取名為美麗。

那小子警告道：「可是她醜陋極了，好像怪物。」

隔天他們造訪那間屋子的時候，親眼見識了。兩人都差點昏過去，難以相信他們有個那樣的外孫女。阿涅．史坦姆勒癱在一張椅子上，說：「好像燒焦的蛋糕。」

蘿希娜把美麗寶寶放進門邊的布搖籃，拿了兩杯冰檸檬水給客人。她用手語比道：「黛維艾玉生漂亮孩子生煩了，所以祈禱生個醜孩子，結果就是這樣。」

亨利和阿涅．史坦姆勒完全不明白她的意思，而蘿希娜最討厭和不了解她手語的人溝通。但她人很好，所以去拿了本記事本，寫下剛剛她對他們比的話。

亨利問：「她其他的孩子呢？」

蘿希娜寫下黛維艾玉曾經跟她說的話：「自從她們發現男人的老二之後，就再也沒踏進家門一步。」

夫婦倆在屋裡參觀了一下，欣賞牆上掛的照片。一張泰德和瑪麗琪．史坦姆勒的照片令他們哭出來，蘿希娜看著這對多愁善感的老傢伙搖頭。才哭完，他們看到客廳裡掛著他們還是青少年時的照片，又哈哈笑了。蘿希娜向她搖籃裡的嬰兒打手勢說：「我敢打賭，他們一定剛從精神病院放出來。」亨利和阿涅．史坦姆勒看黛維艾玉的照片看得入迷。有一張她小時候的照片，一張她十多歲的照片。因為戰爭的關係，沒有她二十多歲的照片，但她長大之後的照片就多了，甚至有一張她大約五十歲拍的照片。他們驚訝地發現，他們的女兒無論什麼年紀，美貌都一樣迷人。難怪她當了妓女，受到許多男人崇拜。

牆上還有其他年輕美女的照片。蘿希娜扮演導遊的角色，寫在記事本上解釋道：「臉很白，小眼睛像日本人的叫阿拉曼達。她嫁給了排長，他是軍人，她有個孩子叫努魯艾妮。最像黛維艾玉的女兒是阿汀妲，她的次女。她嫁給一個共產黨老兵克里旺同志，生的兒子叫克利桑。第三個女兒是馬雅黛維，與其說像本地人，倒比較像印度人。她十二歲時嫁給了這座城市最受厭惡的罪犯馬曼根登，當了五年的處女新娘，現在終於有了個女兒，美人倫嘉妮斯。」蘿希娜從來沒見過這三個孩子，但黛維艾玉跟她說了這些事。

突然有一股不可思議的力量撞上他們，感覺像室內的空氣突然被抽光，或是凝結在他們皮膚上，他們頸後的毛髮直立。

亨利說：「天啊。這是什麼邪惡力量？」

「不知道，不過這間屋子確實有鬧鬼。並不是特別邪惡的鬼，但絕對懷恨在心。」

阿涅．史坦姆勒畏縮在丈夫身邊，問道：「是共產黨的鬼魂嗎？」

「那些鬼魂都在街上，沒在這間屋子裡。」

牆上的照片開始微微晃動，好像有微風吹過。蘿希娜手中的書開開合合。小美麗的搖籃來回晃動。接著廚房傳來盤子破裂的聲音，一只鍋子嘩啦啦滾過地上。

阿涅問：「那是黛維艾玉的鬼魂嗎？」

蘿希娜寫道：「我不確定。黛維艾玉曾經說，不論她去哪裡，格迪克的鬼魂都跟著她，她怕他，但目前為止他沒做出任何傷害我們的事。」

亨利問道：「格迪克是誰？」

「黛維艾玉說他是她前夫。」

超自然的擾動一結束，照片再一次直挺挺地掛在釘子上，亨利．史坦姆勒就說：「這座城市的鬼魂太多了。」然後他灌下他的冰檸檬水，試圖平靜下來。「我沒看到照片裡有任何可能是格迪克的男人。」

蘿希娜答道：「我也從來沒看過他。」

美麗出生之前，蘿希娜和黛維艾玉兩人時常坐在廚房爐前的一張小長凳上說故事給對方聽。黛維艾玉曾經跟她說過格迪克的故事。黛維艾玉嫁給了他，逼他成為她的丈夫，因為她太愛他了。她對其他男人的愛從來不如她對那老傢伙的愛那麼深。那時黛維艾玉笑著說：「只不過我的愛顯然完全是單戀。其實他覺得我是邪惡的女巫。」她在見到他之前就愛上他了，因為她母親的母親深愛著他。「格迪克和我外婆伊楊是對可憐的戀人。一個荷蘭人沒節制的貪婪和好色毀了他們的愛情，也毀了他們的人生。更不幸的是，那個好色的荷蘭人是我的親祖父。」黛維艾玉自從聽了那個故事，就愛上了格迪克。或許是男僕或鄰居跟她說的。她聲稱，如果她不能嫁給那個男人，她會自殺，所以她要下人綁架他，然後不顧他的意願和他結婚，但他們其實從未圓房。「他跑到一座山丘上，跳崖自殺。」從此之後，不論她去哪裡，他的鬼魂都跟著她。

史坦姆勒夫婦當然知道伊楊和格迪克的故事，但他們不知道黛維艾玉嫁給了那個格迪克。

蘿希娜寫道：「於是黛維艾玉就那麼在他鬼魂的陪伴下活著，直到她五十二歲。」

阿涅問：「可是她為什麼會變成妓女？」

蘿希娜把黛維艾玉在戰爭期間發生的事告訴了他們，也說了她曾經告訴蘿希娜的話，戰爭結束之後她繼續當妓女，不只是為了償還她欠卡隆媽媽的債，也是因為她不希望發生在伊楊和格迪克身上的事再發生在其他愛侶身上。黛維艾玉解釋道：「男人去嫖妓，就不用娶姨太太。每次有男人娶姨太太，很可能就讓那個姨太太的愛人心碎。所以一個戀情被破壞，生命被拆散。但如果男人去嫖妓，只會傷害他的妻子，那妻子顯然已婚，而且顯然做錯什麼事，丈夫才會上妓院。」

「所以她才成為妓女。」蘿希娜寫道。「我覺得我好像在寫我女主人的傳記。」她咯咯笑了。

阿涅問她丈夫：「我們女兒怎麼會有這麼骯髒的想法？」

亨利說：「別覺得孩子不好。我們沒好到哪裡去——別忘了，我們是兄妹，卻決定結婚。」

誰也沒忘記，就連蘿希娜也一樣，雖然她只聽過黛維艾玉說他們的故事。

接著鬼魂又來了，這次翻倒了桌子，他們杯裡的冰檸檬水也打翻了。

不過最受鬼魂困擾的是排長。大屠殺之後的許多年間，他嚴重失眠，好不容易睡著，又為夢遊所苦。共產黨的鬼魂總是到處騷擾他，甚至在撲克牌牌桌上妨礙他，讓他一輸再輸。鬼魂不斷的騷擾快把他逼瘋了——他時常把衣服前後穿反，或是穿著內褲走出房子，或回家時走錯屋子。或是他覺得他在和妻子做愛，結果卻是在幹馬桶的洞。他浴缸裡的水變成黏稠的一缸血，他查看一下，發現家中所有的水突然也都變濃稠，化為深紅色的血；茶壺和熱水瓶裡的水也不例外。

城裡所有人都感應到這些鬼魂，鬼魂嚇壞了他們，不過最害怕的是排長。鬼魂有時出現在他臥室的窗邊，額前的彈孔汩汩地流著血，鬼魂發出呻吟，好像想說什麼卻完全無法說話。如果排長看到他們，他會臉色蒼白地尖叫退縮，阿拉曼達會跑來努力安撫他。

阿拉曼達會說：「你想想，那只是某個共產黨的鬼魂。」但這話安慰不了排長，因此她不得不把那些鬼趕跑。有時鬼魂不想離開，如果他們像要討東西一樣繼續嗚咽，阿拉曼達就會給他們一點東西吃喝，他們會像剛剛越過廣大的沙漠一樣喝著飲料，像三年沒吃東西一樣進食，然後消失，這時才有辦法安撫排長。

起先他其實不大害怕那些傢伙。如果共產黨的鬼魂帶著槍傷出現，無聲地唱著《國際歌》裡的一些歌詞，他會拔出手槍朝鬼魂開槍。起先只要開一槍，鬼魂就會消失，但過了一陣子之後，他們就免疫了。排長在城市無數的角落開槍打了無數的鬼魂，最後他們不再怕子彈了。他們不會消失，開槍只會在他們身上留下更多彈孔，血從彈孔裡噴出來。他們仍然只是站在那裡，然後試圖靠近一點，最後嚇得排長跑開；這下子他真的開始害怕了。

排長受盡折磨，看似瘋狂，但他並沒有幻覺。他看見的，其他人也能看見；他恐懼的，其他人也恐懼。差別在於，他比任何人都驚恐，尤其是和他妻子相比，她一段時間之後就習慣了鬼魂，覺得他們大概早晚會厭煩，不會再騷擾他們。

排長承認他殺了許多共產黨人，所以如果他們計畫報仇，他也不意外。他在他們周圍必須小心翼翼，然而鬼魂不出現時，他仍然經常無法擺脫恐懼，害他的生活變得一團糟。

更糟的是，他女兒這時十歲，她似乎也感到困擾。小艾（就是努魯艾妮）總是抱怨她喉嚨裡卡了一顆沙梨子。她會追著他父親，要他幫她把種子弄出來。排長告訴她，那是鬼魂弄的，小艾相信了他。只有母親明白，那女孩只是在尋求父親的注意，因為父親困於自己的恐懼中，變得太疏離。

此外，排長的恐懼驅使他做出各種不理性的行為。有一次，他看到一個發瘋的流浪漢在打一隻狗。誰都知道排長非常喜歡狗，他有養狗，在他當游擊隊的那些年裡，還曾經繁殖豺狗。看到那個發瘋的流浪漢打那隻狗，他暴跳如雷，把流浪漢打到失去意識，丟進牢裡。發瘋的流浪漢只因為打了一隻狗，未經審判就被丟進牢裡，大家當然大惑不解。就連阿拉曼達也大吃一驚，她問丈夫說：

「究竟是怎麼回事？」

「那個流浪漢被一個共產黨的鬼魂附身了。」

後來，一個喝醉的漁夫半夜大聲唱歌，吵醒了所有人，排長暫時克服了嚴重失眠，好不容易終於睡著，也被吵醒了。他立刻拿著手槍出去，朝那個醉鬼的腿上開一槍，把他拖到監獄去。

「你只因為有人喝醉酒，就把他關進牢裡，你瘋了嗎？」

「他被共產黨的鬼魂附身了。」

只要有人做了他看不順眼的事，他就指控他們被附身。這種事一再發生，昔日那個沉穩愛冥想的排長再也不復見。

最後，一九七六年，阿拉曼達帶他去了雅加達，因為哈里蒙達沒有精神病院。一週後，阿拉曼達把排長全權託付給護士照料，自己回來了，因為不論如何，她還有個女兒要照顧。

排長離開哈里蒙達一陣子。排長離開之後，鬼魂並沒有消失，但他們不再展示他們損傷的身體，或是發出慘叫。之前排長只要不喜歡誰，就可以不負責任地指控那人被共產黨的鬼魂附身，然後折磨他們，或把他們丟進牢裡關一輩子。對城裡人而言，他突然比鬼魂還要恐怖，所以他不在，大家都鬆了口氣。

但排長很快就回來了。

他說的第一句話是：「該死！那些醫生覺得我瘋了，所以我開槍殺了一個醫生，然後回家來。」

「你當然沒瘋。」阿拉曼達說。「你只是有點不大理智。」

小艾說：「爸爸，我喉嚨裡有顆沙梨子。」

「張開妳的嘴，我要殺了那個小共產黨。」

阿拉曼達威脅道：「你敢，我就殺了你。」

雖然小艾盡可能張大嘴巴，但排長從沒朝沙梨子開槍。

回到哈里蒙達，等於回到他恐懼的根源。他試著養更多狗趕跑任何可能接近的鬼魂，似乎多少能減少他們的攻擊，但一些鬼魂比狗聰明，飛到屋頂上，穿過天花板出現。排長會在他床上尖叫大嚷，而阿拉曼達會拿東西給鬼魂吃喝，他們要的似乎只是這樣。

排長抱怨道：「只有克里旺同志可能控制他們。」

阿拉曼達刻薄地說：「喔，可惜克利桑出生不久，你就把他送去布魯島了。」

這是真的，排長悔不當初。不是因為他妻子氣他違背了承諾，而是因為在他看來，他並沒有違背承諾——他只承諾阿拉曼達，他會讓克里旺同志活下來，而那人確實被饒了一命；此外，是司令官決定克里旺同志是死硬的共產黨員，那樣的人全都要被流放到布魯島，而排長無力影響他。排長只後悔克里旺同志不在，無法控制共產黨的鬼魂。他需要那個男人，他心想，他得設法把他弄回家，否則他就不得不自我放逐。

最後他選擇自我放逐。

報告傳來，東帝汶受到軍事占領——游擊隊士兵給了國軍一點麻煩，而排長受到徵召。他將和鬼魂說莎吻娜啦，到東帝汶去，儘管這麼一來他得離開他的妻女。所有將軍都知道他的名聲，知道占領區需要的正是他的游擊隊知識。

排長要離開的計畫很快就成了民眾閒聊的話題。他離開那天，在獨立廣場舉行了一場惜別會，有支軍樂隊在惜別會上表演。然後排長穿了全套的軍裝，坐著敞篷吉普車在城中遊街，朝城裡所有人揮手，對無法安息的苦難鬼魂露出譏諷的微笑。他和他的隨扈越過城界，逐漸遠去。

結果他忘了和他的妻女道別。

小艾抱怨道：「他根本還沒把沙梨子拿出來。」

阿拉曼達安慰她說：「相信我，他在那裡撐不了多久。他在哈里蒙達是厲害的游擊隊，但東帝汶不是哈里蒙達。」

她說對了。不到六個月，排長的腳脛就嵌了顆子彈，被送回家。看來城裡人永遠無法真正擺脫他。

他太快回家，為了讓自己好過一點，他向妻子抱怨在那個糟糕的地方作戰有多困難。「不知道他們在那塊鳥不生蛋的戰場找什麼。」她想叫他去醫院拿掉子彈，但排長拒絕了。他說已經不痛了，只是害他有點跛而已。他想要子彈卡在那裡當悲慘的紀念品——「因為打中我的人一邊唱《國際歌》一邊瞄準步槍。原來到處都是這些共產黨的無賴。」

克里旺同志的租書店經營一陣子之後不得不關門。惡毒的謠言把這和他從前身為傳奇共產黨員的作為連在一起，說他讓學童讀無教育意義的垃圾，毒害他們的心智。那樣的屁話激怒了克里旺同志，但阿汀妲設法安撫了他。他最後還是關了租書店，把書收起來，發誓他的孩子長大之後，他會教他孩子讀那些書，人們可以看看那孩子的道德有沒有敗壞。

他說：「我也想給他們讀無教育意義的垃圾書籍，問題是他們已經把我所有無教育意義的垃圾書都燒了。」

排長剛剛靠著一位地下夥伴合資，開了家製冰廠。他知道克里旺同志被迫關閉租書店之後有困難，便提議讓那男人幫忙經營這間工廠，幾乎是當完全的合夥人。這生意當然前景大好。雖然有一般的漁夫，不過要知道，自從共產黨垮臺（表示漁民工會解散了），就有更多大船在哈里蒙達海上作業，而他們都需要冰塊。克里旺同志對那個提議沒有一點興趣。

他沒說為什麼——或許那些理由的意識形態太重，或許在他排定處死的那天早上之後，他想到再接受排長和他妻子的幫助就不舒服——總之他決定去當燕窩的採集工。燕窩會以非常高的價格賣給中國商人，中國商人再賣到大城市和國外。克里旺同志不在乎誰要吃燕窩，據他說，燕窩嘗起來不比沒調味的通心粉好吃——據說燕窩是燕子的口水做的，但即使巢是燕子的屎做的，克里旺同志也一樣不在乎——他腦中只想著弄到那東西，賣給中國的掮客，於是他成了四個新朋友組成的燕窩採集隊一員。

陡峭懸崖的崖壁沿著海岬上的叢林而立，懸崖上有洞穴，洞穴有大有小、有高有低，最低的只有在退潮時才看得到，這些洞穴裡有漂亮的黑燕築巢，牠們在洞口進進出出，掠過滔滔白浪。

採集隊通常是夜裡出去，裝備著籠子，一點食物、手電筒和急救用的毒蛇血清藥，因為燕子洞裡也有蛇。四人默默乘著沒馬達的一艘划艇靠近懸崖。他們非常有耐心地在變幻莫測的海浪間航行，海浪有時合作，有時淹住洞口，他們必須持續守望，以防海潮轉向，毫無預警地灌進來，把他們困在洞裡。有時他們會在突出的礁石下錨，拿出安全索，爬上懸崖，冒著生命危險爬到更高的洞穴。這工作超乎想像地累人，有時無情的天候會讓他們等上好幾天。但採燕窩的報酬讓他們四人十分富足。賺的錢遠超過克里旺同志在農田、稻田或租書店賺的錢。

他大約過了一個月採燕窩的日子，阿汀妲和新生的小克利桑在家裡焦慮地等待，但有一晚，一個人失足墜落，滑下懸崖，摔到一塊珊瑚礁上。他立刻死去，任何幫助都派不上用場，甚至用不著送醫。那晚他們已經採集了不少燕窩，但他們帶回家的還有他們朋友的遺體，那些燕窩突然顯得一文不值。他們賣那些燕窩的所得全給了死者的家屬，然後克里旺和他其他兩個朋友就不再採燕窩了。燕子繼續築巢，當然還會有其他人去採，會有其他人死去，但克里旺同志已經決定忘了那門恐怖的生意——他意識到如果他死了，身後會留下妻子和新生的孩子。他不想那樣。

他絞盡腦汁想找辦法再創業。當時，哈里蒙達成了海灘名勝。其實那座城市有叢林海岬形成的兩座海灣，自從殖民時代就是熱門景點，不過新政府上臺的早年，那座城市開始以海灘名勝來自我行銷。一些側街上擠進了新飯店，還有了新的紀念品攤販。簡單的食物攤變成海鮮餐廳，路上的車轍補上了新柏油。遊客來自國內外，從各種遙遠的地方來，大多是去那片漂亮的海灘游泳。西灣是他們最愛的地點，東灣則成了海港和魚市。克里旺同志努力思考來游泳的遊客最需要什麼，然後試著結合他可能做的事。他找到了答案。

他對阿汀姐說：「我要做泳褲。」

那主意感覺很蠢，就連阿汀姐也這麼覺得。但他不在乎。克里旺同志買了一部勝家牌的縫紉機。他想盡可能壓低短褲的價錢，因為旅客很可能只會穿著游幾天泳，然後就丟掉了。他得找到最便宜的布料。於是他跑去請教他母親。

米娜說：「麵粉袋和米袋。我通常拿來當褲子口袋的內襯。」

克里旺同志首先研究漂白的技術，漂掉袋子上的商標，然後就有樸素的布料可以剪成褲子的版型。他的褲子其實和農民下田時穿的沒什麼不同，但他先絹印圖案再縫起泳褲，讓泳褲與眾不同。他以二流畫家的技巧親自設計圖案——他不知道名字的鮮豔魚類，或是葉子參差垂下的椰子樹，背景是橘色的落日。他在圖案底下用大大的字寫上「哈里蒙達」。遊客可以把泳褲帶回家當紀念，讓他們追憶這座城市。

海灘邊排著竹子和防水布搭成的簡陋攤販，他把短褲批發到那裡，結果遊客很喜歡他的短褲。或許是因為他的短褲很便宜，或許是因為設計有趣，不過他們要游泳就要穿短褲，這點絕對有關係。攤販跟他要更多短褲，克里旺只好更辛勤地工作。阿汀姐稍微會縫紉，但她必須照顧小克利桑，所以通常只幫忙計帳。訂單看起來做不完的時候，克里旺就會丟些工作給他母親。不到一個月，米娜也負荷不了，於是他又添了三部縫紉機，僱了三個縫衣女和一個絹版印刷工，但他仍然包辦所有製版、設計。生意很好，他發覺他不在意自己成了一個小尾的資本家。

或許他漸漸忘了自己的過去，總之克里旺同志很享受他愉快的生活，他的事業順利，有著美嬌娘，還有襁褓中的健康兒子。競爭者當然開始湧現，尤其是海外的中國和芭東工人，但克里旺同志的短褲在哈里蒙達仍然最受歡迎，他是最新的經商成功案例。

不過快樂的日子不久就毀於市長的計畫。克里旺同志又變回那個克里旺同志，從前的克里旺同志。

哈里蒙達成為海灘勝地，生意蒸蒸日上，貪婪的市長開始希望可以把沿岸的土地賣給開發商去建大飯店、餐廳、酒吧、迪斯可舞廳和賭場，也許甚至建個比卡隆媽媽那兒更好的妓院。那片土地大多屬於漁民。緊鄰街道的海灘邊，還有一些土地少了持有正式地契的地主，上面卻滿是簡陋的紀念品攤販。地方政府起先找上漁民，禮貌地問他們願不願意賣土地，也客氣地遊說攤販老闆把攤販遷到不久之後要建造的新藝術市集。但大部分的漁民拒絕離開他們祖先傳下的土地──他們家族世世代代都住在那裡。他們必須聞到鹹鹹的海風，因此絕不肯搬到內陸。政府承諾的藝術市集離熱鬧的海灘太遠，所以攤販老闆也不想搬遷。

於是來了軍人威脅人們，還有流氓撐腰。但別以為可以輕易嚇唬漁民（他們每晚出海，在大海上面對死亡），攤販老闆看到漁民不屈不撓，也堅守下去。威脅失敗之後，繼之而來的是武力和壓迫。來海灘發表演說的市長說，大海和街道之間的土地並不是無人所有，而是屬於國家的，推土機不久就會來推倒所有攤販。

那樣的事發生在克里旺同志眼前，他自然變回從前的那個克里旺同志，不過其實沒人知道這是出於團結，還是因為他自己的生意受到威脅。他集合了漁民、攤販老闆和其他許多同情他們處境的人，組織了大規模示威，那是共產黨垮臺之後最大的示威。他們擋住道路，不讓推土機過去推倒他們不堪一擊的攤販；最後軍隊來了。克里旺同志毫不動搖，仍然領在前頭。

情治人員派來調查反對者之中是否有共產黨人，他們立刻認出了克里旺同志。報告經過再三查證，不久就確認那男人真的是官方認證的共產黨員。由於將軍督促，排長不得不逮捕克里旺同志，痛罵他，問他為什麼要做那麼愚蠢的事。

克里旺同志說：「我是共產黨，任何共產黨都會做同樣的事。」

他終於被送到布魯登康普，發現他的一些老朋友還無限期地被關在那裡。他們很驚訝克里旺居然沒死，更驚訝他過了這麼久還來到布魯登康普。他在那裡看到那麼多他認識的人，感到很安慰，只是他們的處境令人痛心——挨餓、衣不蔽體，無人探視。他們成天受到士兵和獄卒拷問、折磨。克里旺同志聲名響亮，因此也經歷了同樣的過程，不過手段更殘酷無情。

排長安撫憤怒的妻子，說道：「相信我，他一定會活下來。就算他真的死了，妳我都很清楚共產黨永遠會變成鬼魂回來。」

阿拉曼達說：「這話跟阿汀姐和他孩子說去啊。」

不久之後，布魯登康普所有的共產黨政治犯都要移到布魯島。所有人，沒有例外。誰也不知道他們在那裡會發生什麼事。或許那裡建於殖民時代，是類似博芬迪古爾的地方，或者像納粹的集中營。所有囚犯都預料會受到嚴酷的勞改，甚至比之前更恐怖的懲罰。克里旺同志無法和他母親、妻子或孩子道別。他只和排長道別；軍艦把所有囚犯送去遠在印尼群島東緣的一座小島，出發前排長設法探視他片刻。

排長告訴他：「我會照顧你的太太和孩子。」

排長回家時，阿拉曼達說：「你瞧，這下他被送去布魯島了，他們會叫他砍柴，把他餓死。」

「可是說實在這些麻煩是他自找的。一朝是共產黨，永遠都是共產黨，總是易怒又暴力。我不是總統，沒辦法赦免人，我也不是總司令，我只是一個小軍事司令部的排長。」

「而你還沒把這話跟阿汀姐和她孩子說。」

排長這才終於去見了阿汀姐，說他衷心遺憾發生了這種事，但他無力阻止克里旺同志先被送去布魯登康普，又移送到布魯島。這是複雜的政治案。

「排長，那至少告訴我，他會在那裡關多久？」

排長答道：「我不知道。或許要關到發生另一場政變。」

於是克利桑一直沒真正認識他的父親，因為克里旺同志被送去布魯登康普、之後轉到布魯島的時候，他還只是個嬰兒。他只透過他母親跟他說的事，或阿拉曼達和排長的故事來認識克里旺同志。一九七九年，他父親回來了，他是最後一批被遣送回家的布魯島犯人。那男人回來，阿汀姐歡天喜地，克利桑卻無法跟她一樣開心。當時男孩已經十三歲了，他覺得父親像突然搬進他們家的陌生人。

他仔細觀察那個男人，尤其是餐桌上坐在那人對面的時候。他看到的那個人物和母親給他看的老照片裡的人比起來削瘦多了。從前他的臉修得乾乾淨淨，現在卻任鬍鬚、鬢角和鬍子生長，一道道波浪長髮蓋到脖子上。父親回來時找的第一件東西是他破舊的帽子，帽子還收在櫥櫃裡，顏色褪到看不出是黑色、褐色還是灰色；克利桑訝異極了。他拍拍帽子，但從來沒把帽子戴上，總是收回櫥櫃裡原來的位置。

流放回來之後，克里旺同志的話不多。克利桑納悶那男人是否真的曾是盛大集會中口若懸河的演說家。或許夜幕低垂，他和母親躺在床上時會跟她說比較多話，但他跟克利桑說的話不多。他只說：「兒子，你好嗎？」或是：「你現在多大了？」他一再頻繁地問這些問題，克利桑擔心他父親腦袋壞掉了。或許他雖然還沒五十歲，但已經衰老了。克利桑不知道他父親的年紀。或許四十吧。但他看起來老了，脆弱又淒涼，總是穿得破破爛爛。克利桑很難過。

或許克里旺同志也不自在，因為克利桑端詳著他的時候，他會注視他兒子良久，好像想知道他兒子在想什麼。

克里旺同志好幾天沒離開家門，也沒人來看他，因為他是偷偷回來的，阿汀妲和克利桑沒告訴任何人。他們想守護這男人的平靜，不讓他在準備好之前被別人發現。就連排長和他妻子也還不知道。米娜也是。

有一次，克利桑在晚餐時問：「布魯島那裡是什麼樣子？」

他答道：「那裡最好的食物通常是在馬桶裡的東西。」

這話讓氣氛變得很尷尬。阿汀妲向克利桑打個暗號，之後再也沒討論任何事。克里旺同志從來不想談任何與布魯島有關的事，阿汀妲和克利桑也再不敢問任何問題。

克里旺同志完全不交談，從不離開家門，似乎變得更陰鬱了。或許他離開那地方那麼多年，現在對那裡感到疏離；或許他能感覺到城裡眾多的共產黨鬼魂，因此悲傷。有一次有人敲門，克利桑開了門，結果他面前站著一個衣著襤褸的男人，胸前有槍傷，傷口不斷湧出血來。克利桑差點尖叫，但他父親出現了，說道：

「卡明，你好嗎？」

受傷的人說：「糟透了，同志。我死了。」

克利桑臉色蒼白地往後退縮，緊貼著牆壁。克里旺同志拿了一桶水和一條毛巾走向鬼魂，體貼用心地清理他的傷口，直到血不再流。

克里旺同志問：「要來杯咖啡嗎？只不過我們沒有報紙。」

他們一同喝了咖啡，克利桑在一旁看著，不敢相他父親可以和那麼嚇人的鬼魂那麼親近。他們聊著逝去的歲月，輕聲發笑。咖啡喝完後，鬼魂準備告辭。

克里旺同志說：「你要去哪兒？」

「去陰間。」

鬼魂消失後，克利桑倒在地上。

每次又有共產黨的鬼魂來訪，克里旺同志就會變得更孤僻。或許他為他們難過，或許是別的原因。克利桑已經失去十三年認識父親的機會，因此很嫉妒鬼魂。他希望他父親別跟他們聊，而是跟他說話，但晚餐桌上的事情之後，他不敢問父親任何事。

一天，克里旺同志問阿汀姐：「排長過得如何？」

「他因為那些共產黨的鬼魂，幾乎瘋了。」

「我想去拜訪他。」

阿汀姐說：「你該去的。或許對你有幫助。」

那是個溫暖的午後，山丘吹來和風。他徒步走去，幾個鄰居瞥見他，很驚訝那男人居然回來了。從他家就看得到排長的屋子，所以他走一分鐘就走到他們前門。開門的是阿拉曼達，她和鄰居一樣大吃一驚。

阿拉曼達問的是：「你不是鬼魂，對吧？」

「對，如果妳害怕活生生的共產黨，我可是嚇人的傢伙。」

「所以你回家了。」

「他們送我回家了。」

「進來吧。」

克里旺同志坐在客廳的一張椅子上，阿拉曼達去拿飲料給他。她回來時，克里旺同志問起排長。阿拉曼達說：「他不是去城裡哪個偏遠角落射殺共產黨的鬼魂，就是在市場玩牌。」

之後他們沒再說什麼。克里旺同志納悶著努魯艾妮如何，但阿拉曼達注視他的目光極其溫柔，眼神帶著同情或別的情感，他不確定他在何時、何地見過，但他確實認得那樣的眼神，那眼神讓他完全忘了小女孩。或許小艾去哪兒玩了，或是在美人倫嘉妮斯家，而現在都不重要了，他只想回望著他面前這個女人的雙眼，那是他多年前逐漸變得非常熟悉的那雙眼睛。

他的腦子在漫長的流放期間受了傷，現在要理解任何事都很緩慢。但這時他記起來，然後明白了。是啊，的確，他認得那個眼神，那是小眼睛的阿拉曼達才有的深情眼神，多年前她就是那樣望著他。那眼神溫柔得像女人輕撫小貓的背，充滿柔情，現在還帶著渴望的熱焰。他認出了那個眼神，意識到自己真傻，居然會忘記。於是他回應那個眼神，露出熱情的目光，原來那個陰鬱的老傢伙，搖身變成重新發現逝去已久的愛的男人。

於是發生了接下來的事：

兩人站起來，不發一語地躍入對方懷中，相擁而泣，只是沒哭多久就陷入熱情的長吻，就像在那棵杏樹下；他們吻到沙發上，迅速脫去對方的衣服，野蠻瘋狂地做愛。

完事之後，他們毫不後悔，一點點也不。

但克里旺同志回家時，他妻子等在前門。他努力掩飾自己洋溢的喜悅，擺出原來陰鬱的表情，不過阿汀妲一點也沒上當。

阿汀姐說：「鬼魂跟我說了，所以我知道你在排長家做了什麼。可是只要你開心，我沒關係。」這話令他氣餒。他不後悔他做的事，但他突然感到羞愧，面對一個說只要你開心我沒關係的妻子，他覺得自己好齷齪。這妻子等待他多年，他突然回來之後，又突然背叛了她。

克里旺同志沒說什麼，直接走進客房反鎖在裡面，即使阿汀姐和克利桑不斷敲門要他出來吃晚餐也不出來，到隔天也沒出來。隔天早上，早餐準備好之後，阿汀姐和克利桑輪流敲門，克里旺同志還是沒發出一點聲響。他們愈來愈擔心、懷疑，敲門敲得更用力了，卻仍然沒得到回音。

最後克利桑去廚房拿了他用來劈木頭做鴿子籠的手斧，在阿汀姐的注視下，用手斧把門砍破。門從中央被劈開，又劈了幾刀之後，他終於劈出夠大的洞，伸手進去解開門鎖。他們發現克里旺把一條床單捲起來綁在橫梁上，上吊而死。克利桑的母親昏了過去，他扶住了她。

鄰居發現克里旺同志出現之後，消息迅速傳開。但大家都來得太遲了。這下他們只看到護送者圍在他的棺旁，朝墓園而去。他們太遲了，克利桑也太遲了，他從來沒機會認識他父親，這下子再也沒有機會。他們只相處了極為短暫的時間，根本不到一星期，這麼短的時間完全不足以讓父子真正認識對方。克里旺同志死去，克利桑比誰都難過。他繼承了那頂破舊的帽子，他在老照片裡看到父親戴過，現在他時常戴上帽子求點慰藉，覺得和父親親近了一點。

現在那座城市多了一個共產黨的鬼魂，幸虧他從來不向任何人現身。

15

一天早上，美人倫嘉妮斯產下一名男嬰，全哈里蒙達的人都拋下手上的晨間例行公事，擠向她家看熱鬧。他們該用米麩粥餵雞或把水槽裝滿水來洗碗，但他們拋下這些責任的理由很充分。首先，美人倫嘉妮斯在哈里蒙達非常有名，特別是她還獲選年度海灘公主。第二，她是馬曼根登的孩子，他也很有名，只不過城裡人很討厭他。第三，也是最重要的一點，是這座城漫長的歷史中，從沒發生過少女被狗強暴之後生子的事。

接生婆宣布說美人肚裡生出來的是真正的人類嬰兒，這時大家思忖起她被狗強暴的舊八卦，那隻狗有著黃毛黑嘴巴，那樣的狗在哈里蒙達隨處可見，就像抬頭看夜空就會見到星星。事情發生在大約九個月前學校的一間廁所裡，那時下課鐘剛響起不久。

整件事起於美人跟她父親學了愛打賭的壞習慣。她調皮的朋友挑戰她喝下五杯檸檬水，說如果她喝得一滴不剩，就可以不用付錢。她喝完了，而上課鈴響的時候，她付出了代價：她突然覺得她快尿褲子了。時機很不巧，因為這時候很多學童也正要上廁所，想延長下課時間，少上點課；這是代代流傳的傳統。排隊很激烈，輪到你的時候，你可能已經尿溼了褲子或裙子，但是冒著在座位上尿尿的風險回班上，也不是明智的做法，就連美人倫嘉妮斯這樣頭腦簡單的人也知道，所以她從餐廳裡咯咯竊笑的朋友身邊跑開，迅速往不祥的隊伍而去。

校舍後面排了十四間廁所，十三間已經有學童等在外面，不過與其說要上大小號，更可能是打算躲著校長，分著香菸抽。最後一間廁所已經多年無人使用，有個傳聞說，一個女孩在那間廁所自殺，也有傳聞說有個女孩在那裡生產，然後勒死她的私生寶寶。傳聞無法證實，唯一可靠的事實是，那間廁所什麼不像，似乎最像關著惡靈的籠子。

那間學校建造於殖民時代，從前是一間聖方濟學校，隔壁是一座可可椰子園。荷蘭人離開後，學校歸印尼政府所有，第十四間廁所最合理的故事是，不知何時有顆椰子或樹枝打破了屋頂，學校又沒錢立刻整修。時光流逝，可可葉從破洞掉進廁所，變得溼爛，然後蜥蜴在碎石下做窩，蜘蛛結了網。蚊子卵、藻類和雜草在馬桶的水裡滋生，或許有些人在裡面尿尿又不沖水，總之那間廁所變成恐怖兮兮的地方，現在根本沒人敢站在門前。

許多年沒人碰那間廁所，直到美人倫嘉妮斯跑進去。她膀胱裡的五瓶檸檬水開始造反，她別無選擇，只好走近那間可怕的廁所，往裡瞧，看見一隻狗忙著嗅可可葉，尋找從屋頂那個洞溜進來的貓咪的蹤跡。那是隻街坊的狗和豺狗的混種，黃毛黑嘴巴，美人倫嘉妮斯沒時間把牠趕走，她就這麼進了廁所，關門上鎖，然後和這隻狗被困在狹小的空間——她還沒機會脫下內褲，就感覺容積超過五瓶檸檬水的尿就這麼湧出來，而她只能動也不動地站著。暖意流下她的大腿和小腿，浸溼了她的鞋襪。

接著她像出生那天一樣一絲不掛地出現在班上，造成另一陣騷動（她十六年的蠢笨歲月之中已經造成過不少騷動了）。所有孩子都停下動作，書本從手中滑落，或絆到椅子，年老的數學老師正要抱怨他的黑板太髒，但就連他也突然發覺困擾他多年的陽痿奇蹟似的痊癒了，他的傢伙挺直勃發。誰都知道她是城裡最美麗的女孩，倫嘉妮斯公主真正的後裔、哈里蒙達的美神，但看到她的肉體，教室裡所有人都嚇愣了。她的肉體和她的面容一樣美，但通常深藏不露。

「我在學校廁所被一隻狗強暴了！」

這些都是真的，只要你相信她說她尿褲子和這隻狗困在那間廁所時發生的事——頭五分鐘，她動也不動地站在那裡，無助地看著她散發尿味的溼裙子和鞋襪。雖然她已經聽不見廁所外其他孩子的聲音，但她還是在廁所裡怨嘆自己的倒楣。她腦袋的邏輯還像個小女孩，要她脫掉所有溼衣物與上衣、胸罩，而她在奇異的恍惚中照做了。她把衣物都掛在生鏽的釘子上，希望破屋頂照進的陽光能快快曬乾剩下的尿，她像在自助洗衣店等待的旅行者一樣裸身站在這隻狗面前，狗立刻勃起。美人說，然後那隻狗就強暴了她。

「之後，他還拿走我所有的衣服。」

總之，她神祕的美加上她的天真，確實讓她顯得性感。任何男人要是碰巧看到她光著身子，或是發現自己和她困在一間學校廁所，恐怕都會占她的便宜。她有一種魅力，會讓人想和她發生關係（不論是不是兩情相悅）。只是那座城的所有居民都很清楚她的父親凶狠惡毒又嚇人，所以她在被狗強暴的那個早上之前，都還是處子之身。

雖然那女孩不論走到哪兒，她的美貌都是致命的挑逗，但誰敢碰馬曼根登的獨生女，馬曼根登都會毫不猶豫地殺了他。有時她站在路旁等公車，會由於童稚純真而心不在焉地拉起裙子咬裙褶；如果吹起無情的熱風，她可能會解開洋裝的幾顆釦子，露出她小腿和大腿上光滑的肌膚，那樣的肌膚只為仙女所有；還有十六歲女孩獨有的美好胸部曲線。但挑逗的情景最好別沉浸太久，否則的話，馬曼根登早晚會發現你色瞇瞇地看他女兒，他比任何巫醫或黑魔法巫師還要強大，會讓你癱在醫院病房裡躺上六個月。

那種時候，另一個少女努魯艾妮會挺身保護完美的美人。努魯艾妮自有另一番美麗，自從兩人還在搖籃裡的時候，她就是美人的朋友了。她會迅速把美人的裙子拉下來，扣起那女孩洋裝上的釦子，然後說：「親愛的，別那樣。那樣不端莊。」

美人倫嘉妮斯一絲不掛地站在全班前面（她身高一百三十七公分，體重四十公斤，帶有一股天生的沉靜，成熟的身軀散發光澤，長髮烏黑如墨水流成的河，是哈里蒙達最美的印度美女，繼承了母親的美貌，還帶有一點迷人的荷蘭血統，亮晶晶的藍眼憂傷地望著悄然無聲的全班，納悶著為什麼所有人突然像等獵物等了一星期的鱷魚一樣張大了嘴——小艾有種本能，隨時準備處理美人做的怪事，她從座位站起來，跑過教室長椅間的走道，扯下老師辦公桌的桌布（一個杯子被抖飛，在地上砸碎了，老師的黑色皮革包撞上黑板，包包裡的東西散落一地，書本和一只花瓶在地上打轉）。她用那張桌布裹住美人的身子，這下子美人看起來像洗完澡裹著浴巾的少女。

或許小艾從她的父親排長繼承了果決的性格，總之這時用不著她說一個字，光是朝男生和老數學老師看一眼，他們就趕忙離開教室。他們出去時，可以聽見他們你一言我一語的惋惜和失望的抱怨。

「該死，居然是狗?!好像我們沒人能強暴美人倫嘉妮斯似的。」

幾個女孩去體育館找足球隊的制服來換掉美人身上裹的桌布。

大約同個時候，美人的母親，也就是馬曼根登的妻子馬雅黛維發生了一小件令人憂心忡忡的家中意外。她正在打掃，這時天花板吊罩上一隻蜥蜴拉了屎，掉到她肩頭。她不擔心髒或臭，但她知道掉落的蜥蜴屎一向預示著大災難——那是徵兆。

馬雅黛維和她丈夫不同，城裡人很敬重她，他們不介意她是名妓黛維艾玉的女兒。她穩重親切，甚至很虔誠，人們看到這個女人，就原諒了她小女兒麻煩的幼稚性格和她丈夫嚇人的凶惡本性。馬雅黛維參加週四晚上的女人祈禱會，也參加週日下午的標會餐聚，她去社交，也繳女人的會錢。她讓她的家庭變得文明了那麼一點，一部分是因為她和兩個山地女孩助手做餅乾，靠著這樣的日常工作來維持家計。

她清除蜥蜴屎，要一個女孩替她掃完客廳，不過一會兒，她帶有一點荷蘭血統的臉龐蒼白得像死了兩天的屍體。她坐在陽臺上，擔心她丈夫或女兒是否發生了什麼事。他們當然時常發生許多小事，她已經不以為意了，但她總是擔心遲早會發生大事，只是不曉得是什麼。她除了擔心也沒別的辦法。該死的蜥蜴屎。

這種時候，馬曼根登當然照常在公車總站。他殺了人才得到那張椅子，馬雅黛維總是擔心有人也可能為了那張椅子而殺了他；不論那個男人有多壞，她都深愛著他，他們倆也深愛著他們的女兒，馬雅黛維不希望發生那種事。她希望她丈夫就像哈里蒙達傳言說的，確實刀槍不入。

一輛人力三輪車停在他們的大門前，打斷了她的思緒。兩個少女爬下車，她認出排長的女兒，然後是她自己的女兒。她納悶著她們為何這麼早回家，以及美人倫嘉妮斯穿的為什麼不是她自己的制服，而是一套足球衣。兩個少女走進院子，站到她面前，她像雞媽媽那麼憂心地站起來。馬雅黛維想問發生了什麼事，她看著努魯艾妮，但努魯艾妮的臉蒼白得像死了三天的屍體。小艾幾乎快哭出來，馬雅黛維還來不及問任何問題，美人就說話了。

她冷靜認真地說：「媽媽，我在學校廁所被一隻狗強暴了。我可能會懷孕。」

馬雅黛維坐倒回她的椅子，臉色蒼白得像死了四天的屍體。但她是那種從不生氣的母親，她只無助地望著美人，問道：「哪一種狗？」

不久，城裡接到壞消息，隔年將有日全食。占卜師預言那會是充滿不幸的一年，如果美人倫嘉妮斯確實被一隻狗強暴，那麼大災難已經開始了。這消息像瘧疾一樣傳開，直到哈里蒙達所有人都聽說了，唯獨美人的父親，可憐的馬曼根登還不知道。這是人們第一次以同情悲哀的眼神看那個無賴。

整整一個月，誰都沒膽告訴他，直到一天有個邋遢、矮胖、笨拙、外貌可笑的男生出現了，他名叫欽欽，大約和她女兒同齡。他穿著太小件的毛衣，褪色的褐色燈芯絨褲子，暗淡的白色運動鞋，戴著圓眼鏡，看起來像漫畫書裡的角色。無賴喝了一杯難喝得要命的啤酒，坐在他神聖的上好桃花心木舊搖椅上打盹，欽欽居然去找那個無賴，引起了一點騷動。一些人知道他是挖墓人卡米諾的獨生子，但他們來不及阻止他打擾那個流氓。

馬曼根登在打盹時被吵醒，不情願地放下啤酒杯，有點不耐煩地瞥向這個孩子，但這孩子只是拘謹地站在那兒，把上衣衣襬捲起又鬆開，最後馬曼根登失去了耐性。

他吼道：「快說你想怎樣，然後滾出去！」

過了整整一分鐘，男孩仍然什麼都沒說，無賴惱了，他抓起杯子，把杯裡的啤酒全澆到那孩子的頭上。

「說話啊，不然我把你丟進牛打滾的水坑！」

欽欽終於開口了，他說：「我願意娶你的女兒，美人倫嘉妮斯。」

「她絕不會嫁給**你**。」馬曼根登沒那麼煩惱，反而覺得有趣。「她想嫁誰就嫁誰，但我確定不會是你。何況你現在談結婚的事還太小。」

欽欽和美人倫嘉妮斯讀同一班，他解釋說他自從第一次見到她就愛上了她——他每次看到她就顫抖，沒看到她時又因渴望而顫抖。他發燒、失眠、喘不過氣，這一切都是愛造成的。他曾經偷偷把一些情詩塞進美人的筆記本，還塞了封香水信紙寫的信，但從來沒得到任何回應——他的心幾乎已經死了。他向無賴保證，他對美人的愛就如羅蜜歐對茱莉葉的愛，或羅摩對悉多的愛。

「她會完成學業，成為牙醫，就像街上的那個有錢女人，所以即使你們彼此相愛，也沒必要現在就結婚。」

那孩子說：「你女兒懷孕了，總得有人娶她。」

馬曼根登露出有點擺架子的輕蔑微笑。「要有人強暴她，她才會懷孕，只要我還有一口氣，就不可能發生那種事。」

「一隻狗在學校廁所強暴了她。」

馬曼根登這下更驚奇了，他叫那個愛昏頭的討厭小子走開，說如果欽欽真的愛他的女兒，就不會放棄。

下午來臨，他回家後一下就把這事忘得一乾二淨。美人倫嘉妮斯什麼也沒說，他妻子也沒說，所以他覺得一切都很好，於是照常打了個盹。晚上七點，他妻子叫他起來吃晚餐，點蚊香趕蟲子，這時他想起欽欽，跟他妻子提到有個孩子說美人在學校廁所被一隻狗強暴了，不知那是真的還是他在作夢。

馬雅黛維說：「幾星期前，她跟我說過同樣的話。」

「妳怎麼都沒跟我提起？」

「一隻狗要殺了我們倆，才會敢強暴她。」

接下來幾星期，他們心裡想的都是這個謠言。其實誰也不相信她的話——若不是覺得她只是想得到關注，就是想像如果自己是那隻幸運的狗該有多好——但是她太可憐了，所以虔誠的女人都把手放在心口，祈禱她平安。

流氓乾脆地說：「只要我們還有一口氣，誰也不會動她。」

他以這座城的美神替他女兒命名，但這下子他想起，依據傳說，倫嘉妮斯公主嫁給了一隻狗。

他肯定地說：「她沒懷孕。但如果事情真是那樣，那我會殺光這座城市所有的狗。」

這家人繼續他們每天的例行公事，盡可能無視種種謠言。畢竟美人引起騷動已經不稀奇了。她曾經把一隻可愛的小貓丟進一鍋沸騰的油裡，曾經因為好奇而離開馬戲表演的坐位，摘掉小丑的面具，讓馬戲團陷入混亂。馬雅黛維繼續去監督兩個村姑，馬曼根登則回到他的崗位，下午和排長玩牌。

他多年來排解無聊的方式都是和排長玩撲克牌，沙丁漁販與菜販、市場苦力和三輪車夫輪流加入。只有排長去東帝汶打了六個月的仗那時才沒玩牌，不過大多日子裡，排長會在下午三點左右騎著沒裝消音器的機車過去，那輛速克達的車聲太熟悉了，像打穀機的引擎聲，即使無賴在睡午覺也會立刻驚醒。排長比大多軍人都瘦小，但他穿著迷彩制服配上鱷魚皮的硬靴子，腰間掛著手槍和木棍，威風的軍服掩飾了他單薄的身形。他的皮膚黑，鬍子摻了幾根灰絲。大部分的人都忘了他的本名，只記得他以前是抗日革命時一個排的指揮官。

星期四下午，他們和屠牛學徒與一個漁販在牌桌上，按照慣例，排長先把一疊美國白菸丟到牌桌上。還沒洗牌，四人已經撲向那疊香菸，菸味驅走了鹹魚和蔬菜腐爛的強烈氣味。

排長說：「喔，鬼牌在這兒，你的鬼牌有什麼新聞？」

多虧了他們兩個女兒之間綻放的友誼，兩人脆弱的友好關係變得穩固了——美人倫嘉妮斯和努魯艾妮小時候還會尿褲子時，她們父親會在她們胖胖的小手裡各塞一張鬼牌，讓她們有參與感，撲克牌不會用到鬼牌，所以不會干擾牌局。現在他們用鬼牌代表他們的女兒。

馬曼根登答道：「一個流著鼻涕的小子來找我，要跟她提親。」

哈里蒙達充滿大嘴巴和八卦，所以排長已經知道這件事了；他也聽說了班上的騷動。但他似乎遲遲不願回話。

「我無法想像她結婚生子，我變成外公。」馬曼根登看著他的三個牌友（尤其是排長），判斷他們有什麼反應。「她才剛十六歲。」

「跟我的鬼牌一樣。」

人們已經聽說排長計畫隔年要退休。他在東帝汶受的傷一直沒痊癒，子彈還卡在他的腳脛。他曾經領導哈里蒙達營的革命，在獨立前六個月摧毀了日軍的軍營，他應該第一個成為總司令，但他待的職位對他來說從來不夠高。他在那職位占了太久，不肯放開哈里蒙達軍事地區的控制權，但只要他以上校的軍銜退休，就可以迅速平息爭議。其實他在軍事侵略時期趕走盟軍之後就升了上校，只是那之後他從來沒打算升到更高的軍階。他解決所有共產黨人之後，拒絕了當共和國總統副官的提議。他從來沒離開哈里蒙達，也從來沒領導國軍。現在他有了深愛的妻女，更沒理由離開這座城市，而他準備退休了。

「我聽說美人倫嘉妮斯被一隻狗強暴了？」

馬曼根登喃喃說：「哈里蒙達的狗實在太多了。」

排長聽了很意外——城裡的狗很多，但他從來沒聽任何人抱怨過。

無賴冷冷地繼續說：「如果學校廁所發生的事是真的，兩年前那個妓女因為恐水症而死之後，我就有不少毒狗的毒藥。不管我女兒怎麼了，要把那些雜種狗送到吃狗肉的巴達族廚房去，多的是理由。」

雖然他似乎沒特別對誰說，但他牌桌上的朋友都很清楚，這話是說給排長聽的。哈里蒙達大部分的狗都是豺狗的混種，自從排長開始獵豬之後就馴養、繁殖了。很久以前這裡是一片雲霧叢林，後來才發展成哈里蒙達，大家都知道倫嘉妮斯公主早先來到這片叢林時有隻狗陪著她。但在排長之前，沒有人繁殖過狗。

排長沉默很久才開口：「希望只是謠言。」

無賴冷冷地答道：「或者又是我女兒幹的蠢事。」他說起他們拜訪過不少巫醫，想讓他女兒更像正常的女孩。有些說她被惡靈附身了，有些說她的靈魂拒絕長大——她是十六歲年輕女子身體裡的六歲小孩。但不論他們怎麼說，他們都無能為力。「知道嗎，光是要他們讓她入學，我就不得不揍了三個老師。」馬曼根登沒興致玩牌了，變得有點感傷，問道：「你也要笑她嗎？」

排長說：「這個麼，我們總是會笑鬼牌啊。」

馬曼根登離開了，他走路回家時，風開始從山丘吹下來，他聽得見海浪拍打的聲音。橙得像水果的天空裡，一群蝙蝠像醉鬼一樣笨拙地逆風飛行。漁民帶著槳、漁網和一桶桶的冰塊走出屋子，另一頭，農民帶著鐮刀和空袋子回家。陰沉的天氣令他心神不寧。

但看到他們屋前種的楊桃樹、開花的馬鞭草和陰涼的人參果樹，他的心情就振作起來。他的家總是讓他免於陷於憂鬱的風暴中，但這次他卻發現他的妻子坐在一盆衣物前哭泣。

馬雅黛維這個溫和的女人以憤怒的口吻說：「我擔心她懷孕了。過了一個月了，我還沒看到染到血跡的內褲。」說完她把洗衣盆一丟，盆裡的衣物散落一地。

無賴思索了一番。他信心滿滿地說：「如果是真的，那就不可能是狗幹的。不論如何，即使有誰要強暴誰，也是我女兒強暴狗。」

欽欽在公車總站求婚失敗之後，就一心投入他的新嗜好，追捕墓園的流浪狗，用他的氣槍打死牠們。只有他相信美人倫嘉妮斯被狗強暴了，他盲目的妒火中燒，不讓他地盤裡的任何狗活著。如果沒看到狗，他就會在市場前買狗的海報，掛到緬梔樹枝上，然後把海報打成碎片。只有他父親知道他怪異的行為，他父親開始擔心了。

他父親問：「孩子，你是怎麼搞的？狗唯一的罪過是太愛吠了。」

他上一發子彈打得海報晃呀晃，他還瞄著海報，頭也不回地冷冷說道：「爸，狗就是狗。有隻狗強暴了我愛的女人。」

「我從沒聽過狗強暴女人這種事。還是你愛上了一隻母狗？」

「鬼扯夠了。」欽欽說。「爸，回家吧，最後一顆子彈是要打狗，不是要打你的。」

墜入愛河完全毀了籠罩著他的神祕氣息，至少他的同學這麼覺得。從來沒人想跟他玩，而他也從來沒想跟任何人玩。他的好朋友是其他孩子不會喜歡的一群傢伙——菜籃公的鬼魂。他的制服有股焚香的臭味，所以從來沒人跟他坐同張桌子，他有時會用死人的聲音答話，所以老師從來不叫他。雖然其他孩子知道他在背書時作弊，要他的菜籃公跟他說正確答案，但誰也不敢打小報告或是請他幫忙。他這個人就像肚臍——誰都知道他在那裡，但誰都不會注意他。那是他見到美人之前的事。

他第一次看到她，是她上新學校的第一天——過了無聊的九個學年之後，辦公室爆發衝突，孩子們跑去看發生了什麼事。欽欽大概是最後一個看到的——一個男人把三個老師打倒在地，因為他們拒絕讓他女兒入學，建議把她送去專門收低能、白痴和瘋孩子的特殊學校。那男人拒絕了這個主意，說他女兒好得很。

「我女兒唯一不同的是，她是這整座城市最美的女孩，甚至全宇宙最美。」男人說著怒瞪地上癱倒的三個老師和辦公桌後顫抖的校長。

女孩站在她父親背後，她身穿嶄新的白灰制服，制服還有縫紉機的機油味，裙褶筆挺。她把長髮編成兩道辮子垂到左右腰際，用紅白緞帶裝飾，向紅白雙色的國旗致意。她穿著規定的黑皮鞋，白色短襪邊緣有一圈蕾絲小花，露出的小腿比她穿的任何衣物都要迷人。誰都看得出她顯然不是白痴，就連在教師辦公室窗玻璃外看著她的欽欽也知道。她根本就是在這惡毒世界迷失的天使，欽欽自從第一眼看到她、驚為天人之後，就陷入無法控制的愛情狂熱之中。雖然他從沒跟學校的任何人說過話，但他被愛神丘比特的箭射中，找上女孩，問了她的名字。女孩似乎很疑惑，指著她上衣右胸繡的小徽章，說道：「這裡就有寫了，倫嘉妮斯。」

所有學生的制服胸前都有名牌，但女孩用她纖細的手指指向她的名牌時，欽欽無法專心，光是盯著她的胸部瞧。第一天上學的其餘時間他都在顫抖，獨自在教室的一角受折磨。

這是他從小學以來第一次大聲說話，同學都很驚訝，他感到同學的目光，更加煎熬。但他們不敢取笑他，因為他們偏執地覺得那個怪孩子會用巫術或黑魔法傷害他們。只有一個女孩有膽來找他，她似乎是為了當美人倫嘉妮斯的保護者才被轉到這個班上。

女孩威脅道：「菜籃公小子，聽著，如果你敢騷擾我這個小朋友，我會把你的老二像紅蘿蔔一樣切成一段段。」

小艾迅速離開，坐回美人隔壁，欽欽想像著他要克服怎樣的阻礙才能得到他全心渴望的愛，差點哭出來。對他來說，小艾是世上最煩人的傢伙。他天天希望可以護送美人放學回家，因為戀愛中的男生想不到有什麼比走在她身邊更令人開心的，可是小艾總是打擊他。他氣極了，有一次對那女孩說：「該有人殺了妳。」

「可惜你太娘，沒種自己動手。」

他是不敢。所以他錯失了每次從學校送美人回家的機會，他唯一的幸福是在教室裡，那時他可以轉頭看那張美麗的臉龐，想看多久就看多久。他上任何課都不再專心，因此成了學校裡最蠢的孩子。唯一有助於成績的是菜籃公，他在考試時會用菜籃公求助。他受愛情折磨，吃不夠、睡不夠，愈來愈消瘦了。

美人甚至說：「你看起來比我還慘，好像**真的**白痴。」

他們帶她去醫院，醫生信心十足地說那女孩確實懷孕，已經七週了。馬曼根登和馬雅黛維都不肯相信他，但另外五個醫生替她檢查，也說同樣的話。一位巫醫也是。

確認了這個事實之後，她父親採取的第一個辦法是把女孩關在她房間，以免更多謠言散布出去。馬雅黛維的母親是妓女，從來沒結婚卻生了好幾個孩子，馬雅黛維一直想逃開她過去的陰霾，但這下子發生在美人倫嘉妮斯身上的事似乎只確認她們血脈中仍然有詛咒流傳。人們會說，那個墮落的家族永遠會生出一樣墮落的孩子。於是夫婦倆決定必須把女孩關起來，他們希望人們遲早會忘記他們有個懷孕的青春期女兒。

她房間在二樓，高度太高，不能跳下來，門又從外面緊緊鎖住。她唯一的同伴是隻泰迪熊，一疊垃圾小說和收音機。馬雅黛維親自照顧她一切的需求，替她送三餐、便盆和一桶桶洗澡水。女孩抱怨說她想回學校，但她母親堅決不准。美人慘兮兮地說：「我保證我遇到狗會更小心。」馬雅黛維哭出來，抽抽噎噎地說：「親愛的，不行，除非妳說出是誰在學校廁所強暴了妳。」

他們一遍遍問她這個問題，但都沒進展，女孩展現驚人的固執，一再答道：是隻黑嘴巴的黃狗。

哈里蒙達到處都是那樣的狗，他們絕對沒辦法一一詢問。馬雅黛維沒能從美人那裡問到任何合理的解釋，只好再把她鎖起來，離開她，接著美人會尖叫大喊，要求放她出去，讓她回去上學。她的哭聲頗為悲痛，而且當然震耳欲聾，像嬰兒尿布溼了沒換不舒服的哭聲。鄰居聽見她刺耳的聲音，跑出來仰望二樓的窗戶，行人停下腳步，交頭接耳。馬曼根登建議把她送走，但馬雅黛維反對這個主意，她堅持繼續把美人關在房間，說：「與其失去我的女兒，我寧可活在恥辱中。」

他們最後還是讓步了，送她回學校去。她要回學校並不容易；懷孕的女孩從來不准上學。校方辯稱，那樣對其他女學生會有不良影響。馬曼根登為了確保女兒不會被退學，於是二度出現在學校，再一次門也沒敲就進了校長室。倒楣的校長實在擔憂。他得應付其他學生的家長；美人倫嘉妮斯發生那種事，證明學校並不安全，所以家長為自己的女兒擔心。另一方面，他得應付這個無賴；誰也沒膽忤逆這個人。校長揩揩他額頭和脖子流下的冷汗。

「好吧，親愛的朋友，只要她還沒畢業，她就可以在這裡上學。」他說。「可是拜託幫幫忙，你得查出是誰對你女兒做了這種事，讓我安撫其他家長。還有，拜託找大一點的衣服給她穿。」

這讓馬曼根登想起那個叫欽欽的小子。下午，他從撲克牌牌桌溜走，跑去挖墓人卡米諾家找那個男孩。欽欽像那之前的日子一樣，忙著開槍打狗的海報。馬曼根登欣賞了一下他的槍法，只是不懂那孩子為什麼會養成那麼古怪的嗜好。欽欽打了幾輪子彈，把狗的圖片打到地上之後，他轉身走向流氓，看起來並不意外。

他自豪地說：「你看得出我在做什麼，對吧？」流氓一點也不明白，只是點點頭，最後孩子解釋道：「我射殺所有的狗，甚至所有狗的照片。我狠牠們，也嫉妒牠們，狗強暴了你女兒，你也知道我愛她愛得不可思議。」

卡米諾在屋子旁看著他們。城裡最恐怖的罪犯來找他兒子，看來不大對勁，但他走上前，盡可能誠心地請男人進來喝杯咖啡。馬曼根登和那孩子欽欽坐在客廳，客廳裡滿是死者留下的各種怪東西。咖啡煮好，老卡米諾留下兩人獨處時，馬曼根登問那孩子：「告訴我，誰強暴了美人倫嘉妮斯？」

孩子困惑地回望著馬曼根登。他深信不疑地說：「我以為你已經知道了——是隻狗在學校廁所裡幹的。」這並不是馬曼根登預期中的答案，其實他聽了有點火，但他看得出那孩子知道的不比任何人多，只有美人倫嘉妮斯和老天知道那間廁所裡發生了什麼事。他為了讓自己冷靜一點，灌下他那杯咖啡。

他覺得自己彷彿被困在未解的奧祕之中。比起女兒的不知名強暴犯，跟敵人殊死一戰輕鬆多了。他坐在孩子面前不發一語，最後才發現時候不早了。雖然他希望可以等得到滿意的答案再回家，但他還是起身離開，他沙啞的聲音打破兩人之間的沉默。

「欸，看來我們只知道這麼多了。如果強暴她的確實是隻狗，那她就嫁給狗吧。」

欽欽聽了晚上睡不著，失眠得比先前的晚上還要嚴重。他害他父親整晚醒著，墓園的鬼魂也不得安寧。早晨，他迅速洗了澡，早早出發上學，跑到美人倫嘉妮斯家找她父親，她父親一大早被吵醒，似乎暴躁得很。

欽欽喘著氣說：「絕不能讓她嫁給一隻狗！」他的聲音聽起來像出自垂死之人的嘴裡。「我會娶她。」

這樣遠好過嫁給一隻狗；無賴心裡也很清楚。他看著這個男孩，記起他們第一次在公車總站見面的事。他後悔當初沒在問題拖遲之前就接受那孩子提親。他點點頭，問了為什麼。

「強暴她的不是狗，是我。」

這理由足以讓那孩子被拖到後院毒打一頓，不過第一拳就已經打得他滿臉是血，撞上籬笆角落。孩子沒還手，即使打算還手，想必也無力抵抗。馬雅黛維趕來搶在男孩被殺之前阻止丈夫的暴行。她不得不又抓又咬地制伏她丈夫，他還不放過男孩，但欽欽已經在一座小魚池邊倒成一團。他還沒死，但痛苦不堪，疼得呻吟。

妻子設法把馬曼根登拖到一段距離之外，他說：「我當然不會殺了你，因為你得活著娶我女兒。」

小艾整個早上都在學校聽欽欽喋喋不休地說，他計畫等美人倫嘉妮斯生下孩子就娶她，下午小艾坐在表弟克利桑的小型機車後面，到墓園去和欽欽見面。

她憤怒地說：「我知道你那天沒在廁所。」

看到他們來，那孩子微笑了，他沒否認，而是請他們進屋，他很感激他們，因為這是第一次有同學來看他。他的屋子並不是舒適的地方——老舊而少了女人照料，不常打掃，死者留下的一堆堆物品滿是塵埃，令人發毛，好像木乃伊墳墓挖掘的成果。

他從廚房端了兩杯冰涼的檸檬水給他們，然後為亂糟糟的屋子道歉，說他母親很久以前就過世了，在生下他那刻已經死去；或許他只是要轉移話題。但女孩的表情一點也沒鬆懈，一直等著下個機會繼續訓斥他。

小艾說：「你這個狡猾的娘娘腔，你不可能強暴她。」

欽欽冷靜地說：「當然了，我不可能那麼殘酷。如果愛一個人，就絕不會做出那種事，即使有機會也一樣。我向她正式提親了，我愛她，所以要娶她。」

他將繼承他父親的職業和墓園裡的房子。這些總是代代相傳，原因顯而易見——沒有別人會想要那種工作。城裡所有人都相信墓園滿是邪惡的鬼魂和食屍鬼，只有挖墓人家族能忍受年復一年住在那裡。家族也傳下他們的密法知識，知道怎麼用菜籃公繼續和死者的鬼魂交流。欽欽沒有兄弟姊妹，是僅存的最後一個傳人。但他同學怕他，不只因為他是挖墓人的兒子、會玩菜籃公，也是因為他一臉冷漠，身上散發潮溼的臭味，好像他不論去哪裡，肩上都負著一個惡靈。那就足以讓他們頸後的毛髮直豎，所以克利桑幾乎一言不發。他其實並不想來，只是因為他表姊逼他才來。

女孩繼續說：「別以為你會黑魔法，就可以為所欲為。」

欽欽擺擺手反駁：「黑魔法根本沒用。只會給你虛假的力量，不真實又不自然，而且當然邪惡。我由自己的經驗學到，愛比什麼都強大。」

愛顯然讓他變得頗為固執，小艾這女孩很清楚。她其實不是真的想阻止他愛倫嘉妮斯，只想保護美人，而她感覺到這個結婚計畫有什麼不對勁的地方。她站起來牽向克利桑的手，但離開之前，她看著欽欽，脫口而出：「你要全心全意愛著美人。」簡直像母親在女婿新婚之日給他的忠告。

欽欽信心滿滿地點頭。「當然。」

小艾威脅道：「但如果最後發現你的愛像獨角戲，我美麗的表姊不想要你，我絕不會讓任何人替你們證婚。我注定保護她，讓她永遠幸福。」

她說話的聲音武斷，時常讓人無法直視她的眼睛，欽欽也低下了頭。欽欽說：「好，可是……她父親已經接受我提親了。」

「不管。」

小艾沒讓那孩子有機會再說一個字。她扯著克利桑的手，於是那男孩匆匆走向他的小型機車。女孩騎在男孩後面，兩人離開那裡，去了美人家，發現他們家一團混亂，二樓傳來她哭嚎的聲音。他們在下面的客廳發現馬雅黛維坐在沙發一角哭泣，兩個山地女孩尷尬地站在廚房門口。

克利桑坐到女人面前，小艾則坐在她身邊，一臉困惑擔心地朝她伸出手：「阿姨，怎麼啦？」

馬雅黛維用袖子揩去淚水。她勉強向她的外甥女和外甥擠出微笑，像在說並不是什麼嚴重的事，然後解釋道：「她一知道她要嫁給那個欽欽，就大發雷霆。」

小艾說：「他在學校說個不停。」

馬雅黛維說：「可憐的孩子，居然想娶一個懷著別人孩子的女孩。他太愛她了。」

小艾說：「我不管他愛不愛她。倫嘉妮斯不會嫁給她不愛的人。」

美人的哭嚎突然安靜下來。他們感到擔心，但這時她匆匆爬下樓梯，身上只穿了件午睡的睡衣，臉像泡在冰水裡一樣又紅又脹。她淚水也不擦擦就坐到母親身邊。

她可憐的母親說：「如果妳不愛挖墓人的兒子，不想嫁給他，那就告訴我，告訴我，妳關心、想嫁了當丈夫的男人是誰？」

美人說：「我誰也不喜歡。如果非要結婚，我想和強暴我的傢伙結婚。」

「他是誰，告訴我。」

「我要嫁給一隻狗。」

她的肚子已經很明顯了，和所有懷孕的女人一樣，她的美變得更加耀眼。她的黑髮多年沒剪，直直垂到她臀下，彷彿來自深邃神祕的黑暗；她的肌膚像剛烤好出爐暖烘烘的麵包皮。她出生之後，人們就知道她是城裡最美的女孩，她父母都很以那樣的恩典為傲，也一直擔心要付出的代價——她的頭腦簡單。他們一向幫她打扮得漂漂亮亮，每天早上上學前辛苦地編好她的頭髮。美人的父親帶她去年度海灘公主選拔，雖然她跳舞顯然跳得不大好，歌喉糟得令人心碎，她的美貌卻魅惑了所有裁判，因此獲選為公主。

小艾問：「妳知道是哪隻狗嗎？」

倫嘉妮斯滿心遺憾地搖搖頭。她說：「每隻狗看起來都一樣。也許等他的孩子出生以後，他就會來了。」

「他怎麼知道他孩子出生了？」

「我的孩子會吠叫，然後他會聽到。」

誰也不知道她怎麼會有那麼牽強的幻想，但她想像時看起來很幸福，雙頰散發光采，因此其他人都沒說什麼。她母親不再逼她說任何事，只抱著那女孩，輕撫她的長髮，說：「知道嗎，妳媽媽懷妳的時候，跟妳同個年紀。」

夜晚降臨時，馬雅黛維把那天發生的事全告訴她丈夫，並且指出美人惹出騷動的痕跡。馬曼根登一臉哀愁地坐在階梯上。

她說：「誰都知道欽欽那天不在廁所。倫嘉妮斯不想嫁給他。」

「那樣的話，我們只好逼我們女兒告訴我們是誰幹的。」

「如果她保持沉默呢？」

她丈夫說：「如果她保持沉默，那我就把那女孩嫁給想娶她的任何人，只要不是狗就好。」

結果她還是保持沉默。當然有不少男人想娶她，但只有一個有膽向她求婚，也就是欽欽。所以雖然美人倫嘉妮斯不肯，她臨盆的日子逐漸接近的當兒，他們還是開始準備婚禮。美人倫嘉妮斯其實也知道那些計畫，然而她這時居然平靜以對，說最後會悔恨的會是那孩子。

小艾那女孩在混亂的狀況中左右為難。她說：「我們如果強迫她，她會做出可怕的事。」她很了解美人倫嘉妮斯是什麼德性。倫嘉妮斯的父母也一樣，但他們顯然已經不在乎了。馬雅黛維和她的姊姊們一樣，是黛維艾玉父不祥的私生女，對他們來說這樣已經夠了，他們不想要美人落入同樣的命運。馬曼根登雖然從來不曾過過正直的生活，但就連他也傷透了心——有人強暴了他女兒，而他居然毫不知情，虧他還是城裡最令人畏懼的人。他覺得自己正面對他這輩子最難纏的敵人。

他難過地說：「我替她取名為倫嘉妮斯。誰都知道，倫嘉妮斯公主嫁給一條狗。」

隨著婚禮的日子逐漸接近，他和一家出租公司聯絡，為婚禮派對訂了一些椅子。他請來一隊馬來樂團在他屋子前的街上表演。他不知道還能做什麼，只好做這些事。

小艾說：「姨父，這樣不對。她不想要這場婚禮。告訴我，懷孕的女孩為什麼非結婚不可？」

他不想面對她囉唆的焦躁，只是繼續準備婚禮，好像那是自己的婚禮一樣。醫生替美人肚裡逐漸成長的孩子確認了預產期，他們計畫她生產的隔天就把她嫁掉。但接生婆幫著接生了嬰兒之後，美人倫嘉妮斯再次堅持那是狗的孩子，她父母則堅持要她坐在婚禮臺上。結果婚禮的前晚，她和她的寶寶一起失蹤了。

她父親說：「她一定到小艾家去了。」人們去那裡找她，但就連那女孩也不知道發生了什麼事。驚慌開始蔓延。他們回家，希望會在家裡找到她，但只找到一張紙條上寫了簡短的訊息：「我去嫁給一條狗了。」

16

自白：是克利桑挖了小艾的墳，把她的遺體藏在他床下。

從前，他每天早上都會站在臥室窗口望向排長家的後陽臺。小艾那時當然還活著，他站在他窗邊只是為了看她出現，昏沉地去水龍頭那裡洗臉，水龍頭的水會流進魚池。每天下午他也會站在同個位置望著小艾一邊和她母親聊天，一邊剁雞或切菠菜做晚餐。但這個下午小艾沒在那裡，因為她已經死了，遺體正躺在克利桑的床下。

他想像著人們已經知道墳墓被褻瀆的事，他想像排長聽說墳墓被一隻狗挖開的反應。排長現在真的開始顯露歲月的痕跡，但仍然保有哈里蒙達軍事地區領導者的位置。他當然不會相信他三女兒的墳是被狗挖開的，因為那個墳挖得很深，有結實的木板保護。

「只有人類辦得到，唯一會做這種事的人，或許是馬曼根登。」——或許排長會這麼說。

克利桑想到他瞞過別人就開心。他知道排長對馬曼根登那個流氓仍然舊怨難消，只是馬曼根登絕不可能挖開小艾的墳——他女兒，美人倫嘉妮斯逃家了，他一心只想和他女兒團聚。再說一次，挖開那座墳的人是克利桑，這時遺體正小心翼翼地藏在他床下，他很意外誰也沒懷疑是他做的。

其實他完全按他想像中一隻狗的行為來進行，覺得那麼一來，小艾就不會生氣，甚至可能很高興。克利桑用他自己的雙手、雙腳挖開小艾的墓，耙過那堆泥土；她埋葬了一星期，泥土卻仍然鬆軟。他挖了一整晚，中間完全沒休息。為了討小艾歡心，他甚至帶了一隻流浪狗去，不過那隻畜牲被鏈在一棵緬梔樹的樹幹上，只默默旁觀。狗的足跡會讓人覺得那是一隻狗幹的，而克利桑仔細地清除自己的腳印。

用手腳很難挖墳，但狗不都是那麼做的嗎？克利桑假裝自己是條狗，甚至探出他的舌頭，邊做事邊伸伸縮縮，他深信小艾從天堂看到他，一定會很開心。他在瘋狂的任務中乾渴得受不了時，就四肢著地走到墓園邊的溝渠去舔水喝。他晚上七點三十開始像那樣工作，凌晨三點終於挖到了木板。

木板斜斜地擺放成排。克利桑只拆掉幾片木板就能從泥土的縫隙抬起小艾裹著裹屍布的身軀。她的身體很輕，克利桑的心在一股神祕的喜悅之中跳動。他終於可以想抱她多緊就抱多緊，所以他幾乎不在乎她死了。裹屍布裡散發出一股異香，像花園傳來的香氣。那當然不是花香，而是女孩身上的香味。

克利桑放了那條流浪狗，然後把小艾的屍體揹上肩頭。他踩著謹慎的步伐趕回家，因為那時辰人們通常已經醒來，準備上清真寺了。有些菜販就要去市場開店，也許有些人正要前往城邊距離墓園不遠的那些池塘大便。

他平安到家，沒被任何人看見，他母親和祖母都起得早，但就連她們也沒發現他。（他父親死後，他的奶奶米娜就和他們住在一起，負責縫紉。）他從廚房的門進去，躡手躡腳走進自己房間，把小艾的屍體藏到他床下，然後回頭擦掉他留下的所有泥巴——他像學校管理員一樣俐落地清理，然後就輪到檢查屍體了。他把小艾的屍體從床下拖出來，解開她的裹屍布。

更濃烈的香氣隨即撲面而來，克利桑看到了小艾的身體，看起來很新鮮。女孩彷彿只是躺在地上，只是睡著一下。克利桑並不意外，他深信小艾的身體永遠不會腐化，即使她埋葬多年、甚至幾世紀也一樣，他望著她的雙頰，她雙頰仍然微微透紅，一如她活著的時候。

突然間，他覺得看著她的裸體很害羞。他迅速用裹屍布蓋起她的身體，只露出她的臉，好繼續欣賞她的美。然後這個多愁善感的孩子哭了，為她死去剩他獨自留在孤寂的世界而悲傷。

但接著他的哭聲變了，變成感激的哭泣，他慶幸小艾即使死了，也不讓自己腐化。她維持在永恆的美麗狀態，他相信這是她為他做的。他意識到時，他正在親吻女孩屍體的臉頰。

克利桑很久以前就愛上小艾了，他確信那女孩也是很久以前就愛上了他，或許他們還睡在同個搖籃裡的時候就愛上了彼此。她是他的表姊，美人倫嘉妮斯也一樣。小艾比克利桑早十二天出生，阿拉曼達、排長和他父親等待他誕生，而小艾躺在她母親的懷裡，是他生下來那一刻看到的第一張臉。誰知道呢，或許一見鍾情也會發生在嬰兒身上。更重要的是，接著排長說了類似「希望我們的孩子會相愛而結縭」之類的話。克利桑很可能在他剛出世就聽到這句話，因此他相信他們彼此是對方注定的人。從此他們就一直在一起，一同哭啼，一同尿褲子，進同一家幼稚園，上同一間學校，直到克利桑發覺他一直愛著小艾。

但小艾是他表姊，他們是非常親密的朋友，所以告訴她他愛她並不容易。那樣的告白可能毀了他們甜美的友誼，但如果他什麼都不說，或許那女孩就永遠不會明白他會愛她一輩子；如果她被別人奪走，他會很遺憾。那是他最擔心的事——他寧可上吊，也不願忍受那樣的心碎。

還有另一個嚴重的問題——除了美人倫嘉妮斯和小艾，克利桑沒別的朋友可以聊。他絕不可能跟他祖母或母親聊這件事，他的兩個姨丈和阿姨更不用說了。他也不能把這事寫在日記上，因為不論他把日記藏在哪裡，小艾絕對會發現然後讀到。如果他知道小艾也愛他，那就不成問題，但他只是覺得她可能愛他，而他擔心自己期望太高。要是小艾發現他愛她，結果她並不愛他，那就尷尬了。這整件事令人苦惱極了。他時常詛咒自己的命運，納悶著他為什麼必須生為那個女孩的表弟。那個菜籃公男孩在公車總站向馬曼根登提親時，克利桑感到一股恐懼。有人向世界宣告他愛美人倫嘉妮斯，不久一定會有別人來找排長，向努魯艾妮提親。克利桑決心搶在別人之前得到那個女孩。

他的告白計畫了幾星期，那幾星期他都飽受折磨。

克利桑開始寫情書，每次得寫小艾的名字，他都會刻意留下空白，不寫出小艾兩字以防萬一。他寫了十封長長的情書，每封都有如短篇故事，而他從來沒寄任何情書出去，只是把情書塞在他衣櫥裡一堆內褲下面。那不是因為他很變態，而是因為那裡是最安全的地方。小艾一天到晚來找他，什麼都要插手，愛拿什麼就拿什麼，尤其是克里旺同志的武俠小說。克利桑、小艾和美人倫嘉妮斯三人之間有個不成文的協議——每個人的東西都要和大家分享。除了他的內褲。小艾從不想碰他的內褲，所以他說不出口的熱情的證據藏在下面很安全。

然後那男孩覺得寫信很蠢。他會乾脆地坦白說他愛她，不只是表姊弟之間的愛，而是男人愛女人那樣的愛。他生怕他們雖然那麼親近，他們的友誼很熱絡，儘管命運已經注定他們有一天會結婚，在他說出他真正的感覺之前，人生都將平淡無味。

他花了好幾天練習告白，坐在鏡子前想像女孩站在身邊（或許他們去海邊玩時，會看著海鷗往海面上俯衝），然後他會說：「小艾。」然後刻意頓一下，他想像他需要留個空檔讓小艾看向他，或至少豎起耳朵傾聽。然後他會繼續用宏亮的聲音說話，聲音清晰地蓋過海浪拍打的噪音與吹動椰子樹和斑蘭灌木叢的風聲：「妳知道我愛妳嗎？」

就這麼一行臺詞，短短的一句話。克利桑相信他說得出口，他想像女孩這時紅了臉——雖然她早就知道克利桑在暗戀她，她還是會臉紅。當然小艾可能不會看著他，小艾很容易害羞，所以或許她會垂著頭，擔心自己顯得太得意忘形。但這時，她會避著他的目光，承認她也愛他。

克利桑覺得接下來發生的事想像起來容易多了。他會牽起女孩的手，從此以後一切都將幸福快樂，他們會結婚生子、看到他們的孫子，在數十年之後一同死去。但那一切太美好，因此克利桑會再一次失去信心，於是他練習得更努力，一次又一次重複短短的那句話——或在浴室裡，或躺在床上，走到哪兒練到哪兒。

一天下午，他甚至打算把他祖母當成實驗品。米娜在前陽臺縫東西，他坐在她身邊，突然說：「奶奶……」他照他練習的，就停在這裡。

米娜停下手上的活兒，轉頭以疑問的眼神透過她的厚眼鏡看著他，她猜想那孩子又想借錢買些他並不需要的蠢東西。但是米娜聽見克利桑接下來的話，震驚得不得了：「奶奶，妳知道我非常愛妳嗎？」

米娜的雙眼湧上淚水，她立刻放下她的針線活兒，把椅子挪過去，抱住克利桑，眼淚愈流愈兇；她說：「你真貼心。就連我的親兒子，那個瘋同志，也從來沒對我說過那樣的話。」

但每次克利桑和小艾在一起的時候，即使難得美人倫嘉妮斯不在，只有他們倆獨處，他記住的一切也會忘得一乾二淨。他發誓再找機會告訴她，結果那句話又再度消散。小艾總是令他說不出話來。感覺就像她刺中他的心，讓他迷失於無以言喻的愛情風暴中。

直到有一天，發生了一件事：倫嘉妮斯生了個孩子，然後從她家失蹤了。最難過的人是小艾，她可能還比美人倫嘉妮斯的雙親馬雅黛維和馬曼根登更難過。誰都知道小艾把自己視為美人倫嘉妮斯的保護者，那女孩懷孕了，還不曉得是誰讓她大了肚子（雖然倫嘉妮斯已經坦承過——是條狗），然後生下一個寶寶，這下子小艾錯愕極了。當天她就病倒，發起高燒，在睡夢中呼喚倫嘉妮斯的名字。這是情有可原，但克利桑聽了還是頗為嫉妒。克利桑知道這兩個女孩十分親密，遠比她們和他親密，或許是因為她們是女生的關係。

她連續發燒了幾天，所有醫生都想不透她生了什麼病。所有檢驗都顯示她健康得很。

排長說：「她被共產黨的鬼魂附身了。」

阿拉曼達尖叫：「閉上你的嘴！」

下午，克利桑放學回家之後就成了她最忠實的陪伴者，坐在她床邊看著她目光空洞，虛弱地躺在那裡，高燒的身體打著哆嗦。想讓她知道他對她的愛是男人對女人的愛（這時他們都十七歲了），這時機顯然不恰當。

小艾時常突然出現在克利桑房間。有時是從門口走進來，但她也常常從開敞的窗戶跳進來，直到她生病前都是這樣。一天晚上，大約七點的時候她又出現了，她臉上帶著頑皮的微笑，好像有個淘氣的計畫。她看起來好美、好甜，好健康。她一身白色蕾絲荷葉邊，潔淨又純潔，彷彿是穿一套新衣服去慶祝關齋節。她的臉龐和身上都散發著光采，她烏黑的直髮披散背後。她銳利的雙眼閃閃發光，粉紅的雙頰十分可人，淘氣的微笑突顯了她漂亮迷人的雙唇。克利桑吃完晚飯剛剛躺下，她突然來訪，他嚇了一跳。

他起身坐到床沿，驚呼道：「欸！妳好多了嗎？」

小艾說：「和奧運女選手一樣健康。」她輕笑著舉起手臂，像健美選手那樣屈起手臂。

接著，一股渴望的力量似乎攫住兩人，他們靠近對方，緊緊擁抱，甚至比久遠以前阿汀妲被狗追之後抱住克里旺同志時抱得還要緊。然後不曉得誰起的頭，他們開始親吻了，他們的吻比阿拉曼達和克里旺同志在杏樹下的吻還要熱烈，然後兩人倒到床上。

克利桑終於開口了：「小艾，妳知道我愛妳嗎？」

小艾回以迷人的微笑，克利桑看了更愛得暈頭轉向，又吻了她。不久，他們就受到無法遏抑的青春欲望驅使，急切地脫去衣服——比他們沒處決克里旺同志那天早上的阿拉曼達和排長更激烈地做愛，甚至比馬曼根登和馬雅黛維等待了五年之後更激烈——整晚都抱著青春期孩子的熾烈狂熱和驚人的好奇心，致力於愛的遊戲。

之後，小艾穿上她全白的衣物，跳回窗外揮揮手。

「我得回家了。」她說。「……回家……回家……」

克利桑下體猛烈一震，驚醒了他。醒來時小艾不在身邊，她最後那句話已經朦朧了。他臥房的窗戶緊閉。那只是夢。那不是他第一次做春夢，但絕對是最美的，也是第一次和小艾在一起的春夢，因此他開心極了。

窗格微微透入陽光時，他打開窗戶，望向排長家的後陽臺。一群群的人在那裡徘徊，連他母親也在其中。他的心裡一慌。他跳出窗戶，沒洗臉也沒穿鞋就跑向排長家，擠過人群。他進了小艾臥病的房間，發現阿拉曼達坐在她床上哭泣。阿拉曼達看到克利桑來了，就站起來擁抱這男孩，她扯著頭髮，一邊哭個不停，克利桑還沒問是怎麼回事，阿拉曼達就說了：

「你的愛人去世了。」

現在，克利桑挖開她的墳，把她的屍體帶回家之後，他想起那個夢，於是在她屍體旁哭了。或許他難過的是，直到她過世，他都還沒真的向她坦白心意。或許他是因為那女孩離開前還特地去找他（雖然只是在夢裡），所以感動得哭了。那女孩來聽他愛的告白，將她的童貞獻給他，來和他做愛，然後才回家，再也不會來了。或許他痛苦得半死不活，為了他一切的失落與渴望而哭，是因為一具屍體不論多美，都再也不是那個活生生的女孩。

第二則自白：是克利桑殺了美人倫嘉妮斯，把她的屍體丟進海裡。

克利桑挖開小艾的墳過了一星期後，有人輕輕敲了他臥室窗戶的窗板。克利桑爬起來打開窗戶，窗外站著美人倫嘉妮斯，她看來狼狽不堪。她的頭髮亂糟糟，衣服溼了，但無法掩蓋她驚人的美貌。就連克利桑也承認，美人倫嘉妮斯確實比小艾漂亮；小艾自己也總是這麼說。

克利桑說：「老天啊，妳在做什麼？」

「我快凍死了。」

「白痴啊，廢話。」

克利桑希望沒人看到他們，他探出窗臺，拉著美人倫嘉妮斯的手幫她跳進窗戶。她活像掉進了泥濘的溝渠之類的，而且顯然也餓壞了。

「換個衣服。」克里桑說著確認他臥室的門有上鎖。

美人倫嘉妮斯打開克利桑的衣櫃，拿出一件T恤、一件牛仔褲和一件克利桑的內褲。然後她就在那男孩面前毫不害臊地一件件脫下她所有的衣物，直到她一絲不掛。她的肉體在燈光下異常耀眼，克利桑看得幾乎喘不過氣來。那小子盤腿坐在床上勃起了，站他面前的女孩那麼美味誘人，他雖然很想侵犯她，但他沒有動作。美人倫嘉妮斯在門後找到一條小毛巾，她若無其事地用毛巾擦乾身體時，他仍然待在自己床上。

她的乳房和成熟女人的一樣完美，克利桑注視了良久，想像他愛撫、親吻她的乳房，調皮地挑逗乳頭。她胸部延伸到臀部的曲線迷人，彷彿是用圓規畫的，左右完美對稱。她的鼠蹊部中央，濃密的陰毛後，有東西微微突出，宛如幼小的椰子果實，不過當然是軟的。克利桑更硬了，更想跳起來把他表姊拖到他床上侵犯她。但他沒這麼做。小艾的屍體在他床下，當然不行。

他受的折磨緩慢結束。美人倫嘉妮斯穿上克利桑的內褲，毫不在意那是男用內褲。然後她穿上他的牛仔褲，她的乳房迅速消失在他的T恤下。不過克利桑還硬著，因為他能透過那件T恤看到她乳頭的輪廓。

美人倫嘉妮斯說：「狗，我看起來如何？」

「別叫我狗。我的名字叫克利桑。」

「好吧，克利桑。」說完，美人倫嘉妮斯坐到男孩身邊的床緣。「我餓了。」

克利桑到廚房拿了一盤飯，還有煮菠菜與一塊煎魚。食櫥裡只有這些食物。他拿著這些食物和一杯水給女孩，女孩吃得狼吞虎嚥，吃完又跟他討。克利桑回到廚房，又拿了差不多份量的食物，女孩同樣貪婪地吃下，好像沒人教過她禮貌似的。克利桑很慶幸女孩吃完第二份之後沒要更多，不然如果隔天早上他說他夜裡把三份全吃了，他母親一定不相信。

美人倫嘉妮斯開始吹頭髮時，克利桑問道：「好啦，妳的寶寶呢？」

「被一隻豺狗吃了，死了。」

「媽的！」克利桑說。「不過謝天謝地。告訴我發生了什麼事。」

美人倫嘉妮斯跟他說了。她帶著嬰兒離開家那晚，就往排長在叢林中建造的游擊隊小屋那裡去。那地方有很長一段時間是美人倫嘉妮斯、小艾和克利桑的祕密俱樂部。他們之前聽說過那間小屋，尋找一番之後找到了，在好玩的小遠足時會去那裡。美人倫嘉妮斯知道那裡是最理想的藏身處，所以那晚和她寶寶去了，就連小艾也猜不到她跑去那裡。她說寶寶焦躁不安，她試圖餵奶，但他還是哭鬧。寶寶什麼也沒穿，只裹著一條毯子，只有母親的懷抱給他溫暖。

游擊隊小屋通常走八個小時就能走到。但美人倫嘉妮斯走了一天一夜。她有點迷路，東闖西闖，而且帶著寶寶走得很慢，又粗心地忘了帶任何糧食。所以他們到達游擊隊小屋的時候，已經餓壞了。

美人倫嘉妮斯說：「那裡完全沒東西吃。」

不論如何，她是城市小孩，不知道叢林裡有什麼能吃，但過了一陣子，她不得不去找東西果腹。樹上掉了一些胡桃，她很意外胡桃殼竟然那麼硬，然後用石頭打破胡桃殼，挑撿殼裡的胡桃。她發現胡桃非常美味，於是收集了一大堆，第一天晚餐就吃胡桃。游擊隊小屋旁有一條清澈的小溪流過，所以喝水不是什麼問題。

最大的問題是寶寶。寶寶不斷哭鬧。她全程都用他的毯子一角塞住他嘴巴，免得他們被人發現。她避開大路，跑過樹木的陰影下，穿過香蕉園和木薯園。那時她仍然必須很謹慎，因為夜裡很多農民出沒，在他們的土地上巡邏，還有看守人，也有人在外頭捉鰻魚和蚱蜢。毯子蓋住哭聲的效果非常好，但也差點悶死了寶寶。進入岬角的叢林之後，她覺得不會有別人半夜在那裡遊蕩，才終於敢拿出塞在寶寶嘴裡的毯子，她在雜木林中奔跑，同時寶寶不停哭號。

游擊隊小屋裡，母親終於餵了奶，但寶寶仍舊哭鬧，然後，寶寶在他最後那段日子不肯吃奶了。寶寶灑了尿，包裹他的毯子溼了，美人倫嘉妮斯沒別條毯子，只好把毯子稍微翻轉，把尿溼的地方翻到外側。寶寶還是哭。時間逐漸過去，他的聲音愈來愈微弱。那時美人倫嘉妮斯才發覺寶寶病了，在發高燒。他身上冒出一股熱氣，卻在打哆嗦。她不知道該怎麼辦，只好看著寶寶受苦。

「第三天，他死了。」她說。

而她仍然不曉得該怎麼辦。她解開寶寶身上裹的毯子，把寶寶抱到游擊隊小屋外，放到一塊石頭上，多年前排長和他手下曾經把那塊石頭當餐桌。她整天就這麼看著她寶寶的屍體，無法思考。她想到把寶寶丟進海裡的時候，已經是下午了，但就在這時，一群豺狗嗅到了屍體的味道而出現，圍住了她和寶寶。美人倫嘉妮斯看著那些豺狗，明白牠們決心得到那寶寶的屍體，於是她把嬰兒朝牠們的方向一丟。牠們立刻開始搶奪他，然後有隻豺狗把寶寶拖進森林深處，其他豺狗尾隨而去。

「妳比撒旦還要恐怖。」克利桑不寒而慄。

「可是那樣比挖墳墓簡單。」

他們倆都沉默下來，或許都在想像那些狗是怎麼撕扯可憐小寶寶的屍體。如果馬曼根登知道他的外孫落到那樣的下場，克利桑不曉得他會怎樣。或許他會發狂，燒了整座城，殺了所有的豺狗，很可能也殺掉所有人。但現在要找寶寶的遺骸已經太遲了。寶寶就連小骨頭都還軟得可以吃，那些豺狗很可能什麼也沒留下。克利桑想像著一隻狗把寶寶的頭一口吞掉，差點吐出來。

「而且你沒來。」美人倫嘉妮斯注視克利桑的表情既憤怒又失望。「我等到昨天下午，除了硬胡桃之外什麼也沒吃。」

「我沒辦法去。」

「你太過分了。」

克利桑示意美人倫嘉妮斯講話別那麼大聲，他擔心他母親和祖母會逮到他們。「我沒辦法去。因為小艾生病，然後死了。」

「什麼？」

「小艾生病，然後死掉了。」

「不可能。」

克利桑從床上跳起來，摸索他床下的屍體，然後拖出屍體給美人倫嘉妮斯看。小艾的屍體這時裹著一條裹屍布，躺在地板上，她的狀態仍然和克利桑第一次抱住她時一模一樣——那麼新鮮，那麼美。

「她只是在睡覺。」美人倫嘉妮斯爬下床端詳小艾的臉。她試著叫醒小艾。「起來！」她搖搖她，硬是要打開屍體的眼睛，捏住她的鼻子，最後自顧自地坐著啜泣，為了女孩的死而哭。小艾是她這輩子最好的朋友，每次她需要小艾，小艾都在。美人倫嘉妮斯突然很後悔沒讓小艾參與她逃跑的計畫，沒邀她去游擊隊小屋。如果她知道那女孩是因為她失蹤才悲傷憂慮至死，她一定更心痛。在此同時，克利桑站著動也不動，主要是在擔心美人啜泣得愈來愈大聲，會吵醒他母親和祖母。最後女孩問道：

「她為什麼在這裡？」

克利桑說：「我挖開了她的墳。」

「你為什麼要挖開她的墳？」

他不知道要跟她說什麼。他只有點尷尬地默默看著女孩，直到一個美妙的念頭在他最需要的那一刻出現在他腦中。「為了讓她見證我們結婚。」

美人倫嘉妮斯聽了他的解釋，似乎很開心。

「我們什麼時候要結婚？」

這問題惹惱了克利桑。他坐在床邊瞥向美人倫嘉妮斯，俯望下方小艾屍體的臉龐，望向掛在門後的衣物，注視著他一疊疊的武俠小說，打量端詳他的枕頭，然後再度看向她。女孩期待地望著他。

克利桑說：「今晚。」

「在哪裡？」

「我正在思考。」

他有了主意之後，立刻告訴美人倫嘉妮斯。他們迅速拆開小艾身上裹的屍布，從克利桑衣櫥裡拿了些衣服給她，都是像美人穿的男人衣物——男人的內褲、牛仔褲和T恤。等到屍體看起來像穿著隨性的普通女孩躺著，克利桑就打開他臥室的門，去他母親和祖母的房間檢查，確認她們還在睡覺。他靜悄悄地把他的小型機車從後門牽出去，沒發出一點聲音，然後回去把小艾的屍體扛上肩頭，帶著美人倫嘉妮斯走出房間，鎖上臥室門。他們躡手躡腳地穿過廚房去了後院。美人倫嘉妮斯坐在小艾的屍體後面，緊抱著屍體，克利桑則坐在前面。踏板一踩，機車就離開後院，在午夜的街燈下加速往大海而去。

他們很幸運，看到他們的人不多。即使有一、兩人經過，看到一個十七歲的傢伙機車後面載著兩個少女，也不大懷疑，以為那三人剛參加完派對，回家晚了。

克利桑停到一面水泥海牆邊，海牆代表著海與海岸的分界。幾乎快要黎明，他看得到有些小船已經停泊了。東方的天空開始出現一抹粉紅。他心想，這時機真是幸運。

克利桑說：「在這裡等著，我去偷艘船。」

美人倫嘉妮斯為了不讓小艾的屍體倒下，還抱著屍體靠牆坐在機車旁等待克利桑。

那小子划著不知誰的船出現了。或許誰的也不是，因為那艘船雖然沒破洞，但狀況實在很糟。克利桑把船划到緊靠著美人倫嘉妮斯在等待的海牆外。他說：「把屍體丟給我。」美人倫嘉妮斯把小艾的屍體拋進船身，小船左右搖晃了一下，這下子屍體躺在船裡了。美人倫嘉妮斯跳到小船的一頭，坐下來，克利桑在另一頭開始划離海灘，朝外海而去，也就是他承諾娶她的地方。

克利桑盡可能不和返回海灘的漁船交會，但他不擔心更遠的海外的大型船隻。伊楊丘後的天空破曉了，陽光有如筆直剛硬的線條般穿透海面，波光粼粼。海平線泛紅的顏色逐漸消褪；開始有海鷗和麻雀飛過他們頭上。天亮起來之後，克利桑更容易看出漁船要去哪兒，如果覺得他們會在太近的距離經過，他就能轉向。

他有很長一段時間都繞著愈來愈大的圈子划船，尋找海上平靜的區域，找個他不覺得其他船會出現的地方。然後他找到了，那是海域中深藍色的地方。他確信那位置的海非常深，那樣的地方魚不多，所以杳無人跡。美人倫嘉妮斯和克利桑當然都不知道許多年前、克里旺綁架了阿拉曼達，帶她到同一個位置。

完美無瑕的早晨降臨。

「所以我們什麼時候要結婚？」

克利桑答道：「別急，先享受一下陽光。」

克利桑躺在他那端的船上望著天空。美人倫嘉妮斯勉強在船的另一端這樣躺著。克利桑的眉頭緊蹙，一臉愁容，完全沒享受這個萬里無雲的日子。在此同時，美人倫嘉妮斯等著他們的婚禮，愈來愈焦躁。最後她真的失去耐性，又坐起身問道：

「我們要怎麼結婚？」

「我想當成驚喜。」

克利桑跨過小艾的屍體，走向女孩。

「轉過去。」他說。

美人倫嘉妮斯轉過身，背對克利桑望向海平線。她一直等到她看見克利桑的手圍成一個緊緊的圓；還沒明白發生什麼事，她就被勒住了。一條手帕繞住她的脖子，克利桑的雙手緊拉手帕的兩角。

美人倫嘉妮斯掙扎著想掙脫，兩腿踢來踢去，雙手拚命把那條手帕扯鬆，但克利桑力氣比較大。他們纏鬥了大約五分鐘，最後美人倫嘉妮斯輸了，癱倒船底喪了命，就躺在她表妹的屍體旁。

克利桑俯看著她，眼中湧起淚水。他氣喘吁吁，呼吸斷斷續續。他以劇烈顫抖的雙手抬起美人倫嘉妮斯的屍體，丟進海裡，讓她沉下去。然後他在舷緣哭了，哭得像多愁善感的青少女，像新生嬰兒，流下大量心碎的淚。沒人聽得見他說話，但他抽抽噎噎地大聲說：

「我殺死妳，」他說著又抽噎一下，「是因為我只愛小艾。」之後他又整整哭了半小時。

第三則自白：在學校強暴美人倫嘉妮斯的是克利桑，他沒為他做的事負責。

這是這故事中最困難的部分，但這是真的。

一天，放學後他和小艾去找美人倫嘉妮斯，他坐在沙發上看舊雜誌。兩個女孩在美人倫嘉妮斯樓上的房間裡。但他突然聽見腳步聲走下樓梯。克利桑放下雜誌，美人倫嘉妮斯出現在他面前，除了胸罩、內褲，什麼都沒穿。他從前可能看過她那樣，甚至見過她全裸，但那是他們還是小孩子的時候。現在他們都十五歲，克利桑很久以前就會夢遺了。

克利桑和大多數的男人一樣，對美人倫嘉妮斯美麗誘人的胴體心懷敬畏。她的胴體只能用令人垂涎來形容。他時常想像她渾圓結實的胸部和她曲線柔和的腰，現在他幾乎什麼都看到了。她穿的胸罩其實沒蓋住她整個乳房，所以克利桑可以欣賞她乳房的光采，還有蓋住一小塊柔軟凸起的低腰內褲。他的老二甦醒過來，變得鋼鐵般堅硬。老二歪斜地站起，卡住了，他不得不摸索褲子調整一下。而美人倫嘉妮斯似乎不介意克利桑在場而且望向她，其實男孩看著她，她似乎很開心。她踩著泰然自若的步子爬下樓梯，走向燙衣板，撿出幾件衣物穿上。淫靡的一刻過去了，而克利桑一直忘不了。一個男人會愛的女人有兩種——第一種是為了寵愛、珍惜而愛，第二種是為了上她而愛。克利桑覺得現在他兩種女人都有了——小艾是第一種女孩，而倫嘉妮斯是第二種。他想娶小艾，但他總是夢想著有一天可以和美人倫嘉妮斯上床，只不過他一直沒跟小艾告白成功，也不曉得該怎麼和美人倫嘉妮斯上床又而不惹上可怕的麻煩。

小時候，他們三人有個不錯的藏身處——克里旺同志之前買的那塊田。排長替他們在果園邊一棵老榕樹上建了一間樹屋。他們三個可以彼此照應，所以他們的父母從不擔心他們在田裡遊蕩。他們一同玩耍，就像有樹屋之前那樣，有樹屋之後好一段時間也是。他們一天到晚跑去樹屋的時候，最常玩的是結婚遊戲。美人倫嘉妮斯總是想當新娘，克利桑是唯一的男生，所以他總是扮新郎。小艾每次也都扮演同一批角色：見證人、村長和受邀的來賓。他們一向喜歡這個遊戲，儘管克利桑覺得他是被迫演他的角色；他其實想當小艾的新郎。

美人倫嘉妮斯會戴上波羅蜜葉做成的頭冠，克利桑也一樣。他們會併肩坐在榕樹下，小艾跪在他們面前的地上，說：「你們兩個準備和對方結婚了嗎？」

克利桑和美人倫嘉妮斯總是說：「準備好了。」

「我在此宣布你們結為夫妻。」小艾說。「你們可以親吻對方了。」

美人倫嘉妮斯會吻克利桑的脣幾秒鐘，那是克利桑最喜歡的時刻。

不只那樣，沒玩遊戲時美人倫嘉妮斯依然一直把克利桑當成她的未婚夫。

克利桑覺得厭煩，但他無能為力，因為他很了解小艾，也很了解美人倫嘉妮斯是什麼德性——嬌慣、任性、幼稚、單純、脆弱、反覆無常，還有其他一籮筐字眼可以解釋為什麼生她的氣沒用。更惱人的是小艾的態度。克利桑其實希望他們稍稍聯合起來欺負美人倫嘉妮斯一下，只是讓她理智一點，然而小艾卻忠實地捍衛美人做的任何駭人聽聞的事。

當時，克利桑雖然知道那女孩非常漂亮，而且頗性感，但還沒那麼哈美人倫嘉妮斯，因為他喜歡的是表情嚴肅的文靜女孩，儘管沉著卻又剛烈，而小艾正是那樣的女孩。撇除對美人的欲望，他時常覺得美人是電燈泡。小艾習慣保護她，他想到就嫉妒。

然而，還有更令他嫉妒的——就是狗。排長的孩子感染了他對狗的痴迷。克利桑以前一直希望，如果小艾沒和美人倫嘉妮斯在一起，他就可以和她獨處，但如果小艾沒和她表姊在一起，就一定是在和狗玩，即使克利桑想和她共度時光，她也會繼續跟牠們玩。

「我非要變成狗，妳才會注意我嗎？」克利桑焦躁至極的時候，曾經這麼問。

「用不著。」小艾說。「當個真男人，我自然會喜歡你。」

這些謎一般的話很難理解，所以克利桑跟美人倫嘉妮斯抱怨說：「真希望我是條狗。」

「很好啊。」美人倫嘉妮斯說。「我常常想像沒尾巴的狗。」

根本不可能和美人倫嘉妮斯認真交談。

他開始表現得像狗一樣，想吸引小艾的注意。如果他們三人走在一起，可能是放學回家，或只是下午閒晃的時候，克利桑看到遠處有隻狗，就會吠道：「汪、汪、汪！」有時他會變成受傷的小狗：「呦、呦、呦。」有時他會變成半夜嚎叫的野狗：「嗷、嗷、嗷嗚!!」

美人倫嘉妮斯評論道：「至少你的聲音聽起來像狗。那聲豺狗嚎聽得我雞皮疙瘩都起來了。」

小艾說。「可是那樣不會讓母狗愛上你。」

她似乎在嘲笑他幼稚的行為，但克利桑不在乎，不論女孩是否在場，他都繼續扮演狗的角色，其實也扮演得不錯。他會舉起一隻腳在廁所灑尿，也開始一直吐著舌頭。

小艾覺得克利桑荒謬絕倫，她說：「即使你用四隻腳走路，你的身體也絕對不會變成狗的身體。不過可要小心你的腦袋。」

或許這是真的——他的頭腦變成了狗的腦袋。小艾死時，他挖開她的墳，一如狗挖自己埋的寶貝骨頭。小艾喜歡狗，他就變成狗——至少他會吠叫，吐舌頭，舔盤裡的水，還有用他的雙手挖出她墳裡的泥土。

在那之前，他在學校廁所強暴美人倫嘉妮斯時，也是條狗。

他坐在沙發上，看到美人倫嘉妮斯只穿胸罩內褲走下樓那次，是他第一次想要和她上床。他開始對美人倫嘉妮斯垂涎，忘了她幼稚人格造成的種種問題。如果她突然從他背後抱住他，捂住他的眼睛，要他猜猜她是誰，他就會站住不動。他總是知道那人是美人倫嘉妮斯，因為別人不會靠他靠得那麼緊。他會感覺到絕對是她胸部的東西貼在他背後的壓力，而他會那樣站著好一陣子，假裝努力猜是誰捂住他的眼睛，其實只是為了享受她雙手肌膚的柔嫩觸感。

如果他們三人走在一起，美人倫嘉妮斯幾乎都走在中間。小艾絕對會牽著女孩的手。殿後的克利桑則會牽住美人倫嘉妮斯的另一隻手，享受軟綿綿的觸感。

小艾和克利桑住得比較近，所以總是先送美人倫嘉妮斯回家。美人倫嘉妮斯道別時總會親小艾的臉頰，小艾也會親回去。起先克利桑會遲疑，因為他覺得那樣看起來很幼稚，不過發生了沙發和樓梯的事之後，他實在很享受女孩嘴唇貼著他臉頰的溫暖，也享受用自己的嘴唇親吻女孩溫暖的臉頰。

夜晚降臨時，他不再只想像未來要娶小艾，也想像和美人共度春宵。

他只需要找個機會。

有一次，小艾放鬆戒備，只有克利桑和美人倫嘉妮斯坐在排長家的前院，克利桑趁機抱了那個女孩，那女孩也抱住他。看到那樣的情景，沒人會擔心，就連小艾也是。他們三個就像手足，其實不像表姊弟，倒像三胞胎。何況美人倫嘉妮斯總是愛抱人，也愛被人抱。這時克利桑開始引誘她——

他以開玩笑的口吻問：「妳有一天會想真的嫁給我嗎？」

但美人倫嘉妮斯認真地回答他。她說：「想。克利桑，除了你，我生命中沒有其他男人，所以你得娶我。」

「結婚的人就得做愛。」

「那我們也會做愛。」

「我們哪天來做吧。」

「好啊，哪天吧。」

克利桑放開美人倫嘉妮斯，她退開時手臂還勾著他的肩膀，這時小艾帶著一小籃木瓜、一把小刀和裝滿辣醬蔬果沙拉的研缽出現。他們吃了頓野餐，舌頭被辣椒醬辣得熱熱的，克利桑想像著可以幹一炮的機會有一天將會來臨，感到熱度一路傳到他的心。

而機會確實來了，就是美人倫嘉妮斯贏了喝五杯檸檬水那個賭的那一天。克利桑在廁所附近抽菸時看到那個女孩。最遠那間廁所已經成了食屍鬼和惡魔的巢穴，美人倫嘉妮斯走進去時，克利桑突然明白他的機會來了。他匆匆離開他的朋友，在校園安靜的一角越過可可園兩米高的圍牆。他知道那間廁所的屋頂都是洞，所以他迅速往那間廁所而去，從一根可可樹的樹枝再次爬上牆，然後從漏了洞的屋頂窺看，監視美人倫嘉妮斯；她正蹲著小便。

他輕聲呼喚她。「嘿喲。」

美人倫嘉妮斯抬起頭看到克利桑在屋頂上，她驚訝極了。「你在上面做什麼？」她問。「小心，你可能跌下來摔死。」

「我在等妳。」

「等我爬上去？」

「不是。我們不是要來一炮嗎？」

美人倫嘉妮斯又問：「你有辦法爬下來嗎？」

「我當然要下來。」

克利桑抓住一根腐朽的橫梁，盪進廁所。這下子他們都困在裡面了，美人倫嘉妮斯的內褲還掛她的膝蓋旁。廁所臭得要命，那地方顯然不大舒適。但克利桑的欲望賁張，所以並不在乎。

他輕聲說：「來嘛，來爽一下。」

美人倫嘉妮斯輕聲答道：「我不知道怎麼做。」

「我可以教妳。」

克利桑開始緩緩從女孩膝旁拉下她的內褲，把內褲掛到牆上的生鏽釘子上。然後他同樣從容地解開美人倫嘉妮斯學校制服的釦子，他一顆顆慢慢解開，享受看她肉體逐漸展現的感動。上衣也掛到了生鏽的釘子上。然後他脫下她的裙子，看到女孩下體那片黑，他被迷住了。他看得雙手微微顫抖，脫去女孩胸罩的動作加快了點。但他一看到他渴望已久的胸部就再度放鬆下來。接著他脫下自己的衣服。他的上衣脫了，然後是褲子，然後是內褲。他的那話兒伸長了，變得又硬又翹，他握住那東西讓美人倫嘉妮斯看。女孩看了那東西的形狀，笑了一下。

之後就再也不冷靜了。他握住那對胸部，慾火焚身地愛撫揉捏，弄得女孩扭動喘息。美人倫嘉妮斯緊抱住男孩的身體。克利桑把女孩推去靠著廁所的牆，然後壓在她身上。他開始親吻她的嘴唇，他覬覦了好久，但自從沒玩結婚遊戲就沒感覺過她的唇了。他雙手在兩人胸前動作，女孩的雙手則輕抓他背後。他的那話兒急切地開始進攻，想貫入她，但他們的站姿不對，它只撞上女孩大腿的柔嫩肌膚然後折彎。他只能摩擦她兩腿間的地方。克利桑低聲說：「妳一腳抬到那個小水槽上。」美人倫嘉妮斯照做了，她的陰道敞露。她那裡溼得要命，很溫暖，於是克利桑恣意占有她，他們的重複搖晃動作發出吵鬧的聲響，好像他們走過一條石頭小徑。他們非常享受，只不過他們像所有初嘗滋味的人一樣很快就結束了。

實情正是這樣。

他們短暫的歡好之後，美人倫嘉妮斯問：「我如果懷孕怎麼辦？」

克利桑有點驚訝她居然知道做愛可能讓她懷孕。突然之間，這念頭也讓他害怕了，他腦中出現一個瘋狂的主意。

「妳可以就說妳被一隻狗強暴了。」

「我又沒有被狗強暴。」

克利桑問：「喔，我不是一隻狗嗎？妳常常看我吠叫、吐舌頭，不是嗎？」

「對。」

「那就說妳是被一隻狗強暴了。黑嘴巴的黃狗。」

「黑嘴巴的黃狗。」

「還有，說這事時別提到我的名字。」

「可是你會娶我，對吧？」

「對。如果發現妳真的懷孕了，我們就可以開始計畫。」

克利桑迅速穿上衣服，從他進來的那個洞爬出去，而且靈機一動，帶走了美人倫嘉妮斯的衣物，丟到永遠不會有人發現的地方。這時美人倫嘉妮斯一絲不掛地走出廁所，回到她的教室，甚至連鞋襪也沒穿。克利桑不在同一班，所以沒看到她現身時引起的騷動。

然後，發現她果真懷孕時，他們訂好逃走的計畫。他們會躲在游擊隊小屋，在那裡辦個真正的婚禮。然而結果和計畫不同。結果那九個月克利桑擔心人們（尤其是馬曼根登、馬雅黛維還有他母親）會發現上了美人的是他，怕得手足無措。他原來計畫在游擊隊小屋殺了女孩，掩蓋真相，結果卻是在一艘小船裡殺了她，然後把她的屍體丟進海裡。

17

馬曼根登解脫升天的三天後又復活了。他當然是來道別的。對象當然是馬雅黛維。

然而，不過三天前馬雅黛維才埋了他的遺體，他的遺體被豺狗撕成碎片、被蛆啃食之後，已經完全無法辨識，而且飛滿蒼蠅，他的遺體被抬回家時那些蟲子還像流星的尾巴一樣跟在後面。「那不是我。」馬曼根登向她保證。那三天馬雅黛維都在哀悼，悲慟欲絕，因為她和馬曼根登一同失去他們的女兒美人倫嘉妮斯之後，她又失去了馬曼根登。儘管她一身喪服，但那三天她仍然一直欺騙自己，告訴自己她的愛人還活著。

她勉強提醒自己，她的兩個姊姊經歷了類似的命運。阿拉曼達失去了小艾，她的遺體從墳墓裡被偷走，而排長為了找女兒的遺體而失蹤。阿汀妲失去了克里旺同志，他自殺身亡；不過她還有克利桑。

然而馬雅黛維不覺得安慰。她每天早上還是像以往一樣準備早餐，替馬曼根登、美人倫嘉妮斯和她自己做一盤盤飯、蔬菜和小菜。當然只有她一個人吃，所以這儀式的最後，她會丟掉那兩份完全沒動過的食物。她晚餐也這麼做，一連三天都這樣。

馬曼根登還在世沒離開的時候，他們一同演出這個謊言，騙自己說美人倫嘉妮斯還在他們身邊。他們會坐上餐桌，照常替女兒準備一份食物，飯後再把那份食物丟了。這下子馬雅黛維得獨自做這事了。

孤零零一個人。

但馬曼根登死後第三天，她不是一個人。有人陪她吃。她和過去兩個晚上與三個早上一樣，穿著黑衣坐到桌旁，伴著她丈夫和女兒的其他兩份食物。她還沒吞下第一口飯，他們臥室的門就開了，那男人出現，像往常一樣就這麼坐到他的椅子上。馬雅黛維繼續用右手吃飯，男人著手攪拌他的醬料。他們都像往常一樣飢腸轆轆地進食，沒和對方交談。只有一份米飯沒動，因為只有一張椅子是空著的，而馬雅黛維仍然想像美人倫嘉妮斯坐在她的位置上，就像她以為自己想像馬曼根登坐在他椅子上吃飯。晚餐結束後，她才意識到男人真的在那裡。她發現她丈夫的盤子是空的，而美人的盤裡還盛滿了飯。她難以置信地看著馬曼根登。他們注視了彼此很久，女人幾乎是細不可聞地輕聲問：「真的是你嗎？」

「我是來道別的。」

馬雅黛維靠近她丈夫，好像他是會輕易融化的蠟一樣小心翼翼地碰觸他。她的手指謹慎地摸向男人的額頭，然後挪下他的鼻子、嘴脣和下巴，怯怯地摸索一番之後，她像孩子般好奇地凝望著他。她察覺到他身體散發出熱度，感覺到他還活著，這才靠近他，抱住他。馬曼根登也抱住她，讓那女人在他肩頭哭泣，輕撫她的頭髮，愛憐地嗅嗅她的頭頂。

女人仰望著馬曼根登的臉，突然問：「你是來道別的嗎？」

「我是來道別的。」

「你又要離開了？」

「因為我已經死了。我已經升天了。」

「那**她**呢？」

「我會看顧她。在那裡看顧她。」

馬曼根登輕撫了妻子一側的臉龐，吻了另一側，然後走回房間，帶上門。馬雅黛維困惑地看著門，然後看看馬曼根登的空盤子，看看美人倫嘉妮斯應該要吃的盤裡盛滿米飯，又看向闔上的臥室門。她慌忙跑向門，打開門，門裡卻沒有任何人。

她不停找他。她確認臥室的窗戶鎖著，自從下午就鎖上了。她盯著床下，卻只看到盤香和她祈禱前通常會穿的拖鞋。男人不可能躲在別的地方。他不可能躲在大鏡子的衣櫃裡，因為衣櫃有分格，而且塞滿他們的衣服，但馬雅黛維還是打開那扇門，又隨即關上。她檢查了床鋪上和她的梳妝臺，想找點線索，但她的搜索根本徒勞無功。她出了房間，再一次看著餐桌。

然後她回去做她的工作。她清理了餐桌，把剩下的飯、蔬菜和小菜收進食櫥。之後，兩個幫她做餅乾的山地女孩會當晚餐吃。她把髒盤子拿到水槽，把美人倫嘉妮斯沒吃的飯丟進垃圾桶。她沒興致和平常一樣洗碗，只洗了手，然後就回她的臥房，望著空盪盪的房間，像馬曼根登還在一樣問了一個問題。

她問：「如果你真的解脫升天，那我三天前埋葬的是誰？」

這是個背叛的故事，這背叛始於很久以前他們才新婚不久時，那是遲了五年的新婚之夜以前，美人倫嘉妮斯出生之前。

一個悶熱的週日下午，有個一邊耳朵被咬掉的禿頭矮壯男人來到公車總站，推擠過人群，那些人大多是在城裡度完週末，正爭相擠上公車的遊客。誰擋在他路上，他就撞向誰，害得香菸販子的貨散了一地。他是來奪取馬曼根登那張老舊桃花心木搖椅的；那張搖椅是馬曼根登殺死白痴艾迪奪來的。馬曼根登掌權之後，遇過許多想要那張舊搖椅的人，那張椅子是他權力的象徵。他打敗他們所有人，不過總有新的人出現，這下又有個陌生人來了。陌生人進入公車總站之後，馬曼根登的夥伴就一直注意他，他們用不著問就知道他想要什麼。馬曼根登也知道，可他保持沉默，蹺著二郎腿，抽著菸坐在搖椅上搖呀搖。還沒人知道那人叫什麼名字、他來自何方，或是他怎麼知道馬曼根登是那裡的老大，但他顯然不是哈里蒙達人；如果他是有野心的當地人，早就為了那張搖椅挑戰馬曼根登了。

當時馬曼根登的錢仍然塞在陶罐裡，交由一個醜女人莫揚保管，他對那女人幾乎就像對他老婆一樣信任。他正在存錢想買禮物給老婆一個驚喜，不過他還不確定究竟要買什麼。莫揚每天都和他一樣待在公車總站。她白天賣飲料和香菸，晚上會讓不想花錢上妓院又不在意她那張醜臉的男人上她（在黑暗的樹叢裡，臉是美是醜有什麼不同？），因為莫揚從來不要他們付錢。馬曼根登從來沒上過她，也不想上她，不過他倒是把錢存在她的陶罐裡，她把陶罐收在她住的小屋床下。馬曼根登的朋友都知道陶罐在哪兒，但沒人敢偷，連看都不敢看。

公車總站時常有打鬥，因為學童會在那地方打架，但馬曼根登很少是打架的那個。禿頭男走向那個罪犯要挑戰他時，大家都等著瞧會發生什麼事、事情會怎麼演變。誰也不覺得陌生人會得到他要的。這麼多年來，公車總站的人們已經相信沒人能打敗馬曼根登，除非全共和國的軍人同時攻擊他；如果他果真像人們說的一樣刀槍不入，或許全共和國的軍人也未必能打敗他。即使這樣，人們仍然一向期待他打架。

那天一大早，馬雅黛維上學前把一套剛燙好的乾淨衣物放到床上給馬曼根登，要求他別又一身骯髒地回家。他時常那樣，有時是為了幫忙公車司機修理他們不聽話的公車而染上機油或潤滑油，有時是因為總站牆上附著的煤煙。馬雅黛維解釋說，不是因為有那些髒汙，她更難把衣服洗乾淨，而是因為她丈夫一身髒衣服沒那麼帥。那天他穿著一件奶油色的上衣，要是染上髒汙會很顯眼，所以他保證不論發生什麼事，那天都不會弄髒衣服。

那個悶熱的週日下午，他看到那男人走進總站時，正坐在那張惡名昭彰的椅子上休息，緩緩吸進他香菸的煙霧，然後緩緩呼出。他和其他所有人一樣，很清楚他們會對上對方。這時禿頭男就站在馬曼根登面前，他還沒能開口，馬曼根登就站起來說：「如果你想要這張椅子，儘管坐，要拿走也行。」誰都不敢相信——就連禿仔也不相信，他看著空椅子沉默了一下。

「沒那麼簡單。」禿仔說。「我要那張椅子，還要那張椅子附帶的一切。」

「我很清楚你的意思，所以請坐，你會得到一切。」馬曼根登點點頭，把菸屁股一彈。

禿仔說：「一個無戰不勝的流氓居然突然毫無異議地交出他的權力。除非他想告別這種生活，成為好丈夫，否則沒別的解釋。」

馬曼根登微笑著點點頭，然後示意那傢伙坐下。禿仔完全不浪費時間，就這麼走向那張象徵強大的權力、勇氣與勝利的椅子，然而，他的屁股碰到座椅前的那瞬間，馬曼根登一拳打向他頸背，力道大得人們覺得他們聽得到骨頭斷掉的聲音，而男人倒在椅子旁。總之，馬曼根登沒把衣服弄髒。有人把禿頭的傢伙拖去人行道，馬曼根登則坐回椅子上抽菸。

那天之後，禿仔就在總站出沒，成了無賴的一個左右手。他自稱為羅蜜歐。他可能讀過莎士比亞，也可能沒讀過，但總之他自稱羅蜜歐，而所有人都叫他羅蜜歐，只是覺得一個大塊頭的禿頭傢伙一側耳朵被扯掉，殘存的根部殘破不堪，叫這名字很詭異。羅蜜歐成了這個團體的一分子，在他們之間生活，尊重馬曼根登的權力。人們還是完全不知道他的過去，也不知道他是哪兒來的，但其他人對自己的背景也不是那麼坦白。羅蜜歐和其他人一樣偶爾會和莫揚來一炮，然後有一天，他告訴馬曼根登：「我要娶她。」

惡棍說：「那就自己問她想不想當你老婆。」

莫揚想跟他結婚，於是一個月後，他們辦了婚禮和一場小型派對，由馬曼根登埋單。他們都住到莫揚之前一個人住的小屋。

馬曼根登說：「我向天發誓，羅蜜歐娶了一個喜歡到處跟人上床的女人。」

他們的蜜月令許多人嫉妒。他們做愛做了整晚之後，來公車總站時已經不早了；中午他們偶爾會從莫揚的攤販溜走，在可可園附近的灌木叢裡做愛，那裡離總站不遠。但過了一陣子之後，就發現馬曼根登說的顯然沒錯。夜裡，如果莫揚的丈夫不在，而她剛關上了攤販，她就會和其他男人做愛——有時是和一個人力三輪車夫，有時和一個公車車掌，有一次他們兩個同時上她。

羅蜜歐說：「我們無法阻止女性做她愛做的事，即使她是我們的妻子。」

馬曼根登說：「你應該當哲學家才對，不過你也可能完全瘋了。」

羅蜜歐坐在他一度覬覦的桃花心木搖椅旁，繼續說：「喔，她自己也給我錢，讓我去妓院找女人。」

從白痴艾迪還掌管這座城市，到馬曼根登取而代之的多年間，公車總站都是他們團體的驕傲。那裡不太大，因為離開那座城市的路只有一條，往東、往南去；只有一條小路往西，經過其他兩座小城市之後變成了死路。不是所有流氓都聚在公車總站，其實那裡的流氓可能只是少數，但因為馬曼根登總是在那裡，坐在那張桃花心木搖椅上看著人們來來去去，因此總站成了他們重要的據點。他們團體的所有人似乎都很滿足；雖然莫揚嫁給了羅蜜歐，但他們不想花錢買春的時候，只要她心情好，他們還是可以跟她睡。

不過某個不該有事的平靜日子裡，那樣的滿足卻被擾亂了。莫揚開了攤子卻沒賣任何東西，只是坐著等馬曼根登來，那時馬曼根登還沒出現。他終於現身時看起來帥氣得很——他結婚後，朋友逐漸習慣了他的打扮——而莫揚立刻去找他，在他面前啜泣。她哭得像棄婦似的，所以馬曼根登猜想羅蜜歐離開了莫揚。不過馬曼根登不相信那女人真的愛他，也不相信她那麼忠於他，所以他問她：

「怎麼了？」

「羅蜜歐離開了。」

「我以為妳其實沒那麼愛他。」

她用上衣的衣角揩去眼淚，露出肚子上一層層肥肉，然後說：「問題是，他離開時拿走了你所有罐子裡裝的錢。」

羅蜜歐絕不可能會想從公車總站逃離，而且時候那麼早，還沒有火車駛離城裡，所以他很可能逃進叢林裡，或是有人用某種交通工具幫助他離開。不論實情如何，馬曼根登氣壞了，打算逮到他，活要見人、死要見屍。於是他召集了所有的部下，命令他們向四面八方散去，甚至到附近城市去，和當地的無賴接頭。逮到羅蜜歐之前，誰也不准回來，否則得挨一頓打。於是那座城所有的流氓都離開了，哈里蒙達從來沒那麼太平過。只有馬曼根登留了下來，他氣急敗壞。他一直夢想著平靜的家庭生活，希望靠著正當的收入過活。他想要和別人一模一樣的家庭，一直在存錢要實現他美好的夢想。他會買個東西，也許買艘漁船，然後當漁夫。或是買輛卡車，然後當搬菜工。或是買幾公頃的土地，當個農夫。他根本還沒決定他想買什麼，這下子卻有人偷了所有的錢。他實在火大。他不耐煩地等了三天，妻子看他這麼焦慮，驚訝極了，但他完全沒向妻子解釋，而且在公車總站大發脾氣，所有車掌和公車司機都儘量避著他。

第四天，他的兩個手下帶羅蜜歐回來了。他們在一座遙遠的小城找到了他，小城在哈里蒙達西邊一片大叢林邊，從前最激烈的游擊隊戰就發生在那裡。幸好馬曼根登的錢還很安全——只少了買一杯椰花酒、一杯檸檬水和一包香菸的錢。他兩個手下在羅蜜歐還沒機會買任何東西之前就逮到他，但馬曼根登的怒火非同小可。

馬曼根登到的時候，羅蜜歐已經被他手下打得青一塊、紫一塊，而馬曼根登氣得又打他一頓，人們圍在他們周圍，像在看鬥雞似的。羅蜜歐發出可憐的慘叫求饒，發誓他絕不會再做那麼糟糕的事，但馬曼根登的經驗告訴他，別相信背叛者。愈來愈多人聚了過來。最靠近場面的人坐下來，最遠的人站著，除了旁觀這場暴行，束手無策。就連總站前來回巡邏的警察也視若無睹，只待在他們的崗位上。

那人的死亡將至，死亡的氣息升起擴散，被海風吹送，於是吃腐肉的禿鷹開始盤旋。但羅蜜歐還沒死；不是因為他有那麼強壯，而是馬曼根登刻意拖延，讓他死得緩慢且飽受折磨，讓大家學到寶貴的教訓，知道背叛者就是這個下場。而馬曼根登真的很為那些吃腐肉的禿鷹感到遺憾，不是因為受害者要那麼久才死——馬曼根登慢調斯理地打掉他兩顆牙，折斷兩、三根指頭，拔掉他的指甲，把他剝光，開始一根根拔他的陰毛，把點燃的香菸印在他滿是傷痕與瘀青的身上——不，他為那些禿鷹感到遺憾，因為他不打算和牠們分享他的快樂。他不會把屍體讓給牠們，他打算把那人活活燒死，那是他怒火的最終展現。

但就在他準備汽油和打火機的時候，那個醜惡的女人突然衝進群眾中，站到他面前。莫揚替她丈夫求情，說如果馬曼根登讓他活下來，她保證會照顧他，把他變成值得信賴的男人。

莫揚說：「朋友，拜託給我這個機會，因為不論他是什麼人，他終究是我丈夫。」

馬曼根登深受感動，他的心突然軟化了。他把汽油丟進垃圾桶，向在場的所有人宣布他要給那個男人第二個機會，但是再有人背叛他，就沒有第二次機會了。就這樣，羅蜜歐並沒有被火焰或禿鷹吞噬，而是活了下來，成為馬曼根登的密友和他手下之中最忠誠的追隨者。而馬曼根登則把他所有的錢都給了馬雅黛維，不久之後，她就把那筆錢當成她餅乾生意的創業基金。

馬曼根登說：「妳埋葬的那個男人是羅蜜歐。」

馬雅黛維當然完全不知道這件事。

她並不知道羅蜜歐的事，也不清楚她丈夫在總站的任何麻煩——馬雅黛維所有的煩惱都起自美人倫嘉妮斯帶著她剛生下的嬰兒逃家，「去嫁給一條狗。」

那時是十二月初，那個月的天氣通常難以預料，哈里蒙達滿是遊客在那裡度過歲末的假期，所以很容易在人群中迷失方向。哈里蒙達在一年的這個時候會變得頗為繁忙，人們不再注意彼此，因為生意太興隆了。自從克里旺同志保護紀念品攤販不被驅逐以來，他們依舊生意興旺。失蹤的孩子、老人家和年輕女子總是很多，他們消失在忙碌的人群中，於是工人到處張貼失蹤人口的海報，也用擴音器公告，廣播聲沿著海灘回響。

不過美人倫嘉妮斯並不是那樣失蹤的；不見的遊客只是暫時走失，查詢一陣子之後必定會和他們的同伴團聚。美人倫嘉妮斯逃了家，她全家人都在找她。馬曼根登和馬雅黛維到處都問過了，他們的手下就像他們在之前找羅蜜歐時一樣散開搜索，但他們沒找到那女孩。排長特別擔心他女兒小艾，美人倫嘉妮斯失蹤之後，小艾就患了弛張熱，他調派了幾支搜索小組去找她，因為從來不曉得孩子們知道游擊隊小屋的事，所以他忘了小屋。

他們繼續搜索，日以繼夜地找，而一直計畫的婚禮停止籌備，拆除了裝飾，歸還了租來的家具。

欽欽那孩子因為那些事而有點失去理智，一個人帶著步槍跑去搜遍每個角落，殺了所有路上遇到的狗。他用菜籃公儀式問亡靈這件事，但他們都不知道她在哪裡。

他自信自語說：「某個惡靈的力量在保護她。」

馬雅黛維哭著說：「她活不了幾天。她在那樣的路途上不會知道她能吃什麼，而且她也沒帶錢，一毛也沒有。」

馬曼根登努力安撫妻子：「她沒理由死掉。她太餓的話，可以把寶寶吃了。」

搜索隊的成員毫無斬獲，一個接著一個回來了。誰都沒看到她的蹤跡，一點線索也沒有。馬曼根登說：「她不可能肉體和靈魂都升天。她連試都沒試過冥想，不可能得到解脫。」所以搜索隊再度出發，一叢叢灌木尋找她，找遍了城裡巷弄和貧民窟，但還是找不到。馬雅黛維想去拜訪她女兒在學校的女生朋友家，但她親近的玩伴只有小艾和克利桑。馬雅黛維精神崩潰，後悔女兒失蹤那晚沒陪在女兒身邊。

新年過後，城裡的遊客更是絡驛不絕。工人宣布溺死了一些人，馬曼根登和馬雅黛維一一檢視所有屍首。大部分都是不遵守指示牌規定而去禁止戲水處游泳的遊客，但他們終於找到了她。他們立刻認出她，因為就連海水也無損她的美。雖然沒人知道海浪把她帶上海岸時她淹死多久了，但他們立刻通知了馬曼根登和馬雅黛維。她仰臥著，衣物幾乎完全分解。她的臉仍然迷人，頭髮漂在水面上，被海浪撥弄。他們立刻察覺到她的肚子沒有像大部分溺水者那樣鼓脹，脖子上還有發黑的瘀傷。所以是有人殺了她，然後把她丟進海裡。馬雅黛維悲慟地哭了出來。

馬曼根登忍住怒氣說：「不論發生什麼事，都必須埋葬她，然後我們會找到那個該死的凶手。」

馬雅黛維靠著她丈夫的肩膀說：「狗不可能勒死她。」她幾乎失去了意識。

美人倫嘉妮斯從家裡失蹤將近一個月後，哈里蒙達海灘最遠的那端發現了她的遺體，馬曼根登親自把她的遺體帶回家。馬雅黛維腫著眼跟在後面，不停流淚，同情的旁觀者跟著他們。

那天下午，結束所有葬禮儀式之後，美人倫嘉妮斯的棺木穿過城市，往布迪達瑪墓園而去。欽欽發現那天要埋葬的是他愛的女孩，差點昏過去。他陷入無法平復的悲傷，和父親一起挖她的墳。他甚至幫了忙，跟馬曼根登和卡米諾一起把遺體放入墓穴。馬曼根登將第一把泥土撒到她裹屍布上之後，欽欽就和馬曼根登一起蓋上他愛人的墳，憐愛地把她的木製墓碑插進泥土裡。

欽欽滿腔憤恨地說：「我會找出是誰殺了她，我會為她的死復仇。」

「去吧。」馬曼根登說。「要是你逮到他，我允許你殺了他。」

那晚，兩人在美人倫嘉妮斯的墓旁碰面。欽欽在馬曼根登旁觀下召喚了她的靈魂。菜籃公的儀式開始了，但美人倫嘉妮斯的鬼魂沒出現。欽欽試著召喚其他鬼魂，問他們是誰殺了那個女孩，但他們都不知道答案，就像之前他們都不知道她跑到哪兒去。

欽欽放棄了，結束了菜籃公儀式。他說：「我們沒辦法。有個強大的惡靈從一開始就在阻止我。」馬曼根登說：「必要的話，我可以靠冥想進入靈界，在冥界和惡靈搏鬥。我還是想知道是誰殺了她。」

那時，他和他妻子開始欺騙自己，想像美人倫嘉妮斯還活著。他們早餐和晚餐時替她準備位子，替她撥出一份食物，只是馬雅黛維之後得把那些食物丟掉。而警方挖開美人倫嘉妮斯的墳來進行調查，然後再次埋葬她。馬曼根登也想相信警方會找到殺她的凶手，然而一星期過去了，然後一個月過去了，還是沒有解答，連一點線索也沒有。他們倒是審問了不少人——所有人都被叫去警察局問話，馬曼根登和馬雅黛維各去了五次，其他人也是，但他們似乎愈來愈不可能找到殺害美人倫嘉妮斯的凶手。這整件事令人精疲力竭，馬曼根登不再相信警方了。最後來他家調查的警察被他斥責了一番。

他惱火地說：「你們絕不會在這間屋子裡找到凶手，你們居然覺得會找到，實在愚蠢。」

那一刻，流氓像得到天啟一般，清楚地知道他必須怎麼做。

他堅定不移地說：「如果沒人知道誰殺了她，就表示這整座城都要為她的死負責。」

接下來的星期一，他帶著三十個手下行動了。場面殘酷，在城裡人的記憶中是段驚駭的時光。他們從警察局開始，毀了他們在那裡發現的一切，挑釁所有企圖阻止他們的警察。馬曼根登為了發洩他對警方無能的怒氣，燒了那地方，結束了此行。

全城震驚不已。煙霧高高升入天際，就連消防隊也無法撲滅火焰。人們通常會跑去火場圍觀，但他們一聽說馬曼根登和他的無賴陷於無法遏抑的憤怒，就沒人敢去看警察局的火災。人們保持沉默，把消息口耳相傳，想到那個恐怖的男人接下來會做什麼，就嚇得發抖。

儘管馬曼根登現在是個老人，已經活了超過半個世紀，誰都知道他的力量絲毫沒有減退。這下子他極其悲慘地失去親愛的女兒——有人謀殺了她、把她的屍體丟進海裡，而他不知道凶手是誰。他後悔女孩說她在學校廁所被狗強暴時，沒立即做點什麼；他為什麼不一開始就去找那隻狗，為什麼不像欽欽那小子屠殺城裡所有的狗？（只是欽欽的手法實在不專業。）

他用荷蘭文說：「*Mijn hond is weggelopen.*」我的狗跑走了。但他這話是什麼意思，實在不確定。

他燒掉警察局之後，發現了第一隻狗，那是在翻垃圾的一隻流浪狗，他抓住那隻狗殺掉牠，把狗脖子扭到斷，最後那畜牲癱倒死去。

他說：「如果我無法阻止一隻狗、保護自己的女兒，我擁有這身力量又有什麼用？我們殺光這座城裡所有的狗吧。」

他的無賴開始成群結隊帶著他們致命的武器分頭出去。一些人帶著氣槍，一些人帶了大砍刀和出鞘的劍。

馬曼根登嘆著氣說：「即使這樣不會讓我平靜，我還是要做。」

「你不能再生個孩子就好嗎？」羅蜜歐問了蠢問題。

「即使我再生十個孩子，這孩子還是已經被人殺了，我絕不善罷甘休。」他的雙眼瞪向鋪著圓石的巷道，想再找隻狗，然後又悲傷地說：「她才十七歲。」

羅蜜歐說：「排長的孩子也死了。」

「我並不覺得安慰。」

於是最駭人的屠狗開始了，幾乎像十八年前發生的共產黨屠殺。那些狗是排長訓練的豺狗的混種，誰知道如果排長發現了會怎樣，可是他跑去找他女兒的遺體去了。無賴輕易地把街上遊蕩的狗給開腸剖肚，把牠們大卸八塊，像要把牠們做成沙嗲肉似的。狗頭被掛在街角，血還從牠們脖子後淌下，像在警告其他所有的狗離那座城市遠一點。殺完流浪狗之後，無賴開始看向寵物狗，他們撞倒住家圍牆，殺了籠裡無力反抗的狗。他們也砸毀窗戶闖進屋裡，攻擊平靜地躺在狗床上的寵物，原地殺死牠們，然後把牠們丟進廚房的炒鍋。

人們抗議了，但馬曼根登不在乎。他說：「如果的確是一隻狗強暴我的女兒，那麼狗一定學了人的邪惡作風。」他甚至命令他手下毀了所有狗主的資產。

羅蜜歐語氣中的恐懼顯而易見：「如果你繼續這樣掀起混亂，我們會對上軍隊。」

「我們從前面對過那些士兵。」

羅蜜歐難以置信地看著他。

馬曼根登問：「你以為因女兒被殺而憤怒的人還能做什麼？我知道那些人完全無罪，但我很難過。」

他確實真的很氣城裡所有的人（他的夥伴除外），但他女兒也像某種藉口。他其實對人們積怨已久，他確信他們都輕視他和他的朋友們，覺得他們是無業的暴徒，無所事事，只會喝啤酒、打架。他對他們懷恨在心，也是因為他們覺得美人倫嘉妮斯是白痴，而且以好色、低級的眼神望著她。他生氣也是情有可原。

馬曼根登結論道：「他們認為我們是社會的敗類。確實是這樣，但我們許多人受的教育不夠，沒辦法有什麼出息，而他們把我們拒於門外。如果我們終於變成強盜、扒手，只是等待時機報復那些令我們嫉妒的人，還能怎麼辦呢？我看到好人有幸福的家庭就嫉妒。我想要那樣的東西。我終於得到我想要的一切，這下子，在我嘗到幸福之後，我的喜悅卻又被奪走。我的舊恨都像癒合一半的傷口被掀開。」

羅蜜歐一直害怕的事情終於成真了。暴動蔓延全城。有些狗主人反擊，無賴變得更暴力，除了狗之外，還碰到什麼就破壞什麼。車子被毀，路標被拔起拋開，道路兩旁的遮蔭樹也是。商店櫥窗被砸得粉碎。一些派出所被縱火，一些人受了傷。一股駭人的恐怖襲捲全城，直到中央指揮部對哈里蒙達市的軍方下令由軍隊接管，指名排長解決暴徒的問題；如果沒辦法，就宰了他們。

排長再次搜索女兒小艾的遺體一無所獲之後，對他妻子說：「我已經想了好一段時間，應該把那些無賴像共產黨一樣解決掉。」

他妻子問：「你流放了克里旺同志，這下子又要殺了馬曼根登？」（她從沒跟他說，同志被人發現自殺的前一天，她和同志發生了外遇。）「你要讓我妹妹都變成寡婦嗎？」

排長訝異地看著他的妻子。

「如果不殺了他，他會殺光城裡所有人，不然妳要我怎麼辦？」排長問。「還有，妳想想看：他沒能保護他的女兒，所以她被搞大了肚子，他還逼她嫁給她不想嫁的小子，所以她生下小孩的那晚逃家了。我們的女兒一直是她親愛的朋友，因為她逃家而生病死掉。她死去後，有人從她墳裡偷走了她；妳還不懂嗎？暴徒團體的頭頭害死了我們女兒——努魯艾妮三世。」

「你何不去怪夏娃誘惑亞當吃蘋果，害我們活在這個該死的世界？」他妻子暴躁地說。

結果排長根本沒留意妻子說的話。除了那些無賴造成的混亂，以及中央指揮部的命令，排長也為小艾的死而憤怒，而且從前他和黛維艾玉上床之後，馬曼根登闖進他辦公室威脅他，他至今還為此耿耿於懷。從來沒人當面威脅過排長，日本人沒有，荷蘭人也沒有，但這混混竟敢威脅他。雖然他親眼見識過馬曼根登的力量，排長相信還是有一、兩個辦法可以殺死那個男人，而他會不擇手段地殺了他。他或許是馬曼根登的朋友（尤其在牌桌上），但他一直以來都渴望有天能殺了他。這下時機終於來了，因此他對阿拉曼達的話充耳不聞。

最後阿拉曼達說：「你殺了他，就不用回來了。這樣一來，我們三個都成了寡婦，一切就公平了。」

「可是阿汀妲還有克利桑。」

「嫉妒的話，就殺了那個孩子啊。」

排長親自率領行動，掃蕩那些無賴。他集合了他所有的士兵，還從最近的軍事基地調來額外的部隊。他召開一個緊急會議，把無賴暴動的地點做了一個地圖，擬定掃蕩他們的計畫。排長自己的年紀實在太大，不適合跑現場了，他其實正在等他的退休文件，但他看起來頗有活力，甚至有一點睿智。

他說：「我們不會像我們屠殺共產黨人時那樣辦。這次，殺掉的所有人都要裝進袋子裡。」

所以來了一輛載滿空袋子的卡車。

行動在夜裡展開，以免造成大規模的恐慌。軍人散開，他們配備武器但身穿便衣著朝一群群無賴而去，狙擊手也是。任何身上有刺青、喝了酒、被發現鬧事或殺狗的人一律視為無賴，所有無賴都就地正法，然後塞進袋子裡丟進灌溉溝渠，或是就留在路邊。發現他們的人會把他們連袋子一起埋了——這樣要比裹進裹屍布實際多了。

排長說：「他們太可惡，不值得用裹屍布。墓地就更別說了。」

第一天一大早，城市裡的罪犯已經消失了一半，被這些袋子吞了，捆上塑膠繩。他們出現在路邊，在河裡載浮載沉，在海岸邊被海浪拍打，在灌木下堆成一堆堆，或倒在灌溉溝渠裡。有些被狗扒抓，有些有蒼蠅光顧。下午之前，誰也沒碰他們。天曉得哪裡終於來了援手，解決所有惹事生非的傢伙，人們欣喜若狂。他們當然還記得共產黨大屠殺，也記得他們受到鬼魂恐嚇多年。但無論如何，這些無賴給那麼多人惹麻煩，還是作鬼比較好。於是他們任屍體就這麼裝在袋子裡，希望蛆和禿鷹會把他們解決掉，連骨髓都不剩。等到開始有難聞的腐臭撲向他們，他們再也受不了，才著手處理最靠近居住區的屍體，把裝了屍體的袋子埋了。

但那樣並不像埋屍體——比較像在香蕉園裡拉了屎之後把屎埋起來。

大屠殺繼續到第二夜，接著是第三夜、第四夜、第五、六、七夜。行動迅速進行，幾乎解決了哈里蒙達所有的無賴。但排長一點也不滿意，因為馬曼根登並沒有在那些屍體中。

馬曼根登那整個星期都沒回家，馬雅黛維非常擔心他，尤其是她聽到城裡的無賴一連七夜一個個被殺掉，全都頭部或胸口中彈而死。雖然誰都不確定，但只有某些人能持有武器，所以大家都猜得出是誰幹的。因此馬雅黛維去找排長。

「你殺了我丈夫嗎？」

「還沒。」排長憂愁地說。「問那些士兵就知道了。」

她一一問他們，幾乎問遍所有士兵，他們的回答和排長一樣：

「還沒。」

但她其實不相信他們。既然排長之前把克里旺同志流放到布魯島，他當然可以殺死她丈夫馬曼根登。她希望她丈夫果真刀槍不入，只是看到街上那麼多屍體，她忍不住繼續尋找，因為或許有具屍體就是他。

於是那個美麗的女人披著紅頭巾擋去豔陽，開始一個一個袋子檢查。她一一解開塑膠繩（她聞到作嘔的惡臭也不為所動，毫不在意她正和蒼蠅搶生意），查看袋裡的屍體，比較他們的臉和她鍾愛記憶中的丈夫臉孔。沒有一具是馬曼根登的屍首，但她認出他們大多是她丈夫忠實的朋友，所以她確信她丈夫也死了。或許他刀槍不入的傳聞都是吹牛。她必須找到他，如果他確實死了，她得用體面的方式埋葬他。

為了找出受不了屍臭的人埋掉的屍體，她找上一群業餘挖墓人，問他們有沒有埋過她丈夫。

「由味道聞起來，應該沒有。」

「你以為我丈夫聞起來是什麼味道？」

「喔，他是最大尾的無賴，所以聞起來想必比其他所有無賴還要糟。」馬雅黛維承認他們說得沒錯，然後繼續尋找。她追著漂在河裡被水流帶走的兩具屍體，但她為了攔住屍體而費盡力氣之後，才發現兩具屍體都不是她丈夫。她也檢查了遍布海灘的屍體（那景象把哈里蒙達的觀光客全嚇跑了），然而過了一整天，她的辛苦仍舊是徒勞，她在黑夜降臨時回家，希望那晚不會再有殺戮，而她丈夫會回來。她的願望並沒有實現，早晨來臨時，她再次開始尋找，打開她還沒看過的每一個袋子。

她繼續這樣下去，最後有兩個人告訴她，他們看過羅蜜歐和她丈夫在大屠殺的第七天逃進岬角的叢林裡。士兵也聽說了，於是她得和時間賽跑，希望他們還沒射殺他。她獨自進了叢林，腳上只穿了夾腳拖鞋，靠她前一天戴的同一條頭巾保護，沿著長滿灌木叢的小徑跌跌撞撞地前進。那片叢林自從殖民時代就是保安林，不只住了猴子和野豬，還有野水牛，甚至有花豹，但馬雅黛維什麼都不怕。她只想找到她丈夫，是死是活都好。

她和四名士兵擦身而過，她叫住了他們。

「你們殺了我丈夫嗎？」

領頭的說：「夫人，對，這次我們殺了他，請節哀。」

「你們把他的屍體放在哪兒？」

「往前直直走大概一百米，就會找到他的屍體，已經被蒼蠅包圍了。我們先把他釘在一棵芒果樹上。」

「他裝在袋子裡嗎？」

士兵答道：「在袋子裡，像嬰兒一樣蜷著身子。」

「待會兒見。」

「待會兒見。」

馬雅黛維繼續上路，按士兵說的直直走了一百米，確實在那裡看到一個已經爬滿了蒼蠅的袋子。食腐的禿鷹在啄袋子了，兩隻豺狗扯著袋子一角，馬雅黛維把牠們都趕跑，然後打開纏在袋子上的塑膠繩，確認袋裡「像嬰兒一樣蜷著身子」的確實是那個人，她的丈夫；雖然他的臉幾乎無法辨認，但那確實是他。她沒哭，至少那時沒哭。她以超凡的鎮定，用塑膠繩把袋子捆回去。她力氣不夠大，沒辦法把他揹在背上，只好把袋子從她找到他的地方一路拖到布迪達瑪公墓，要求用體面的方式埋葬她丈夫。蒼蠅一路上圍攻他的袋子，像彗星的尾巴一樣拖在她後面。

卡米諾替他沐浴過、擦了香水之後，昆蟲才散去。這下屍體僵硬地躺著，額前和胸口的槍傷清晰可見，只開了兩槍，想必立即要了他的命。他胸口的傷直穿過心臟。馬雅黛維看到這情景終於哭了，卡米諾為了不讓她更難過，迅速用裹屍布將他包起來。他和欽欽一起為亡者吟誦了禱詞；欽欽向這個應當成為他岳父的男人致意。馬曼根登的屍體就埋在他女兒的墓旁，馬雅黛維在那兩座墓前跪了幾乎一個小時，感到被遺棄而疏離孤獨。她開始了哀悼的日子，第三天，馬曼根登從死後的世界回來。

之前已經證實了，那人確實刀槍不入。他不怕屠殺，但他不忍看到朋友陳屍街上，於是對忠心耿耿跟著他的羅蜜歐說：

「我們逃進叢林去吧。」

他們不斷變換藏身處後，在大屠殺的第七天進入叢林。那是真的——那個流氓不再喜歡那座城。他不忍回憶從前對自己的力量和刀槍不入那麼自豪，他的朋友卻死在他腳邊。

他們逃亡的路上，他說：「他們不久就會變成鬼，如果我們活下來，看到他們受苦，會痛不欲生。」他記起克里旺同志，他在人生的最後一段時間看著他朋友的鬼魂受盡苦難而崩潰了。那樣活著太痛苦，馬曼根登不想那樣。

「我們不可能逃得過鬼魂。」

「確實是這樣。除非我們加入他們，就像克里旺同志最後選擇自殺。」

羅蜜歐說：「我沒勇氣自殺。」

「我也不想。」罪犯說。「我還在思考別的解決辦法。」

他選擇逃進海岬上的叢林，是因為叢林裡幾乎毫無人跡。那裡是一片保安林，沒有農夫在那裡耕田，只有幾個懶惰的林務官。他希望逃到那裡就能在士兵發現之前爭取一點時間，士兵雖然大概殺不了他，但還是很難纏。他正試圖做出決定。

他以心碎的口吻說：「知道我所有的朋友都死於大屠殺之後，我不可能活下去。」

羅蜜歐淡淡地說：「許多人還在享受他們美好的人生，所以我絕對不要死掉。」

「但我還想著我妻子。她會很傷心，何況我們已經失去女兒了。」

羅蜜歐說：「我不在乎我太太。她還是可以找到不少不在意她有多醜的人跟她上床。我還是寧可活著。」

他們來到一座小山丘，那兒有座山洞，是戰時日本人在一道山坡上挖來防禦的山洞。他們都在丘頂上休息，馬曼根登繼續衡量；他雖然渴望拋下生命，卻又不願讓馬雅黛維孤獨地活在世上。他看著日本人黑暗潮溼的洞穴，牆壁像箱子似的，不像碉堡，還比較像監牢。不過那樣的地方很適合冥想。馬曼根登想要冥想到他超脫生死，在解脫的狀態離開這個地球，但他還在想他的妻子。最後他說：

「不論如何，死亡早晚會降臨。而且她是我所知最堅強的女人。」

他決定在日本人的洞穴裡冥想，於是進入洞穴。他命令羅蜜歐在丘頂守衛，以免士兵發現他們的蹤跡，追他們追到那裡。他說：「如果那些士兵出現，就來叫我。」

羅蜜歐說：「他們還沒機會來，我就會殺了他們。」

馬曼根登說：「你的聲音聽起來不大讓人放心，不過我相信你。」

馬曼根登走進洞裡，坐在潮溼的地上開始冥想。不久之後，他就解脫生死——消失並化為一球球的光。他沒自殺，而是脫離肉身，離開這個世界，拋下束縛靈魂的所有物質，現在他成為純粹的光，像水晶一般閃閃發亮，升上天空。但他到達天堂之前，發現四名士兵在山丘頂把武器指向羅蜜歐那個傢伙。他想幫那個男人，模糊士兵的視線，只是他還沒動手，就聽見羅蜜歐說：

「別殺我！我告訴你們馬曼根登藏在哪裡。」

一名士兵說：「好，說吧。」

「他在日本人的洞穴裡冥想。」

四名士兵下去搜索日本人的洞穴。他們當然找不到馬曼根登。羅蜜歐想趁機逃跑，而馬曼根登可不打算讓他得逞；馬曼根登困住他，於是羅蜜歐發現雖然自己在跑，卻無法離開原地。

馬曼根登說：「一朝是叛徒，永遠都是叛徒。」羅蜜歐看不見他，卻仍然聽得見他隆隆的聲音。

接著馬曼根登在四個士兵怒氣沖沖地回來的那一刻，把羅蜜歐的臉變成了他自己的臉。

「好啊，馬曼根登，我們終於找到你了。」他們說著把武器指向站在山頂的他。

那人說：「我是羅蜜歐，不是馬曼根登！」

但一把步槍開了兩槍，隨即結束了他的性命。一發子彈打中他的頭，另一發打在胸口。馬雅黛維找到的就是那具屍體，馬曼根登則升天了，在他解脫生死的三天後去看了她。

18

那個強大的惡靈看到他的種種勝利，看到他報復了所有的怨恨，雖然他被迫等了那麼久，還是欣喜若狂。

他對黛維艾玉說：「我拆散了他們和他們所愛的人，就像他拆散了我和我所愛的人。」

他的聲音回盪：我拆散了他們和他們所愛的人，就像他拆散了我和我所愛的人。

黛維艾玉說：「但我愛你啊，我對你的愛發自內心深處。」

「是啊，所以我從妳身邊逃開，史坦姆勒的孫女！」

是啊，所以我從妳身邊逃開，史坦姆勒的孫女！

黛維艾玉無法相信惡靈對復仇的渴望居然那麼深固。他從前看起來總是像普通的鬼。她一向知道他對未來某個時刻有個邪惡的計畫，但從沒想像過他可以造成那麼多傷害，從沒猜到過他的憎恨在心中埋藏得有多深。

那個惡靈說：「看看妳的孩子，她們這下子都成了可悲的寡婦，而第四個是沒結過婚的處女！」

看看妳的孩子，她們這下子都成了可悲的寡婦，而第四個是沒結過婚的處女！

這是惡靈在排長的游擊隊小屋殺了他之後的事，那是他從前的地盤。排長那天早上出其不意地現身，蹲在爐前的時候，黛維艾玉真的忘了他是她的女婿，因為她死去很久，而且在世時也已經很久沒和他聯絡了。那男人說自從他屠殺流氓之後，多年來一直在仔細搜索城市和叢林，想找到他女兒被偷的屍體。他精疲力竭，一無所獲地回到哈里蒙達。他不敢回家面對妻子阿拉曼達，於是來到他岳母黛維艾玉的家。

惡靈說：「我沒有適合殺死排長的角色。所以我自己動手。」

我沒有適合殺死排長的角色。所以我自己動手。

「我很早以前就知道你是外行的喜劇演員。」

其實他並不是自己下手，不是親手殺了他。不過殺了排長的並不是人類。自從排長害他妻子的兩個妹妹成了寡婦，又失去他鍾愛的女兒之後，她就趕走了他，排長晚景淒涼孤寂，沒勇氣面對他妻子，時常去海岬上那片叢林中的游擊隊小屋，讓自己心情好一點。小屋和以前一模一樣，儘管沒那麼堅固，仍然足以讓他重溫令人欣慰的往日時光。

他也試著再度在游擊隊小屋周圍養野生豺狗，讓自己有事忙。他年紀已經很大，很衰弱了，但他仍然從豺狗窩裡偷狗仔。那天，狗仔的媽媽來找牠們。

母豺狗和她的狗群出現時，他正躺在從前和手下吃飯的那塊大石頭上，美人倫嘉妮斯就是把她寶寶的屍體放在那裡，之後才丟向豺狗。這隻母狗發現她的敵人處於極為脆弱的狀態，沒遲疑多久就直接撲向他，咬進他大腿的肌肉。重申一次，這時排長已經很老了，反應遲鈍，無力反抗。他還來不及反擊，其他豺狗就來了，一隻撲到他手臂上，另一隻扯著他的小腿。老人身上處處出現綻開的傷口，鮮血湧出，流到岩石上。排長還可以左扯右踢，想把這些豺狗趕跑，但他傷得很重，耗盡了力氣。他漸漸安靜下來，仰望著天空，意識到他的死亡即將降臨，而帶來死亡的是他愛護一輩子的豺狗。他身體被撕成碎片而死，活活被吃掉。不過要知道，豺狗其實是懶惰的動物，通常只吃腐肉。排長可能是唯一被活活吃掉的人。他的死注定那麼淒慘。

排長過了一星期還沒從游擊隊小屋回來，黛維艾玉開始擔心了，因為他在那裡通常不會待那麼久。她由排長手下的兩個退休士兵幫忙，劈荊斬棘穿過岬角上的叢林去找他。他們發現一具駭人又可悲的屍體。他幾乎完全毀容，他們唯一立刻能認出的是他制服的殘骸。豺狗沒把他拖走，而是在他屍體還沒冷的時候當場吃了他，而禿鷹正在啄食他骨頭上黏的少許肌肉和肉塊。黛維艾玉在這些遺骸開始腐爛之前及時趕到。

他們把他裝進黑色塑膠袋，就是消防員用來把火災受害者屍體帶去停屍間的那種袋子，然後把他帶回去給阿拉曼達。黛維艾玉把黑色塑膠袋放到阿拉曼達腳邊之後，對她說：

「孩子，我把妳男人的屍骨帶給妳。他被豺狗殺害吃掉了。」

阿拉曼達說：「媽媽，自從他帶那九十六隻豺狗進城獵豬，我就隱約覺得可能會發生這種事。」

她看起來一點也不悲戚。

她母親說：「表現得有點難過吧。至少為了他的遺囑沒留任何東西給妳而難過。」

那些遺骨上黏了少許扯爛的肉，看起來像剁開賣了給人燉湯的牛骨。阿拉曼達把遺骨埋了。排長葬在戰爭英雄的紀念墓園，他們替他舉行了一場軍人葬禮。阿拉曼達至少很慶幸是這樣，否則如果他葬在公墓，她就得擔心他的鬼魂會和克里旺同志的鬼魂打架了。他在戰爭英雄的紀念墓園會很平靜，他有個棺材，裹上國旗。他們發射大炮，向他致上最後的敬意，而阿拉曼達想像著她丈夫的鬼魂被彈射出去，讓他死到不能再死，這念頭讓她開心了一點點。

這下她和她兩個妹妹一樣，真的成了寡婦。

黛維艾玉把她的注意力放回惡靈身上，說：「他們屠殺共產黨人，同志必須面對行刑隊時，我才第一次發覺你打算報仇。」

「他當時就該死了，飽受折磨地死去。」

他當時就該死了，飽受折磨地死去。

黛維艾玉說：「但愛顯露了真正的力量。阿拉曼達在他必須死去的前一刻插了手。」

惡靈嘲弄地笑了。「十多年之後，她和他上了床，然後他就自殺了。自殺。自殺！！！他死了！哈、哈、哈、哈。」

十多年之後，她和他上了床，然後他就自殺了。自殺。自殺！！！他死了！哈、哈、哈。

「而我終於明白是怎麼回事了。」

確實是這樣。當時黛維艾玉發覺惡靈正在策畫復仇。她以前就猜到，就像泰德・史坦姆勒毀了他和伊楊的愛，她是泰德・史坦姆勒殘存的後代，他也會試圖毀了她家人的愛，只是她沒想到復仇會這麼殘酷。即使那個惡靈還在世，還只是個人的時候，黛維艾玉還沒見到他，內心深處就感覺到他無盡的悲傷。她因此盲目地愛上他，和他結了婚。她外祖母伊楊被她祖父泰德・史坦姆勒搶走之後，他就再也沒由伊楊得到愛。黛維艾玉想給他那樣的愛，她的愛完全純潔，發自內心深處，但那男人拒絕接受。那時黛維艾玉才發現他對伊楊的愛無可取代，她察覺他唯一的真愛被連根拔起之後，他愈來愈痛苦。於是他死時，黛維艾玉知道他一定會回來，成為憤恨而復仇心切的可悲鬼魂，永遠無法在陰間安息。確實是這樣。她去哪裡，那個鬼魂就跟到哪裡。她在布魯登康普、妓院和她的兩個家都感覺到它的存在。但是在她聽說阿拉曼達和阿汀妲都愛著的克里旺同志要被處刑之前，她還不知道他在策畫邪惡的復仇。

「當時他根本還沒結婚，我可不會讓他還沒娶妳的哪個孩子就死去。哈、哈、哈。」

當時他根本還沒結婚，我可不會讓他還沒娶妳的哪個孩子就死去。哈、哈、哈。

排長死後不久，黛維艾玉的信念毫不動搖，終於靠著欽欽那個菜籃公小子的幫助，召喚了惡靈。這下惡靈就站在她面前，發狂大笑，顯露出帶著惡意的無盡喜悅。

欽欽說：「這就是一再阻止我查出是誰殺死美人倫嘉妮斯的那個惡靈。」

「是啊，我甚至拆散了**你**和**你**愛的人。哈、哈、哈。」

是啊，我甚至拆散了你和你愛的人。哈、哈、哈。

黛維艾玉從風的呢喃和叢林深處豺狗的嚎叫聲，得知阿拉曼達要求不要處決克里旺同志的時候，她以為愛還是能征服她丈夫鬼魂的復仇詛咒，儘管她並不確定。她成年後幾乎一直在想這件事，思考該怎麼拯救她的女兒，守護她們的幸福，讓她們不受到惡鬼的怨恨詛咒；她這輩子，這個惡鬼都將伴著她，與她為敵，即使她死了也不罷休。所以她的孩子嫁給她們的丈夫之後，她就把那些夫婦趕走，要他們再也別回她的家。她沒把馬曼根登趕走，而是決定自己搬去新家。她想讓她孩子遠離惡靈，只不過她還沒意識到他會執行那麼邪惡的復仇。

黛維艾玉最後一個女兒嫁人的十年後，她再度懷孕了，這時她的擔憂重又浮上檯面。這下子她肚裡有惡靈的新獵物在成長。黛維艾玉必須盡一切可能救那個孩子。她試了各種不同的辦法想墮胎，讓孩子永遠不需要出生在這個世界，如此一來就能擺脫所有詛咒或報仇。但那孩子太強壯，黛維艾玉殺不了，而孩子在她腹中不斷長大。如果是女孩，就會和她姊姊們一樣美麗，如果是兒子，就會是世上最英俊的男人。那樣的人物會沐浴在愛之中，也會很博愛，然而在此同時，黛維艾玉仍然感覺到惡靈伺伏，等著對那份愛下手。他會無所不用其極地摧毀那份愛，就像泰德．史坦姆勒從前毀了他和伊楊的愛。

於是她對蘿希娜說：「我生漂亮孩子生膩了。」

「那樣的話，就祈禱生個醜孩子。」

她得感謝那個啞女，她的禱告靈驗，頭一次生出了醜女兒，比你見過的任何女人都要醜，只不過說來諷刺，她被取名為美麗。生了那樣的臉和身體，永遠不會有人愛她，男人女人都不可能。那麼一來，她就能擺脫惡靈的詛咒。她得感謝蘿希娜。

惡靈吼道：「可是她懷孕了啊！那不就證明有人愛她嗎？」

可是她懷孕了啊！那不就證明有人愛她嗎？

惡靈說得沒錯。

「而你還沒殺他。」

「只是還沒殺他而已。」

只是還沒殺他而已。

一天晚上，黛維艾玉再度聽到一陣古怪的騷動，好像做愛時發出的哼聲與呻吟，這次她終於拿斧頭奮力一劈，打破了臥室門。她發現有人正在和那醜陋的美麗做愛，可以說大失所望。有人愛美麗，黛維艾玉早在女孩出生前就不希望發生這種事。她氣急敗壞，想知道怎樣的蠢男人會愛那樣的女孩。但她在房裡除了美麗之外沒看到任何人，美麗嚇壞了，光溜溜地縮在房間一角。

黛維艾玉生氣、失望又驚慌地質問：「妳在跟誰做愛？」

「我絕對不會說。他是我的王子。」

然而黛維艾玉確實看到有東西在動，幾乎不過是一抹模糊的身影，好像從床上下來。接著她走向床邊的桌子，隱約看出地板上有腳印，腳印因為汗水而有點潮溼，在臥室燈光下隱約可見。隱形的身影匆匆撥開窗簾，打開窗戶，接著當然就跳出去。黛維艾玉一直以為是那個鬼魂來跟美麗做愛，但她猜不透為什麼。

惡靈覺得受到冒犯，說：「不，不是我。」

不，不是我。

「你不讓我看到那人是誰。」

「沒錯。哈、哈、哈。」

沒錯。哈、哈、哈。

他的復仇似乎執行得很完美，幾乎沒有任何障礙，而他的詛咒繼續催毀她殘存的家族。阿拉曼達失去了排長，雖然她其實從來沒那麼愛他，而且其實幾乎是恨著他，但她有些時刻確實由衷關心他。而她失去前兩個孩子之後，又失去了努魯艾妮三世，也就是小艾，小艾居然年紀輕輕就過世了。而馬雅黛維失去美人倫嘉妮斯的經過更是悲劇——有人殺了她，把她丟進海裡，而誰也不曉得是誰幹的。然後馬雅黛維的丈夫看到他幾乎所有的朋友都被屠殺之後，解脫生死而消失了。黛維艾玉的二女兒阿汀妲看到她丈夫克里旺同志在房間上吊的屍體。但阿汀妲還有克利桑。結果美麗原來有個愛人。黛維艾玉必須拯救那個惡靈還沒破壞的一切。她不會讓阿汀妲失去克利桑，或讓美麗失去她的愛人，不論他是誰。黛維艾玉會不計代價對抗她面前的惡靈。

這時她說：「我必須阻止你。」

惡靈說：「阻止我幹麼？」

阻止我幹麼？

「阻止你毀了我的家族。」

「哈、哈、哈。妳的家族很久以前就注定衰敗。現在什麼也無法阻止我復仇了。」

哈、哈、哈。妳的家族很久以前就注定衰敗。現在什麼也無法阻止我復仇了。

黛維艾玉說：「但你無法拆散亨利和阿湼．史坦姆勒。」

「因為他們之中有一人是我愛人的骨肉。」

因為他們之中有一人是我愛人的骨肉。

「但我是伊楊的外孫女。」

「關係太遠了。」

關係太遠了。

黛維艾玉從她穿的長袍口袋輕輕拿出一把匕首。是士兵用的那種匕首，閃亮而堅固。她宣告：「這是我在排長房間找到的。」欽欽驚恐地看著（憤怒的女人拿了把匕首！），但惡靈只輕蔑地微笑。

「我要用這把匕首殺了你。」

惡靈說：「哈、哈、哈。人類殺不死我。」

哈、哈、哈。人類殺不死我。

黛維艾玉說：「我至少可以試試吧？」

「好啊，儘管試。」

好啊，儘管試。

黛維艾玉走向惡靈，惡靈正露出極為可憎、輕蔑而自信的微笑。欽欽不忍目睹那樣的謀殺，於是遮起他的臉。黛維艾玉怒瞪了惡靈幾秒，惡靈也怒瞪她，然後她用盛怒女人的全力，或許最後用上和惡靈一樣強大的力量與力氣，拚命刺向她的前夫。血湧出，她又刺他一刀，血又湧出來，她再刺他一刀，總共刺了五刀，每一刀都更加用力。

惡靈倒在地上捂著胸口呻吟。

他說：「怎麼可能，妳竟然殺得了我？」

怎麼可能，妳竟然殺得了我？

黛維艾玉說：「我五十二歲時，靠著我自己的意志力死了，希望我有一天能對抗、阻止你邪惡靈魂的力量。如今我來了。你相信區區人類可以在死去二十一年後起死回生嗎？我不再是普通人類，所以我能殺了你。」

「即使妳真的殺了我，我的詛咒也會繼續運作。」

即使妳真的殺了我，我的詛咒也會繼續運作。

然後惡靈就死了，化作一團濃密的黑煙然後消失，被大氣吞沒。黛維艾玉看著欽欽那小子。她說：「我的責任已盡，現在我要回到陰間了。孩子，別了。謝謝你幫的所有忙。」

然後她也消失了，化成一隻美麗的蝴蝶，從開啟的窗戶飛走，消失在院子裡。

那個男人時常突然出現，但由於發生得太頻繁，美麗看到他出現也不再意外。他從她小時候就開始像那樣出現，找她聊天。蘿希娜常在她身邊，但美麗看得到他，蘿希娜卻從來看不見；美麗聽得見那人的聲音，蘿希娜卻從來沒聽過。她就是跟那個男人學說話的。他很老，老到眉毛已經全白，太陽把他的皮膚曬得焦黑，他多年辛勞工作鍛鍊出精瘦的肌肉。她所知的一切都學自於他。當初蘿希娜試圖讓她入學，校長不想收她，連她自己也不想去學校，那個男人就說：

「雖然我從來沒學過怎麼寫字，但我會教妳寫字。」

雖然我從來沒學過怎麼寫字，但我會教妳寫字。

他繼續說：

「雖然我從沒學過識字，但我也會教妳識字。」

雖然我從沒學過識字，但我也會教妳識字。

看來他擁有她要的一切，而且由於和他成為朋友太開心，因此從來不需要別的。她太醜，其他人不想和她扯上關係。不過那個人和她是朋友，不在乎她面貌可怕。其他人根本不想碰上她，但他花時間陪她。他們常常一起玩，而那個女孩似乎無緣無故就突然歡喜地尖叫，時常嚇到蘿希娜。

小美麗能讀能寫，非常開心。她找出母親留下的所有書，滿心歡喜地幾乎讀遍了，在學著寫字時抄了一些，感到類似的喜悅。而蘿希娜大惑不解地看著她。

蘿希娜寫給美麗：「好像有個天使在教妳。」

「是啊，**的確**有天使在教我。」

那個天使不一定每天來，但美麗確信只要他想，他某些時候總是會來教她一些東西。她不需要其他朋友，反正其他人嫌她醜，也不想要她。她不需要出去玩耍，她在家裡就能玩耍了。她不想露出可憎的面孔去驚擾他人，所以從來沒被來看她的人騷擾。她因那間房子而幸福滿足，因為有個慈祥的天使住在那裡，成為她親愛的同伴。

「雖然我從來沒學過怎麼下廚，但是要我教妳做菜也行。」

雖然我從來沒學過怎麼下廚，但是要我教妳做菜也行。

就這樣，她學會做菜，不久就成為調味的專家。不只這樣，她也學會了編織、縫紉和刺繡，如果有機會，她甚至可能稍微可以修理汽車、犁田。她所有事都是跟那個慈祥的天使學的，天使以無比的耐心，勤勉地教導她。

美麗問：「如果這些事你都從沒學過怎麼做，那你怎麼知道要怎麼做，怎麼教會我？」

「我跟會的人偷的。」

我跟會的人偷的。

「你有什麼事是自己會而沒跟別人偷的？」

「拉車。」

拉車。

她就這麼和蘿希娜一起在那間屋子裡長大，蘿希娜不久就習慣了那女孩一切古怪而超自然的特質。美麗從她母親繼承了頗為豐厚的遺產，蘿希娜只需要想出怎麼靠那筆遺產過活就好。她每天上市場採買她們的日常所需，美麗則待在家。這個家裡有個鬼，跟黛維艾玉從前說的一樣，但他似乎不會騷擾任何人。如果他確實教了美麗所知的一切，那個鬼也可以稱得上是好鬼了。所以蘿希娜把美麗獨自留在家裡時完全不用擔心。

孩子們有時會好奇，膽顫心驚地從籬笆後偷窺，但就連他們也不用擔心。美麗從來不會讓他們看到她，因為她是個善良的女孩，她知道他們看到她會嚇得半死。她只向蘿希娜露出真面目，蘿希娜從她出生那天就認識她了。她其實希望擁有大部分人享有的那種生活，但她太善良，委屈了自己，壓抑了她的渴望。她的人生侷限在屋子裡——她的臥室、餐廳、浴室、廚房，有時她會在夜晚的黑暗中出去院子裡。她太善良，過著無聊至極的單調生活來犧牲或懲罰自己，但她似乎十分滿足。

善良的天使說：「現在我要給妳一個王子。」

現在我要給妳一個王子。

她已經長成年輕淑女，因此當然希望有個男人會愛上她，而她也會愛上那個男人。她確信不會有男人想愛她，所以一想到就喪氣。她天生不會有人愛。她這個醜惡的女孩有個插座般的鼻子，皮膚像黑漆漆的煤灰。她是個嚇人的女孩，讓人看了噁心想吐，嚇昏尿褲子，像著魔似的逃走，就是不會讓人墜入愛河。

「不是那樣。妳會得到專屬於妳的王子。」

不是那樣。妳會得到專屬於妳的王子。

不可能。從來沒人看過她，所以誰也不認識她，而不認識她就不可能愛上她。

「我騙過妳嗎？」

我騙過妳嗎？

沒有。

「日暮時等在陽臺上，妳的王子就會出現。」

日暮時等在陽臺上，妳的王子就會出現。

天一黑，她時常坐在陽臺上呼吸新鮮空氣，不用擔心她恐怖的臉會驚擾到別人。她在黑暗中覺得很安全，夜晚有如她最好的朋友。有時她甚至會一早醒來，搶在太陽讓一切亮起來之前坐到外面，仰望天使稱為維納斯的那顆粉紅星星，也就是金星。她喜歡那顆星，因為那顆星很美麗。和她的名字一樣。

現在她坐在陽臺是為了等待答應要給她的王子。她不知道他會怎麼出現。或許他會騎著金星來的一隻龍，或是從地下出現，驚人地從土裡冒出來。她不確定他會來，但她會等著他。第一晚過去，沒有任何王子走過她屋前。連個乞丐也沒有。

但她相信天使不會騙人，所以第二晚她繼續等待。有個送葬隊伍經過，但沒有王子。還有一個椰奶咖啡販經過，但他沒停下來打招呼，甚至沒轉頭看她。王子一直沒來，最後她終於在她的椅子上睡著了，蘿希娜來把她抱起來，帶進室內，放上床。

第三天，還是沒人來。蘿希娜問她，她為什麼每晚坐在外面的陽臺上，而美麗會回答：「我在等我的王子出現。」蘿希娜漸漸明白女孩已經進入青春期。她知道那個女孩開始在自慰了，這下她想要一個愛人。女孩坐在陽臺上，希望有人會看到她，愛上她。蘿希娜想到就難過，她走進房間，因為醜陋的美麗如此不幸而哭泣；美麗甚至還不明白永遠不會有人愛她，或許她這輩子都沒有可能。沒有屬於她的王子。

但是第四晚，美麗還在等待，然後是第五晚、第六晚。第七晚，有個男人從院子邊的灌木叢後出現，嚇到了她。他很英俊，她立刻確定這就是她的王子。他大約三十歲，目光溫柔，頭髮往後梳得整整齊齊，穿著樸素的深色衣服。他手裡拿了朵玫瑰走向她，然後躊躇地把玫瑰遞給她，生怕被拒絕似的。

「美麗，這是給妳的。」

美麗心花怒放地收下玫瑰，然後男人就消失了。隔天晚上他再度出現，又送她一朵玫瑰，然後再度消失。第三晚，他又給了她一朵玫瑰，美麗收下之後，男人才開口：

「明晚我會敲妳臥室的窗戶。」

她整天都像期待第一次約會的女孩一樣等待夜晚降臨，她的王子出現在她臥房窗外。她納悶著該穿什麼洋裝，在鏡子前為她的打扮焦躁不安。她忘了她醜惡的臉，努力用她母親舊梳妝臺上的各種東西打扮自己，甚至從蘿希娜的梳妝臺借了些東西。蘿希娜並不知道男人來訪的事，每次美麗拿朵玫瑰進來，她都以為是女孩自己摘的。但蘿希娜發現她整天焦躁地打扮，於是開始感到不知所措或傷心了。

她揉著溼潤的眼睛，心想，「好像青蛙想把自己打扮成公主。」

美麗想見那個老人，就是喜歡憑空出現的那個慈祥天使，但王子來之後，他再也不來找她了，儘管她有一大堆疑問，像是女孩要為第一次約會做什麼準備，如果王子誘惑她，她該說什麼、做什麼，他敲她的窗戶而她打開窗之後，她該怎麼辦，還有，如果他們要聊天，她該聊什麼。她想跟那個善良的天使討論所有的事，但那個老傢伙再也不曾出現。

最後她只穿著普通的日常洋裝，夜幕終於降臨之後，她就開始痴痴等待。不是在陽臺等，而是在自己的房間。她坐在床緣，顯然十分緊張，她豎著耳朵，像焦慮地等待名字被叫到的求職者，擔心敲窗戶的聲音微弱小聲，她會沒聽見。她時不時站起來從窗簾裡偷看，但窗外只見院子，院裡的植物在黑暗中一片漆黑，她再次坐到床沿，焦慮如昔。

這時她聽到了敲窗聲，聲音太輕柔，她不得不豎起耳朵，然後又聽見聲響，敲了三次。美麗心情複雜，幾乎是用跑的朝窗戶而去，打開窗戶。

她的王子就站在那兒，手上照常拿了一朵玫瑰。

王子問：「我可以進來嗎？」

美麗害羞地點點頭。

王子把玫瑰交給美麗，然後就從窗戶跳進臥房。他在房裡站了一會兒，環顧四周，從房間的一角到另一角緩緩來回走動，然後轉身看著美麗，美麗剛關上窗戶但沒上鎖。王子坐到床沿，示意美麗坐到他身邊。女孩照做了，兩人都沉默了片刻。

王子說：「我想見妳好久了。」

美麗受寵若驚，所以沒問他是怎麼知道她的。

王子繼續說：「我一直以來都想認識妳，一直以來都想碰妳。」

美麗聽了心跳加速。她不敢看那個男人，男人碰了她的手，然後緊緊抓住，她忽然覺得全身發冷。

王子問：「我可以吻妳的手背嗎？」美麗還沒回答，王子就吻了她的右手背；或許她根本沒辦法回答。

他們第一次約會主要是王子在說話，美麗大多時候都尷尬又害羞地沉默不語，偶爾點頭或搖頭，然後再次變得尷尬害羞。他們那樣過了一個半小時，直到王子該回家的時刻。他離開屋子的方式和他來的時候一樣——跳出窗戶。但他離開之前計畫了下一次約會。

「這周末等我來，就像妳之前等我一樣。」

總之，美麗發誓那週末她要說話。她不會再一言不發，也不會尷尬害羞地只點頭、搖頭。她必須說話，做一切該做的事，以免王子厭煩了她。老人再也沒來，但美麗不再在乎了。她找到人代替他，那人更好看，更溫柔，會恭維她，時常誘惑她，甚至可能愛她。她的心怦怦跳著等待週末來到。

王子如他承諾的在那個週末來了，又拿來一朵玫瑰。他從窗子爬進來，和美麗坐到床沿。然後美麗採取主動，用堅定但羞怯的聲音問：

「那玫瑰是從哪裡來的？」

「從妳的院子摘的。」

「真的嗎？」

「我的手頭有點緊。」

他們咯咯笑了。

然後王子再度牽起美麗的手，這次美麗也握住他的。王子沒徵求她同意就吻了她的手背，美麗又恢復她的老習慣，變得尷尬害羞。她感到他開始輕撫她的手，他的碰觸輕柔又令人平靜，令她飄飄然，好像緩緩墜入夢鄉的感覺。然後那人突然來到她前方，臉孔就在她面前，她的心愈跳愈急。她還不明白怎麼回事，那張臉就開始逼近，她感到王子的唇碰到了她的，然後感到王子緊壓她的嘴唇，讓她的嘴唇變得頗為溼潤。她試著回應他的吻，然後感到這下子不只是他們的嘴唇，連他們的舌頭也開始粗暴地逗弄。他們吻了很久，幾乎吻了半個小時，直到王子該道別回家。

「我下個週末會等你來。」這次說話的人是美麗。王子露出迷人的微笑，點點頭。

那些吻令美麗念念不忘；她希望週末會像飛掠的蒼蠅一樣迅速來到，蒼蠅總是飛來飛去又飛回來。隔天她還能感覺到吻的熱度，又過了一天也一樣。她記得他們開始親吻前的每個步驟，每次想到，她的心就顫抖。

於是，他們下次一見面時最先提起的就是那些吻。他們根本從窗臺就開始接吻，那時美麗站在她臥房裡，王子還站在窗外。最後王子終於從窗戶爬進她房間，美麗關上窗板，但過程中他們的唇都不曾鬆開。他們在臥房裡繼續接吻，美麗被壓在牆上，王子欲火焚身，激情地緊貼在她身上。

王子淘氣的手緩慢但確實地溜到美麗的洋裝下，房裡的氣氛變得更加火熱。他們一件件脫下衣物，丟到地上，最後兩人光著身子，王子摟著美麗，把她抱上床。

王子說：「我要教妳做愛。」

美麗答道：「好，教我吧。」

於是他們開始了。美麗還是處女，所以發出痛苦又喜悅的呻吟，引起的騷動害得蘿希娜困惑地站在房門外。美麗忘了鎖門，蘿希娜打開門，卻只看到美麗裸身在床上上下彈動。她只憂愁嚴肅地搖搖頭，輕輕關上門，離開了美麗。這時王子還不停搗向美麗的下體，她流著血，卻也因為極致的歡愉而尖叫。

她的王子總是從窗戶爬進來，而美麗總是在陽臺上等他，她的渴望無法遏抑，想目睹他出現的那一刻。他們每次見面都做愛，有時做兩次，他們覺得自己是世上最幸福的情侶。蘿希娜看不到王子，黛維艾玉起死回生、回家後破門而入也看不到王子，但美麗不覺得奇怪。她們在那間屋子一天到晚看到奇蹟，她已經見怪不怪了。畢竟美麗看得見年老的男天使，蘿希娜也從沒看過他。

然後美麗懷孕了。

美麗發現自己懷孕之後，仍然等王子來，然後兩人做愛。她擔心會毀了他們的幸福，所以從來沒把自己懷孕的事告訴王子。

最後，黛維艾玉再一次消失在陰間後不久的一天晚上，美麗光溜溜地和王子一同躺在她床上，做完愛在休息的時候，有個男人拿了把氣步槍破門而入。那男人身材矮胖，有股憂傷的氣息。他看到美麗的臉時，嚇得微微打顫，但他的目光立刻轉向王子，眼神充滿憤怒。

「你啊！」他說。「殺死美人倫嘉妮斯的凶手，我來替她報仇了！」步槍擊發，精確瞄準的子彈打中王子額頭中央，王子救不了自己。他往後倒在床上死了。拿著槍的男人再次壓縮氣槍的空氣，將另一發子彈上膛，又打了王子一槍。他滿腔恨意地開了五槍，而美麗不斷尖叫。

大家只知道他去他外婆家時被射殺身亡。

全家族都出席了克利桑的葬禮，阿汀妲顯得滿心悲痛。這下子全了——阿拉曼達失去了排長和小艾，馬雅黛維失去了馬曼根登和美人倫嘉妮斯，而阿汀妲失去克里旺同志之後，現在又失去了克利桑。她們都失去了她們愛的每一個人。

她們三人跟在克利桑的棺後，朝布迪達瑪墓園而去，阿拉曼達和馬雅黛維在路上努力安慰阿汀妲。

阿汀妲抽噎著說：「我們好像受詛咒的家族。」

阿拉曼達糾正她：「我們不是**好像**受詛咒的家族。我們確實完完全全被詛咒了。」

老卡米諾按阿汀妲的要求，在克利桑父親的墓旁替克利桑挖個墳。她已經替自己預定了隔壁的那個墳地。

女人通常不會上墓園。唯一的特例是在女人無法忍受與死者分離的時候，多年前法麗達就是這樣。不過克利桑的葬禮上，出席的是三姊妹加上扶棺的六名男鄰居，還有替死者祈禱的清真寺教長。

除了她們之外，沒有其他人，她們身穿黑衣站在那裡，撐著陽傘不知要遮什麼，因為下午的陽光一向不強，也沒下雨。那裡只有她們三人，過了很久，遠方出現兩個黑點。黑點逐漸靠近，最後變成人影，更靠近時才看得出是另外兩個女人，兩人都穿著喪服。

更令人意外的是，克利桑的屍體放到墓裡、泥土開始吞沒他時，這兩個女人也來向他道別。三姊妹震驚極了，不只是因為兩人現身，也是因為其中一人恐怖的臉，她們起初以為是墓園鬼魂的臉。但她們隨即記起黛維艾玉四女兒的傳言，她們從沒見過那個女兒，但據說她和怪物一樣醜。那女人，就是醜的那個，對克利桑的死似乎很心痛。她在哭，沮喪地看著裹了屍布的遺體逐漸消失在泥土下，好像不願意讓他離去。她似乎比阿汀姐本人還難過。

最後阿拉曼達鼓起勇氣問：「妳是美麗嗎？」

美麗點點頭：「我知道妳們是阿拉曼達、馬雅黛維和阿汀姐。」

阿拉曼達說：「我們都是黛維艾玉的女兒。」她擁抱了美麗，毫不在意美麗的駭人面容。

美麗又說話了：「妳們擁有的最後一人過世了，我深感遺憾。」

葬禮結束後，她們都去了黛維艾玉家，就是美麗和蘿希娜住的地方。她們在屋裡繞來繞去，看著自己小時候的照片，也看黛維艾玉的照片，記起她們艱辛的過去，不禁哭泣。她們成了一群被遺棄的孤兒。她們現在只剩下彼此，還有她們努力真正再度屬於彼此的心。

美麗說：「媽媽回來了，但她沒待很久，在克利桑死前就離開了。」

「死去的人就是那樣。」馬雅黛維說。「我丈夫死後三天也回來過。」

之後，她們住在各自的家裡，繼續過她們平靜的生活。她們為了自娛而拜訪對方。美麗在葬禮首次現身之後，就連她也開始大膽離開家門去拜訪她的姊姊們。她不再在乎別人的目光。她身穿長裙，戴著幾乎遮住整張臉的面紗。女人們十分享受她們的新生活，努力忘卻她們經歷過的一切不幸，她們愛著彼此，也滿足於那樣的愛。

她們就這樣直到老去，甚至常讓人說她們的閒話，說她們聚在一起時是「一幫寡婦」。

但她們非常快樂，而且深愛彼此。

美麗六個月時早產了，她的寶寶還沒機會哭叫就死去。她的姊姊們靠著啞巴蘿希娜幫忙，把寶寶埋在屋後的花園裡。

阿拉曼達問：「妳埋葬他之前，沒替他取名字嗎？」

「有了名字，只會更傷心。」

阿汀姐問：「我可以請問那個寶寶到底是誰的孩子嗎？」

「我和我王子的孩子。」

她們之間當然還有許多沒說出口的話。所以她們沒逼美麗說出她口中的王子是誰。

她們埋了寶寶，繼續過她們的日子，愛著彼此，守護彼此的祕密。

找到美人倫嘉妮斯的屍體時，克利桑非常擔心人們終於要發現是他殺了那個女孩。他更擔心的是他還把小艾的屍體藏在他床下，而排長正憤怒地到處尋找小艾。

他考慮把屍體放回墓園，又怕被逮到，因為排長發現有人挖開墳墓帶走他孩子的屍體之後，墓園就有人看守了。把小艾的屍體放回她墓裡一點也不明智，他努力思考怎麼在別人發現之前除掉床下的屍體，幾乎都快瘋了。

他幾乎一直把自己關在房裡，房門總是上鎖，生怕母親或祖母會進來查看床下淡淡飄出的香氣。他甚至自己打掃房間，那麼一來，他母親或祖母就不會試圖進來打掃這個地方。

克利桑甚至想過把他愛的女孩的屍體切成小塊，方便他棄屍。或許把她變成狗食會比把她放回墓裡妥當，那麼一來，她永遠不會被發現。但她那張美麗的臉死後也不腐朽，宛如她在睡覺，不知何時會醒來揉揉眼睛，克利桑看著那張臉，無法下手。他深愛著她，光是想像自己把她分屍就哭了，沒力氣舉起他準備好的切肉刀，於是又把裹在屍布裡的努魯艾妮放回他床下的老位置。

他幾乎要絕望了，就快坦承他所有的罪，這時卻想到一個精明的主意。他會照那樣做，和小艾訣別。

他按之前帶美人倫嘉妮斯與小艾的屍體出海時那樣，讓屍體穿上他自己的衣服。夜裡，黎明將至的時候，他把屍體搬到背後，騎機車去海邊。他偷了之前那艘小船，把小艾的屍體帶到海中央。除了她的屍體，他還帶了兩塊大石頭，幾乎是她頭顱的兩倍大。

新的一天來臨時，他來到他殺死美人倫嘉妮斯的地方。那裡的海非常深，就連鯊魚也找不到她。他把女孩的屍體綁上兩塊石頭時淚流滿面，但他非做不可。屍體和石頭綁得非常緊，旗魚啃咬也咬不斷繩索。小艾的屍體綁上那麼沉重的石頭，他把她丟進水裡之後，她的屍體就迅速沉入深海中，消失得無影無蹤。排長即使找上一百年也絕對找不到她。

克利桑心情沉重地回家去，但他終於平靜下來。他和一個獨自出海的漁夫擦身而過，漁人質問他。

「你船裡沒半條魚，一個人在海上做什麼？」

你船裡沒半條魚，一個人在海上做什麼？

「棄屍啊。」那人的聲音帶著回音，不知由什麼傳來迴響，克利桑聽了不寒而慄。

「為了美麗的愛人而心碎嗎？哈、哈、哈。小子，給你一點建議，去找難看的愛人吧。她們絕不會傷害你。」

為了美麗的愛人而心碎嗎?哈、哈、哈。小子,給你一點建議,去找難看的愛人吧。她們絕不會傷害你。

然後漁夫就朝反方向離開了,而克利桑不斷想著他的建議。克利桑回到他停放小型機車的地方,自言自語說:「或許真是這樣。我該找個難看的愛人。世上最難看的。」

黛維艾玉殺了那個強大的惡靈之後不久,欽欽在美人倫嘉妮斯墓前玩菜籃公。總是阻撓他的壞蛋已經被打敗了,他確信自己這次能成功。他把一個木偶形狀的雕像插進墳上的土裡,當作美人倫嘉妮斯靈魂的媒介,然後開始吟誦咒語。人偶開始抖動,表示靈魂被召來了,接著卻劇烈搖動,表示靈魂很生氣,最後幾乎倒下來。欽欽努力安撫,但美人倫嘉妮斯的靈魂斥責他。

「你這白痴,你在做什麼?!」

「召喚妳的靈魂。」

「是啊,想也知道。」美人倫嘉妮斯說。「可是聽好了:不論如何,你絕對沒辦法娶我。」

「我只是想知道是誰殺了妳。拜託讓我為妳報仇,也為了我的愛報仇。」欽欽說話時伏身在那個木偶前,誠心乞求。

那個木偶,也就是美人倫嘉妮斯說:「即使你活上一千年,我也絕不告訴你是誰殺了我。」

「為什麼?妳不想要我為妳的死報仇嗎?」

「不想,因為我還非常愛他。」

「喔，那我會殺了他，然後你們就能在陰間相見。」

「亂講。你只是想騙我。」美人倫嘉妮斯說完就消失了。

但他最後還是查出了真相，告訴他的不是美人倫嘉妮斯的鬼魂，而是另一個鬼魂，他不認得。他隨機叫出鬼魂，相信現在沒人會阻礙他們說實話，而且所有鬼魂都知道人類不知道的事。他叫出一個看起來年老虛弱的鬼魂，但那鬼魂的聲音還很宏亮。

「哈、哈、哈。小子，我不像以前那麼強大，但我回來了。」

哈、哈、哈。小子，我不像以前那麼強大，但我回來了。

欽欽問：「你知道誰殺了美人倫嘉妮斯嗎？」

「知道。殺死美人倫嘉妮斯的是克利桑。如果你真愛那個女孩，而且有種，就殺了他。哈、哈、哈。」

知道。殺死美人倫嘉妮斯的是克利桑。如果你真愛那個女孩，而且有種，就殺了他。哈、哈、哈。

就這樣，他在美麗的房間裡用一把氣步槍熟練地開了五槍，殺死克利桑。

那之後，他在牢裡被關了七年，任那裡所有的惡徒擺布。他大約一週被雞姦一次，幾乎每天挨打，每餐都被迫把他那份食物分一半給別人。被關在牢裡時，他失去所有財產，都交給了卡米諾。但即使在監獄裡受苦，他還是很快樂，因為他是為了真愛的任務，為了報復他一見鍾情的女人之死才被捕入獄。

他因為表現良好而減刑一年，獲釋出獄。他出現在外面世界時看起來憔悴瘦削，長髮蓬亂，一臉皮包骨，瘦得眉頭和下巴尖突。他像活生生的骷髏，然而他吸進自由的空氣，感到完全的自主。

雖然他得到一些衣物，還有一些吃飯、坐車用的錢，但他徒步離開市監獄，也沒換衣服，還是像城裡的無業遊民一樣一身襤褸。他們給他的衣服只是摺著拿在手裡，拿到的錢安安全全地放在口袋中。他不想在任何地方逗留或浪費任何時間。他想回家，確認那人被埋了。

最後他找到了克利桑的墓，那座墓就在克里旺同志的墓旁。墓碑上清楚地寫著克利桑的名字，不會有錯。欽欽做了一個新墓碑。他把刻了克利桑名字的舊墓碑丟了，換上他新做的。

這下子，墓碑上寫的是：狗（一九六六－一九九七）。

多年來，克利桑一直思考著找個醜愛人的主意。他自問：「醜女人有什麼不好？漂亮女人可以操，醜女人也可以操。」他記起黛維艾玉有個醜女兒的傳言，人們說她很醜，或許是世上長得最可怕的人，他們說那張醜臉被取名為美麗；雖然他知道黛維艾玉是他外婆，表示美麗是他阿姨，但他不在乎。他上過他自己的表姊，所以上他的親阿姨有什麼關係？

於是一天晚上，他去了他外婆的家，看到那女孩坐在陽臺上，像在等人。他有點不確定他該怎麼認識她，所以一連幾天只在暗處看她，直到他疲倦地回家。第七天晚上，他才敢推開院子邊的籬笆。他摘起那裡種的一朵玫瑰，走向美麗，把花給了她。

「美麗，這是給妳的。」

那之後一切順利，最後他們終於上了床。做愛。做愛。做愛。不斷做愛。沒什麼差別，一切感覺起來都一樣。和美人倫嘉妮斯上床，或是和醜惡的美麗上床，沒那麼不同。一切都一樣，都會讓他的生殖器射出來。他持續和那個女人做愛。他解釋道：「操她。」然後他發現那女孩懷孕了，但也不在乎，

「繼續操她。」

有一天，美麗問：「你為什麼想要我。」

他答道：「因為我愛妳。」他也不確定他是不是真心的。

「你愛一個醜陋的女人？」

「對啊。」

「為什麼？」

「為什麼」這種問題總是很難回答，所以他沒回答。他只能回答「怎麼愛」，這答案就簡單了。為了展現他的愛，他不停愛撫她；他不在乎她多醜，多令人作嘔，多恐怖。一切都感覺很好，他發現了他這生中幾乎前所未有的喜悅。但美麗繼續拿那問題糾纏他，每次他們見面做愛就問：「為什麼？」克利桑保持沉默。他雖然知道答案，但他不想說。不過他被殺的那晚，他終於回答了。

他的第四個自白：「因為美麗是種傷。」

因為美麗是種傷。

專文推薦

獨立之後

陳又津

印尼這個國家有數百種語言、上萬座島嶼，光是首都大雅加達區就有兩千八百萬人口，是亞洲僅次於大東京區的都會區。因為海洋區隔，這個國家的人民就算彼此遇見了，語言也不見得相通，所以艾卡 庫尼亞文在小說《美傷》所描繪的舞台「哈里蒙達」，是印尼千千萬萬座看不見的城市，他用這座虛構的城市，象徵這整個國家的命運。印尼小說難得在台灣公開出版，繼《天虹戰隊小學》、《幽靈船》之後，《美傷》是一齣角色綿延三代的大河劇，時空跨越近一百年。

哈里蒙達這座城市的歷史環繞著一位傳奇女性：黛維艾玉。故事從她死了二十一年後、從墳墓爬起來開始，生者與村民驚慌走避，活像驚悚遊戲的開場。東南亞國家自二戰獨立之後，都經過恐怖的獨裁統治，所以這場史詩旅程的主角不是天真無邪的少年或漂流海上的國家英雄，而是一個死而不殭的妓女，據說妓女是世界上最古老的職業，用她來敘說一座城市和國家的歷史，要面對戰爭、惡霸、游擊隊，還有無所不在的惡靈，這也是印尼在二戰獨立之後，必須面對的現狀。

回到故事，《美傷》為什麼這樣開場？可能是因為歷史太需要幽靈與殭屍，我們需要說服自己，死者尚未離開，歷史還沒被當權者粉刷。黛維艾玉生前是名動全哈里蒙達城的美麗妓女，身上流著荷蘭和四分之一的印尼血統，整個家族因為二戰爆發離開，但她怎麼樣就是不願意走，才有後面一連串故事。而在黛維艾玉出生以前，她的祖父和印尼女人伊楊有婚外情，生下她母親。她就像為整個家族贖罪一樣，用身體償還她外婆的情人——格迪克，格迪克始終不懂，為什麼這個少女要纏著嫁他，害他落得死於非命。

黛維艾玉和她周遭角色，一如馬奎斯《百年孤寂》無數角色的離奇死法，陷入深深的詛咒，黛維艾玉生下了四個女兒，紛紛和戰爭英雄、地痞流氓展開新的傳奇，讓我們看見這群人在荷蘭結束三百五十年的統治之後，又經歷日本人占領、印尼獨立、蘇哈托帶頭的清共內戰，那些人聲稱要剿滅的共產黨，往往也不見得是共產黨，而是捍衛自由權利的農工，這些故事在電影《殺人一舉》及《沉默一瞬》，甚至在今日的印尼橡膠園依然上演，隔壁鄰居就是殺害你兒子的兇手，加害者與受害者什麼也不說，同在一片土地生活。無論人民的膚色、種族和語言，殖民地的命運向來如此，就算表面上獨立，獨裁者的版本就是正確的歷史，民間的傳說與連續劇只能當作點綴。

作者艾卡 庫尼亞文在一九七五年出生，就在一九六五年「九三零事件」之後十年出生，童年必定聽了不少大屠殺的故事。一九九八年蘇哈托下台，結束三十多年的統治；一九九九年庫尼亞萬拿到哲學學位，這時社會的氣氛相對自由，庫尼亞文也在二〇〇二年出版他的第一部小說《美傷》。直到二〇一五年，《美傷》譯為英文並登上《紐約時報》排行榜，不久後譯為二十多國語言，從美國紅回印尼，成了印尼之光，這幾乎也是殖民地寫作者的命運，印尼的讀者雖然早了十多年、第一時間見到這本書，卻無法肯定這本書說的就是自己國家的故事。

面對遲來的紅利，艾卡 庫尼亞文接受採訪時，身上穿著白貓T恤，印尼人愛貓，庫尼亞文也不例外，他說現在總算有充裕的時間，不用追趕電視編劇的節奏（這可能是他先前養家活口的主業），也不用規定自己每兩年出一本書之類，終於能用自己的步調寫作，等手上英譯本處理好，他想到處旅行走走，休息一下。截至目前為主，他出版有四本小說、五本短篇小說集，他沒說自己寫了幾個劇本，但我猜一定很耗損。

印尼獨立之後，結束了荷蘭三百五十年的統治，如果歷史稍微偏移一些，海盜鄭芝龍和九州小妾生的兒子鄭成功沒來到台灣，沒能代替荷蘭人和西班牙人，那些在台灣的荷蘭商人，應該會繼續寫下日誌，寄送到當時的巴達維亞，也就是今日的雅加達，成為《巴達維亞日記》的篇章，那現在的台灣就是印尼的一部分，在成萬座島嶼中繼續用同一種貨幣，跟黛維艾玉說著同樣的語言吧。